# Isn't It Obvious

# ザ・クリスタルボール

## 売上げと在庫のジレンマを解決する!

エリヤフ・ゴールドラット▶著
岸良裕司▶監訳　三本木 亮▶訳

ダイヤモンド社

ISN'T IT OBVIOUS

by

Eliyahu M. Goldratt with Ilan Eshkoli and Joe Leer Brown



Original English language edition published by The North River Press
Publishing Corporation, Great Barrington, MA, USA.
Japanese translation rights arranged with The North River Press
Publishing Corporation through Ryo Sambongi

『ザ・クリスタルボール』目次

●主な登場人物

**ポール・ホワイト**……ハンナズショップ・ボカラトン店店長
**キャロライン・ホワイト**……妻、ハンナズショップ仕入れ責任者
**ヘンリー・アロンソン**……義父、ハンナズショップ社長
**リディア・アロンソン**……義母
**ダレン・アロンソン**……義兄、ベンチャーキャピタリスト（ニューヨーク在住）

＊　＊　＊

**ロジャー・ウッド**……ハンナズショップ・南フロリダ地域倉庫マネージャー
**クリストファー**……ハンナズショップCOO、ヘンリーの親友であり、右腕
**マーチン・ラングレー**……ハンナズショップ・南フロリダ地域マネージャー
**ボブ**……ハンナズショップ経理部部員
**ゲイリー**……ハンナズショップ・ポイントンビーチ店店長
**デラクルーズ**……ハンナズショップ・マイアミ・ダウンタウン店店長
**テッド**……ハンナズショップ・ボカラトン店フロアマネージャー

# Isn't It Obvious

# ザ・クリスタルボール

## 売上げと在庫のジレンマを解決する!

エリヤフ・ゴールドラット▸著
岸良裕司▸監訳　三本木 亮▸訳

# Isn't It Obvious

# I
## 魔法の
## クリスタルボール

# 1

〝半額!〟

巨大な赤い看板を見つめ、自分の夢がどこでどう間違った方向に行ってしまったのか、ポール・ホワイトは考え込んでいた。もう、うんざりだ。これ以上、やっていられないと思いながら、挽きたてのコーヒーをもう一口すすった。そして深く息を吸い込み、ブルーのブレザージャケットの身なりを整え、ハンナズショップ・ボカラトン店へ入っていった。

店内のあちこちに、割引セールの赤いポスターやPOPが貼られている。店長のポールは、今回のセールでそれなりの売上げを期待していた。だが、レジの列はいつもとさほど変わらず、目玉の割引商品もまだ高く積まれたままだ。値段を下げただけでは、顧客の購買意欲をそそるには至らないらしい。ポールは白髪交じりの頭に手櫛を入れ、肩をすぼめた。他に、何をすればよかったというのだろうか。

この店の売上げが伸びないのは、いまに始まったことではない。しかし今朝、届いたレポートでは、ボカ店はこの地域のチェーン一〇店舗のうち、利益率で八位にまでランクを落としていた。八位にまで落ちたのは初めてのことだった。

そうした重苦しい気持ちを拭い去ろうと、ポールは自らが責任者を務める、六つの売り場からなる三万五〇〇〇平方フィートの店内を歩き回った。

きちんと陳列棚に並べられたブルーやグリーンのベッドシーツ、羽毛布団の脇を通り過ぎ、バスルーム用品売り場で少し立ち止まってディスプレーをチェックした。バスローブの脇には、人の身の丈ほどあろうかという大きな厚手のバスタオルがかけられている。その反対側には、秋の色柄に揃えられたテーブルクロスや布ナプキン、ランチョンマットなどがダイニングテーブルの上にディスプレーされ、その横にはエプロンやキッチンタオルなど、キッチンまわりの商品が各種取り揃えられている。カーペット&ラグ売り場には、世界中から取り寄せられたさまざまな色柄の織物が飾られ、そして白、ゴールド、シルバーのカーテンがゆったりとかけられている。

店内には常にさまざまな商品が取り揃えられ、これらを美しく見せるためにことさら努力も重ねてきた。顧客のニーズにいつでも応えられるよう、店内のディスプレーを店頭ウィンドウの倍の頻度で取り替えることも始めていた。値段も手頃だし、特典もいろいろと用意している。しかし、それでも売上げはなかなか伸びない。いったい、他に何をすればいいのだろうか。

若い見習い従業員が、脇を通り過ぎながら挨拶をしていった。ポールは、満面の笑みで挨拶を返しながらも、売上げが伸びなければ従業員の解雇もやむを得ないと心の中で考えていた。そんなことなどしたくはないが、店員一人辞めてもらうだけで、年間約二万ドルも節約できる。しかし見回してみると、ホリデーシーズンの繁忙期でもないのに店員はみな忙しく働いている。店員を一人でもクビにしたら、売上げに影響が出るのは明らかだった。それにこの店の人件費は、ことさら多いというわけではない。妥当なレベルだ。だったら、他に何ができるだろうか。

「すみません」。ポールは、ブロンズ色の眼鏡をかけた年配の女性客が売り場主任のジャニーンに話しかけるのを耳にした。栗色のテーブルクロスを指差しながら、彼女は「これと同じもので、長さが六〇インチのものはないかしら」と訊ねた。

「申し訳ありませんが、六〇インチのものは、ただいま切らしておりまして……」とジャニーンは答えた。「栗色でしたら、九〇インチのものが二枚ございますが。六〇インチのものですと、ブルーとベージュしかございません。他の色ではいかがでしょう。あるいは、他の柄では？」

「いいえ、結構よ。姉に買っていきたいの。栗色が、彼女のお気に入りの色なの」

残念そうに背を向けて店を出ていこうとするその客に、ポールは歩み寄った。「失礼ですが」と一九〇センチもの長身が威圧感を与えないようにと気遣いながら彼は声をかけた。「もしよろしければ、近くのチェーン店から取り寄せができるかどうか、お調べいたしましょうか……」

彼女がお願いしますと言うと、ポールはボイントンビーチ店にすぐさま電話を入れた。「ゲイリー、そっちに栗色のテーブルクロスの在庫はあるかな。製品番号はｋｔｌ‐１８６０、長さが六〇インチのやつ」

「ちょっと待ってくれ、調べてみる」と鼻声でゲイリーが答えると、電話越しに店員と話をしているのが聞こえてきた。「ああ、一枚だけ在庫がある」

「よかった。それを欲しいという、お客さんがいるんだ。申し訳ないけど、それをこっちに回してくれないかな」

「ポール、悪いがそれはできない」

「おい、おい。それはないだろう。それが、君が言うチームワークっていうやつかよ」目を剥きながらポールは苦々しい口調で言った。

「チームワークがどうのこうのと言うんだったら、そっちにテーブルクロスを回す代わりに、君がお客さんをこっちに回してくれたらいいじゃないか。その方が、ずっと楽だ」

同僚の冷たい対応に落胆して、ポールは別の方法を考えた。南フロリダ地域倉庫のマネージャー、ロジャーに電話をかけてみた。ポールとロジャーの娘は同じ学校に通っていて、家族ぐるみの付き合いをしている。「やあ、ロジャー。忙しいところ、すまない。ちょっと頼みがあるんだ。製品番号ｋｔｌ-１８６０のテーブルクロスを一枚、こっちに送ってもらうことはできないかな」

「……ああ、もちろん。次の水曜の配送の時に送ることはできるけど」

「助かるよ。じゃ、お客さんに確認してから、後でまた電話を入れるよ」

ポールは受話器を置いて、客の方へ向き直った。「お客様、水曜日には在庫が届くようにできますが」これ以上はないというほどの営業スマイルで伝えた。

「そうなの？　どうしようかしら」冷めた表情で彼女が言った。「水曜は忙しいのよね。そんなに待たないといけないんだったら、どうしようかしら。もし時間があったら、また寄らせてもらうわね」

彼女が店を出ていく姿をがっかりした表情で眺めながら、ポールは客のためにわざわざ在庫を探したことさえ恨めしく思えてきた。それは、自分で自分の首を絞めるようなものだったからだ。おそらく、あの客は戻ってはこないだろう。結局、テーブルクロスを地域倉庫から取り寄せたら、それは余剰在庫として残ってしまうことになる。すでに余剰在庫を処分するために、わずかな利益、あるいはまったく利益なしで割引セールをやっている時にだ。そんな時にわざわざ、すぐに売れそうもない商品をひとつ増やす必要などどこにもない。しかし、あのテーブルクロスを注文しなくて、万が一あの客が戻ってきたらどうだろう。客はひどくがっかりするに違いない。売上げの機会をひとつ失うばかりでなく、顧客も一人失うことになる。

売れ残るリスクを抱えてまで在庫を持つべきか、それとも売上げが落ちるリスクがあっても在庫を減らすべきか――いつも、このジレンマが彼を悩ませている。儲からないのも無理はない。客が何を買うのか、どんな商品を用意しておいたらいいのか――それを教えてくれる魔法のクリスタルボール（水晶玉）があったら、どんなに助かることだろう。

ポールは再び、ロジャーに電話をかけた。「さっきのテーブルクロスだけど、送ってくれないか。そっちには、後で注文伝票を回すよ。そのうち、誰かが買ってくれるだろう」そう言って、ポールは「ところで、ロジャー、魔法のクリスタルボールの在庫はあるかい？」と付け加えた。

「魔法のクリスタルボール？　ああ、本部に二つほど送ってくれと頼んであるけど、しばらく時間がかかると言われたよ」電話越しに、ロジャーの笑っている様子が伝わってきた。

受話器を置いたポールは、店の利益を上げるために他に何かできることはないかと再考を重ねたが、名案は何も思い浮かばなかった。売上げと在庫——この二つの対立は、魔法のクリスタルボールのみが解決し得るジレンマだった。

# 2

キャロラインが、父親の携帯電話を手に外に出てきた。ビーチに面した両親の家だ。振り返ってガラス戸を閉めると、ビーチと家の間に広がる芝生の上でキャッチボールをしている子供たちの姿がガラスに映っていた。最近リフォームしたばかりのポーチの脇に聳える椰子の木が、夕暮れの迫る庭に心地よい日陰をつくっていた。

キャロラインは、父ヘンリー・アロンソンとその右腕のクリストファーの方に向かって歩を進め、母とその友人のジャッキーと談笑している夫ポールの後ろを通り抜けようとした。

「ムニーズの作品はとても力強いと思ったわ」キャロラインの母リディアが言った。「とにかく、素晴らしかったわ」

「そうね、構図もよかったし……」そう言いながら、ジャッキーがキャロラインの方を向いた。「マイアミ美術館の創立記念展だけど、キャロライン、あなたも見てきた？」

「いいえ、ちょうど海外に出張中だったもので」

「だから、私がリサとベンを連れていってきました」微笑みながらポールがそう言った。

夫の頬に軽くキスをしながら、キャロラインは「子供たちは楽しんでくれたと思うわ」と付け加え、バーベキューグリルの方へ歩いていった。

「父さんたら、まったくベンと同じで忘れっぽいんだから」そう言って、キャロラインはヘンリーに携帯電話を手渡した。父娘であるヘンリーとキャロラインには似ているところがいくつもある。黒い髪に鋭い茶色の目、それから一度言い出したら考えを変えない頑固なところもそうだ。ずんぐりした体型でカリスマ的なところがあるヘンリーは、携帯電話を置き忘れていたことに驚いた。

「おやおや、私がいなくなって寂しかったんじゃないか」とヘンリーは冗談を飛ばした。グリルでハンバーガーの肉を裏返していた手を休め、何か大切な電話やメッセージがなかったか、彼はすぐにチェックした。何もなかったのを確認して電話をポケットに滑り込ませた。そしてキャッチボールをしている孫たちを指差しながら言った。「もし、ベンに私の記憶力のいいところが遺伝しているとしたら、ピッチャーとしての才能も受け継いでいるかもしれないな。覚えているか、クリストファー。マイアミ高校との試合を？」

ジャッキーの夫クリストファーは、親友であり、上司でもあるヘンリーより頭ひとつ背が高い。「ああ、覚えているよ。あのノーヒットノーランはすごかった。覚えていることだったら、もうひとつある。キャロラインが導入を求めている、新しいコンピュータのシステムの変更だよ。さっきまで話し合っていたこともちゃんと覚えている。だけど、変更ばかりするのは、もうそろそろ終わりにしないと……」

「私の部署には、この機能が絶対必要なの。多分、必要だろうとか、必要かもしれないとかいうことじゃないの。絶対、必要なのよ」キャロラインの声には熱がこもっていた。キャロラインはハンナズショップ全社の仕入れ責任者で、商品の調達についてはすべての面で完璧を目指してきた。「この機能があれば、仕入れ先への発注や、価格提示の管理がもっと効率的にできるようになるの」

「キャロライン」クリストファーが答えた。「だが、いつまでも変更ばかりしているわけにはいかないんだ。いわゆる改善っていうやつをエンドレスに続けてきたせいで、もう一年以上もシステムが機能障害の状態に陥っている。もう勘弁してくれ。そのうち、君がいろいろ決める時が来るだろう。いまは、このシステム変更は会社にとって得策ではない。わかってくれ」

「でも、まあ、それで長期的に見てコストが節約できるのなら、キャロラインの案を検討してみるのも悪くないんじゃないか……」そうヘンリーが言葉を挟んだ。「コンピュータ部門からの評価を火曜日までに届けてくれ」

その時、ポールが子供たちに加わって一緒にキャッチボールをしている姿が目に飛び込んできた。キャロラインは、また貴重な時間を仕事に費やしている自分に気がついた。子供たちはどんどん成長していく。こうして子供たちと一緒に過ごすことも、じきに儚い思い出となってしまう。

「わかったわ、父さん。できるだけ早く届けるわ」そう言って、キャロラインは飛び跳ねるようにベンとリサの間へ駆け寄っていった。「私も入れて」そう彼女は叫んだ。

*　*　*

デザートがみんなに用意されると、ヘンリーが立ち上がった。彼は、リディアの誕生パーティーに集まった家族や友人たちの顔を見回した。キャロラインとポール、そしてその子供たち。ヘンリーの右腕クリストファーとその妻ジャッキー。そして、リディアの幼馴染みグロリアと、彼女の現在の夫ハロルド。

「四〇年ほど前のことだが、私は、母の店にやって来た女の子の中で最も美しい娘に恋をしてしまった」ヘンリーは、優しく妻の手を握りながら話しはじめた。「私は、すぐに思った。これからの人生は、お前と一緒に過ごしたいと。みんなにいつも言われているように、私はこれまで、常に仕事ばかりしてきた。でも、もうそろそろ自分の望みを叶える時だと思う。今年を最後に、ハンナズショップの社長の座から退くことにした」

「ヘンリー、あなたには無理よ。会社が大好きなんだから」リディアがたしなめるように言った。「会社は、あなたのかわいいベビーでしょ」

「ああ、そのベビーを別のベビーに任せることにした。キャロラインだったら、安心して任せられる。私がいなくても大丈夫だ」そうヘンリーは答えた。

ヘンリーの言葉に、ポールは固まってしまった。キャロラインもすぐさま抵抗を示した。「父さん、ちょっと待ってよ、いきなりそんな話……」

その時だった。「ダレンおじさん！」と一三歳のベンが、ベランダの扉で笑みを浮かべて静かに立っている黒髪でハンサムな男に向かって叫んだ。

「サプラーイズ！」そう声を張り上げると、ダレンはリディアに歩み寄って抱擁した。「母さん、誕生日おめでとう。もっと早く着くつもりだったんだけど、ラガーディア空港で飛行機が少し遅れてね」

「マイアミで仕事をしていたら、遅れることなどないのにな」ヘンリーが皮肉った。「それなら、双子の孫にも休暇の時だけでなく、いつでも会える」

「父さん、久し振り。会えてうれしいよ」キャロラインの兄ダレンは、甥と姪のベンとリサと軽く抱擁を交わして、二人の間に腰をかけた。「だけどいま、今年でリタイアするから、時間がたくさんできると言っていたばかりじゃないか。そしたら、すぐにでも孫たちに会いにニューヨークにだって来られるよ」ダレンはヘンリーに返した。

「お腹は？　空いていない？」そう言って、リディアが二人の会話に割って入った。いつものことながら、リディアは夫と息子の間の緩衝材だ。「ハンバーガーだったら、すぐにできるわよ」

「大丈夫だよ、母さん。デザートをたくさん食べさせてもらうから」

キャロラインも身を乗り出して、ダレンの頬に軽くキスをした。ダレンは、ポールの大学時代のルームメイトだが、そのダレンにケーキを手渡しながら、ポールは「話したいことが山ほどあるんだ」と告げた。

# 3

「タクシーでもよかったのに」シートベルトを締めながらダレンが言った。

しかし、ポールはクルマで空港まで送っていくと言って譲らなかった。「二人でゆっくり話をする機会なんか、本当に久し振りじゃないか。こんな時じゃないと、と思ってね」信号が青に変わるのを待ちながらポールが言った。「で、最近はどうなんだい。付き合っている女性はいるのかい」

「おいおい、いつから母さんの手下になったんだ。いまは誰もいないよ。仕事が忙しくてそんな時間なんてないよ」

「大きなプロジェクトを抱えて、夜も仕事かい？」ポールがそう訊ねると、愛車のチェロキーはブロード・コーズウェイに入った。それほどクルマは多くない。

「いくつものプロジェクトに顔を突っ込んでいるんだ。どれも、一晩で大化けする可能性がある」そう言う、ダレンの灰色がかった青い瞳は輝いていた。「ベンチャーキャピタルの世界は、驚きでいっぱいさ。実は昨日、父さんたちの家に着くほんの一五分前にも、契約をひとつまとめてきたばかりだったんだ」

「なんだ。わざわざお母さんの誕生日を祝いに、フロリダまで来てくれたと思っていたのに……。とにかくもう以前みたいに、忙しくプロジェクトを次から次へと追わなくてもよくなったものだと思っていたよ。プロジェクトの方から、君のところに来てくれるようになったとね」

「俺もそうだと思っていた」ダレンは指でコツコツと窓ガラスを軽く叩き、流れていく海の景色を見やりながらそう言った。「でも、本当に得意な分野ができるまでは、ずっとこんな調子さ。この業界では、評判がとても大切なんだ。これだったら、アイツに任せて大丈夫っていう評判がね。そうしたら、黙っていてもプロジェクトの方からやって来てくれるようになる」

「なるほど。それまでは他人にうんと儲けさせて、自分は少ない手数料だけで我慢して一生懸命働かなければいけないっていうことか。だったら、そんなブローカーのような仕事は辞めて、ちゃんと大勢の部下を持って、みんなが自分のために働いてくれるような仕事をしたらどうなんだい」

「おいおい、待ってくれ」ダレンは腰をずらして、ポールの方へ体を向けた。「投資ビジネスの話かい、それとも父さんの会社の話かい。君が言わんとしていることはわかっている」

「戻ってくることを真剣に考えてもいいんじゃないかな」ポールはきっぱりと言った。クルマがI‐95号線に入ったところで、「お父さんが、本当に会社を継いでもらいたいのは君だということは、みんな知っている」とさらに言葉を付け加えた。

「それは無理だな。父さんの会社に戻ることなんて絶対にできない。自分の力で何かを成し遂げようと、ニューヨークに出ていったんだ」ダレンは語気を強めた。「それに、ホームテキスタイル（家庭用繊維製品）のビジネスはスローすぎる。何も変化がない。だけど、ベンチャーの世界は違う。可能性はいくらでもあるんだ。常に新しい動きがあるんだ。エキサイティングな何かが、いつもすぐそこで待っているんだよ」

「なるほど、君の言うとおりかもしれない……」無理だとわかってはいても、少しはダレンの気も変わったのではないかと期待し、確かめるだけでもしなければとポールは考えていた。でも、どうやら気持ちは変わっていないようだ。

「もちろんさ」自信満々な言葉がダレンから返ってきた。「それに、次の社長はキャロラインだ。キャロラインなら、いい社長になれる」

「いい社長？　キャロラインだったら、ものすごい社長になるよ。でも、彼女が社長になったら、それこそ僕は会社を辞められなくなってしまう」

「会社を辞める?」ダレンはポールの言葉に驚いた。「会社を辞めるって、いったいどういうことだ?」

「店のことでにっちもさっちもいかないんだ」

「おいおい、何を言っているんだよ。そんなことで、へこたれているのか? これまでだって、君は何度も難局を切り抜けてきたじゃないか。その度に、みんなを驚かせてきた。事業開発の時も大変だったようだけど、新規出店の基準設定の時には君が大活躍したじゃないか。会社の拡大計画には、いまでも君の考えがいろいろと組み込まれている。君が思っているより、俺は君のことをよくわかっているんだ」ダレンは、親友であるポールがこれほどまでに落ち込んだ表情をしているのをかつて見たことがなかった。ポールを励まそうと、ダレンは言葉を続けた。「覚えているかい。大学四年の時だって、あれこれ理由をつけてはキャロラインに会いにフロリダまでしょっちゅう通って、勉強がかなり遅れていたけど、結局、最後は学年で三番だったじゃないか。今度も必ず、君なら切り抜けられるさ」

「君の自信がうらやましいよ」そう言ってポールは肩をすぼめた。「いいかい、僕がボカ店の店長になってから、店の成績は落ちるばかりだ。今度の四半期は八位だよ」

「きっと、君は店長には向いていないんだよ。でも、君には別の能力がある。一店舗じゃなく、もっと大きなシステムを動かす能力だ。今度、昇進したら、きっと君の能力を活かせる仕事が回ってくるに違いない」

「僕が会社に入る時に提示した条件を覚えているかい」ポールが訊ねた。

「ああ、近道はしない、だ。会社の一番下からというのが条件だった。下からひとつずつ仕事を覚えて、会社のことをすべて学びたかったんだろう？」

「そうさ。でも近道なしっていうことは、与えられた仕事、一つひとつでそれなりの成果を上げなければ上には行けないということだ。僕の親父から学んだ一番大切なことは、自分で勝ち取ってもいないメダルを安易に与えられることほど、自分のプライドや人間性にとって危険なことはないっていうことだよ」

やれやれ、またホワイト先生のありがたいお言葉か、とダレンは心の中で皮肉った。父へンリーにはことあるたびに説教されているが、それと同じだと思った。

ポールは続けて言った。「社長の娘と結婚したからといって、いきなり上のポジションを与えられるのではなく、一番下から始めるというのは僕が希望したことだ。ダレン、君だって、社長の息子なんていう見方はされたくないだろう。だったら、僕が会社で社長の義理の息子だからなんていう見方をされたくないのもわかってくれてもいいんじゃないか」

「そんなことを言っているんじゃない。君は、もう十分に会社を見てきた。経験も十分積んだ。ちゃんと下からひとつずつ仕事をこなしてきたじゃないか。あと他に何をしないといけないって言うんだ」

「まだ、不十分なんだよ」ポールは抵抗した。「これまでは、与えられたポジションでそれなりの成果は上げてきた。いつもものすごいっていうわけではなかったけど、それなりに評価されてもいい結果は出してきたつもりだ。でも、今度はまだなんだ。ハンナズショップにとって一番大切な店の経営で、まだちゃんとした結果を出せていないんだよ。僕は落伍者だ。もしかすると、ロケーションが悪いからなのかもしれない。あのみすぼらしい古びたモールの中だからなのかもしれない。顧客がみんなリタイアした金持ちのご婦人連中なのに、ハンナズショップの商品が中流クラスをターゲットにしているからなのかもしれない。でもいくら理由を並べても、店長という仕事で僕がちゃんとした結果を出していないという事実は何も変わらないよ」

「もう少し時間が必要なのかもしれないな」ダレンが慰めるように言った。

「問題はそれだよ。僕には、もう時間があまりないんだ」ポールの声には焦りが感じられた。「ボカ店の店長になって、もう三年だ。一年ぐらい前から昇進のプレッシャーがかかりはじめたから、こっちはできるだけ時間稼ぎをしてきた。でもパフォーマンスから判断する限り、僕より先に昇進すべき人が他に何人もいるんだよ。ダレン、君は僕のことをよく知っているだろ。こんな状況で会社が僕を昇進させようとしても、簡単に『はい、そうですか』と首を縦に振るわけにはいかないんだよ。それはできない」

　ポールは、飛ばしていくバイクを避けながら話を続けた。「とにかく、もう少しで昇進というのは見えていた。半年後には、きっとまた別のポジションで仕事を学んでいるはずだった。昨晩の誕生パーティーまでは、あと半年ぐらいの間に、店でもっとちゃんとした結果を出すか、あるいは会社を辞めるかのどちらかだろうと思っていたよ。だけど、その選択肢もお父さんに奪われてしまった」

「奪われた？　どうして？　社長の座をキャロラインに譲るからかい？」当然の質問だった。「そんなこと、もう何年も前からわかっていたことじゃないか。キャロラインが社長になるからといって、どうして君が会社を辞められなくなるんだ？　妹なら、君の複雑な状況をわかってくれるよ。個人的にどうこう思ったりしない」それにもしポールが会社を辞めたら、父も自分が思っているほど、みんなにとって天国のようないい会社でないことに気づくかもしれない、とダレンは思った。

「昇進することはわかっていたけど、僕には時間があるものだと思っていた」ポールが説明を続けた。「正直、お父さんはこれまでも何度もリタイアの話をしてきた。でも、具体的にいつ辞めるって言ったのは昨日が初めてだった。みんな、まだまだ先の話だとばかり思っていた。子供たちがもっと大きくなってからの話だと思っていた」

「子供たち？　ベンとリサのことかい？　君の子供たちと、このことがどう関係しているんだい？」

「キャロラインは海外出張でしょっちゅう家を留守にしないといけないから、いない時は、僕が子供たちの面倒を見ている。でも社長になったら、彼女は子供たちと過ごす時間がますます少なくなってしまう。そうなったら、僕も会社を辞めて外でいい仕事を探すのは難しくなる。僕に向いている仕事で出張をあまりしなくていいような仕事は、そう簡単には見つからないよ。でも、いまの会社なら昇進しても、何とかなる。キャロラインの出張と重ならないよう調整することができる。でも別の会社に勤めはじめたら、そう都合よくはいかない。いまは、子供たちにとって大切な時期だ。その大切な時期に、僕もキャロラインも子供たちと一緒にいてやれなくなってしまう。リサは、まだ九歳だよ」

「つまり、君は自分のことより、キャロラインの仕事や子供たちのことの方を優先したいっていうことか」ポールの気持ちを理解して、ダレンはそう結論づけた。「つまり、キャロラインに社長の座を諦めてくれと頼む代わりに、俺に会社に戻って、社長の座を彼女から奪い取ってくれと言っているわけだな」

「社長の座といっても、別に彼女はなりたがっているわけじゃないよ」ポールが言った。

「おいおい、ハンナズショップは、キャロラインにとって命だぞ」ダレンは、怪訝な表情を見せた。「社長になりたくないって、妹が言ったのかい」

「いや、そういう言い方はしていない」ポールは答えた。市場のトレンドを予想したり、新しい仕入れの仕事が自分には一番向いていると言っている。「でも、彼女はいつも、いまの仕入れの仕事が自分には一番向いていると言っている。「でも、彼女はいつも、いまの仕

コレクションを選んだり、サプライヤーからいい価格を引き出したり……とにかく、そういうのが彼女はものすごく得意だし、大好きなんだよ。社長になるなんて嫌なはずだ。いつも数字ばかり気にして、エゴに駆り立てられたつまらない政治の世界はまっぴら御免なのさ。きっと惨めな思いをする」

「だから君は、俺に白馬に乗って現れ、剣を振りかざして社長の座を奪い取り、悩める乙女を救ってくれって言っているわけだな」ダレンの顔から思わず笑みがもれた。「ポール、君は本当にいい奴だよ。だけど、こればっかりは『うん』とは言えない」

「わかってる、わかってるよ」ポールは申し訳なさそうな表情を見せた。「でも、まあ取りあえずトライだけはしてみないとと思ってね」

「ああ、でもそう簡単にはいかない」

「わかっている」

「だけど、君が会社を辞めることを考えていることを、キャロラインは知っているのかい。

妹は何て？」

「彼女は、まだ知らない」グレーのバンに追い越させようとして、ポールはクルマのスピードを緩めた。

「どう言ったらいいのか、わからなくてね。一緒にクルマで通勤できるようになったらいいわねって、彼女はずっと前から楽しみにしているんだ。そんなのはもう諦めてくれなんて、なかなか言い出せないんだ」

「でも、それははっきり言わないと」ダレンがそう言うと、クルマはマイアミ国際空港に到着した。「俺が離婚から学んだことがひとつあるとすれば、それはもし夫婦の間に何か問題があるのなら、できるだけ早く二人の間で話し合うべきだということだ」

出発ターミナルの外にクルマをつけながらポールが答えた。「わかっている。ただ、どう切り出していいのか考えているだけなんだ」いずれその時が来たら、キャロラインには必ず話すことになると、ポールは心の中で言い訳をしていた。その時までに願わくは何かいい方法が見つかって、そんな気の重い話をキャロラインにしなくてすめばと願っているのだ。

「でも、もし会社を辞めることになったら、俺には絶対に知らせてくれ。君は、多くの才能に恵まれているんだ」クルマのドアを開けながら、そうダレンが言った。

# Isn't It Obvious

# II

## 緊急事態発生

# 4

ポールが歯を磨いていると、彼の携帯電話が鳴った。キャロラインがキングサイズのベッドを横切るように大きく手を伸ばし、反対側のナイトテーブルに置かれた電話を取った。

「……わかりました。少々、お待ちください」そう言うと、キャロラインは立ち上がり、バスルームに向かった。「あなた、警備会社からよ」

ポールは、急いで口をゆすぎ電話に出た。

「何でしょうか」

「ホワイトさん、グランベリー警備のダーラと申しますが、ボカビーチモールのA‐5倉庫で水漏れが検知されました」彼女はそう機械的に伝えた。ポールは内容を確認して電話を切ると、再び歯を磨きはじめた。携帯電話というのはまったく困ったもので、警報が鳴る度に、警備会社から時と場所を問わず電話がかかってくる。受ける側の都合はまったくお構いなしだ。

歯磨きを終え、グレーのスラックスを穿こうとしている時に、再び携帯電話が鳴った。

「おはよう、テッド」明るい声でポールは電話に出た。「新しいコレクションの店の受け入れ準備はオーケーかな？」

「はい、それより問題が……。深刻な問題が発生しました」テッドの返答に、ポールの表情が曇った。「地下倉庫の天井で水道管が破裂して、倉庫が水浸しです。メインのパイプをいま止めたところなので、これから下に降りて様子を見てこようと思っています」

「水の量は？」そう訊ねると、靴下と靴を履くためにポールは腰を下ろした。

「わかりません。でも、かなりのようです。商品がどれだけ被害を受けているかはわかりませんが、カフィーブックスのジョンは、彼らの倉庫も水浸しになって、置いてあった本はすべて廃棄しなければならないと言っていました」

「いまから、すぐ行く」そう言って、ポールは電話を切った。

ポールは、キャロラインに状況を伝え、子供たちに一緒に朝食は食べられないから謝っておいてくれと頼み、上着とネクタイを手に慌てて出ていった。

I-95号線に向けてクルマを走らせながら、ポールはフロアマネージャーに電話を入れた。

「テッド、状況を簡単に説明してくれ」

「倉庫にあった箱は、あまり被害を受けていないようです」テッドの報告に、ポールは安堵のため息をついた。「水に浸かった箱は全部、いま、みんなで上に運んでいるところです」

「そうか。じゃあ、箱をすべて運び終わったら、一つひとつ開けて、水に浸かっていない商品を分けておいてくれ。それから、残りの箱もすべて上に運んでおいてくれ」ポールは強い口調で指示を出した。「湿気と臭いは、簡単に繊維製品に染み付くからな」

「でも、どこに運んだらいいでしょうか。駐車場にでも置いておきましょうか」

クルマは、ちょうどI-95号線に合流したところだった。テッドの問いに、ポールは迅速に判断を下した。「いや、全部、店の中に置いておくんだ。また、三〇分後に状況を電話で知らせてくれ」

ポールは、これまでに出したことのないようなスピードでクルマを飛ばした。

アベンチュラ近くを走行している時だった。六回目でようやく電話はモールのマネージャーに通じた。「ラウル、ハンナズショップのポールだ。いま、モールへ向かっているところだが、どれくらいの被害なんだ?」

「ポール、悪いけど、いまはちょっと話せない。でも、心配しないでくれ。ちゃんと対応しているから。すでに修理業者にも来てもらっているので、三、四日あればすべて元どおりだ」

そう言うとラウルは、ポールに質問する間も与えずにすばやく電話を切った。


クルマがディアフィールドビーチに近づくと、テッドから電話が入った。

「もしもし」

「水に浸かった箱はすべて運び上げて、いま、中を開けて商品をチェックしているところです」テッドはそう報告した。「マイクとイザベラもいまちょうど来たので、店長の指示どおり、残りの箱も運びはじめたところです」

「そうか、ありがとう。あと一〇分くらいでそっちに着く」

今日は、テッドが朝早くから店に出てくれていて助かった。テッドは、本当に責任感の強い男だ。頼りになる部下がいるというのは、やはりいいものだ。


自分専用の駐車スペースにクルマを停めると、駐車場にうずたかく積まれた本や靴の箱が否応なしに目に飛び込んできた。すべて水に浸かった商品だ。ポールは唖然とした。搬入口にはカフィーブックスのオーナー、ケーデンスが茫然とした表情で立ち尽くしていた。それはまさに衝撃的なシーンだった。もしかすると自分の店も同じぐらいの被害なのではないのか、テッドは被害を過小に見積もっているのではないかとポールは心配になってきた。

　ポールは、搬入口から店に入った。業務用エレベーターの前に、空の台車を持って待っているフロアスタッフがいたので、軽く会釈をした。自分のオフィスの前を足早に通り過ぎると、店内の様子が目に飛び込んできた。バレンタインデーを祝うハートや矢の飾り付けの下を、スタッフが数珠つなぎになって地下から一生懸命に箱を上に運んでいる。その様子を見ながら、ポールは、箱を開けて中の商品をチェックしている三人のセールススタッフの脇に立っていたテッドのところへ向かった。

「被害はどうだ」

「ラッキーでした。大部分の商品はビニールの袋に入っていたので、箱が水に浸かっていても、商品はほとんど大丈夫のようです。でも、絨毯やカーテンの中には処分しないといけないものもあるようです。どのくらい廃棄しないといけないかは、まだわかりませんが」

　ポールは、その報告に取りあえず安堵した。隣の書店の惨状を考えれば、まさに幸運だった。

「ありがとう、テッド。助かったよ」その言葉は、ポールの偽らざる気持ちだった。彼は、従業員全員の方へ振り返って言った。「みんな、ご苦労さん。みんなが力を合わせて頑張ってくれて、本当に感謝している。ありがとう」

この状況からすると、今日、店を開けられないのはポールにも明らかだった。明日は何とかして開けたいが、そのためには店内の商品を急いで片づけなければいけない。「ちょっと倉庫へ降りてくる。自分の目で様子を確認したいから」そう言ってポールは地下へ向かった。

業務用エレベーターから降りてまず驚いたのは、その臭いだった。地下には湿気を含んだ臭気が充満していた。本や靴がたくさん水に浸かったに違いない。これだけ強烈な臭気は他に考えられない。このモールの地下には、一応、空調装置はあるが、このモールに足繁く通ってくる年配客と同じぐらい古い。すぐに乾かさないと、地下フロア全体がカビ臭くなってしまう。

地下はまだ水が引いていなかったので、ポールは慎重に足元を気にしながら自分の店の倉庫に向かった。空気を入れ替えるため、両開きのドアは広く開け放たれていた。天井を見上げると大きなひび割れがあって、そこから水がいまだに滴り落ちていた。壁際には、この店で売っている二〇〇〇種類以上のSKU*(stock-keeping units)を並べて保管しておく業務用の棚がいくつか並んでいる。そのうち四つも水を被ったのにもかかわらず、あれだけの被害で済んだのはまさに幸運だったとしか言いようがない。ポールは、ビニール袋と真空包装の神様に感謝を捧げた。

ポールは、隣のケーデンスの倉庫の様子も見にいった。こちらは悲惨な状態だった。天井が大きく崩れ落ち、長いひびの入った水道管が剥き出しになっていた。床には本から剥がれ落ちたページやホルダー、それにハート型のバレンタインカードが水に浸かり散乱しているうえに、崩れ落ちた天井材が無残な姿を横たえていた。

倉庫の真ん中には、ふさふさとした黒髪の中年男が、"Al's Plumbing"（アルの配管工事）と大きく黄色の文字で背に会社名が入ったオーバーオールをまとって立っていた。彼は、一緒にいたおどおどとした表情の若者に指示を出していた。

「それで、原因は？」ポールは、彼に訊ねた。

「パイプが古くなっているのに加え、昨晩、急に冷え込んだのが原因でしょうね」そう彼は答えた。「去年も、パームビーチで同じようなトラブルがありましたよ」

「私は隣のA‐5の店の者ですが、いつ頃、商品を倉庫に戻すことができそうですか」

ポールの質問に、アルは額を鉛筆で掻きながら、右へ一歩、その方が照明の当たり具合が

---

＊SKU：在庫保管単位。アイテムは商品の種類を指すが、SKUは同じ商品でも、サイズ、色、分量、パッケージの違いや値段の違いなど、アイテムより小さい単位で分類される。

いいのか、場所をずらした。「そうですね、六週間か、七週間ぐらいでしょうか」

「えっ、六週間か、七週間？……六日か、七日の間違いでしょ？」ポールの顔はこわばっていた。

「いやいや、そんなすぐには絶対に無理です。最低でも六、七週間はかかりますよ」アルの答えは非情だった。「天井全体を大きく開いて、メインのパイプを取り換えて、また天井を塞がないといけないし、もしそれでもダメなら、設備全体が古すぎるので、パイプをつなぐジョイントが手に入るかどうかもわかりませんよ。最悪の場合は、水道管を丸ごと取り換えないといけないかもしれませんからね。ちゃんと修理が完了するまでは、商品を戻してまた被害が出ても、こっちは責任を持てませんよ」

「何とか、もっと早く直す方法はないんですか」ポールは青ざめた。

「残念ながらないですね。こっちはいま、仕事を他にも三つ掛け持っていますが、緊急事態ということで、そっちをほったらかしにして、ここに駆けつけてきたんですよ。この仕事を仕上げる前に、またどこかで緊急事態が発生しないとも限りませんからね」

「でも、今度の木曜はバレンタインデーで稼ぎ時なんですよ」ポールは訴えるように言った。

「それまでには、何とか倉庫を使えるようにしないと」

「そうか、木曜はバレンタインデーか。思い出させてくれて、助かりました。女房にバラでも買ってやらないと……」

憤慨したポールは階段を駆け上がり、そのままモールのマネージャー、ラウルのオフィスへ駆け込んだ。すると、すでに別の店のマネージャー三人がラウルに向かってまくし立てていた。

「もう、他に空いているスペースはないんですよ」ラウルは困り果てていた。「空いていた倉庫は、一番被害の大きかったカフィーブックスとエレガンスシューズにもう割り当ててしまったので……」

「だったら、こっちは、いったいどうしてくれるんだ」金物店のマネージャー、ヒメネスが声を荒げた。

「一生懸命、水道管を修理しているところです。いま、できることはそれしかありません。被害に遭われたお店には保険がちゃんと下りますから、心配しなくても大丈夫です」口髭をたくわえたラウルは、まるで何かのマニュアルを読むかのような口調だった。

「被害のことだけじゃない」今度はポールが手を振りかざしながら訴えた。「もうすぐバレンタインデーなんだ。バレンタインの売上げを逃すわけにはいかないんだ」

「そればかりは、どうしようも……。でも、被害が出た分はすべて補償させてもらいますので」

苛立ったまま、ポールはラウルのオフィスを後にした。解決策は何も提示されることなく、今日は無理にしても明日には店を開けなければならない。しかし、倉庫から運び上げた商品在庫はどうしたらいいのだ。どこに運んだらいいのか。すぐにどこか別に場所を確保しなければいけない。

ポールは店に戻った。今度は正面の入口から入ったのだが、とにかく店内の通路を奥まで埋め尽くしている箱の多さに圧倒される。水に浸かった箱を開けている者、商品をチェックしている者、商品の入ったビニール袋の水を拭き取っている者など、従業員はみな忙しくしていた。ポールの秘書アルバでさえ、今日はタオルに埋もれながらの仕事だ。

ポールは、自分のオフィスに戻り電話帳を開き、近くの倉庫を調べて電話をかけはじめた。「倉庫が、今日必要なんですか？　そうですね、一平方フィート当たり二五ドルで用意できますが、いかがですか。お手頃な料金だと思いますが」

三分後、今度は別の業者にあたった。「残念ですが、ちょうどいましがた空いていた最後のスペースを貸してしまったところです。あと二週間ほどで倉庫がひとつ空きますが、予約しておきますか？」

電話帳に載っている最後の業者は言った。「いったい、どのくらいの料金をお望みなんですか。ボカでは、それが相場です。もっと安い倉庫が必要なら、デルレイビーチにも空いている倉庫がありますけど」

ポールは、落胆して顔を伏せた。店を開けるためには、どうやら高額な料金を払って倉庫を確保するしかなさそうだった。そうなると水道管がきちんと修理されるまでは、利益はほとんど出ないということだ。しかし、いつ修理が完了するかはまったく見当がつかない。わずかな望みをかけていたが、それも断ち切られてしまった。これでは、店の利益を上げることなど望むべくもない。まして昇進に値するような業績など、到底期待できるはずもない。ハンナズショップでは、彼の体たらくぶりが後々まで語り継がれるだろう。

ちょうどその時、テッドがポールのオフィスに駆け込んできた。

「店長、搬入口まで来ていただけますか。新しいコレクションが、トラックで運ばれて来たんです」

「参ったな」ポールは、すっかりそのことを忘れていた。今日の午前中は、もともとディスプレーの取り替え作業に充てるつもりでいた。しかし、その代わりに災難に見舞われて、その対応に右往左往している。ポールが搬入口に着くと、ドライバーが商品の載せられているパレットをトラックから降ろしているところだった。

「ダメだ、ダメだ」ポールは大声で叫んだ。「荷物を降ろさないでくれ。どこにも置くところがないんだ」

「そう言われても、こっちは言われた仕事をしているだけですから。これは、ここに置いていきますよ」

「いや、それは困る。頼むから、これ以上、降ろさないでくれ」ポールは懇願した。「ちょっと待ってくれ。君のボスに掛け合ってみるから」

そう言うと、ポールは携帯電話を取り出し、地域倉庫に電話をかけた。

「ロジャー、ポールだ。緊急事態発生だ」ロジャーに状況を説明するポールの声は必死だった。そして、ドライバーに荷物を持って帰るように指示するよう彼に頼んだ。

「わかった。ドライバーと代わってくれないか」

ポールは、タトゥーを入れたドライバーに携帯電話を手渡した。黙ってロジャーの指示を聞いていたドライバーは、ブツブツ言いながらも、荷物をトラックに積み直しはじめた。ドライバーに礼を言いながら、ポールはロジャーと再び話を始めた。

「ボカビーチモールの近くで、どこか安く倉庫を借りられるところがないか知らないかな」とポールは訊ねた。

「悪いけど、知らないな」と落ち着いた言葉が返ってきた。「近くの倉庫はあたってみたのかい」

「ああ、でも普通の価格で空いているところはどこにもなかったよ。みんな同情してくれて、値段を倍にしか吊り上げないんだ。三倍じゃないから、感謝しないといけないんだろうけど」とポールは皮肉った。そして「一番近いところで見つかったのは、デルレイビーチだよ」と付け加えた。

「デルレイビーチだったら、クルマで一五分以上もかかるじゃないか」ロジャーは、驚いた様子だった。そしてゆっくりとした口調で言った。「もしすぐに必要でない在庫だったら、俺のところに置いておいたらどうだ？　トラックは毎日、ボカを通っていくわけだし、必要に応じて何とかうまいこと配送できるんじゃないかな」

「本当かい。そうしてくれたら、ものすごく助かるよ」ポールは安堵の声を漏らした。「君は、救世主だ」

「何とかできると思う。わざわざ遠いところにある倉庫に余分な在庫を置いて、お金を無駄にすることはない。ここならスペースはいくらでもあるし、こっちに在庫を戻しておけば、必要な時に必要な分だけ、そっちに運ぶことができる」

「在庫を戻すって、リコールの時みたいにかい？」

「いやいや、そうじゃない。君のところの在庫は、そのまままとめて置いておく。誰の在庫か、いちいち所有者を変えるような面倒なことはしない。そんなこと帳簿につけるのも、在庫をそっちに送るたびに書類を用意するのも面倒だ。在庫所有者は君の店のままで、置いておく場所だけこっちに移すんだよ」

「それはいい。それで、いつ在庫を取りにトラックをこっちに寄こしてくれるかな」ポールが訊ねた。

「今日の夕方、五時くらいになると思う。それまでに、こっちに戻すものは、すぐトラックに積み込めるようにまとめておいてくれ。ドライバーも一日中運転して疲れているから、できるだけ作業を楽にしてやりたいんだ」

「わかった。了解した」


ポールは、すぐさまテッドにそのことを伝えた。「地域倉庫に、うちの在庫を置かせてもらうことになった。トラックが五時頃に在庫を取りに来てくれるそうだ」

「本当ですか。それはすごい。どうやって、そんなことオーケーしてもらったんですか」

「ロジャーとは仲がいいんだ」ポールは答えた。「それじゃ、さっそく準備に取りかかってくれ」

「わかりました。倉庫から運び上げた在庫は全部、すぐトラックに積めるように搬出口に運び出しておきます」と張りのある返事がテッドから返ってきた。

「いや、テッド」ポールは首を横に振った。「全部送り返したらダメだ。必要な商品はすぐに用意できるようにしておかないといけない」

「すみません。言っていることがよくわからないんですが」

「テッド、地下の倉庫には、いつもどのくらいの頻度で商品を取りにいっているんだ。少なくとも一時間に一回、それとも二回かな？」

テッドは、そうですと頷いた。

「だったら在庫を地域倉庫に全部送り返したら、困ることになる。でも、店内に置いてある商品の中には、何か月も売れないで残ったままのものもあるはずだ。どのくらいあるかな」

ポールはそう訊ねた。「つまり、モールの地下倉庫に置いておいた商品在庫のうち、いったいどれだけが本来、店内に置いておくべき商品だったのか、逆に、店内に置いてあった商品のうち、いったいどれだけ地下の倉庫に置いておくべき商品だったのかということだ」

「わかりません」テッドはためらわずに答えた。「でも、きっとたくさんあるはずです。店長の言っていることの意味がわかってきました。もっと効率的な在庫管理ができるはずだということですね」

「いまは、効率なんか気にしていない」ポールは言い放った。「いま考えているのは、すぐに必要になる在庫は送り返してはいけない、しかしなおかつ、この店を開けるには、相当の在庫は送り返さないといけないということだ。各売り場の主任に、地域倉庫に送り返しても支障のない在庫のリストをすぐにまとめるよう指示してくれないか。間違いのないよう、ある程度の時間は必要だろうが、もたもたしているとすぐにトラックがやって来てしまうぞ」

＊　＊　＊

ポールのオフィスは、ハンナズショップの会社規程に従って、備え付けのオフィス家具などが決められている。デスクは薄茶色の標準サイズ、大きめの背もたれがついた椅子、デスクの脇にはホワイトボード、そしてデスクを挟んで反対側には本棚。そして、シート部分に茶色のパッドがついたスチール製の折りたたみ式パイプ椅子が七脚。その最後の椅子がいま開かれて、各売り場の主任六人とフロアマネージャーのテッドの全員が席に着いた。

従業員たちと向き合って、ポールは自分の椅子に腰を下ろした。顔には、苦い表情がありありと浮かんでいる。そしてデスクの上には、みんながまとめた地域倉庫に送り返す在庫のリストが置かれていた。しかしそれは予想に反して、ばかばかしいほどに短かいリストだった。ポールが軽く見積もったところ、地下の倉庫から運び出された在庫の四分の一にも満たない。

「みんな、こんなのじゃダメだ」ポールは、苛立つ気持ちを抑えながら言った。「ちゃんと理解してもらえていないようだな。いいか、ここには在庫をこんなに置いておくスペースはない。絶対にいま、ここに置いておかなければいけない商品だけを置いておくんだ」

「いったい、どうしろと言うんですか」イザベラが抵抗を示した。「みんな、必要な商品です。送り返すわけにはいきません。商品がなければ、何を売れと言うんですか」

「イザベラ」ポールが鋭い口調で言った。「陳列棚や保管キャビネットに在庫を目いっぱい詰め込んだとしても、全部はしまい切れない」

「しまい切れない分は、多少キッチンや廊下に置いておいても構わないと思っていましたが」

「廊下は、カーペットを置くのに使わせてもらう」今度は、ハビエルだ。彼の深い声は、ほとんど音楽の旋律のようだ。「カーペットを置ける場所は、他にないじゃないか」

「おいおい、キッチンを使うというのは、もともと俺が出したアイデアだろ」マイクが自分の胸を指差しながら立ち上がった。「キッチンは、俺が使わせてもらうよ」

「みんな静かに！」ポールが声を張り上げた。「いいから、マイク、座ってくれ。キッチンは誰にも使わせない。廊下もだ。在庫は置かせない。そんなところに山積みにしておいたら、必要な箱を取り出せなくなるじゃないか」

彼の勢いにみんなが黙っていると、ポールは続けた。「地域倉庫からは毎日、こっちが必要な分だけ送ってもらうことになっている。本当だ。状況が状況だけに、地下の倉庫が使えない間は、地域倉庫にこちらの在庫を置いてくれて、そこから必要な商品を毎日届けてくれると、地域倉庫のマネージャー、ロジャーが約束してくれたんだ。だから店に置くのは、いますぐ売れそうな商品の在庫だけでいい。あれもこれもと在庫を欲張って置いておく必要はないんだ」

「でも、いますぐ売れそうな商品って、いったいどういう意味ですか」フランが訝るように訊ねた。

その問いに、ポールはしばし考え込んだ。「いいか、必要なものは、その日リクエストすれば、次の日の朝には届けてくれる。だからこの店に置いておく在庫は、その日一日、売れると予想される分だけでいいんだ」

ポールの答えに、マイクがすばやく手を挙げた。「その日売れる分といっても、そんなのは見当もつきませんよ」

「今日は、何も売れないのはわかっていますが……」テッドが苦々しく言った。「コンピュータで各ＳＫＵの一日当たりの平均売上げを出すことはできますが、その分だけ店に残しておくんですか、そういう意味ではないですよね？」

ポールが答える前に、マイクが声を張り上げた。「平均売上げなんて、ナンセンスです。

まったく売れない日もあれば、ものすごく売れる日もあります。在庫を十分置いておかなければ、売れる日でさえ売れなくなってしまいます。平均しか在庫を置かないのなら、売上げが大幅に減るのは目に見えています」

他の売り場主任たちも、次々と異議を唱えた。バスルーム用品売り場の責任者マリアも訴えた。「黄緑色のバスタオルなんて一枚も売れない日がほとんどです。でも、一日で四〇枚も売れた日もあるんです」

「四〇枚?」ポールは驚いた。「それは、一日平均よりはるかに多いな。だけど、四〇枚も売れる日なんてどのくらいある? 四〇枚でなくても、例えば一日に二〇枚売れることなんてどのくらいあるんだ」

「これまでに一度だけありました。一年ほど前のことです。でも、また同じようなことが起こらないとは限りません」マリアは、身構えるような口調で答えた。小柄ながらマリアは、いつも自分の意見をはっきりと言う。

「これまでに一度しか起きなかったことを基準に考えていてはダメだ」ポールは断固と言った。「みんな、そんなにヒステリックに考えるな」

議論は、しばらく続いた。そして、売り場主任たちの執拗な押しにあって、SKUごとに一日平均の売上げの二〇倍相当の在庫を店に置いておくということで、ポールは飲まされた。

ポールにしてみれば、それはヒステリーの勝利で、彼にはそれ以上みんなと議論を続けるエネルギーは残っていなかった。考えてみれば、彼は朝起きてからまだ何も口にしていなかったのだから、仕方のないことだ。

売り場主任たちが揃って出ていった後も、テッドだけがポールのオフィスに残った。「どうした。やることがあるんじゃないのか？」とポールはきつい口調で言った。「みんな、君が平均売上げをプリントアウトしてくれるのを待っているんじゃないのか」

「ええ、それはすぐにやります。ただ、ひとつ聞きたいことが……。いままで地域倉庫からは、カートン単位でしか在庫が送られてきませんでした。でも、店長はカートン単位でなく、商品ひとつからでも送ってくれるって言っているんですよね。本当にそうなんですか。そんなこと、彼らにできるんですか」

やはりテッドは鋭い。現場を甘く見てはいけない。「……君の言うとおりだ。そこまでは考えていなかった。すぐロジャーに確認してみよう。その間に、君はリストをプリントアウトしておいてくれ。トラックが来るまでに、持っていってもらう在庫をまとめておかないといけない」

テッドが部屋を出ていくと、ポールは深く息を吸い込んでロジャーに再び電話を入れた。「ロジャー、すまない、また邪魔をして。今回は、面倒くさいことを引き受けてくれて、本当に感謝している」そう言うと、ばつが悪そうにポールは咳払いをした。「ただ、もうひとつだけ問題がある。いままでのように、カートン単位で在庫を受け取ることはできないんだ」

「ああ、わかっている。そんなこと、もうちゃんと考えているさ」ロジャーの返答に、ポールは驚いた。「商品を送ってくれとリクエストされる度に、カートンごと送っていたら、すぐに在庫が全部またそっちに行ってしまう。こっちのスタッフとも、もうちゃんと話をしてある。楽なことじゃないが、何とかできると思う。そっちからリクエストがあったら、在庫を一個ずつから送るよ」

「それはとても助かる。大きな借りがひとつできたな、ロジャー」

「ひとつだけかい。もっとだろ」ロジャーの緩やかな笑い声に、ポールは思わず微笑んだ。「じゃ、取りあえず、そのお返しとして、バレエのレッスンに子供たちを送っていくのは、今度の土曜と来週の土曜、そっちが担当だ。いいかな」

「任せてくれ」

＊　＊　＊

マリアがポールの部屋のドアをノックした。

「入ってくれ」

「店長、指示どおり作業を始めました」小柄なマリアが報告した。「二〇日分を残して、それ以上の在庫を地域倉庫に送り返すということは、地下倉庫に置いてあった在庫だけでなく、店内に置いてある商品も送り返すことになりますが、本当にそういうことでよろしいんですか。それとも、店長の指示を誤解しているんでしょうか」

「それでいいんだ。店内の商品も少しは送り返すことになるだろうと思っていた」

もう少し柔らかな口調でもいいと思うほど、ポールの返事は毅然としていた。

「店長」手を腰に当てて、マリアは声を強めた。「少しどころじゃありません。店内の商品棚の半分が空になってしまいます」

ポールは、すぐに頭の中で計算を始めた。この店には、約四か月分の在庫がある。その半分は地下の倉庫に置いてある。つまり二〇日分ということは、いま店内に置いてある商品の半分にも満たないということになる。マリアの言うとおりだ。陳列棚が空になることまでは想定していなかった。しかし、二〇日分でもヒステリックだと散々まくし立てた後だ。あらためてまたその議論をみんなとしたくはなかった。ともかく、地下の倉庫が使えるようになるまでは、ロジャーが毎日、必要なものを送り返してくれる。それなら、一か月分の在庫さえ店に置いておく必要はない。

「計画どおりでいこう」きっぱりとポールは言った。「一日平均の売上げ二〇日分と決めたはずだ。二〇日分でいく。空いた陳列棚は、商品をうまく広げて見栄えをよくしてくれ」

「わかりました。店長は、あなたですから」

マリアが出ていってしばらくして、キッチンでマリアが、テッドに向かってスペイン語で「ボスはクレージーだ」とか何とか言っているのが聞こえた。憤慨するマリアを一生懸命にテッドがなだめているのを聞いて、ポールは彼女が間違っていることを願った。

# 5

マイアミのダウンタンにある、ハンナズショップの本社が入っているビルの電気がひとつ、またひとつと消えていく。まるで夜の帳《とばり》が降りるにつれ、瞼を閉じていくようだった。最上階の廊下を歩きながら、キャロラインは虚脱感を感じていた。そして、夫ポールや子供たちのそばにいたいと思った。もし父ヘンリーの希望どおり自分が社長になれば、この感覚には慣れなければいけないのだろう。父のオフィスへ通じる重い両開きの扉の隙間から、緑色のホルダーのレポートに目を通しているヘンリーが見えた。驚かせないように、キャロラインはやさしくドアをノックした。

「父さん、ちょっと、時間ある？」

「いや、ないけど、いいから入りなさい」頭の禿げかかったヘンリーは笑みを見せると、読んでいたレポートを大きなデスクの上に置いた。赤や茶色に彩られたオフィスは、彼の存在を見事に浮き立たせている。

「レオンズのこと、聞いた?」デスクの反対側にあるマホガニーの椅子に腰を下ろしながら、キャロラインは訊ねた。レオンズとは、ジョージア州に本拠を置く寝具用品メーカーだ。

「ああ、問題を抱えているらしいが、それ以上は何も聞いていない」

「この間、一番下の弟のジェイソン・ホッジと話をしたの」そうキャロラインは報告した。「どうやら、ジェイソンや彼の兄弟は、もうこれ以上、会社にお金を注ぎ込むつもりはないらしいわ」

「そうか、それは残念だな。父親のレオンとは長い付き合いだった。もし彼が生きていたら、そんなことは絶対に許さないだろうな」そう言いながら、ヘンリーはため息をついた。二年前に、レオン・ホッジは心臓発作で亡くなっていた。「キャロライン、私がこの仕事を始めた時、仕入れていた商品はみんなアメリカ製だった。でも、いまはもう、アメリカ製のものなんてほとんどない。レオンズも、これで消えてなくなってしまうわけか」

「そうかしら。諦めるのはまだ早いんじゃない?」キャロラインが異議を唱えた。「レオンズはいい会社よ。品質はいいし、デザインもいいわ。誰かがあの会社を買い取れば、きっと生き残れるはずよ」

「おいおい、いまどき、いったい誰があんな会社を買うっていうんだ」そう言いながら、へンリーが手を振った。

「私たちが買ったら、どう？」

その言葉にヘンリーは目を細めた。「私たちが買う？　いったいどういうことなんだい、お嬢ちゃん」

キャロラインは笑みを浮かべた。子供の頃から、彼女が何か驚くことをしでかす度に、ヘンリーはキャロラインのことを〝お嬢ちゃん〟と呼んできた。彼女はすばやくデスクの反対側に回り、コンピュータのキーボードを叩いた。「レオンズの過去五年間の決算よ」

「なるほど、もう勉強済みか」ヘンリーはまんざらでもない様子だ。「どこで、この情報を？」

「ジェイソンからよ」素気なく返事すると、キャロラインは椅子に戻って腰を下ろし、ヘンリーが内容を確認するのを待った。すばやく数字に目を通すとヘンリーが視線を上げた。「どうしてこんなに急に、これほどまでに売上げが落ち込んだんだ」

「ホッジ兄弟のことは小さい頃から知っているけど、昔からあんまり仲がよくないのよ。それは、いまも変わっていないみたい。特に、父親が死んでからは、誰が主導権を握るか、誰が会社を経営していくかで揉めてばかりいたみたい。彼らから商品を仕入れようと思って価格を提示しても、三人全員が承認しないといけないの。時間ばかりかかるのよ。あの会社と取引するのは、もう無理ね」

懸命に自分で築き上げてきた会社が、自分の子供たちによって壊されていくことほど、創業者にとって悲しいことはない、とヘンリーは思った。少なくともキャロラインについて、ヘンリーはその心配はしなくてよさそうだ。娘の催促に、ヘンリーは頷いてみせた。「父さん、これは絶好のチャンスだと思うわ。レオンズだったら、いますぐにでも利益の出る体質に簡単に建て直すことができると思うわ」

「どうやって?」ヘンリーは説明を求めた。

予想していた質問だ。キャロラインは準備万端だった。自信満々に彼女は答えた。「ハンナズショップは、レオンズの最大のクライアントよ。彼らの売上げの四割は、私たちなの。でも私たちにとって、レオンズは一サプライヤーでしかないし、どっちかと言えば小さい方よ。私たちが扱っている寝具用品全体の六パーセント未満しかないわ。でも、もしレオンズからの仕入れ量をいまの倍に増やしたら、たとえ仕入れ価格を、仮に五パーセント下げたとしても、レオンズは黒字になるわ。もうすでに計算済みなの。このファイルも開いてみて」

「その必要はないな」マウスから手を外し、ヘンリーは画面から目を上げた。「粗利益が四割もあって、売上げがそれだけ増えれば黒字になるのは当たり前だ。でも、お嬢ちゃん、いいかい、昔から言うじゃないか。自分の得意な分野に専念しろと。基本的な教えだ。ハンナズショップの仕事は売ることであって、製造することじゃない。商品デザインの面倒なプロセスや、もちろん実際にモノをつくる製造工程なんかは、私たちは、ずぶの素人だ」

「ええ、確かにそうかもしれないわ。でも、ジェイソンは違うわ」キャロラインは語気を強めた。「彼は小さい頃から仕事を見てきたわ。それに、父親のレオンからも仕事をしっかり叩き込まれているし」

「ああ、そうかもしれない。ジェイソンとは、具体的にもうすでにその話を？」ヘンリーは眉をひそめた。

「ええ、彼は前向きよ。前向きというより、レオンズの社長として、ぜひとも会社を続けていきたいって言っているわ。そのためには、もちろん、他の二人には外れてもらわないといけないけど。でも彼とは、それ相応の給料とボーナスで五年契約できると思うわ」

「なるほど、下調べは万全のようだな。しかし、どうしてそんなに自信があるんだ。どうして、これから先も、いままでの倍の量を販売していけると思うんだ。余分な在庫を抱えて、アウトレットで見切り処分しないといけないようなことになるのは御免だ」

しばらく間を置き、キャロラインが答えた。「そうね、もし彼らの商品を売るのに何も問題がないと思っていれば、仕入れる量はもうずっと以前に倍にしていたはずね。父さん、ここは父さんの助けが要るわ。各店舗でのディスプレーのスペースを拡大して質も上げたいんだけど、クリストファーを説得するのを、父さんに助けてもらいたいの」

「ふーむ」そうヘンリーは答えた。「だけど、誰が会社を見るんだ。誰がジェイソンを監督するんだ。小さな会社だから直接、社長の私が見るわけにもいかないだろう」そうヘンリーは言った。

「それは、まだ考えてないわ」正直にキャロラインは答えた。「オペレーションか、仕入れ担当の副社長の下に置いたらどうかしら。ひとつぐらい責任が増えても私は構わないわ」

「結構、大きな重荷になるんじゃないのかな。そんなに急いで答えを出さなくてもいい。面倒を見るとなると、会社のすべてをしっかりと知っておく必要があるし、もし投資が必要なら、お前がみんなを説得しないといけない。それから、しっかりとした戦略も持たせないといけない。キャロライン、ハンナズショップは数多くの商品を扱っている。その一商品でしかない寝具用品の売上げのわずか一〇パーセントそこそこの会社に、本当にそれほどまでの時間を割く意味があると思うのかい。いいかい、レオンズにとって、顧客はハンナズショップだけではない。ハンナズショップが喜ぶことだけをしていてはダメだ。ハンナズショップだけが、クライアントなんていう会社じゃダメなんだ」

「どうしてダメなの」キャロラインは強い口調で反撃を試みた。「ハンナズショップも、そろそろ自社ブランドを持ってもいい頃なんじゃない？　マージンの大きい自社ブランドを持っているチェーン店はいくつもあるわ。調べてみたら、もちろん損を出しているところもあるけど、ほとんどの場合、利益率が上がっているわ。父さん、競争はどんどん厳しくなってきているわ。だったら、私たちもそろそろ、そういう道を検討してもいいんじゃないかしら」

アメリカ南東部の最大手のホームテキスタイルチェーンの社長は、両手を頭の後ろで組んでゆっくりと背もたれに体を預け、考え込んだ。

彼が黙っているのを見て、キャロラインは断固とした口調で言い放った。「こんなにいいチャンスは、またとないわ。絶対に逃すべきじゃないわ。いますぐレオンズを買収すべきよ」

娘の気性をヘンリーはよく知っている。最良の薬が、忍耐と平静を保つことであることも知っている。未来の社長として、彼女には学ばなければいけないことがいくつかあった。しばらく間を置いて諭すようにヘンリーは言った。「いいか、キャロライン。よく聞くんだ。お前には、優れたビジネスマンに必要な鋭い本能がある。いかに相手に自分の話を納得させるか、説得力あるプレゼンテーションの仕方も知っているし、思考能力もある。いま、それを見せてもらった。自社ブランドを持つべきかどうか、その方針をそろそろ見直すべき時に来ているというのは、確かにお前の言うとおりだ。それに、レオンズがいい会社で、彼らの商品がハンナズショップに相応しいというのも納得する。買収してすぐに利益の出る会社に建て直すことができるというのも、そのとおりだと思う。しかしだ……」

「しかし、レオンズは買収しない、そう言いたいんでしょ？」ヘンリーを遮るように、キャロラインが彼の言葉の先を続けた。

「そのとおりだ」

「どうして？」キャロラインの声には、敗北感が漂っていた。ヘンリーの一言で、すべてが打ち消されてしまったのだ。キャロラインは、まるで風船から空気が抜けていくような感覚を味わっていた。

「いまの話をもう一度よく考えてみるんだ。レオンズを買収するのは、全社を挙げて本格的に自社ブランドを開発していこうという、もっとしっかりした戦略を立てて、初めて理に適う。でも、そうした戦略を遂行するには考慮しなければいけない問題がいくつもある。まずは、混乱を引き起こさないように気をつけないといけない。ディスプレーのスペースひとつをとってみても、自社ブランド、他社ブランドのどちらを優先すべきか、その方針をはっきりと決めておかなければいけない。組織の構成についても慎重に検討しないといけない。わかっていると思うが、これはそう簡単なことじゃない」

「ええ、でもそれほど時間のかかることでもないわ」とキャロラインは応えた。もしそのことが、ヘンリーが反対している最大の理由なら、彼の考えを変えさせる可能性はまだあるとキャロラインは思った。

ヘンリーは、キャロラインの言葉を無視して続けた。「自社ブランドの商品をつくる方法だったら、他にもまだいくつかある。どういう条件だったら製造メーカーを買い取ってもいいのか、どういう場合だったらデザインは自分たちで準備して製造だけをメーカーに委託すべきか、あるいはどういう場合だったら、我が社のブランド商品を独占的に製造してもらうべきかなど、過ちを避けるには、そうした基準もしっかりと定めておかないといけない」

ヘンリーの思慮深い物の見方に、キャロラインはすぐに言葉が返せなかった。

ヘンリーは大きく息を吸い込むと、さらに言葉を続けた。「それから、これも重要なことだが、どれだけのペースで自社ブランドを拡大していくか、そのペースも決めなければいけない。もちろん、そのための投資計画もだ。こうした意思決定がどれだけ慎重に行なえるか、それが成否の鍵を握っているんだ。賢明な判断にたどり着くには、多くの時間を要する。キャロライン、物事はジョン・ウェインのようには簡単にはいかないっていうのを、私は自らの体験で知っている。腰から銃を抜いて早撃ちしようと思っても、自分の足を打ち抜いてしまうのが関の山だ」

キャロラインは、ヘンリーの言葉を素直になるほどと思った。しかしそれでもなお、彼女は簡単に引き下がることができなかった。「でも、そんなこと全部できるまで待っていたら、レオンズは別の会社に買収されてしまうわ。絶好のチャンスを逃してしまうわ。こんなチャンスは、またとないのよ。だから、とにかくまずレオンズを買収してから、その後で細かい戦略は立てていけばいいわ。まず、パイロットプロジェクトをひとつ実際に立ち上げてみて、それから多くのことを学べばいいのよ」

「キャロライン、いいか、よく聞くんだ」ヘンリーは、キャロラインの視線をしっかり捉えてから続けた。「社長にとって肝に銘じておかないといけない最も重要なことは、まずしっかりとした戦略を立てることだ。何かひとつ機会があったからといって、それを後追いするような形で戦略の方向性を決めてはダメだ。どんなによさそうな好機に思えても、だ。チャンスは、必ずまたやって来る。目の前のチャンスに都合よく戦略を合わせてばかりいては、あっち行ったり、こっち行ったりの戦略になってしまう。そんな戦略では、遅かれ早かれ、会社自体が壁にぶち当たってしまう」そう言ってヘンリーは身を乗り出し、優しくキャロラインの手を撫でた。「キャロライン、これは私がお前に教えてあげることのできる一番大切な教訓だ。自分の本能をコントロールすることを学びなさい。目の前の好機に惑わされてはいけない。多くの場合、そういうのは見せかけだけの罠にすぎないんだ」

深く考え込んだ後、キャロラインが立ち上がった。「私はずっと仕入れの仕事をしてきたわ。仕入れでは、これはと思ったチャンスはすぐにつかまないといけないの。毎日、それの繰り返しよ。だからこそ、私はそれなりの結果を残せてきたの。それが私なの。それ以下でも、それ以上でもないわ。それを変えるのは難しいわね。父さんのいまの話で、自分がどれだけ社長に不向きかわかったわ」

# 6

「ポール、ちょっと話があるんだ。実は、君の店のことが問題になっていてね」

水道管が破裂して、わずか四日後のことだった。ロジャーから電話を受けたポールは、受話器を手に、恐れていたことがやって来たと感じた。

「わかっている。箱を開けて、ひとつずつ商品を送るのはやっぱり大変すぎるんだろ」

「いやいや、違うんだ。そんなことじゃない」そうロジャーは答えた。「電話だよ。君の店からしょっちゅう電話がかかってくるんだよ。こっちはファストフード店じゃないんだから、二〇分ごとに君の店からの電話に対応していたんじゃ、うちの連中だってまともに仕事ができやしない」

ポールは少し考え込んだ。彼の店には、売り場が六つある。それぞれに売り場主任がいて、彼らはそれぞれ少なくとも二時間に一回は電話をかけてくるという。なるほど、それじゃロジャーも大変なはずだ。「そうか、それはすまなかった」ポールは、すぐさま謝った。「これからは、届けてもらう商品のリストは、売り場主任それぞれから一日一回にまとめてそっちに送るようにさせるから」

「いや、ポール、それも困るんだ。リストは、店全体でひとつにまとめてくれ。君の店には、一日に一回夕方にリクエストのあった商品を配送している」ロジャーが説明を始めた。どんなに小さいことでも物事を複雑にしてしまうと、いずれトラブルにつながってしまうと彼は固く信じているのだ。「一番簡単なのは、毎日、一日の終わりに、メールでリストをひとつにまとめて送ってくれるのがいい」

「わかった、そうさせてもらうよ。だけど、本当にすまない。面倒なことを引き受けさせて」

「ああ、それから」ロジャーの話はまだ終わっていなかった。「この前、新しいコレクションをこっちに戻したじゃないか。全部を置いておくスペースがないのはわかっているけど、あれも少しはそっちに置いておかないと。どのくらい送ったらいいかな」

「そうだな。それじゃ、それぞれSKUごとに二〇日分の在庫を送ってくれないか」そうポールはリクエストした。

「おいおい、二〇日分の在庫って、そんなこと言われても、こっちはチンプンカンプンだよ」ロジャーは笑った。どこの店長もそうだが、ポールも自分の立場からしか物を見ていない、そうロジャーは思った。「もう少し具体的に言ってくれよ」

そうか、ロジャーが、ボカ店で一日当たりどれだけ売れているか、そんなこと知る由もないなとポールは思った。そこで、すぐに頭の中で計算をした。「それじゃ、もともとのオーダーの一〇分の一だけ送ってくれないか」

「わかった」

「ありがとう。助かるよ」

＊　＊　＊

ポールは、自分のオフィスで、売り場主任たちがつくったリストに目を通していた。ロジャーに送る前に確認をしておかないといけない。しかしそこに記載された数字を見て、ポールは理解に苦しんだ。売り場主任たちには、いますぐ必要な量だけと指示しておいたはずなのだが、リストに示された数字を見ると、ポールの指示とかけ離れたものだった。これをすべて認めていたら、店はまたすぐに在庫の箱で埋まってしまう。ポールは、すぐに店内放送で売り場主任全員に招集をかけた。

「みんなが提出したリストに目を通していたんだが、どうやって量を決めているのか聞かせてもらいたい」そう言いながら、ポールはマイクの方を向いた。彼は、キッチン用品の売り場主任で経験も豊富だ。「じゃあ、まずは君から聞かせてもらおうか。君がリクエストしている量を送ってもらうと、在庫は二〇日分以上になってしまう」

「ええ、でもオーダーをまったく出していない物もあります」マイクはそう説明した。「平均すると、みんな二〇日分に収まるはずです」

「なるほど、でもそれじゃ、私の質問の答えになっていない。どの商品をどれだけオーダーするのか、それをどうやって決めたかを教えてもらいたいんだ」

「店内の陳列棚を見て、空きスペースがたくさんあるようなので、その空いているスペースが埋まる量だけオーダーしたんです」とマイクは正直に答えた。

「なるほど」ポールは苛立ちを覚えながら、今度はマイクの隣に眼鏡をかけて座っているジャニーンに視線を向けた。「ジャニーン、テーブルクロスをずいぶんたくさんオーダーしているようだが」彼女は、虹色のテーブルクロスを各色二〇枚ずつオーダーしていた。各色とも、一日当たり一枚しか売れていないにもかかわらずだ。

「今日、赤いのがたくさん売れたんです。だから明日、品切れにならないようにと思ってオーダーしました」

「そうか、赤いのがたくさん売れたのか。それはよかった。でも、他の色はどうなんだい。

どれだけ売れているんだ」そうポールは訊ねた。

「ブルーが三枚、グリーンが二枚売れました」ジャニーンが答えた。「ただ、他の色も品切れを起こさないようにと思っただけです」

「でも、他の色は、各色ともまだ二〇日分在庫が残っているはずじゃないのか。それなのに、どうしてこんなに余分にオーダーする必要があるんだ。説明してくれないか」

ポールは、ジャニーンの言い訳を手で遮り、苛立ちを隠さず今度はフランの方へ視線を移した。彼女がオーダーしている量は、他のみんなよりずいぶんと少ない。それに、みんなが切りのいい数字にまとめているのに、彼女は一個単位で細かいオーダーを出している。「どうやってオーダーする量を決めたんだ」

「どれだけ在庫が残っているか数えて、二〇日分の在庫量から引いただけです」

「君は天使だよ」そう言ってポールは、彼女を褒めた。「いいか、みんな。彼女のやり方が正しい。みんな、彼女と同じやり方をしてくれ」

「店長、毎日それをやらないといけないんですか」ポールの指示に、フランは明らかに不満のようだ。「その作業に二時間近くもかかったんです。その間は、お客さんの応対はできないんですよ」

「つまり毎日、棚卸しをフルにやれということですか」今度はハビエルだ。「そんなことをやっていたら、何時間もかかってしまいます」

「残業代は、払ってもらえるんですか」マリアも異議を唱えた。

「こんなことは、言いたくないんですが」テッドも申し訳なさそうな表情で口を開いた。「毎日、棚卸ししていたら、いくら時間があっても足りません。他に何か、いい方法はないんでしょうか」

「言われてみれば、確かにそうだな。君の言うとおりだよ、テッド。何か他にもっといい方法があるはずだ」そう言うと、ポールは頭の中でフランのやり方をもう一度おさらいした。まず二〇日分の在庫を用意しておいて、一日の終わりに商品すべての棚卸しを行なう。そして、二〇日分の在庫からそれを差し引く。

突然、ポールは声を上げて笑い出した。その様子にみんなは驚いた。考えてみれば、フランがやっていたことは、一日の売上げを面倒な方法で集計し直していただけだ。コンピュータのキーを叩けば、そんな数字はすぐに手に入れることができる。

「すまない」笑いをこらえながらポールは言った。「今日はいろいろあってね。でも、フランのおかげでいい方法が見つかった。僕たちに必要なのは、その日の売上げ、つまりどの商品がどれだけ売れて、どれだけ地域倉庫から在庫を回してもらわないといけないかということだ。だったら、こんなリスト、手作業でつくる必要なんかない。コンピュータを使えば、毎日どのアイテムがどれだけ売れたかは、簡単にリストをつくることができる。みんな、面倒をかけて申し訳なかった。仕事に戻ってくれ」

ポールの言葉に、他の売り場主任たちが座り心地の悪い折りたたみのパイプ椅子から立ち上がって部屋を出ていこうとする中で、マリアだけは腰を下ろしたまま動かなかった。どうも彼女はまだ納得していない様子だ。

「売り切れの商品はどうするんですか。売り切れて在庫がない商品をお客さんが買いにきたら、どうするんですか」そう彼女は訊ねた。「実は、ほんの三〇分ほど前、もうしばらく在庫が入ってきていないバスローブをお客さんが買いにきたんです。もちろん、何も買わずに帰っていきましたが」

マリアは、いつも最後に何か言ってくる。そう思いながら、ポールは答えた。「なるほど。そういう商品は、各売り場主任にリストを作成してもらって、地域倉庫へのリクエストに付け加えよう。オーダーする量は二〇日分だ。それでいいかな」

しかし、そうした商品はどうせ入ってこないことをポールは知っていた。マリアが言っているような商品は、かなり前からすでにオーダーを出している商品だ。それでも店に在庫がないということは、地域倉庫にも在庫がないということだからだ。しかし、ここでマリアと言い争っても仕方がない。

「ええ、それで結構です」部屋の中の緊張感が緩むのを感じて、マリアは笑みを浮かべた。

今回は、クレージーなどという呼ばれ方をされなくてよかったとポールは思った。

# 7

書斎のテレビがついていた。ポールの視線は、その大型スクリーンとマイアミヘラルド紙のスポーツ面に二分されていた。ポールは、色褪せかけたオットマンに足を乗せ、ソファーに身を沈めていた。去年、結婚記念日にキャロラインが選んでくれた座り心地抜群のソファーだ。ビールを飲み干し、もう一本取りにいこうとすると、ちょうどキャロラインがリサを寝かしつけて下りてきた。キャロラインはポールの隣に腰を下ろすと、ネクタイを引いて彼の顔を引き寄せキスをした。

「疲れたわ」そう言うとキャロラインは、マッサージをせがむように足を上げた。「でも、まあ何とか一日終わったわ」

「子供たちに、ずいぶん引きずり回されたんじゃないのかい」

「ええ、でも楽しかったわ」笑みを浮かべながらキャロラインが言った。「アイススケートに行って、それから映画も観にいったわ。スーパーヒーローの映画よ」

「それはよかった」子供たちを遊びに連れていくのはたいていポールの役目だが、キャロラインも出張の合間を縫って時間が取れる時は、できるだけ行くようにしている。その時は、思いっ切り子供たちと遊んでくるのだ。

「帰りにクルマの後ろで、ベンとリサが、私が社長になったらどうなるかって、二人で真剣に議論していたの」

ポールは新聞をたたんで膝の上に置き、キャロラインの足をマッサージしていた。「リサは、ずいぶんと喜んでいるんじゃないのかな。あの子は最近、ウーマンパワーにはまっているようだから」

「それが違うのよ。あの子、そうでもないみたい」そうキャロラインが言った。「ベンは、私が社長になることに大賛成なの。私が社長になれば、出張が減るからって。うれしかったわ」

「そうか。それで、リサは何て？　反論していたのかい」ポールが訊ねた。

「お兄ちゃんにブタ顔って言い返していたけど、それ以外に？」キャロラインが茶化した。

「ええ、反論していたわ。おじいちゃんと同じになるってね。家にはいるけど、いつも書斎にこもって仕事ばかりしているようになるって言っていたわ」

「なかなか鋭い子だな。で、結局、どっちが勝ったんだ？」

「私が途中で割って入ったの。おじいちゃんがもうすぐリタイアするって言ったのは、何も今回が初めてじゃないってね。それに私自身、社長になりたいかどうかよくわからないし」

彼女がそうこぼすのを聞くのは、今回が初めてではなかった。

「キャロライン、君が、どれだけいまの仕事が好きか、どれだけいまの仕事に満足しているか、僕はよくわかっている。でも、いつかは君が仕入れの仕事から離れ、お父さんの後を継いで社長になることは、みんな前からわかっていることだ」

「そうなの？　知らなかったわ」ポールの訝る眼を見て、キャロラインは言葉を付け足した。

「父さんが、リタイアすることを真剣に考えていたなんて思ってもみなかったわ。少なくとも、八〇歳になる前にね。父さんにとって、ハンナズショップは命よ。人生のすべてだったの。だから、時間はもっと残されていると思っていたわ」

「みんな、そう思っていたよ」自分の置かれた立場を頭に浮かべながら、ポールが答えた。

「でも、今度は本気のようだ。だからといって、何も変わるわけではない。君なら社長として立派にやっていける」

キャロラインが社長になった時、ポールがどんな問題に直面するかわからないが、彼女が社長になることに反対するようなことは言えなかった。自分の昇進とは違い、彼女はその実力を買われての昇進なのだとポールは思っていた。

「どうしてそんなことがわかるの。私は、不安だわ」そうキャロラインは返した。「私が社長になったら、会社をダメにするんじゃないかってね」

「何を言っているんだ」ポールはキャロラインの言葉に驚いてマッサージの手を止め、彼女を見つめた。

「私は、ずっと父さんが会社を経営するのを見てきたのよ」そう言うと、キャロラインは身構えるように膝を立てた。「私には、父さんみたいなことはできないわよ。仕入れのことだったら、自信はあるわ。全部わかっているもの。でもそれだけで、これだけの規模の会社を経営するなんて絶対に無理よ。やることも、もっと山ほどあるわ。マーケティング、ロジスティックス、人事、それに新規出店の店舗ロケーションからフロアのレイアウトまで、すべての面で会社を引っ張っていかないといけないのよ。それから一番重要なのは、いつ積極的に攻撃をしかけて、いつ静観しているか、そういうこともわかってないといけないわ」

ポールは、キャロラインの自己評価の低さに驚いた。そしてブルーのソファーの上で、彼女のそばに身を寄せた。「キャロライン、そんな知識やノウハウは、君なら、いずれ問題なく身につけることができる。そんなことは、君も僕もよくわかっているじゃないか」

「そうじゃないの」彼女が静かな口調で言った。「そうした知識やノウハウを身につけることじゃなくて、どうしたら、それらをうまくひとつにまとめ上げることができるのかが心配なの。いま、私が仕入れでやっているのは、いい商品を安く調達すること。その機会を発掘して、迅速に取引をまとめあげることよ。それが私の才能なの。だから、仕入れは私に向いているのよ。でも社長になるには、もっと全体を観ることのできる幅広い視野が必要よ。それが戦略家と戦術屋の違い。でも、私は戦術屋なの。つい先日も、そのことがよくわかったわ。父さんに、父さんと私の違いを見せつけられたの」

「でも、君のお父さんだって、最初から大きな会社の社長じゃなかったんだよ」そう言って、ポールはキャロラインを励まそうとした。「ゆっくり時間をかければ、君だったらお父さんを超えられるさ」

「ええ、でも父さんの場合、会社が大きくなるにつれて少しずつ学んでいけばよかったのよ」キャロラインが抵抗した。「いまは競争も厳しいし、ハンナズショップに大して強みなんかもないわ。だから、私がひとつでも大きな失敗をしようものなら、会社を大きく傾けさせかねないわ。そうなっても、私は歯止めをかけることなんかできないし、それに何より、父さんをがっかりさせてしまうわ。父さんは一生懸命頑張って、ちっぽけだったお店をいまのような大会社にまでしたのよ。父さんの人生をかけた会社を台無しにするなんて、想像しただけでも恐ろしくなるわ。父さんをがっかりさせるようなことになるんじゃないかって、それが心配なのよ」そう言うと、キャロラインは顔をポールから背けて、大きな窓ガラス越しに見える高い木に視線を移した。

ここのところ、ポールはどうやって自分の気持ちをキャロラインに伝えようかと、その機会をずっとうかがっていた。しかし彼女の悩みを聞かされて、自分が抱えているジレンマは、いまは伏せておこうと決めた。自分自身の正直な気持ちと会社に対する責任感、働きに見合わない昇進を受けることと、子供たちといつも一緒にいること――そうしたジレンマで悩んでいることは伝えないでおこうと思った。もし伝えてしまったら、彼女はきっとそれを理由に、社長になるのを断ってしまうだろう。たとえ、それがどれだけ彼女に相応しい仕事であっても、どれだけ彼女のためになることであったとしてもだ。自分のせいで、彼女に社長の座を諦めさせるようなことになったら、それこそ耐えられないとポールは思った。

ポールは、キャロラインの肩に腕を回して訊ねた。「他に解決策はないのかい」

「例えば？　家族以外から社長を連れてくるとか？　そんなこと、父さんが承知しないわね」そう言ってキャロラインは肩をすぼめて、自らのアイデアを否定した。「もし父さんがそうするって言ったとしても、私は賛成しないかも。私の立場は微妙よね。もし父さんが外から新しい社長を連れてきたら、会社に対する私の影響力は弱まるわ。覚えている？　私がカーペット部門を立ち上げようとした時のこと。最初、クリストファーにそのアイデアを持っていったの。会社の中で、父さんが家族以外の人間で本当に信頼しているのは彼だけかもしれないわ。とにかく、彼は私の話に耳を貸してくれなかったわ。でも、その後で父さんに相談したら、その可能性を理解してくれて立ち上げることになったの。いまでは、れっきとした独立部門よ。クリストファーはいい人で大好きよ。だけど、彼の下では働けないわ。彼は、新しいことを何もしたがらないの。新しいことをしようとすると、すぐに抑えにかかるのよ。壊れるまでは直すなっていう考えの人ね」

「そういうことはあるかもしれないけど、でも相手はクリストファーだ」ポールは訴えるような口調だった。「新しいアイデアに、考えがオープンな人だっているさ」

「そこよ、ポイントは」キャロラインの茶色の目がきらりと光った「新しい社長は、父さんではないわ。誰が社長になったって、父さんほど、私のことを信頼して仕事を任せてはくれないわ。そうなると、仕事はやりにくくなるわね」

「だから、どうしたいって言うんだい」

「私に残された唯一の望みは、兄さんよ」キャロラインはきっぱりと言った。「優れたビジネス感覚を持っていて、戦略的な視野から物事を考えられるのはダレンよ。私じゃないわ。だから父さんだって長い間、兄さんに継いでもらいたいと思っていたんでしょ。もし明日、兄さんが現れて会社に戻りたいって言ったら、父さんもこれまでのことは全部水に流して許してくれるはずよ。そして、きっと兄さんを社長に据えるわ。それにダレンが社長だったら、私だって思いどおりに仕事ができるわ。まあ、完全に思いどおりっていうわけにはいかないかもしれないけど、兄さんとだったら一緒に働けるわ」

ポールは身を乗り出して、キャロラインの黒髪を優しく撫でた。もしダレンが戻ってくれれば、キャロラインの問題も、それから彼自身の問題も解決することはポールもわかっていた。しかし、ダレンを会社に引き戻そうと努力はしてみたものの、失敗に終わっている。ただ、義理の弟は簡単に退けることはできても、実の妹となると話は別だ。キャロラインだったら、そう簡単には引き下がらないだろう。徹底的に食い下がるはずだ。

ポールがキャロラインに優しくキスすると、彼女は頭をポールの腕の中に沈めた。彼のサポートに、キャロラインは感謝の気持ちでいっぱいだった。ポールの腕の中で穏やかな気持ちに浸ると、いまは心配ごとは忘れようと思った。

# Isn't It Obvious

# III

## 予期せぬ知らせ

# 8

業務用エレベーターのドアが開き、ポールはモールの地下フロアに降り立った。水道管破裂から間もなく四週間が経とうとしていた。湿気を含んだ臭気も収まりポールはほっとしていた。作業が最後になっていたパイプのジョイントの部品も手に入り、予定より早く修理が完了しそうだとラウルから連絡が入ったばかりだった。それを聞いて、いつ在庫を倉庫に下ろすことができるのか、その日程がわかるかと思って急いで降りてきたのだ。倉庫に足を踏み入れると、天井の中に新しいパイプが整然と取り付けられているのが見えた。ただ、天井はまだ剥き出しのままだった。隣の倉庫から工事の音が聞こえてきたので、ポールは様子を覗きにいった。

「どうです、きれいに直ったでしょう」例の配管工、アルが満面の笑みを見せた。

「ああ、すばらしい。大したもんだ」そう言いながら、ポールは小柄なアルの背中を叩いた。

「ところで、いつになったら商品を戻せるのかな」

「あと一週間もかからないと思いますよ。明日の朝一にテストをして、どこも水が漏れていないかを確認して、それから天井を塞がないといけません。明日の午後には、もう少しはっきりしたことが言えると思うので、また確認してください」

ポールは、アルに重ねて礼を言った。間もなくまた元どおりになると聞いて、ポールはとにかく安堵した。

＊　＊　＊

「パパ。今度の週末、レイチェルのおうちで、お泊りの誕生会があるの」シートベルトを締めながらリサが言った。「行ってもいい？」

「多分、いいと思うけど、一応、ママにも訊いてみないと」いつもの水曜と同じように、ポールは帰宅途中にリサを拾った。他に誰がお泊りにいくのか、リサが友だちの名前を挙げていると、ポールの携帯電話が鳴った。

「リサ、ちょっと電話に出ないといけない」ポールは一応、リサに断った。「もしもし、ポール・ホワイトですが」

「やあ、ポール。経理のボブだ。会社のピクニックの時に会ったけど、覚えているかな」

「ああ、もちろん」ポールの頭には、鼈甲の眼鏡をかけ、汗をダラダラかいている丸ぽちゃ男の姿がぼんやりと浮かんできた。「クルマを運転しているので、スピーカーをオンにさせてもらうよ。娘といま一緒なんだ」

「ああ、もちろん構わない。娘さんも、お父さんのお店が今月、一番になったって聞いたらうれしいだろうしね」ボブは言った。「君に直接、電話して伝えたかったんだ。おめでとう」

「本当かい。それはすごいな。驚いた」ポールは信じられない気持ちだった。「わざわざ連絡してくれてありがとう。うちの店のスタッフも明日、聞いたら大喜びするよ」

「いや、とんでもない。キャロラインにもよろしく言っておいてくれ」

ポールは、丁寧に電話を切った。社長の義理の息子におべっかを使って点数を稼ごうとする奴は初めてのことではなかった。

「わあ、パパすごい」リサが大きな声で言った。「一番なんでしょ。何か、ご褒美はもらえるの？」

「ああ、大好きな娘からキスをしてもらえるのさ」とポールはからかった。「でも、喜びすぎちゃいけない。多分、数字をいじっただけだよ」確かに、ここのところボカ店の売上げは増えている。しかし、一番になるなんてあり得ないことはポールにもわかっていた。

「数字をいじっただけ?」リサが眉をひそめた。「どういう意味?」

「会社の中にはいろんなことがあってね、その価値を経理の人たちが時々変えたりするんだよ。何も買ったり、売ったりしないでね」ポールは、リサに説明した。しかし、バックミラーに映った娘の困惑した表情を見て、もう少しわかりやすい説明をしなければと思った。なかなかいい例が思い浮かばず、取りあえず概念だけでも簡単に説明しようと思った。「例えば、ある地域の建物の価格が上がったとしよう。そうすると、その地域にある会社の建物の価値もみんな上がるだろ。そうすると経理の人たちは、価値が上昇したその分を利益が増えたって考えるんだよ。実際には、お金なんか少しも儲けていなくてもね」

ポールの説明に、リサはがっかりした表情を見せた。「じゃあ、本当じゃないの?」

「ああ、残念だけど、本当じゃない。来月は、またきっと元に戻るはずだ」

経理上だけでも取りあえず一番になれたのはうれしいが、もちろん諸手を挙げて満足するようなことではない。見せかけの成功は、真の成功ではないからだ。

「そうなんだ」リサは残念そうに言ったかと思うと、また急に元気な顔に戻った。「でも、キスはしてあげる。レイチェルのおうちにお泊りさせてくれるんだったらね」

＊　＊　＊

「ママ、数字をいじると、本当じゃないんだけど、一番になれるって知っていた?」

ポールとリサが家に戻ると、キャロラインが二階から下りてきて二人を玄関ホールで出迎えた。彼女はお気に入りのイブニングドレスを身にまとい、夜の募金パーティーに出かける準備がもうほとんどできていた。リサがいったい何のことを言っているのかわからなかったので、キャロラインがポールの顔を覗くと、彼は急いでリサを追いやった。

「あっちで何かしておいで。テレビでも見てればいい」

「いったい、何のこと?」キャロラインは興味津々だった。

「経理のボブから電話があったんだよ」ポールはスーツケースを置いて、ネクタイを外しはじめた。「今月、ボカ店がこの地域でトップになったって言うんだよ。だからリサに、それは数字をいじっただけだよって説明したんだ。本当じゃないってね」

「数字をいじっただけ? どう数字をいじったら、トップになれるの?」二人で二階に上がりながら、キャロラインが訊ねた。「それに、そんなの意味が通らないわ。もし単純に数字をいじっただけだったら、わざわざ経理が電話を寄こしたりはしないでしょう。本当じゃないのに、おめでとうなんて言ってくるはずないわ」

「それじゃあ、逆かな。本当じゃないけど、一番になったって持ち上げておいて、ボブは僕に貸しをつくろうって思っているのかもしれない。キャロライン、さっとシャワーを浴びてくるよ。すぐに出るから」そう言って、ポールは寝室の隣にある広いバスルームに向かった。「でも、考えれば考えるほど……」そう言いながら、キャロラインはポールの後を追った。「単なる数字遊びじゃないような気がするわ。各店にとって、順位はとても重要よ。そんな重要なこと、数字をいじって操作するなんて経理がするはずないわ。きっと本当よ。きっと、あなたのお店が一番になるような何かがあったのよ」

「わかった。多分、君の言うとおりだよ」脱いだ服を洗濯カゴに入れながら、ポールはあっさりと白旗を上げた。「確かに、今月は売上げも順調だった。でも、それは僕とはあまり関係ない。毎月毎月、売上げは増えたり、減ったりするものさ。特に大きな理由もなくね」

「ポール、そんなに簡単に切り捨てないでよ」そう言いながら、キャロラインは諦め切れずに、いろいろ理由を考えはじめた。「何か、新しいことはやらなかった？　何か、これまでと違うことをやったりとか？」

「ああ、今月はずいぶんといろいろあったよ。確かにいろいろと違うことをやった。といっても、問題ばかりだったけどね」湯気の中から、そうポールが叫んだ。「水道管が破裂してからは、めちゃくちゃだよ。地下の倉庫は修理しないといけないし、そのせいで在庫は地域倉庫に置かせてもらわないといけない、だから在庫を毎日必要な分だけ送ってもらわないといけない。本当に毎日毎日、その日暮らしの状態だよ」

「そうよね」そう言いながらキャロラインは寝室に戻り、違うイヤリングを三つ耳に当て、どれが似合うか試してみた。そして、ポールがグリーンのバスタオルを腰に巻いて、髪の毛をゴシゴシと手で乾かしながらシャワーから出てくると、続けて言った。「もし、お店の業績が向上したなら、何かが変わったのは間違いないわ。あなたのお店はここ数週間、異常と言えば異常な状態だったわけでしょ。もしかすると、それが何か関係しているかも。何か、それでよくなったことはないの？」

「そうだなあ、売上げは増えたよ。それから、店の中の在庫がずいぶんと減ったから……、実は必要以上に減らしすぎたんだけどね。そのおかげで、ディスプレーもよくなった。ディスプレーがよくなるだけで、そんなに売上げが増えるものなのかな」

「そりゃ、そうよ」そう答えると、キャロラインは腰をかけて一〇センチもある高いヒールを履いた。「ディスプレーがよければ、お店に入ってくるお客さんの数も増えるわ」

「でも、お客さんの数は特に増えていないんだ」そう答えると、ポールは、きちんとアイロンのかかったタキシードのズボンをハンガーから外して穿こうとした。「それは、いつもちゃんとチェックしている。店に来るお客さんの数は前と変わらないのに、毎日、売上げは二、三〇パーセントも増えているんだ。本当の話なんだ。僕も長いこと、あの店の店長をやっているから、そのくらいの違いはすぐに気づくよ」

夫の言葉尻から聞き取れるフラストレーションに合わせるかのように、キャロラインは、どうしてポールの店のパフォーマンスが予想外に伸びたのか、その理由を何とか突き止めようとさらに躍起になった。「つまり、お店の売上げが増えたのはお客さんの数が増えたからではなくて、お客さん一人ひとりの買っていく金額が、平均して増えたからってことね」そう彼女は結論づけた。「でも、どうしてかしら」

「さあ」キャロラインがポールのワイシャツの袖口にカフスボタンを通そうとすると、ポールはもうそれ以上何も考えが思い浮かばないと身振りをして見せた。

「どうしたら、売上げが二〇パーセントも、三〇パーセントも増えるのかしら」キャロラインは考え込んだ。

「ふつう、考えられるような理由じゃないわね。バーゲンセールをやったとか、商品がよかったとか……。いったい、何なのかしら」

ポールは、ネクタイをまっすぐに締めて言った。「さっき言ったじゃないか。売上げは毎月、増えたり減ったりするものだって」

「そうかもしれないわね」気の抜けた返事をすると、キャロラインは、ポールが一〇年目の結婚記念日に買ってくれたネックレスを彼に手渡した。「着けるの、手伝ってくれる?」

ネックレスを着け、ジャケットを羽織ると、二人は一階に下りていった。リサはキッチンにいて、お手伝いのアニータが夕食を準備するのを手伝っていた。ベンは、書斎でテレビゲームに夢中になっていた。ポールとキャロラインは二人に声をかけると、行ってきますと、おやすみのキスをして、アニータに一一時頃に帰宅すると伝えた。

キャロラインがドアの近くにかけてあるクルマのキーを勢いよく手に取るのを見て、今日は彼女が運転するんだなとポールは思った。キャロラインは、クルマのエンジンをスタートさせて言った。「あなた、売上げを増やす要因は他にもあるわ。でも、あなたのお店の場合、それでどう説明していいのかわからないの」

「何だい、他の要因って?」

「売上げを逃すと、私たち仕入れのせいにされるの。売れるものをもっと十分に用意しておいてくれたらとか、もっと迅速に商品を補充しておいてくれたらってね。品切れを起こしてはダメだ、品切れを減らせって、私はいつもプレッシャーを受けているの。いま、あなたのお店はふつうと違うやり方をしているわけでしょ。でもそれで、どうやって品切れが減らせるのかはわからないわ」

「僕にもわからないな。でも確かに、不思議なんだけど品切れは減っているんだ。それも、以前より大幅にね」ポールはそう言った。「でも、品切れが減っただけで、売上げがあれだけ増えるとは思えない。二、三パーセントぐらいだけだったらわかるけど、二〇パーセントは無理だろう。それは不可能だよ」

「二、三パーセントぐらい？　ちょっと待って」ポールの答えに、キャロラインは驚いた。「あなた、それはいままで言っていたことと少し違うんじゃない？　この三年間、あなたはいつも商品が品切れているって言って愚痴をこぼしていたじゃない。それなのに今度は、そんなの売上げに大した影響はないって言うの？」

キャロラインの勢いにポールも言葉を返そうとしたが、それを遮ってキャロラインは腹立たしげに語気を強めた。「いいえ、何も言わないで。あなただけじゃないわ。私は毎週毎週、地域倉庫のマネージャーたちから、商品が足りない、早く商品を回してくれって怒鳴られているのよ。それなのに、あなたったら、そんなの大して重要じゃないっていうわけ？　冗談じゃないわよ」

「重要じゃないなんて一言も言ってないよ。重要に決まってるじゃないか」キャロラインの気を静めようと、ポールは言い訳がましく言った。「二パーセントだって、三パーセントだって、とても意味のある数字だ。でも、品切れで売上げを逃していたのが、そんなにあるとは思えないって言っているだけだよ。ハンナズショップには同じような商品がいくつも置いてあるから、間に合わせが利くんだ。タオルが欲しいと思ってやって来るお客さんは、タオルを買って帰るし、こういうのが欲しいっていうタオルがあって、それが見つからなくても、別のタオルを買って帰るんだよ」

「でも、シーツは?」キャロラインがすかさず質問を続けた。クルマは、195号線に入るところだった。「私がシーツを買いにいく時は、もしそのお店に行って買いたいシーツがなかったら、無理して買わないし、おそらくその店にはもう行かないわね」

「いったい、どういう意味だよ?」ポールは叱るような口調で冗談めかした。「シーツは、君のファミリービジネスじゃないか。いったい、どこにシーツを買いに出かける必要があるんだよ。でもまあ、君はふつうの人よりは好みがうるさいからな」

「確かに、そうかもしれないわ」そう答えながらも、キャロラインはポールの返事に納得していなかった。「でもそれじゃ、好みのうるさいお客さんはみんな失ってしまうわ。それに来るお客さんはもともと、小うるさい、おばさんばかりじゃないの。正直言って、お客さんが店に来て、何も買わないで帰る一番の理由は、やっぱり品切れだと思うわ」

「おいおい、キャロライン、そんな適当なこと言わないでくれよ」街灯の明かりが海に映って揺らめく様を眺めながら、ポールは言った。「いいかい、もともと、うちの店に来るお客さんのうち、実際に何か品物を買って帰るのは五人に一人だけだ。それは、品切れなんかが理由じゃない。ふつう新しいカーペットかシーツを買おうと思ったら、何件か店を回ってから買うのは当たり前じゃないか」

でも、キャロラインは、まだ納得していない。ポールの方が間違っていると直感していた。彼が思っている以上に、品切れによる影響は大きいと感じていたのだ。でもどうすれば、そんなこと、ポールに証明できるだろうか。キャロラインは、別の方法を試した。「品切れはどのくらいあるの？　例えば、いま、あなたの店で扱っているＳＫＵ全部の棚卸しをしたとしたら、どのくらいのアイテムが品切れになっていると思う？」

キャロラインの質問に、ポールは唸った。「うーん、そうだなあ、四分の一から三分の一くらいかな。そう、二〇〇〇あるＳＫＵのうち、五〇〇から六〇〇ぐらいは品切れしていると思う。でも、それは僕やロジャーのせいじゃない」

責任を仕入れに押しつけようとするポールの試みをキャロラインは無視した。そんなこと、いまはどうでもいいからだ。小型のスバルを先に行かせてから、キャロラインはクルマをアルトンロードの北方面出口に向けた。「品切れになっているＳＫＵって、おそらく人気のある商品だと思うんだけど、違うかしら」

「それは、そうだよ」

「でしょ」キャロラインが声を張り上げた。クルマは、マウントシナイ病院の入口に到着したところだった。「四分の一もＳＫＵが品切れになっていて、その品切れになっているＳＫ

Uが人気アイテムだとしたら、品切れが原因で逃している売上げは二、三パーセントっていうことはないんじゃないかしら」

キャロラインが駐車場の入口で受付の男に招待状を提示している間、ポールは彼女の議論を頭の中で整理していた。まだ一〇〇パーセント納得できないため、本当に品切れ解消が店の売上げ増加の説明になるのか考えてみた。「最近は品切れが減った、それも大幅に減った。正確な数字は訊かないでくれ。ちゃんと調べたことはないから。でも、かなり減ったという印象はある。SKUで言ったら、もう二〇〇はないと思う」

駐車スペースにクルマを勢いよく停めながら、キャロラインは興奮する気持ちを抑えることができなかった。「つまり、これまでより、何百もたくさんのSKUが店にあるっていうことでしょ。それも、人気のアイテムが。これは、買い物客がおばさんばかりだとかいうことじゃないわ。お客さんが買いたいと思う商品がきちんと揃っているからなのよ。それなのに売上げは二パーセントか、三パーセントしか増えないなんて、どうしてそんな考え方になるの？」

「わかった、わかったよ。もしかすると、それが売上げ二〇パーセント増の理由かもしれない」そう言いながらシートベルトを外し、ポールはドアを開けた。「でも、どうしてかな。どうして、品切れが一気に減ったんだろう。やったことと言えば、在庫を店から地域倉庫に移したことぐらいだ」

それを聞いて、キャロラインは気がついた。「もしかすると、ロジャーが関係しているのかも」

「そうに違いない」ポールも頷いた。「明日、朝一番に彼に訊いてみるよ」

二人は仲よく腕を組んで、パーティー会場に入っていった。

# 9

翌朝、ポールが裏口から店内に入っていくと、ハビエルとジャニーンが色鮮やかなキッチンで仲よくコーヒーを飲んでいた。もしかすると二人は付き合っているんだろうかとポールは思った。

「おはよう」通りすがりに、ポールは二人に声をかけた。

すると、ハビエルがポールを呼びとめた。「おはようございます、店長。もう倉庫はほとんど修理が終わったと聞いたのですが。だとすれば、間もなく以前の状態に戻せるんですね」

「ああ、あと一週間ぐらいで終わるよ」ポールは答えた。「みんな、我慢してくれてありがとう。まだ大変な状況は続いているけど、どうだい調子は?」

「何とか頑張っています。まずまずです」カーペット&ラグ売り場の主任、ハビエルが答えた。

「ジャニーン、君の方は？」

「お客さんは、みなさん笑顔です」テーブルセッティング用品の売り場主任、金髪のジャニーンは答えた。「店長が行かせてくれたセミナーのおかげです。いつも笑顔で前向きな態度が、お客さんにも伝染しているんだと思います。本当に、効果が出ていますよ」

「それはよかった」ポールは、二人に向かって親指を立てた。

ちょうどよかったので、昨夜のキャロラインとの話の続きで、ポールは二人に質問をしてみた。「ところで、品切れは、どのくらいある？　例えば、先月、品切れが発生したSKUは、合計してどのくらいあったんだい」

「いつもより、かなり少なかったと思います。以前が一時間にひとつ品切れがあったとしたら、先月は一日にひとつか、二つくらいという感じでしょうか。あの……、店長」興奮した様子で、ジャニーンが言った。「もしかすると店の雰囲気がよくなったのは、多分そのせいじゃないでしょうか。欲しいものが店内にちゃんと揃っていれば、お客さんの満足度も高まりますから」

「そうかもしれないな。でも、それが売上げにどれだけ影響したんだと思う？」

「お客さんの欲しいものが店内に揃っていれば、もちろん売上げも増えるんじゃないでしょうか」間髪を入れず、ジャニーンが答えた。

「私の売り場は、間違いなくそうですね」ハビエルも笑みを浮かべて言った。

＊　＊　＊

ポールはコンピュータシステムを使って、彼の店で扱っている全SKUのうち、一月中にどれだけのSKUに品切れが発生したかを調べてみた。そして、品切れが発生したSKUが二月、どれだけ売れたかもチェックした。その結果、これらのSKUからの売上げが、概ね売上高の増加分に一致していることがわかった。こうした人気アイテムの品切れが少なくなればなるほど、売上げが増えることはどうやら明らかなようだ。

続けてポールは、二月の品切れリストも調べてみた。すると品切れしたSKUが、何と二九パーセントから一一パーセントへと激減したこともわかった。キャロラインの言ったとおりだった。ジャニーンもそうだ。品切れが減ったのが、店の売上げ増の最大の理由だったのだ。

しかし、それで謎がすべて解けたわけではない。昨夜もキャロラインと頭を捻って考えたが、どうして品切れが少なくなったのか、その理由はまだわからない。それに、もし売上げが増えれば、品切れも増えると考えるのがふつうではないだろうか。減るとは、ふつう考えないだろう。やったことと言えば、在庫を地下の倉庫から遠く離れた地域倉庫に移動させたことぐらいだ。

考えられる唯一の説明は、ロジャーが毎日送ってくれる商品の中に、ボカ店以外の在庫も含まれているのではないかということだ。きっと地域倉庫の商品在庫も加えて送ってくれているに違いない。さすがロジャーだ。

いや、それでは説明にならない。品切れになったSKUは、それぞれの在庫があらかじめ定められた、ある一定の量を下回った段階で、コンピュータから自動的に発注が行なわれている。つまり、店で品切れ状態にあるということは、地域倉庫にも在庫がないということだ。では、いったいどこから突然、在庫は現れてきたのだろうか。ボカ店に必要な商品だけが、大量に船で運ばれてきたということなのだろうか。そんなことはあり得ない。いったい、どうなっているんだ。

ポールは、電話を手に取った。

「もしもし、ロジャー。おはよう」

「やあ、ポール。どうしたんだ」

「ちょっと、わからないことがあってね」そうポールは切り出した。「うちの店に送ってくれている商品だけど、もしかしたら、ボカ店の在庫だけからじゃなくて、地域倉庫の在庫からも送ってくれているのかい」

「ああ、もちろん。自分たちで用意している特注リストだろ。ちゃんと見てないのかい？」

「ロジャー、君はさすがだ。だけど、特注なんか僕は出していないけど……」

「まあ、出していないと言えば出していないけど、でもちゃんと出しているんだよ」ロジャーは、楽しんでいるようだった。「君の店から送られてくるオーダーリストに、もう何週間も品切れが続いている商品が含まれていることがあるんだけど、そういうのはやっぱり特注だろ？」

　思い出してみれば、水道管が破裂するずっと前から品切れが続いていたアイテムがあって、マリアからどうしてもオーダーに追加してほしいと言われて、リストに付け加えた商品があった。ロジャーが言っているのは、そのアイテムのことだとポールは気づいた。「でも、いったいどこにあったんだい。オーダーが入ってきて在庫があれば、いつもすぐ出荷するんじゃないのかい」

「在庫があるなしの定義は、場合によるな」ロジャーが答えた。「店長たちからは……、実は本社の経理の方がもっとうるさいんだけど、在庫を出荷する時、オーダーした数量全部をまとめて送ってくれと言われているんだ。在庫が足りないからって、少しずつ送るというのはダメなんだよ。指定した数量と違う数量を送ってこられると、四半期や年度の締めの時に大混乱を引き起こすと言うんだ。コンピュータシステムが新しくなっただろ。あのシステムだと、部分的なオーダーの出荷は一切認められないんだ」

「そうか。経理って、ずいぶん面倒くさいんだな」ポールが言った。「でも、それが僕の質問と関係あるのかい」

「ああ、大ありだ」ロジャーが答えた。「もし君の店から四箱オーダーがあって、僕のところに二箱しか在庫がなかったら、原則、君のところには出荷はできない。そうすると、地域倉庫にその二箱はそのまま残ってしまう。僕のところには、こういう半端な在庫がいつも残っているんだ。まあ、それ自体は、大したことじゃない。残っているといっても、店一店舗分のオーダーよりは少ない量だからね。でも、君のところから毎日送られてくるオーダーには十分対応できる数量なんだ。だから、そこから送っているのさ」

「そうなのか。ロジャー、本当にありがとう」ポールは感謝を込めて言った。「君のおかげで、僕の店の品切れはずいぶんと減ったよ。そのおかげで、今月は売上げが二五パーセント以上も伸びたんだ」

「そりゃ、すごいな」ロジャーもうれしそうだ。「君の店へ出荷する荷物をまとめている連中にも言っておくよ。店の売上げが伸びて、とても感謝していたってね」

「ああ、僕がよろしく言っていたと伝えてくれ。ロジャー、本当にありがとう。あらためて礼を言わせてもらうよ。君には大きな借りができた。今度、マイアミ・ヒートの観戦に行く時は、チケット代は僕のおごりだ」

「ドリンク付きでも、いいかな？」

キャロラインの言うことは正しかったし、それにロジャーのおかげもあったと、ポールはこれまでのことを振り返った。マリアから長いこと品切れになっている商品をオーダーに追加してくれと迫られた時は、そうすることで取りあえず彼女が静かになってくれればいいとしか考えていなかった。しかし、どうだろう。それが、今回の成功の大きな要因だったとは。品切れは減り、売上げは増えた。その二つの関係が、いまのポールにははっきりと見える。ボカ店の利益が増えたのは、明らかに単なる売上げの月次変動や運ではなかったのだ。

もしこれが、ポールが願っていた最終回土壇場の奇跡、あるいは探し求めていたパフォーマンス向上のためのシステマチックな方法だとするなら、今度、彼が昇進したとしても、それは正当な評価のうえでということになる。

しかし、ポールにはまだ不可解なことがあった。納得できないことが、もうひとつあったのだ。ハンナズショップ全体で考えると、売上げに対する利益率は六パーセント。つまり、店の売上げが四分の一増えた場合、利益率の増加はその六パーセントの四分の一の一・五パーセントということになる。もしそうだとするなら、ポールの店の利益率は一月の三・二パーセントから五パーセント程度にしか伸びていないはずである。常時、七パーセント以上は保っている地域トップのデラクルーズの店に肩を並べるような数字ではない。どうして、一気に八位からトップに躍進したのだろうか。

その謎を探ろうと、ポールは秘書のアルバに経理に電話をかけさせた。

「やあ、ポール」ポールからの電話に、ボブはうれしそうだった。

「ボブ、ちょっと聞きたいことがあるんだ。先月、ボカ店は地域の他の店と比べてどうだったのかな」ポールが質問した。

「この前、電話で言ったとおり、ボカ店は地域で一番だったよ」

「ああ、それは聞いた。でも、他の店と比べて具体的に、どのくらいよかったんだい」

「ポール、他の店の情報をいま君に個人的に教えるのはちょっと……」ボブはためらった。

「そうした情報はすべて、来週発表されるレポートに載るから。だけど、君の店のパフォーマンスだったら教えることはできる。数字はまだ全部確定していないんだが、君の店の利益率は一七・四パーセントでチェーン全体のトップだ。これだけの利益率があればトップになって当然だよ。二位に大差をつけての大勝利だからね」

ポールは、ボブに礼を言って電話を切った。チェーン全体で、トップ？　一七・四パーセント？　あり得ない。経理上の操作、単なるペテンか。あるいは、水道管破裂の被害の保険を収入として経理が計上したのかもしれない。それとも地下倉庫のリース料を、先月は経費計上しなかったからか。

ポールには、まだ謎だらけだった。しかし、ひとつだけ確信を持って言えることがあった。それは、この利益率が本物であるはずがないということだ。

# 10

「あなた、ただいまー！」キャロラインが、クルマから飛び跳ねるように降りてきた。エネルギッシュな彼女に、いつもながらポールは感心していた。「何か、わかった？」

「ああ、君の言うことはもっとちゃんと聞かないといけない、ということがわかったよ」そう言いながら、ポールはキャロラインの頬にキスした。「君の言ったとおりだったよ。売上げが増えたのは、単なる月次の変動なんかじゃなかったよ。やっぱり、品切れが減ったことが理由だった。それにロジャーが関わっていたっていうのも、君の推測したとおりだったよ」

「じゃあ、本当に一番なのね！」キャロラインは満面の笑みを浮かべた。「だから、本当だって言ったでしょ」

「ああ、本当だったよ」ポールが答えた。「それに、利益率は一七・四パーセントだって」

「一七・四パーセント？　ちょっとポール、ふざけないでよ」

「いや、本当なんだよ。ボブから直接聞いたんだ。信じられないくらい、すごい利益率だろう?」

ポールは、肩をすぼめながらキッチンに向かった。今日は、最初から最後まで自分でラザニアをつくってみた。その焼き加減を確認するためだ。興奮を抑え切れないキャロラインはポールの後について行った。

「聞き間違いということはないの?」キャロラインが訊ねた。「あるいは、ボブが混乱していたとか。一七・四パーセントじゃなくて、七・四パーセントだったんじゃないの?」

ポールは、キャロラインの方へ振り返って言った。「いや、一七・四パーセントで間違いない。ボブが言うには、ボカ店はこの地域だけでなくて、チェーン全体で一番だそうだ。混乱なんかしていなかったよ。まったく、経理の数字操作には参るよ」

「経理は、数字の操作なんかしないわ。特に、順位に関してはね。もし経理がそうだと言うのなら、ちゃんと確認しているはずだわ」そう言いながら、キャロラインは食器棚から皿を四枚取り出した。

「ああ、そうかもしれないけど、僕にはまだ信じられない」ポールは訝った。

「そうね、変よね」テーブルに皿を並べながら、キャロラインが言った。「利益率が二桁に伸びた店はこれまでいくつか見てきたけど、でも、それはたいてい一時的なことよ。だけど、あなたの店の売上げ増は、何かもっとシステマチックなことが理由でしょ……。だとしたら、一時的なことじゃないわ。まったく別の話よね」

「計算してみたんだよ」オーブンの火を止めながら、ポールは説明した。キッチンにはトマト、オレガノ、モッツァレラチーズの匂いが満ちていた。「僕の店の場合、売上げ二八パーセントアップでは、利益率は五パーセント程度にしかならないはずだ」

皿の横にナイフとフォーク、それにナプキンを並べながら、キャロラインが訊ねた。「でも、あとの一二パーセントが、売上げ増からじゃないとしたら、いったい、どこからきたの？ もちろん、コストを一二パーセント減らしたなんていうことはないわよね？」

「ああ、そんなことはしていない。あんな状況だったから売上げが減るんじゃないかと、ものすごく心配だった。だから、売上げをさらに減らすことになるかもしれないようなコスト削減なんか、できるはずもなかった」そう言って、ポールは眉をひそめた。「待てよ。よくよく考えてみれば、先月は、売上げは大幅に増えたのに、経費は一セントも余計に使っていない」

「面白いわね」キャロラインは、グラスを両手に持って大きな声で言った。「ふつう、売上げが増える時は、比例して経費も増えると考えるわよね」

「ああ、でも、今回は違う」鍋つかみを手にはめてポールが言った。「売上げは増えたけど、経費はその前の月と変わらなかった。売上げアップのための割引はしなかったし、広告も出さなかった。それに、みんなに残業をしてもらうこともなかった」

「つまり、店の間接費は一月と変わらなかったのね」

「ああ、変わらなかった」

「ということは、間接費をまったく増やすことなく、売上げが二八パーセントも増えたのね」

キャロラインは興奮して、手にグラスを持っているのも忘れて驚きの声を上げた。「つまり、二月の売上げで増えた部分のコストは仕入れコストだけということね。だったら、売上げが増えた分、マージンがフルに利益に反映したのよ！」

「仕入れのコストは、販売価格の半分くらいだろ、違うかい？」ポールは目を輝かせ、鍋つかみを振り上げながら興奮した口調で言った。「ということは、売上げ増加分の半分が、そのまま利益になったということだ」

「売上げ増二八パーセントの半分の一四パーセントの利益が、ボカ店をチェーン全体のトップに押し上げたわけね」そう言って、キャロラインはうれしそうに飛び跳ねた。「だったら、正々堂々と胸を張ってもいいいんじゃない」

「すごいな。本当だったとは」ポールは驚いた。

そして、二人はようやく落ち着きを取り戻した。キャロラインは、手に持っていたグラスをようやくテーブルの上に置き、ポールは、あらためて事の真相を噛みしめながら、ラザニアをオーブンから取り出しテーブルの真ん中に置いた。

ボカ店の利益が向上したのは、本当だった。店を経営するもっといい方法が見つかったのだ。ポールにとってこれからの課題は、この発見を無駄にしないことだ。ボカ店だけにとどめておくのではなく、地域全体、いやチェーン全体にこの手法を広めることができれば、それこそ真に価値あるものとなる。これだけの結果を出せば、昇進しても社長の娘と結婚したからだなどと言われなくて済む。これで、別の会社で仕事を探さなくても済みそうだ。

彼は、キャロラインに激しくキスをした。「キャロライン、ようやく苦労が報われたよ。これで問題解決だ、やっと成功への道筋ができた」

「そうね。でも、私には時間の問題だって、最初からわかっていたわ」

「ありがとう、キャロライン。それから、何と言ってもロジャーに感謝しないといけないな。当面は、地下の倉庫が元どおりになっても、在庫をすべて戻してもらわないで、これまでどおり毎日、在庫を足りない分だけ送ってもらうよう説得しないといけない。いや当面じゃなくて、これからずっとだ。簡単じゃないのはわかっている。毎日、少ない数量だけ送るのは彼のスタッフも大変だろう。明日、朝一番で地域倉庫に出かけて、彼に直接会って話してくるよ」

「それがいいわ」そう言いながら、キャロラインは冷蔵庫からサラダを取り出した。

「ベン、リサ！　ごはんだぞ！」ポールは、リサに一番になったのが本物だったと早く伝えたくて仕方なかった。

# 11

地域倉庫のフロア面積は、八万平方フィート。縦横、そして高さ七、八メートルはあろうかという天井近くまでプラットフォームが積み重ねられている。ポールが倉庫の中を進むと、二台のフォークリフトが、いくつもの箱が積み上げられた大きなパレットを持ち上げながら、彼の脇をすり抜けるように走っていった。搬出入口では、がっちりした男が三人、作業服にプロテクターを身に着け、トラックに荷物を積み込んでいた。

マネージャーのオフィスは倉庫奥の階段を上ったところにあり、巨大な倉庫全体が見渡せるようになっている。見上げると、階段の一番上で、マネージャーのロジャーが戸惑った顔をして待っていた。

「とうとう自分で、商品を取りに来たのかい？」ロジャーがからかった。「何だったら、探すのを手伝うよう作業長に言おうか？」

「ありがとう」そう言って、ポールは笑った。「なるほど、君が太っていない理由がわかったよ。ここまで上ってくるだけで、体重が一キロも減ったよ」

「よく来てくれた。まあ、入ってくれ。コーヒーでも入れよう」ロジャーは言った。「それで、今日は何の用だい？」

ポールは冷房の効いたオフィスに入ると、前日、キャロラインと準備したメモを取り出した。「例の水道管の破裂なんだけど、最近、僕に起こったことの中では、あれほど素晴らしい出来事はなかった。この前、君に言ったと思うけど、売上げがずいぶんと増えたんだ。しかし、それがいったいどういうことなのか、あの時点ではまだよくわかっていなかったんだ。実は、ボカ店がチェーン全体で利益率トップになったんだよ」

ロジャーは、感嘆して口笛を鳴らした。

「この数字を見てくれ」そう言って、ポールはメモを指差した。「君のおかげで、品切れがこんなに減ったんだ。それから、これも見てくれ。これは、もし君がいなかったら品切れになっていたアイテムの売上げだ。この分、売上げが増えたから、うちの店の利益率は、一七・四パーセントにもなったんだよ」

「こりゃ、すごいな」ロジャーは答えた。「これが、俺のおかげだって言うのかい？　その礼を言うために、わざわざここまで来てくれたのかい？」ロジャーは、どうしてポールが地域倉庫までやって来たのか理由が知りたかった。それはありがたいことだが、もし礼を言うなら、昨日の電話だけで十分だった。

「いや、実はここに来たのは、お礼を言う以外にも理由があるんだ」慎重に足元を選ぶように歩きながらポールは考えた。いきなり、毎日、必要な商品を少量ずつ補充するやり方をチェーン全店に対して広げてくれとは言いにくい。そこで、まずはボカ店のことから話を切り出すことにした。「実は、もうひとつ頼みがあるんだ。大事なお願いだ。来週には、僕の店の倉庫は使えるようになるんだが、いまやっているやり方をこれからも続けてもらえないだろうか」

ロジャーは、黙って考え込んだ。ポールは、ロジャーにオフィスから叩き出されるのではないかと心配した。もう友人でも何でもない、単なるお荷物だと思われたらどうしようと不安な気持ちにかられた。

「ロジャー」ポールは声をかけた。「いま、やっているやり方をすると、利益がこれまで誰も想像できなかったほど増えるんだ。このやり方を続けていくべきだとは思わないかい？　それとも、あまりに身勝手な頼みだろうか？」

「ああ、身勝手だな」ロジャーがようやく口を開いた。「時間、マンパワー、まとめるのも大変だ。もちろん、作業する連中からの不満は避けられない。毎日、君のところから送られてきたリストを見て、まず君の店の在庫に何があるかを確認して……」

ポールはロジャーを制止しようとしたが、それを無視してロジャーは話し続けた。

「そして、君の店の在庫にないものは、倉庫中を探して君の在庫のところまで持ってきて、そして箱を開けて一個、二個と取り出して、それからそれをまとめて梱包して……とにかく大変なんだ。みんな面倒くさがっている」

「ロジャー、わかった。だけど……」

「ポール、人が喋っている時は、ちゃんと話を聞かないといけないと教わらなかったのか？」

そうロジャーはポールをたしなめた。「とにかく、最後まで聞けよ。実は、この地域倉庫のやり方にはかなり以前から疑問を感じていたんだよ。店は何か月分もの在庫を抱えているのに、それでも品切れを起こすSKUが後を絶たない。どう考えてもおかしい。こっちがどう頑張っても、俺はいつも怒鳴られてばかりだ。何かが間違っているのは、わかっていた」

そう言うと、ロジャーはコーヒーを一口すすり、強い口調でその先を続けた。「いま、本当に必要なものだけを送るという君のアイデアは、もしかすると俺が探していた答えなのかもしれない。実際、君の店の売上げは大幅にアップしている。それがいい証拠だ。でも、本当に効率向上を求めるのなら、君の店だけじゃダメだ。地域全店に導入すべきだと思う」

ポールは自分の耳を疑った。ロジャーには思いっきり頭を下げて頼まないといけないと思っていた。ボカ店のやり方を地域全店に導入するという考えは、簡単なことではない。ロジャーに協力してもらえるよう説得するのには、何週間もかかると思っていた。だから彼の返事は、まったくの驚きだった。

「しかしそのためには、マーチンの承認が必要だ」とロジャーが付け加えた。

「あのマーチンか……」ポールは、直属の上司である地域マネージャーのマーチンのことがあまり好きではなかった。

ロジャーは、ため息をつくポールを無視して言葉を続けた。「しかし、そうは言ったものの、実際にそれをやるとなるとロジスティックスが心配だ。もし承認が得られたとしても、変えないといけないことがたくさんありすぎる。君の店だけだったら、俺が好意でやってあげればいいわけだから、何とでもなる。しかし地域全店を相手に、毎日必要な分だけ、在庫を少量ずつどうやって補充したらいいのか、その方法はわからない。少し考えるのに時間をくれないか。でも、基本的な考え方は君と同じだ。しかし、この倉庫システムを変えるには、その前に、君の店の結果が一時的なものでなく、これからも維持していけるものなのかどうか、きちんと確かめる必要がある」

ロジャーの言葉に、ポールは希望が湧いてきた。「ということは、ボカ店に対して、これまでどおり、毎日在庫を補充するやり方を続けてくれるということかい？」

「ああ、そういうことだ」ロジャーが答えた。「取りあえず、この四半期は続けてみよう。その間に、俺の方は、地域全店に対してどう広げたらいいのか、その方法を探っておく。部下の連中からは、まだ続けるのかって文句が出るかもしれないけど、まあ、何とかやらせるよ」

「だったら、こういうやり方をしてみたらどうだろう。多分、仕事が少し楽になると思うんだが」ポールは言った。「僕の店の在庫と、地域倉庫の在庫の二か所から出荷する商品を集めてくるのは大変だって言っていたじゃないか。だったら、地域倉庫の在庫一か所からだけにしたらどうだろう」

「だけど、君の店の在庫を地域倉庫の在庫と一緒にしたら、経理上も在庫を移動させないといけない」自分の提案が何を意味しているのか、ポールは理解しているのだろうか……。それを確認しようとロジャーは言葉を続けた。「君の提案は、自分の店の在庫をすべて手放すっていうことだぞ。手放したら、もう自分の在庫じゃないんだから、欲しいと言われても必ず送ってやれるかどうか、俺も保証できなくなる。地域倉庫の在庫を君の店のためだけに特別に取っておくことはできないんだ」

「いや、そんなのは大した問題だとは思ってない。問題は、マーチンの承認をもらわないといけないということだ」そう言いながら、ポールは顔をしかめた。「彼が認めてくれると思うかい？」

「可能性ゼロだな」

「励ましてくれて、ありがとう」マーチンが手強い相手になることは、ポールには容易に想像がついた。「君は、これまで僕のわがままを聞いてずいぶん助けてくれたから、マーチンについては、僕が何とかするよ。君の負担を少しでも軽くしないといけないからな。まあ、取りあえず、すぐに彼と話してみる」

倉庫の出口に向かって二人で歩きながら、ポールはロジャーに感謝を述べ、キャロラインがロジャーの妻リズと子供たちによろしく言っていたことを伝えた。ボカ店に戻るクルマの中、ポールは満足感に浸っていた。ロジャーは、この先二か月は味方だ。彼が味方についてくれれば、ボカ店のやり方で本当に継続して高い利益を上げることができるのかどうか、実証することができる。それだけではない。地域全店にその方法を導入することまで、ロジャーに前向きに考えてもらえた。

当面の課題は、店が抱えている在庫を経理上、地域倉庫に移動することをマーチンに認めてもらうことだ。彼を何としても説得しないといけない。

＊　＊　＊

希望と不安を抱いてポールは地域倉庫からボカ店に戻った。自分のオフィスに入るなり、秘書のアルバに、マーチンに電話を入れるよう指示をした。

「やあ、ポール」バリトン調の朗らかな声でマーチンが電話に出た。「いま、ちょうど君に電話をかけようと思っていたところだったんだ。経理からレポートをもらったよ。今月は、君の店がトップのようじゃないか。水道管が破裂してずいぶん大変だったと思うけど、とにかくお祝いが言いたくてね。おめでとう。店の従業員にも、一生懸命働いてくれて感謝していると伝えておいてくれ」

「ありがとうございます」マーチンの労いの言葉にポールは礼を言った。「ですが、ただ一生懸命に働いたからじゃないんです。いままでと違うやり方をしたんです。まったく新しいやり方です」

「新しいやり方？」

ポールはマーチンに、ロジャーと一緒にどのようにやったのかを事細かに説明した。「……ですから、この方法を地域全店に導入すべきだと思うんです」

「ちょっと待て」マーチンは、どちらが上司か示さんばかりの口調で答えた。「ボカ店の利益が増えたのはよかった。私も本当にうれしいよ。しかし、ちょっと待つんだ。私たちにはすでにいいシステムがある。ちゃんと機能もしている。それを、君の店で一か月いい結果が出たからと言って、いきなり新しい方法を全店に導入しようというのはばかげている。そんなことは、誰も認めない。君は社長の義理の息子だから、近道を選択することには慣れているかもしれないが、私は、慎重かつ賢明な方法を選択すべきだと信じている人間だ。真に成功するためには、それしか方法はないと考えている」

「でも、数字を見てください。はっきりと結果が出ています」心の中で苛立ちを感じながら、ポールは答えた。もし口答えが許されるものなら、近道なんかしていないと大声で叫びたいところだった。マーチンの無礼な言葉は無視して、ポールはわざと激しく詰め寄った。「利益率一七パーセントですよ。考えてみてください。もしボカ店の利益率が一七パーセントでなく、七パーセントだったらどうですか。それでも、喜んでくださいますよね」

「しかし、今月だけだ。まぐれだよ」マーチンはそう言い切った。「今回のこの結果が、いったい何を意味しているのか、君もまだちゃんとわかっていないじゃないか。もしかするとその影響で、来月は売上げがガクンと落ちるかもしれない。そうなれば、ボカ店は前の状態に逆戻りだ」

「でも、ボカ店はいまのやり方を続けさせてもらいます」マーチンの反応に、ポールは予定どおり話を進めた。「きっと、まぐれでないことがわかってもらえると思います。どの店でも同じような結果を出すことができることを証明してみせます。毎月毎月、同じ結果が出せるはずです」

「わかった。では、ずっと同じ利益率を保てることを証明して見せてくれ。そうしたら、もう少しちゃんと君の話を聞かせてもらおう」マーチンにしてみれば、これで何かを失うわけではない。ポールが成功すれば、それはめでたいことだし、彼の地域がチェーン全体を引っ張ることになる。もしポールが失敗しても、それは少なくともボカ店にとってはいい教訓になるはずだ。そうマーチンは思った。

「わかりました。でもそのために、簡単なことですが、承認してもらいたいことがあります」

ポールの本当の狙いはここにあった。懸命に練った戦術がうまくいくことを彼は願った。もし正攻法でいったら、マーチンに却下されるかもしれない。そこで、まずは地域マネージャーなら誰しもとんでもないと思うようなことから話を進める。マーチンが認めるはずもないことはポールもよくわかっていた。そして、いまのやり方を継続することを認めざるを得ない状況にうまく彼を追い込んでいったのだ。

しばらく意見の応酬はあったが、それでも結局、マーチンにボカ店の在庫を地域倉庫に正式に移すことも納得してもらえた。

マーチンは渋い顔をしていたが、ポールにとってはそれでも成功だった。これで、ロジャーから継続してサポートしてもらうための正式なお墨付きをポールは得たのだった。それに、毎日、必要な数量だけ補充するという新しいやり方で失敗することなどあり得ない、という自信がポールにはあった。

＊　＊　＊

搬出入口で、テッドが苦手なことがひとつあった。それはベルトコンベアの騒音だ。見習い二人が台車の上に置かれた箱を整理している脇で、その音に耐えながら、テッドは出荷リストに目を通していた。

「荷物が足りないようだけど」テッドが声を張り上げた。

「私に言わないでくださいよ。私は、ただ荷物を運んできただけですから」苛立った表情でドライバーが答えた。

「わかっているよ。ごめん」

テッドは顔をしかめた。毎日、オーダーした商品の中で届けられていないものの数が少しずつ増えていた。オーダーするＳＫＵの数も、いまや一枚に収まり切らなくなっていた。

品切れをできるだけ少なく抑えることがどれだけ重要か、いまのポールにははっきりとわかっていた。だから、この状況は見過ごすわけにはいかない。そろそろ何とかしなければいけなかった。

＊　＊　＊

ウッド家に着いたポールは、玄関のチャイムを鳴らした。今週は、ポールが娘たちをバレエのレッスンに連れていく番だった。

「いらっしゃい、ポール、リサ。今日は、少し早いわね。ニッキーは、まだ準備しているところよ」そう言ってリズが扉を開けると、リサはニッキーの様子を見に二階へ駆け上がっていった。「どうぞ、入って」

「ポールかい？」奥からロジャーの声がした。その声を追ってポールがキッチンへ行くと、ロジャーが〝あなたは素敵〟と書かれたエプロンを着けて、野菜を切っていた。ポールは、ロジャーの目を盗んで、ニンジンのスティックを何本か手に取った。

「そのエプロン、お似合いじゃないか」そう言ってポールは笑った。「もうちょっと、濃いピンクのエプロンはないのかい」

「包丁を手にしている人間は、からかわない方がいいぞ」勢いよく玉ねぎをみじん切りにしながら、ロジャーがニヤリとした。

「ついでに、少し仕事の話をしてもいいかな？」

「何だか、社長のような話し方になってきたなあ」ロジャーがからかった。「どうぞ」

「一週間前に君と話をしてから、品切れにはずいぶんと気をつけてきたんだが、ここのところ品切れを起こしている商品の数が徐々に、それも確実に増えてきている。毎日、三つか、四つぐらいずつ補充されないアイテムが増えてきているんだ」

「驚くことでもないだろ」ロジャーが言った。「言ったじゃないか。品切れしている商品の補充は、他の店に出荷できずに半端に残っている在庫からしているって。それがいつまで続くと思うんだ。いまの君の店のようなペースで売っていたら、なおさらだ。品切れするＳＫＵが増えていくのは当然だよ」

　それは、まさにポールが恐れていたことだった。ボカ店の利益が大幅に増えたのは、品切れが減ったからだ。そして品切れが減ったのは、ロジャーが地域倉庫に残っている半端な数の在庫から商品を送ってくれたからだ。しかしいま、その半端な数の在庫も底を突きはじめ、ボカ店はまた前の状態に逆戻りしつつあったのだ。しかし、まだもうひとつやれることがあるとポールは考えていた。それをロジャーにやってくれと説得するために、今日は少し早めにやって来たのだった。

「他の地域倉庫から、在庫を回してもらうわけにはいかないだろうか。地域倉庫は他に九か所ある。九つも倉庫があれば、君の倉庫で在庫が底を突いたSKUでも、他の倉庫の一か所や二か所くらい、在庫を数多く抱えているところもあると思うし、それほどでもないにしても半端な数の在庫くらい、どこの倉庫にもあると思う。だから、クロスシッピングをしてもらえないだろうか」

「本気かい」ロジャーは驚いた。「ボカ店一か所で必要な少ない量のために、クロスシッピングをしろって言うのかい。それは無理だ。割に合わないよ」

「ロジャー、考えてみてくれ」ポールは訴えるような口調だ。「君のところから毎日送ってもらっているのは少量かもしれない。しかし一か月の売上げを合計すると、結構な数量になる。それだけじゃない。君のところで在庫が完全に底を突いたっていうことは、それだけ地域全体でよく売れているっていうことじゃないか。そういうアイテムこそ、お客さんが買いたいと思っている商品なんだよ。だから、少ない量をオーダーしてくれって言っているんじゃない。集められるだけ、掻き集めてくれと言っているんだ。他の倉庫から集められる在庫は、すべて売ることができると思う。それも早く。だから、売れ残ることなんか心配しなくてもいいと思う。これは、地域全店のためだ。ボカ店だけの話をしているんじゃない」

「なるほど、考えてみるよ」そうロジャーはポールを軽くかわそうとした。そんな取るに足らないようなことに、そこまでの労力を費やす価値があるのかどうか、ロジャーには確信はなかった。

ロジャーの戸惑う様子を見て、ポールはさらに続けた。「僕の店を使って、どの商品が売れているのか、その指標にしたらいい。僕の店からオーダーが入って、君のところに半端な数の在庫しかなければ、それは人気アイテムということだ。そういう商品は、できるだけ多く他の倉庫からクロスシッピングで集めてくればいい。在庫が底を突くまで待っていては、ダメだ」

「わかった、わかったよ」そう言いながら、ロジャーはセロリを切りはじめた。

「本当かい」ポールは信じられなかった。「そんなに簡単にオーケーしていいのかい？　君のことだ、ロジスティックスや輸送コスト、すべてを慎重に検討してからでないと納得はしてくれないと思っていたんだが。それとも、年をとって柔らかくなってきたっていうことかい？」

「えっ、何だって？　若者よ、聞こえないから、もう少し大きな声で言ってくれないか」ロジャーは笑った。「だけど本当だ。君に言われてみれば、確かにそうかもしれない。他の倉庫から在庫を集めるなんて、何本か電話をかければ済む話だ。そうすれば、少なくとも半端に残っている在庫くらい、どの倉庫でも見つけることはできると思う。それに、集めるのはひとつのＳＫＵじゃない。だから、荷物は結構な量になると思う。トラック一台じゃ済まないだろう」

「じゃ、明日の朝一で、クロスシッピングを手配してくれるのかい？」そう訊ねて、ポールは飛んでくる玉ねぎのみじん切りをよけるようにキッチンの外に出て、二階に向かって声を張り上げた。「おーい、早くしないと、遅れるぞー！」

# 12

時計の針が朝七時を回る直前に、飛行機はインドのニューデリーに着いた。二時間後、キャロラインは、パンディーのオフィスで彼に詰め寄っていた。

「これを見てください」キャロラインは最近、パンディーのところから送られてきたナプキンを二枚、大きな会議用テーブルの上に広げた。「いいですか」キャロラインは強い口調で迫った。近くでよく見なければわからないが、二枚の色合いは微妙に違っていた。「こちらは黄色、こちらはオレンジ色です。確か、品質はどこにも負けない、保証すると約束してくれましたよね。色が揃っていないテーブルクロスとナプキンでは、売ることができないんです」

キャロラインの勢いに、インド人のパンディーは言い争うこともせず、ひたすら謝った。「申し訳ありません。本当にすみません。もう、二度とこのようなことのないよう約束します」

「約束する？」キャロラインが噛みつくように言った。「なぜ、あなたの会社とこれからも取引を続けていかないといけないのか、理由を言ってもらえますか」

「実は、生地の染色工程でトラブルが発生して、別のバッチからあなたの会社向けの出荷分を補ったんです」年寄りじみた金縁のメガネの上で、パンディーの太い眉がギュッと音を立てるように寄った。「ですが、もうきちんと対応しています。もう、二度とそんな問題は絶対に起こしません」

キャロラインは、黙ったままだった。

「私たちの責任です」パンディーは、何とか彼女をなだめようとした。

自分が強い立場にあることを知っていて、キャロラインは威圧的にじっとパンディーの目を見つめた。

「もちろん、補償させていただきます」どう補償するのか、キャロラインが訊ねる前に、パンディーは慌てて続けた。「今年の新しいコレクションをご覧になりませんか。なかなかの出来ですので」

キャロラインは頷いた。しかし、手をナプキンの上に置いて、テーブルの上から動かないようにした。

二時間後、すべての合意が成立して、キャロラインはようやくナプキンから手を放し、つまみ上げた。「花柄のテーブルクロスを二〇カートン追加してください。もちろん、コストはそちらの負担でお願いします。それで、今回のことは忘れましょう」

キャロラインの要求に、パンディーはしばし躊躇したが、彼女の交渉力に参りましたとばかりに笑顔を浮かべた。「当然、そうさせていただきます」

＊　＊　＊

キャロラインはクルマの後部座席から外を眺め、かつては何もなかった田園地帯にどんどんビルが建ち並び、街に変貌していく様子にあらためて驚かされていた。インドにも、欧米の影響はありとあらゆる面で及んでいた。荷物を満載した貨物列車が通り過ぎようとすると、マイアミの彼女のアシスタント、マシューーから電話が入った。

「おはようございます。何の音ですか」彼が訊ねた。

「プネー（マハラシュトラ州第二の都市）の反対側にあるドンシーの工場から帰るところよ」そうキャロラインは答えた。「今日は、くたくただわ」

「リネン工場に行ってきたんですか。何て、言っていました？　もしかしたら、ミシンの前に三時間ぐらい座らされていたんじゃないですか」

「その方がよっぽどよかったわ」キャロラインは、ジョークを飛ばした。「ミシンの前に座っている方がずっと楽だったわ。クルマで行くだけで、二時間もかかって……、でもインドの人ってクルマの運転、すごいのよ。とにかく、工場の中を全部見てもらいたいって言うから、見せてもらったんだけど、とにかく隅から隅まで本当に全部見させられたの。二時間もよ」

「どうして、そんなにいろいろと見せられたんですか」

「これだけコストがかかるんだ、というところを見せたかったのね」キャロラインは説明した。「この間、彼と話した時、価格を下げてくれって要求したんだけど、きっとその復讐ね。おかげで、足首が痛くなっちゃったわ。でも、それなりに価値があることはわかったわ。とにかく、もうあんな工場見学は御免ね」

「それは大変でしたね」そうマシューは、キャロラインを慰めた。

「でも、もう二パーセント、ちゃんと搾り取ってきたわよ。ところで、用件は？」

「ライアナから電話があったんです」不安げな声でマシューは答えた。「予定どおりに、バスマットが納入できないって言ってきたんです。また、ですよ」

「スリーストライク、アウトね」キャロラインは、歯ぎしりしながらそう言った。「契約違反だから、もう取引は中止だって伝えてちょうだい」

「本気ですか」マシューは実直すぎるところがあるが、とにかく仕事は一生懸命にする。しかもファッションに関しては、彼のアドバイスはなかなかのものである。「彼女は、とてもいい人です。もう少し、時間をあげるわけにはいきませんか」

「いいえ、できないわ。納期を守ることがどれだけ大事なことか、彼女はもっと学ぶべきよ」

「私が、きつく言いますので。それに、バスマットが品切れを起こしているんです」

「そうなの？　品切れを起こしている地域倉庫は何か所？　ホテルに戻るまでに、詳しいレポートを用意しておいてくれる」

「あと、どのくらいでホテルですか」

「あと五分ね」笑みを浮かべながら、キャロラインは言った。

「わかりました。いつものチャートとグラフでいいですか？」

「ええ、お願いね」

＊　＊　＊

ニューデリーのホテルに戻ると、キャロラインは急いでシャワーを浴びて服を着替えた。今日、最後のミーティングにすぐにまた出かけなければいけない。服を着ながら、キャロラインはハミングしていた。ディナーの相手は、新規の取引先のセールスだったので、キャロラインは見栄えがシャープなミッドナイトブルーのパンツスーツを選んだ。相手は新規の取引先候補だから、キャロラインにとって失うものは何もないし、キャロラインの方が強い立場にあった。

キャロラインがホテルの高級レストランに入っていくと、プラディープがすでに待っていた。どういうわけかキャロラインは、インド料理とポストモダンの上品さは組み合わせが悪いと感じた。先方は色鮮やかなネクタイを締めていたが、黒の上着が、ビジネスの話をしにきたのだぞと叫んでいるように思えた。

二人は食事をしながら、互いに本題に入る前の時間を稼ごうと、まずは市場の動向などビジネスの雑談に花を咲かせた。キャロラインの頭の中には、すでに仕入れたいアイテムと柄がいくつかあったが、その前に自分たちの製品のユニークさや特徴を自信満々に語る相手の論議の粗探しを楽しんでいた。しかし、そのうちにコーヒーとデザートが運ばれてきて、そろそろ本題に移る時間となった。商人は、昔もいまも変わらない。二人は、値段交渉を始めた。

「初めて扱う商品だから、我が社にとってはリスクが高いんです」毅然とした口調で、キャロラインは言った。「格子縞のタオルは感じが気に入っていますが、一枚八五セントは高すぎます」

「ホワイトさん、弊社としては、ぜひ御社とお取引をしたいと願っています。糸は最高の品質のものを使っていますし、それに、ご存じのように人件費がどんどん上がっていますので……」相手からは、決まりきった反応が返ってきた。

「一枚八五セントでは、三〇〇カートンも買うリスクは到底負えません。本当は、いくらで出してもらえるんですか。本当の価格を教えてください。そうしたら、五〇〇カートン買わせてもらいます」そう言って、キャロラインは雌トラのような笑顔を見せた。たとえ予定よりも多くオーダーしなくてはいけないとしても、キャロラインは一セントでも安く値段を下げさせようと手を緩めない。

相手は驚かなかった。逆に、数量を増やしてもいいというのは、相手にとって願ってもない話だった。「では、いくらくらいをご希望なんでしょうか」

「私たちが欲しいのはバスタオルでなく、キッチンタオルです。一枚五二セントぐらいがいいところだと思いますが」キャロラインは容赦なく言った。

彼女の要求に、相手は驚いた振りをして見せた。「コスト以下では、売ることはできません」

相手の派手な身振り手振りを、キャロラインは瞬きもせずに見つめ、皮肉っぽい笑顔を浮かべた。

「八二セントくらいまでなら、下げることはできますが」

「五〇〇カートン……」キャロラインは、単調な声で答えた。

「七九セント」

相手がそう言ったところで、キャロラインはウェイターに手を振り、勘定を持ってきてくれと合図した。

「わかりました、わかりました。七五セントで、出させてもらいます。でも、その値段では私の手数料はほとんどなしです」

「六五セント。それから、オーブンミトンと鍋つかみのセットを二ドル二五セントでなく、一ドル九五セントまで下げてください。そうしたら、一〇〇カートン注文させてもらいます」

「勘弁してください」キャロラインの執拗な攻めに、プラディープは頭を抱え込んだ。「一気に三〇セントも引き下げろなんて、それはいくらなんでも。二ドル一〇セントぐらいまでなら何とかなりますが、それでも安すぎます」

「じゃあ、切りのいいところで、二ドルにしましょう。そうしたら、シェフの帽子と上着のセットも一ダース買わせてもらいます。他の商品にもよくマッチしているので」

「わかりました。タオルは七〇セント、鍋つかみセットは二ドル、シェフの帽子と上着は一〇ドル。それで、やらせていただきます」プラディープは、十分に満足していた。ハンナズショップとの初めての取引で、これだけ大量のオーダーをもらえるのだったら当然だ。

「いや、待ってください」キャロラインはまだ手を緩めなかった。「これだけたくさん買うのですから、タオルは六七セントです」

「もう、本当に勘弁してください」プラディープの顔は引きつっていた。しかし、しばらく躊躇した後、今度は笑みを浮かべて言った。「わかりました」

そして、二人は握手を交わし、取引は成立した。「明日の朝一番に、契約書をこちらのホテルに届けさせていただきます」

「お願いします。今日は、どうもありがとうございました。これからも、お付き合いよろしく」

プラディープが帰った後、キャロラインはそのまましばらく座ったまま、宵の雰囲気と広いテラスから眺める夜景を楽しんだ。キャロラインは、満足感に浸っていた。これだから、仕入れの仕事が大好きなのだ。これほどいい条件を引き出せる人間が、ハンナズショップに他にいないことをキャロラインはよく知っている。価格を大幅に下げさせただけではなく、シェフの帽子と上着という新たなおまけも見つけてきた。きっと人気商品になるに違いないとキャロラインは確信していた。

父親の後を継いで社長になる準備はまだできていなかったが、仕入れのことなら自分自身のことのようによくわかっていた。常に会社に貢献してきたのだった。

＊　＊　＊

見本市の会場は色鮮やかで、各ブースは、バイヤーの購買意欲をそそるために商品がきれいにディスプレーされていた。光沢のあるスパンコールのついたシャツ、サテンシーツの四角いサンプル生地、シルバーのシルクのストッキングなどが次々と目に飛び込んでくる。インド繊維エキスポの初日、キャロラインは早い時間から会場を訪れ、フロリダ・ファッション社のバイヤー、ジュリーと一緒に広い会場を見て回っていた。ジュリーは、ここインドのムンバイで知り合った友人で、フロリダでは同じ街に住んではいるものの、これまで一度もランチを共にしたことがなかった。

「ご覧ください。最新のソフトウェアを使って、作業をスピードアップしているんです」ブースの中から、ターバンを巻いた男が話しかけてきた。「どうぞ、サンプルをお持ちください。それから、詳しい資料も」

「これを見て」頭を金髪に染めたジュリーが、キャロラインに言った。「スーパーヒーローのシーツとパジャマセットよ。セットで売ったらいいんじゃない？」

「やめてよ」電子手帳にメモを書きとめながら、キャロラインが答えた。そして、サンプルのパッケージを受け取り、ジュリーの方を向いた。「髪の色を変えるのと一緒でリスクが大きいから、ハンナズショップではファッションは扱ってないの。いいから、先を行きましょう。まだまだ見ないといけないのが、たくさん残っているわ。時間は、限られているし」

通路を進みながら、二人はバルーア・テキスタイルのブースを探した。二人の共通の知り合いから薦められていた会社だ。新しい会社は、いつも調べてみる価値がある。それに、アラバマでのハンナズショップ最大のライバル、クレイグスがすでにバルーアと取引を始めていることもつかんでいた。

ようやく、そのブースが見つかった。しかし、広いディスプレースペースの中央に、小さなスタンドが置かれているだけだった。そこにいた若い女性が、インド訛りの英語で謝っていた。「手違いがありまして、今日はディスプレーが間に合いません。でもいま、トラックがこちらに向かっていますので、明日の朝には間違いなく、ディスプレーはきちんとできています」

明日、来ることのできないキャロラインは考えた。大事な見本市にディスプレーを運ぶのに、インド国内でもこんなトラブルを起こしているようだったら、海外に送る時はいったいどうなるのだろう、どんな問題が起きるのだろうと心配になった。リスクの多いサプライヤーとは取引をしない方がいいと自分に言い聞かせた。そして二人は、先に進んでいった。

# Isn't It Obvious

# Ⅳ

## 渦巻く疑念

# 13

「店長、経理のボブから電話です」

ボブから利益率が地域トップになったという知らせをもらって、すでに三週間が経っていた。今度は何だろうと思いつつ、ポールは明るい声で電話に出た。「おはよう、ボブ」

「おはよう、ポール」ボブは、心配そうな声だった。「調子はどうだい？」

「絶好調だよ」

「そうか、それはよかった……。ひとつ訊きたいことがあるんだけど、いいかな」

「ああ、もちろん。何でも訊いてくれ」

「リストの中で、数字におかしなところがあってね」ボブは言葉を選んで言った。「それで、いま、どこでどう間違いが起きたのか調べているんだ。手元の資料によると、ボカ店の在庫がものすごく少なくなっているんだよ。本来の在庫量の四分の一程度しかないんだ。もしかしたら、君の方に何か手違いがあったんじゃないかと思って、一応確認してみようと思ったんだ」

「いや、別に手違いなんか何もないよ」ボブの質問に、ポールは笑みを浮かべた。「店の在庫を地域倉庫に移しただけだよ。二〇日分以上の在庫をすべて戻したんだ」

ボブは驚いた。そんな少ない在庫で店はやっていけるはずがない、それに在庫の所有権が移動したかのように偽ることは犯罪行為だ、とボブは心配になった。そして、誰かが帳簿を操作しているに違いないと彼は思った。しかし考えてみれば、ポールは社長の義理の息子だ。操作があったとしても、会社の上層部の承認があってのことかもしれない。だとしたら、不用意に地雷原に足を踏み入れてはいけない。

「それは、また珍しいことを」ボブは、言葉を選んで答えた。「ということは、地域倉庫の在庫表を調べれば、移動した在庫が記載されているということかな」

「そのとおり」ポールは答えた。「記載されているはずだよ」

「ポール」依然として、不安な気持ちのままボブが言った。「在庫の所有権移動は経理上、通常は認められていない。管轄する長の承認がいるんだが……」

経理の人間は自分たちの世界、形式ばったルールばかりの世界に生きていると、ポールはずいぶん前から思っていた。ボブの言葉を聞いて、それを思い出した。冷静な声で、ポールは答えた。「地域マネージャーのマーチン・ラングレーから、ちゃんと承認はもらっているよ」

「悪いけど、マーチンからの承認だけじゃ足りないんだ」ボブが言った。しかし、そんな説明じゃいつもマネージャーたちに軽くあしらわれているのか、彼は説明を付け加えた。「経理本部長にも確認してみないといけない」

ボブの説明に、ポールはあえて誰の承認が必要なのか、訊こうとはしなかった。COOだなどという答えは、聞きたくなかったからだ。継続して高いパフォーマンスを維持できるという、しっかりした根拠がなければ、いまのような変則的な方法を続けることを、COOのクリストファーが認めてくれる可能性などほぼゼロに近いことをポールは十分にわかっていた。ボブが介入してきたことで、ポールとロジャーがこれまでやってきたことがすべて台無しになる可能性もある。

大きな声で丁寧にポールは訊ねた。「どうして、マーチンの承認だけじゃダメなんだい」

「ちゃんと文書で申請して、会社のトップが認めたような特別な場合を除いては、在庫は本来、実際に置かれている場所を基準に記載しないといけないんだ」

ボブの説明を聞いて、ポールの声は少し明るくなった。「在庫は、地域倉庫に移したけど」

「はあ？　君の店から地域倉庫に、実際に在庫を動かしたって言うのかい？」

ボブは、信じられないといったような声だった。「ということは、本当にあんなわずかな在庫だけで、店を開けているのかい？」

「二〇日分の在庫がわずかだと言うのなら、そのとおりで、そのわずかな在庫だけでやっているよ」ポールは答えた。「でも、実はそれだけでも十分なんだよ。先月の結果を見てくればわかると思うけど、ボカ店はそれでトップになったじゃないか」

「どういうことだい」ボブが答えた。「確かに、先月、君の店の利益はすごかった。しかし、それと在庫を地域倉庫に戻すのと、いったいどんな関係があるんだい。帳簿によると、在庫の移動は今月の頭に行なわれているじゃないか」

会社でのボブの地位は、高い方じゃない。しかし、もしボブが細かいことを調べはじめたら、いずれクリストファーの耳にもきっと入ってしまう。ポールは、深く息をして説明を始めた。「ボブ、多分、君も聞いたことがあると思うんだが、二か月ほど前、ボカ店で水道管が破裂して倉庫が水浸しになったんだ。そのせいで、在庫を別の場所に移さなければいけなかったんだが、高いお金を出して倉庫を別に借りる代わりに、一時的に在庫の多くを地域倉庫に置かせてもらうことにしたんだよ」

「なるほど」ボブが頷いた。

「その時から、僕の店には二〇日分の販売量しか在庫を置いていないんだ。そして先月、あんなにすごい結果になったじゃないか。だから、そのまま続けてみようっていうことになったんだ」

「それじゃ、もう一時的じゃないじゃないか。正式に、在庫を移動しないといけない」

「だから、そうしたのさ」

「なるほど。帳簿上は今月の頭だけど、在庫の移動は実際には二か月前に行なわれていたということか」

「そのとおり」

「じゃあ、あの数字は間違っていないのか。本物なんだ」呟くような声で、ボブが言った。ようやく謎が解けて、彼は晴れ晴れした気持ちになった。

「えっ、何だって」

「いや、ただ驚いているだけだよ。君の店にはずっと注目してきたんだが、利益が増えて、当然のことながら、投資収益率も伸びていたんだが、今回在庫が大幅に減ったことで、もっと伸びたよ。まさに天井知らずの伸び方だ。これまで、こんなの見たことがない」

「ありがとう」

「これからも、この調子で続けるのかい？」

「そのつもりだよ」

「それにしても、本当にすごい」ボブは興奮していた。「もちろんボカ店は、いまも利益率でチェーン全体のトップだし、この投資収益率じゃないか。競馬だったら、絶対、君の馬に賭けさせてもらうよ」

＊　＊　＊

その日の夜、ホワイト家では、フロリダとムンバイを結んでテレビ電話で話していた。子供たちがキャロラインに学校やスポーツ、それから兄妹喧嘩のことを話し終えると、もう遅いから寝る準備をしなさいと言って、ポールがベンとリサを二階に追いやった。ようやく二人がいなくなってから、ポールが言った。「キャロライン、明日は、夜にお母さんが僕たちをマイアミシティ・バレエの公演に連れていってくれる日だよ。しかし、どうして僕も、子供たちを連れていってもいいなんて言ったのかなあ。明日は、まだ平日だよ。まったく、お母さんと君には参るよ」

「ベンは、まだブツブツ言っているの？」

「ああ」苦笑いしながらポールが答えた。「バレエなんか、女の子が観にいくものだって、うじうじしているよ。でも、ＭＰ３は持っていかせない。とにかく、君が仕事に出かける前までに、電話できるかどうかはわからないよ」

「ええ、大丈夫」そう答えると、キャロラインの笑顔が画面いっぱいに広がった。「忘れないように、電子手帳のスケジュール帳に入れておいたわ。だけど、八時前には起こさないでね」

「そんなに遅くまで寝ているのかい」ポールがからかった。「毎日、朝早く飛び起きて、ジュリーと買い物に行っていると思っていたよ」

「できたら、そうしたいわよ。見本市もそれほどでもなかったし、去年の方がずっとよかったわ。ところで、ボカ店の方はどう?」

「そうそう、経理のボブからまた電話があってね、地域倉庫の帳簿に在庫を移動したことで、いろいろうるさく言われたよ」ポールは、彼とのやり取りを詳しくキャロラインに話して聞かせた。

ポールの話が終わると、キャロラインが訊ねた。「投資収益率はどのくらい増えたって、言っていたの?」

「具体的な数字は言ってなかった。こんなの、見たことないとしか言ってなかったよ。でもまあ、これぐらいじゃないかなというのはわかるけどね。利益率が、他の店の平均のだいたい三倍だろう。それで、在庫が四分の一だから……」

「一〇倍以上ね。いままでの一〇倍以上よ」キャロラインがすばやく計算した。

「一〇倍」わざと誇らしげにポールが言った。「すごくないかい？」

「すごい？　すごいどころじゃないわ。ポール、信じられないわよ」キャロラインは、ポールの平然とした様子が理解できなかった。

「そんなのに興味があるのは、経理の人間だけかと思っていたよ」そう言いながら、ポールが大きな声で笑った。「そう言えば、会社のトップもそういう数字が好きだったっけ」

「ポール、これはすごいことよ。わからないの？」ポールの澄ました表情に、キャロラインは驚いていた。

「正直言うと、よくわからないんだよ。どうして、そんなに喜ばないといけないのか、理由がわからない。でもとにかく、利益率が上がったというのは本当だったけど、在庫削減は違うよ」

「在庫の削減は違う？　どういう意味？」キャロラインは困惑した。「投資収益率は、他の店の一〇倍だって、いま言ったばかりじゃない」

「ああ、言ったよ。だから？」

「だからって、あなた、これはすごく大切なことなのよ。もっと大きな視点で見たら……」

「もっと大きな視点で見たら、キャロライン、僕の店の在庫は、いまは地域倉庫に移っただけだ。同じ会社の中で、あるところから別のところに場所を移しただけなんだ。ということは会社全体で見れば、投資収益率は何も変わっていないということじゃないか。だから、どうしてそんなに興奮しないといけないのか、僕にはわからないよ」

「でも、本当よ。会社レベルでは、投資収益率っていうのは、利益よりも大事なんだから」

「君がそう言うなら、そうかもしれないけど……」

ポールの反応を見て、キャロラインは彼がまだ納得していないのがわかった。もしできることなら、コンピュータの画面の向こうに座っているポールの体をつかんで揺すってやりたいところだった。「投資収益率っていうのは、売上げと同じくらい重要なの。だから、私は興奮しているの。投資収益率がどれくらいかで、どれだけ早く会社が拡大できるかが変わってくるの」そう言うと、訴えるような口調で、ポールに何とか理解してもらおうとキャロラインはさらに説明を加えた。「これまでの四分の一の在庫でも、十分に店をやっていけることを、あなたははっきりと示したわよね。ということは新しく店を開くのに、これまでよりずっと少ない投資で済むということよ。一店舗当たりの投資収益率がそれだけ高ければ、投資だって簡単に認めてもらえるわ」

「そういうことか」キャロラインの説明に、ポールはなるほどと思った。「投資収益率がどうのこうのと言われても、あんまりピンとこなかったけど、でも考えてみれば、在庫の回転も同じことじゃないか。僕は店長だから、在庫の回転数で考えればもっとよくわかる。これまでと違うやり方をして、店はずっと効率的になった。在庫の回転数が増えたんだ。これは大きいことだ。すごく大きいことだよ」

画面に映るキャロラインの顔が輝いた。「父さんに、早く教えてあげたいわ」

彼女の言葉に、ポールがすばやく反応した。そんな近道したくはないのだ。

「ちょっと待ってくれ」ポールが言った。「毎月、ちゃんと結果を出さないといけないんだ。ひと月でもしくじるわけにはいかない。もし数字が落ち込むようなことがあったら、マーチンに待ったをかけられる。元に戻されたら、すべてお終いだよ」

「マーチンに続けさせてもらうには、どうしたらいいの。私が、彼に話してみようかしら？」

キャロラインは心配になった。

「大丈夫だ。いまはまだ、僕に任せておいてくれ」ポールが決然と言った。

「あなた、頼もしいわね」そう言って、キャロラインは画面越しに投げキスをした。「ごめんなさい。もうそろそろ出かけないといけないわ。じゃないと、ジュリーにグリーンカレー漬けにされちゃうから。でも、よかった。あなた、すごいわ。それじゃ、お休みなさい」

「君の方は、おはようだね。じゃあ」

# 14

　ボカビーチ・モールのカラフルなアイスクリームスタンドで、テッドはフローズンヨーグルトを買った。ガールフレンドから少し太り気味だと言われているので、最近、アイスクリームは少し控えている。とにかく、このブルーベリー・アーモンドキャラメル・フローズンヨーグルトはとても美味しい。スプーン山盛りにもう一口頬ばると、フードコートに向かってくる聞き覚えのある二人の声が聞こえてきた。

「この前の金曜、仕事の帰りに新しいモールのそばを通ったんだよ」ハビエルが、イザベラに言った。「そしたら、新しいデパートを三つ建てていたよ。君のような販売経験が豊富な人だったら、きっと雇ってもらえるよ」

「ありがとう。そうね、ちょっと調べてみるわ。ところで、あなたとジャニーンはどう？ 何かいい仕事は見つかりそう？」

テッドは驚いた。ボカ店の売り場主任の三人が、何と他の仕事を探しているのだ。

彼は、二人に近づき声をかけた。「いったい、何の話だい」

いきなりテッドが現れて驚いたのか、イザベラは口ごもってしまった。「もうすぐ閉店になるんだったら、早いところ次の仕事を探しはじめた方がいいと思っているだけよ」

「閉店？　閉店なんかしない」声を抑えてテッドが言った。「店長は、そんなことは何も言っていない。閉店するんだったら、ちゃんとそう言ってくれるはずだ。彼は、隠したりしないよ。それに、閉店セールだってやってないじゃないか」

「店の様子を見てればわかるさ」ハビエルが答えた。「地下の倉庫が使えるようになって、もう二週間も経つんだ。もっと被害が大きかった隣のカフィーブックスだって、もう在庫を全部戻して元どおりなのに、うちはまだだ」

「倉庫が空っぽなのは、うちだけよ。店内の収納スペースだって空。そんなの、モールの中でうちの店だけじゃない」イザベラが言った。「店長は、在庫を店にぜんぜん戻そうとしないし、考えられる理由は二つだけよ。もっと上流層の顧客をターゲットにしようとしているのか、でなければ閉店ね。でも、売っている商品は前とちっとも変わってないわ。きっと、じきに閉店セールが始まるのよ」

「そんなことはない」そう言いつつも、テッドには確信がなかった。「だけど、とにかく人前でそんなにあからさまに話をしないでくれ。そうした噂話は、店の評判を悪くする」

「評判?」ハビエルが訝った。「よかったら、どこか他の店でアシスタント・マネージャーを募集していないか探しておこうか?」

＊　＊　＊

テッドは、ポールの部屋のドアをノックした。ポールは、数字を書きなぐったメモから視線を上げた。

「いま、よろしいですか」テッドが訊ねた。「忙しかったら、後でもいいんですが」

「いや、構わないよ」ポールはテッドを手招きした。「逆に、君の意見を聞かせてもらえたら助かる」

ポールの気遣いに感謝しながら、テッドは背筋を伸ばして彼の部屋に入った。

「在庫をどうやって減らしたらいいのか、君にも考えるのを手伝ってほしいんだ」

それを聞いて、テッドは肩を落とした。

「在庫を減らす?」テッドは、ショックを隠せなかった。「じゃあ、みんなの言っていたとおりなんですか。やっぱり、店を閉めるんですね」

「店を閉める?」テッドの質問に、ポールは笑った。「いったい、何のことだ? ボカ店は、チェーン全体で利益率が一番高くて、効率も一番の店なんだぞ。その店をどうして閉めないといけないんだ」

ばつが悪そうに顔を赤らめるテッドに、腰かけるよう勧め、ポールは続けた。「しかし、もっと効率を高めることができると思っているんだ。二〇日分の在庫を置いてもいいと言った時は、多少ヒステリックだったかもしれないが、あの時は在庫をどれだけ減らしたらいいかしか考えていなかった」

「でも、在庫を減らして、それが何の役に立つんですか」テッドには、ポールが何をしようとしているのかわからなかった。「必要な在庫がなければ売上げは減るし、売上げが減ればトップの座も失います」

「本当に必要なアイテムがなくなれば、そのとおりだ」ポールが言った。「君の言うとおり、在庫を減らしたからといって利益率が増えるわけじゃない。しかし、在庫の回転数は向上する」

テッドの訝る表情を見て、ポールは別の方法で説明を試みた。

「在庫の回転数は多い方がいいと思うんだが、違うかな」

「ええ、もちろん在庫の回転数は多い方がいいと思います」

「どうしてだろうか。理由は簡単だ。僕も君もわかっている。しかし、きちんと言葉にしてみよう」

テッドは、理由を考えてみた。しかし、意外にもすんなりと言葉にはできなかった。何度か試行錯誤を重ねた後、ようやく明確に言葉にすることができた。「小売業である私たちは、商品を仕入れ、そしてその商品を売る。商品を仕入れるということは、お金を投資するということである。しかし、商品を売らなければお金を得ることはできない」

「そのとおりだ」ポールは、テッドに説明を続けさせた。

「例えば、一年の初めに商品を仕入れて、そして一年の終わりにその商品を売るとします。その場合、お金は一度しか得ることができません」

テッドの説明を補うように、ポールが続けた。「いまのような場合は、在庫の回転数は年一回だ。しかし、もしもっと効率的なやり方をしたらどうだろう。例えば、商品を買って売るというサイクルを六か月で済ますことができたらどうだろうか」

「同じ投資額で、利益を倍にすることができます」

「そのとおり」

「ところで、ボカ店の在庫の回転数はどのくらいですか」興味深そうにテッドが訊ねた。

「経理では回転数を、店の年間売上げを在庫の平均コストで割って出している。この店の在庫は四か月分、利幅は一〇〇パーセントぐらいで、在庫回転数はこれまでは年六回くらいだ」

「でもいまは、在庫がこれまでの約五分の一で、それに売上げも増えていますよね」テッドの顔が輝いた。「ということは、いまは、在庫の回転数が年間三〇回以上ということですか？すごい。すぐに、スーパー並の回転数になるんじゃないですか」

「ああ、そのとおりだよ、テッド」ポールが答えた。テッドが驚いて飛び上がるのを見て、彼は思わず笑ってしまった。「チェーン全店の中で、ボカ店が、いま一番効率がいいんだよ。だけど、まだまだ効率を高めることができると私は思っている。いまでも、まだ余分な在庫をたくさん抱えているからだ」

「でも、店長。みんなすごく不安に思っています。みんなを不安がらせなくても在庫回転数は上げられるのでは？」在庫を減らすのでは、またみんなの反感を買ってしまうのがテッドは心配だった。「在庫を減らす代わりに、売上げを増やせばいいのでは？」

「売上げを増やす？　どうやって？」ポールが訊き返した。「お金をかけて、もっと広告を出そうなんて言うんじゃないだろうな。ボカ店の利益が増えたのは、経費を増やさなかったからだ」

「そんなことは言っていません。品切れをもっと減らせばいいんです」

「なるほど。でも、どうやるんだ？」ポールは訊ねた。「ロジャーのおかげで、品切れはもうほとんどない。言ってみれば、もう絞れる乳は全部絞り切ったはずだ」

言葉を慎重に選びながら、テッドが答えた。「店長、品切れはもうほとんどないって言われましたが、実は、まだまだたくさんあるんです」

「ああ、もちろんある」手でテッドの返事を振り払うようにポールが言った。「地域倉庫に在庫がないSKUは、もちろん品切れが発生している。でも、そればかりは、私たちにもどうしようもない」

「いえ、そういうアイテムのことじゃありません。ロジャーのところに、まだかなり在庫があるのにもかかわらず、品切れが発生しているSKUのことです」

ポールは訝るような表情を浮かべたが、テッドに説明をそのまま続けるよう促した。

テッドは、深く息をついた。「毎日、多くのSKUが品切れを起こしているんです。そういうのは翌日、在庫が補充されるまで売ることができないんです。中には、お昼前に売り切れてしまうものもあります」

「何だって？　よく売れるSKUは、頻繁に品切れを起こしているって言うのか？　どうして、誰もそれを言ってくれないんだ」

「この間、ああいうミーティングがあったので、みんな店長に報告するのを少しためらっているからかもしれません」テッドはそう答えた。

ポールは、慌てて反応することはしなかった。背もたれにゆったりともたれかかり、テッドの説明についてしばし考え込んだ。二〇日分の在庫が、たった一日で売り切れるようなことがどうして起こるのだろうか。それが、頻繁に繰り返し起こっているという。答えが見つからなくて、ポールは訊ねた。「品切れが起こっているのは、いつも同じSKUなのか？　それとも毎日、違うSKUが品切れを起こしているのか？　何か、決まったパターンとか、気づいたことは？」

「いえ、特に何も」

ポールは質問を続けた。「各売り場の主任たちが君に報告する時、どのSKUが品切れになったのか、君には言わないのか？」

「たいていは言います」

「だったら、同じSKUかどうかくらいは、わかるんじゃないのか」

「申し訳ありません」テッドは正直に答えた。「後で、調べてみます」

「いや、ダメだ」ポールは認めなかった。「これは、ものすごく重要なことなんだ。いますぐ、一緒に調べてみよう。品切れを起こしたアイテムでカタログ番号を覚えているのはないかな。できれば、午前中に売り切れたアイテムの方がいい」

「ええ、もちろん。データをご覧になりますか」

ポールが頷くと、テッドはポールの脇に来て、コンピュータのキーボードを叩いた。

「これを見てもらえば、わかります」そう言いながら画面を指差した。「赤のLP5のタオル、これは新しいコレクションのアイテムですが、二〇日分の在庫は九枚ですが、この二週間で二度、夕方の閉店時間までにゼロになっています」

ポールは、画面に表示されたデータを念入りに調べた。「それに、この二週間で、閉店時間に残っている在庫は、一度を除いて、一番多い時でもたったの三枚か。二〇日分の在庫が置いてあるはずなのに、毎日、こんなに在庫が減るのは問題だ。そういう場合は、ちゃんと赤信号を出して警告するようにしないといけない。これは、単なる売上げのバラツキなんかが原因じゃない。毎日、朝は九枚在庫があるのに、閉店時間にほとんどなくなってしまうのは、一日の販売量が予想よりもかなり多いということだ」

デスクの反対側の椅子に戻りながら、テッドはポールの結論について考えた。「二〇日分の在庫が九枚ということは、二日でも一枚未満です。しかし実際には、この二週間、毎日六枚以上売れています。これは、需要が増えたからじゃない。ミスです。大きなミスです。おそらく新しいコレクションだったために、販売予想が間違っていたんです。私の責任です。私がちゃんと調べておけばよかったんです」

「大丈夫だ、テッド」心配そうな表情をしているテッドに、ポールは言った。「私たちの販売予想なんてもともと当てにはできないが、同じような問題が起きているＳＫＵは、そう多くはないと思う。五〇は、ないんじゃないかな」

「おそらくそれ以下だと思います」間髪入れずテッドが言った。「いますぐに直します」そう言って、すぐに今度は曇った表情を見せた。「でも売れ筋の商品であっても、そういうＳＫＵは、そんなにたくさんはないはずです。たとえ用意しておく在庫を増やしたとしても、それで全体的な売上げが大きく増えることにはならないと思います。いい考えかと思ったんですが。商品が品切れしていて、みんながいつもブツブツ文句ばかり言っているので、すごく重要なことなんだという先入観があって、本当はどれだけ影響があるのか、ちゃんと調べていなかったんです」

「それでも、君の指摘は正しい」ポールは、テッドを励ました。「ＳＫＵの数は、確かにそんなに多くはないかもしれないが、各売り場の主任たちにしたら結構、重要なことのはずだ。私も、もっと皆の声に耳を傾けるべきだったと思う」納得した口調でポールが言った。「それでも、やっぱり、いますぐに直さないといけない」

「そうですね」テッドが言った。

「しかし、それよりも、どうやって在庫をもっと減らしたらいいのか、君がその方法のヒントをくれた。その方が重要だ」

「私が、ヒントを?」

「いまの話を思い返してみてくれ。目標とする在庫量を置いているにもかかわらず、毎日、売り切れたり、ほとんど在庫が残らないようなSKUがある。そういうSKUには、注意しなければいけない。君のおかげで、そのことに気づいた。そういうSKUは、赤信号を出して在庫量を増やすようにしないといけないということだろ」

「そのとおりです。さっきも言いましたが、すぐにそうします。ですが、そうすると在庫は増えてしまいますが……」テッドは、ポールの確認を求めた。

その時、アルバが、マグカップに入ったコーヒー二つとクッキーが盛られた皿をトレイに載せて入ってきた。南部の男ならではのマナーを忘れないポールは、アルバにきちんと礼を言ってから、再びテッドの方へ向き直った。

「いや、それは場合による」落ち着いた口調でポールが答えた。「反対の場合はどうだろう。毎日、閉店時間にまだ多くの在庫が残っているSKUはどうだろう。青信号のSKUだよ」コンピュータの画面を指差して、ポールは続けた。「例えば、このバスマット。フラミンゴピンク色のこのマットは、平均すると、一日一枚も売れていない。それなのに、一五枚も在庫を置いている。在庫が一〇枚を下回ったことは一度もないじゃないか。こういうのは、どうすべきだと思う?」

ポールが何を言いたいのかは明らかだった。テッドが何も言わないでいると、ポールがそのまま話を続けた。「商品は毎日補充されるのだから、在庫が一五枚を下回っても、すぐにまた在庫を補充してもらう必要はない。一〇枚、あるいは五枚になってからでも十分だと思わないかい」

テッドは、すぐに同意することにはためらった。「表計算で少し計算してみます。それでいいか、チェックさせてください」

「いいだろう。だけど、こっちのSKUは、五〇ということはないぞ。少なくとも、半分以上のSKUは、在庫を抱えすぎていると思う」勝ち誇ったような表情でポールが続けた。「置いておく在庫の量を実際の販売量に合わせて細かく調節することで、在庫をもっと減らすことができるはずだ」

ポールがボカ店の在庫をもっと減らそうと固く心に決めているのは、テッドにもはっきりわかった。そうなれば、スタッフは本当にボカ店が閉店になると、ますます不安がるのではないかとテッドは思い、あることを思いついた。「目標とする在庫量の調整は一回行なえば、それでいいというわけではないと思います。売上げは、時間の経過とともに変化します。ですから、目標在庫量を監視するコンピュータ・プログラムを導入する必要があると思います。やり方は、私の方で考えます。簡単な作業ではないので、少し時間がかかるかもしれませんが」

「いや、ダメだ」ポールは首を横に振った。「複雑なシステムは必要ない。簡単な方がいい。それもいますぐにだ」

テッドは抵抗した。「性急にやりたくはありません。でないと、またミスを犯すかもしれません。今度はもっと高くつくミスを犯すかもしれません」

テッドの不安はよくわかるが、それでも先に延ばすわけにはいかない。ポールはあらためてテッドを励ました。「大丈夫だ。一緒にやろう。ミスがあったら、私が全面的に責任を持つ」

「わかりました。いつ、始めるんですか?」渋々テッドが答えた。

「いますぐだ。それから、君に訊かれる前に言っておくが、どこから始めたらいいかは、もうわかっている」はやる気持ちを抑えるようにポールが言った。「在庫が長い期間、例えば、一週間ずっと青信号のままだったら……」

「でも、それをプログラムするには、どういうSKUが青なのかをちゃんと数字で定義しないと」テッドがポールの説明を遮るように言った。

その指摘に答える代わりに、ポールは逆に訊き返した。「赤は、どう定義する?」

テッドは、口ごもった。

「例えば、目標の在庫量を九としよう」ポールが続けた。「どういう状態になったら、その目標量を増やしたらいいと思う？　毎日、閉店時に在庫がひとつしか残らないようになったらかね」

「私だったら、四つを下回るようになったら不安ですね」テッドが笑った。「商品が品切れになって、売り逃しが発生するような危険が出てきたら、多少神経質になっても損はしないということですよね」

テッドの言葉に、ポールの顔が歪んだ。「つまり、目標量の三分の一をリミットとするわけだな。だったら、在庫が目標量の三分の一を下回ったら〝赤〟ということにしよう。その状態が長く続いたら……例えば一週間以上、赤が続いたら、警告サインと考えよう。そういうSKUは、目標在庫量を増やす。そんな感じでどうだろう。理に適っているかな」

「ええ、まあ」テッドには、ポールが話をどこに持っていこうとしているのかわかっていた。そして、ポールが在庫の削減を急いでいることに不安を覚えた。「ということは、逆に毎日、一日の終わりの在庫が、目標量の三分の二以上の場合は〝青〟ですね。だけど、一週間というのは少し短すぎるのでは？　確実に売り逃しが出ないようにするには、在庫目標を減らすのは少なくとも常に二週間は青信号の状態が続くまで待った方がいいのではないでしょうか」

「毎日、二週間続けて青信号かどうかチェックするんだな？　いいだろう」ポールは言った。「それから青と赤の間のゾーン、つまり、在庫はまだ十分あると思われる状態は〝黄色〟にしよう」

「赤、青、黄色……、まるで交通信号と同じですね」テッドが笑みを浮かべた。

「ああ、その信号を監視して賢く使うんだ。任意に在庫を減らしたりはしない。決めたルールに従ってシステマチックに在庫を調整するんだ。在庫を減らすのは、過度な余剰在庫だけ。そうすれば、みんなの不安も解消することができるんじゃないだろうか」

「そうですね」ポールが言った。「さっそく、いまから表計算を使ってプログラムをつくってみます」

「ありがとう」そうポールが言うと、薄茶色の髪をしたテッドは部屋を出ていった。

奥にあるオフィスとキッチン、それと売り場とを隔てるドアの前で、テッドはしばらく立ち止まった。在庫を減らしたら、店のパフォーマンスはもっと向上する……そんなこと、どうやってみんなに理解させたらいいのだろう。そんなのは無理だとテッドは思った。しかし、少なくとも前のように、店の在庫を地域倉庫に送り返すようなことはしない。在庫が余りすぎているアイテムの商品補充を控えるだけだ。それだったら、いまのポールとのミーティングの内容をわざわざみんなに伝えるまでもないだろうとテッドは思った。

＊　＊　＊

三日後、ポールがいつものように午前一一時の店内巡回を行なっていた時だった。キッチン用品売り場に行くと、大勢の客がいて品定めをしていた。彼は何人か客の相手をし、あたりを見回して売り場主任のマイクを探した。しかしどこにも見当たらなかったので、売り場の販売スタッフ、マルコにどこに行ったのか訊ねた。驚いたことに、この忙しい時間帯に、ベテラン販売員のマイクはタバコ休憩中だというのだ。客に詫びながら、ポールは足早に外の従業員用駐車場に向かった。

いつものとおり、マイクはお気に入りの色褪せたベンチに腰かけ、タバコの煙をくゆらしていた。

「マイク、売り場は大丈夫なのか?」

「隠さないで、ちゃんと言ってくれてもいいじゃないですか」マイクは吐き捨てるように言った。「私は、この店で二〇年以上働いているんですよ。下っ端の店員から、もう商品がぜんぜん入ってこないなんて聞かされるのは屈辱です」

「いったい、何の話をしているんだ?」ポールは困惑した。「商品なら、毎日トラックで運ばれてきているじゃないか」

「運ばれてきている? 今日は、たったの二箱ですよ。それにそのうち、ひとつは半分空ですよ」そう言いながら、マイクはタバコを軽くベンチで叩いて灰をアスファルトの上に落とした。

在庫が入ってこないのは、ほとんどのＳＫＵが青信号だからで、在庫量を減らすためにしばらくは補充されないのだとポールにはすぐにわかった。今日、届いたのが二箱だけなのも当然のことだ。

「こっちは困るんです、店長」マイクが語気を高めた。「残り物しか売るものがないじゃないですか。店内の収納スペースまで空にして在庫を減らしたのに、まだ、ぜんぜん戻そうとしないし、今度は、在庫の補充までストップしているじゃないですか。何をしようとしているのかはわかっています。でも、店を閉めるんだったら、ちゃんと話してくれてもいいじゃないですか。こっちだって、そんなことは前もって教えてもらわないと困ります」

「おいおい、待てよ。ボカ店が、ハンナズショップ全店でトップだというのを知らないのか？」ポールは語気を強めた。「在庫の回転数は、天井を突き破る勢いだし、利益率ものすごい。投資収益率なんか経理に言わせたら、見たこともないほどなんだ。どれもこれも、過剰に抱えすぎていた余分な在庫を減らしたからなんだ。なかなか売れないＳＫＵを、過剰に抱えておく理由なんかどこにもない」

「店長、あなたのことは尊敬しています」日焼けした顔でマイクが言った。「だけど、あなたは会社側の人間です。信用できないですよ」

「馬鹿げたことを言うなよ」ポールは、首を振った。

「馬鹿げているかもしれません。ですが、クビを切られて放り出されるのは私たちです。あなたたちは、それでも悠々とタバコを吸っていられるんです」

「どうやら、みんなを集めてスタッフミーティングを開かないといけないようだな。心配する理由なんかどこにもない。それどころか、ボカ店は近いうちにチェーン全体の模範店になるはずだ」

マイクは、タバコを一口吸った。「店長、あなたはわかっていない。みんなは、この店が閉店されると思っています。今朝まで、売り場主任の中で、そんなことはないと思っていたのは私だけです。店長のことや、店長が何をしようとしているのか、はっきりとはわかりませんが、私は弁護してきました。でも、そうしたら今度は、在庫の補充がストップしたんですよ」

ポールは、言葉だけではマイクを納得させるのは無理だと思った。マイクだけではない。他のみんなも同じだろう。どうしたら信用してもらえるのか途方に暮れて、ポールは訊ねた。

「わかった。だったら、どうすれば閉店しないことを信じてもらえるんだ?」

「閉店しないことを私に証明したいのですか? だったら、もっと在庫を補充してください！」そうマイクはきっぱりと答えた。「店閉まいするのに在庫を補充したりする人はいないでしょう。余分な在庫を減らしたいんですよね。私も同じです。でも、おかげで空きスペースは十分にできました。だったら、在庫を補充して空きスペースを埋めてください。いま、この店で取り扱っていない商品でも何でも構いません」

「例えば？」

「ボカ店には、他の店で売っているのに置いていない商品がたくさんあります。店長は、余分な在庫は置きたくないんですよね。だったらいいでしょう。いま、ボカ店に置いていないＳＫＵを少しずつでいいですから入れてください。陳列棚の空きスペースを埋める程度で構わないですから」

「赤紫のエプロンでもかい？」ポールは、マイクを笑わせようとした。

「何でもいいんです。とにかく、何か入れてください」冗談を言っている場合じゃないといった口調でマイクは答えた。「赤紫のエプロンしか入れることができないんだったら、それでも結構です。私は、一生懸命売ります。もし、本当に新しいアイテムが入ってくるんだったら、店は閉店しないということですよね」

「なるほど、それはいい考えだ」

マイクは、ポールの返事に驚いて首を振った。

「本当だ。マイク、素晴らしい考えだ。扱うＳＫＵの数が増えれば、それだけもっと売れる。ボカ店で扱っているＳＫＵの数が限られていたのは、スペースが限られていたからだ。理由は、それだけだ。でもいまは、君の指摘どおり、空きスペースはいくらでもある」

「ディスプレーの品揃えがもっと増えれば、それは素晴らしいことですが」まだ、マイクは半信半疑のままだ。

「君の売り場だけじゃない。店全体の品揃えを増やせばいい」ポールは興奮してきた。「そんなふうに思っているのは、きっと君だけじゃないはずだ。売るＳＫＵが増えるのを歓迎するのは、君だけじゃないだろう。そうだ、売り場主任全員に他店を見学してもらって、他にどんなアイテムを売ったらいいかリストアップしてもらおう。リストがあれば、数日中に地域倉庫から届けてもらうことができる。そうしたら、ボカ店が閉店しないことをみんなに信じてもらえるんじゃないかな」

「もし本当にそんなことができるんだったら、もちろんです」マイクの声が明るくなった。

「じゃあ、こうしよう。明日、朝一番にスタッフミーティングということで、テッドにみんなを招集してもらおう。その場で、いまのプランとスケジュールを私から発表する」

「じゃあ、どんなアイテムでも認めてもらえるんですか」マイクが訊ねた。

ポールは、しばし考え込んだ。売れもしない余分な在庫は、また置きたくない。これまでに扱ったことのないＳＫＵを売る時はいつも、そのリスクが伴う。

ポールから返事が返ってこないのを見て、マイクが言った。「もちろん、地域倉庫に在庫がある商品ですが、それだったら承認してもらえますか」

地域倉庫の在庫？　ポールはさらに考え込んだ。もしオーダーするアイテムすべてが、ロジャーが言ってたように、半端な数の在庫しか残っていないようなアイテムだとしたら、この店でもよく売れる可能性は高い。だが、地域倉庫に在庫がないようなＳＫＵだったら、どんなアイテムでも認めるなどとはマイクには言えない。

「少なくとも、リストの半分は認めよう。約束する」ポールは答えた。

「それはすごい」マイクが満面の笑みを浮かべた。「店に戻りましょう。お客さんが待っていますから」

# 15

ニューヨークで、キャロラインのお気に入りのレストランは、ビレッジにある小さくて静かなレストランだった。一方、兄のダレンはトレンディーで賑やかな場所が好みで、特にセントラルパーク近くのレストランが好みだった。今回は、ダレンが場所を選ぶことをキャロラインも同意したが、ひとつだけ条件を出した。少なくとも食事と会話を楽しめる静かなところというものだった。不承ながら、ダレンはその条件を飲んだ。

店の装飾はキャロラインにとって少々うるさすぎたが、注文したマグロのタルタルソース添えは極上のものだった。ダレンは、お腹の調子が悪いからと、シンプルなサラダと白ワインを注文した。二人は、ダレンの前妻が選んだ新しい私立学校での双子の子供たちの様子や、それからベンが最近どんな女の子に興味を示しているのか、そして最近はフットボールに夢中になっていることなど、差し障りのない会話を楽しんでいた。

しばらくするとウェイターが皿を片づけ、次に出されるデザートについてフランス語で何やら説明した。そろそろ、本題を切り出す頃合いだとキャロラインは思った。

「兄さん、ハンナズショップについて、話をしたいんだけど」

「ハンナズショップ？　いいだろう」

「このことは、以前にも話したことがあるんだけど、もう一度話をさせて」キャロラインは、前もって考えた計画どおりに話しはじめた。「兄さんは、父さんが怒るのを承知で、どうしてハンナズショップを出ていったの。もう一度、理由を聞かせてくれない」

「また、その話かよ」ダレンは思わず唸った。ダレンは、キャロラインが社長になることに躊躇していることも知っていた。そして、妹に同情さえしていた。だから、取りあえず、話を聞くだけでもしなければと思った。「理由はお前もわかっているだろう。父さんは、何て言っているか知らないけど、俺は、父さんを怒らせるために出ていったんじゃない。でも、父さんを喜ばせるために自分の人生を犠牲にするつもりはない。そのくらいのこと、そろそろ父さんもわかってくれていいんじゃないか。ハンナズショップは、父さんが大きくした会社だ。俺だって、父さんと同じようなことがしてみたいんだ。父さんの影の中で生きていくということじゃない。自分自身で何か大きなもの、意味あるものを築いてみたいんだよ。いまのハンナズショップじゃ、もうそんなことは無理だ。キャロライン、ホームテキスタイルのビジネスは、俺にとってはフロリダでクルマを運転するようなものなんだよ。年とった婆さんたちが、古いクルマをカタツムリよりもゆっくり運転しているようなものなんだ」

「ベンチャーキャピタルは、インディ500なのね」キャロラインは、何度もその台詞をダレンから聞かされていた。「わかったわ、兄さん。じゃあ、いったいどんな会社だったらいいの。投資するかどうか判断する時、何を基準に決めているの。どんな会社だったら、兄さんはワクワクすると言うの」

「未知なる大きな潜在力を持った会社を発掘した時さ」迷うことなくダレンは答えた。「同じ業界の他社と比べて、高い利益率と投資収益率を生み出す確固たる可能性を持っているような会社だよ。もちろん、いい面ばかりに目をやって浮かれていてはダメだ。でも、必ずどこかにチャンスは眠っている。しっかりしたマネジメントとお金さえあれば、必ず花開く会社がどこかにあるんだよ」

そう語るダレンの目は輝き、体にはエネルギーが張っていた。その表情を見れば、彼がどれだけ投資ビジネスに情熱を傾けているかはよくわかった。キャロラインは、笑みを浮かべた。そんな兄が大好きなのだ。

「必要な情報をいち早くキャッチして、それを正確に分析しないといけない。弱点や表に出ていないような点もだ。うわべはよさそうに見えても、どんな人物が経営しているのかが大事だ。行動力があり、信頼ができて、よく働く、そして何より情熱を持っているかどうかを確認して、この人たちだったら大丈夫だ、という確信を得ることが必要なんだ」

ここからが、勝負だ。水桶まで連れてきたのだから、そろそろ水を飲ませないといけない。「兄さん」ダレンの顔色をうかがいながら、キャロラインが優しく声をかけた。「高い利益率と投資収益率を生み出す可能性を持っている会社を探しているのよね。例えば、ホームテキスタイルの会社だったらどうかしら。どんな会社だったら、興味が湧くの。利益率や収益率で言ったら、具体的にどのくらいあったらいいの」

その問いに、ダレンは厳しい現実を突きつけて、キャロラインの目を開かせようと思った。「ベンチャーキャピタリストが、ハンナズショップに関心を持つとしたら、売上純利益率で一〇パーセント以上は必要だろうな。でも、それだけじゃ不十分だ。利益率で一〇パーセント以上を確保しながら、同時に在庫の回転数を倍、そう、倍にできるくらいの会社でないとダメだろうな」

そして、柔らかな口調で付け足した。「キャロライン、ハンナズショップのような大きな会社で、利益率一〇パーセント以上というのは無理だ。小さなブティックでさえ、一〇パーセントっていうのは容易じゃない。それに、ベンチャーキャピタリストにとってもっと重要なのは、どのくらいの投資収益率が得られるのか、その見込みだ。大きなリスクを取って投資するのだから、それ相応の大きなリターンが要るんだよ。在庫回転数二倍というのも、本当だ。そのくらいはないと無理だ。いいかい、キャロライン。ホームテキスタイル業界で豊富な経験を持つ父さんだって、回転数が数パーセント増えれば大喜びだ。二倍なんて、端《はな》から無理なんだよ」

ダレンのその言葉にも、キャロラインは平然とした表情を崩さなかった。その様子を見て、ダレンが付け加えた。「俺に、ハンナズショップに興味を持てと言われても無理なんだよ。もう諦めるんだな」ポールの次はキャロラインか、とダレンは思った。うだうだ言われるのは、父ヘンリー一人で十分だった。

ため息をつくダレンに、キャロラインが訊ねた。「ポールと最後に話したのはいつ？」

「四か月前、母さんの誕生パーティーの時、帰りに空港までクルマで送ってもらった時に、少し話をしたよ。店が思うようにいかず、大変そうだった」もう、話題が変わったのかと思って、ダレンが言った。「ポールに、俺と一緒に仕事をさせようって考えているのかい。ポールのように頭のいい奴だったら、俺も一緒に仕事をしてもいいな。あいつだったら、信頼できるし」

キャロラインが、わずかに笑みを見せた。「この三か月の間に、ハンナズショップですごいことが起きたの。ポールが大活躍したのよ」

「大活躍？　すごいじゃないか」ダレンの顔が明るくなった。「だから、いつも言っていただろ、彼はすごい奴なんだって」

キャロラインはダレンの言葉を無視して、計画どおりに話を進めた。「兄さんは、言ったわよね。ハンナズショップで、純利益率一〇パーセントや、在庫回転数を倍にするのは無理だって。兄さんは、間違っているわ。ポールが証明してくれたの」そう言いながら、キャロラインはアタッシュケースから資料を取り出して、ダレンに渡した。「これは、ボカ店のこの前の四半期の結果よ」資料に目を通しはじめたダレンに向かって、キャロラインは説明を続けた。「店の利益率を二〇パーセント近くに引き上げることが可能だって、ポールが証明してくれたの。それだけじゃないわ。在庫の回転数も、これまでの五倍に増えたのよ。二倍じゃなくて、五倍よ！　どう？　これでも、ハンナズショップはつまらない会社？」

ダレンがすばやく数字に目を通すと、彼の鍛えられた脳がまるでスポンジのように吸収していった。

キャロラインは、休まずに続けた。「数字を見て！　ハンナズショップの一〇〇店全店で同じことができたら、すごいことになると思わない？」

「なるほど」数字を見ながら、ダレンが落ち着いた口調で答えた。「これはすごいな。信じられない」そう言いながら、どうやってこんな結果を出したのか、ポールがその方法を記したページを続けて開いた。「ちょっと読ませてくれ。これは面白い。それから悪いけど、カプチーノをもう一杯頼んでくれないか?」

すぐにコーヒーが二つ、それにチョコレートムースとチーズケーキが運ばれてきた。

コーヒーをすべて飲み切るまで、ダレンはずっと資料に見入っていた。そしてようやく資料をテーブルに置き、天井から吊るされた大きなクリスタルのシャンデリアをじっと見つめはじめた。

キャロラインもしばらくダレンの様子を静かに見守っていたが、もう黙っていられなくなった。「それで?」彼女は、ダレンの返事を催促した。

「そうだな」ダレンがゆっくりと口を開いた。「確かに、これはすごい」

しかし、キャロラインもダレンのことはよく知っている。「でも……?」きっと、何かダレンがケチをつけるに違いないと思った。

「誤解しないでほしいんだが、別にポールのやったことにケチをつけるつもりはない。確かに、これはすごい。本物のブレークスルーだ。システムを壊すことなく、すべてのルールを打破している。俺もまだ完全には理解していないけど、でも、ポールがやったのは、システムの非効率な部分を利用して、自分の店を改善する方法を見つけたことだと思う。しかしだ……、システム自体は何も改善していないんじゃないかな」

「どういう意味?」キャロラインは当惑した。

「ポールのやり方は、全社レベルには展開できないということだよ」

ダレンの反応に、キャロラインはむきになった。「自分の店の在庫を地域倉庫に移しただけだから、在庫の回転数が向上したとしても、そんなの何の意味もないなんて言わないでよ。兄さんなら、ちゃんとわかるはずでしょ」

ダレンは、キャロラインを手で制した。「まあまあ、そんなことわかっているよ。会社を出ていったのはそう昔のことじゃないから、だいたいのことならわかるよ」しかしダレンも、ポールがやったことには敬意を表したかった。「ただ、在庫を減らすだけで在庫の回転数を増やすのは無理だ。単純に在庫を減らしただけだったら、必要な商品がなくなって、売上げも減ってしまう」

「そこよ、ポイントは」鋭い口調でキャロラインが言った。「ポールは、在庫を減らしただけじゃないの。品切れも、ほとんどなくしたのよ。だから、売上げが増えたの。経費も増えてないわ。利益が大幅に増えたのは当然なのよ」

「問題は、そこだ」ダレンが静かな口調で言った。

「問題? どういうこと? あまりにすごすぎて、怪しいって言うの?」

ダレンは、キャロラインの突っ込みを嘲笑った。「ポールが書いていることを正しく理解すれば、商品の品切れが減ったのは地域倉庫へ在庫を送り返したからではない」

「もちろんよ。そんなことあるわけないじゃない。でも、在庫を送り返したからこそ、地域倉庫に残っている半端な在庫を使えるようになったんじゃないの」

「そのとおりだ。でも地域倉庫に残っている半端な在庫は、一店舗だけだったら十分かもしれないし、もしかすると一地域でも十分かもしれない。だが、チェーン全店となると話は別だ。絶対に無理だよ。対応し切れない。全店をサポートするとなると、また商品をもっと仕入れないといけなくなる。でもそうしたら、どうなると思う？　また、スタート地点に逆戻りだ」

キャロラインは、考え込んでしまった。確かに、ダレンの言うとおりだ。でもそうなると、問題はポールではなく、今度はキャロラインの掌中に移ってくる。

「ポールは、システム自体を改善する方法は見つけていない、システムの非効率な部分、つまり地域倉庫に残っている半端な在庫を利用して自分の店を改善する方法を見つけただけだとさっき言ったけど、その理由がわかってもらえたかな」キャロラインの落胆した表情を見て、ダレンは続けた。「しかし、それでも、これだけ少ない在庫で店をやっていくのは、大したものだ。もちろん、ボカ店から移動した在庫は、社内の別の場所に移動しただけで、会社の帳簿にはまだ残ったままだから、会社全体としての投資収益率は何も変わっていない。

しかし、これを本当の在庫削減につなげる何らかの方法は必ずあるはずだ。何か、とても大きなものがあるような気がする。もし俺がお前の立場だったら、さらにもっといろいろと探ってみるだろうな。よかったら、俺がポールと話してみようか？」

キャロラインが笑みを浮かべた。彼女が期待していたとおりの流れになった。これで、取りあえずのお膳立てはできた。あとはポールとダレン、信頼関係の厚い二人が、事を進めてくれるのを期待するだけだった。

「兄さんのように、すばやく明解に物事を分析できる力が、私にも欲しいわ」キャロラインがきまり悪そうに言った。

「投資の仕事を少しやってみたらいい。自然に身に着くさ」そう言って、ダレンはキャロラインを慰めた。

# 16

地域倉庫に足を踏み入れたポールは、作業している全員が作業服を着ている中で、ネクタイ姿の自分だけが浮いているように感じた。見回すと、ロジャーが作業長とフォークリフトの運転手と熱心に何か話をしているところだった。すると、作業長が何やらロジャーに合図をした。ロジャーは振り返って、みんなに作業に戻るよう指示した。

「おはよう、ロジャー。どうしたんだい」ポールは、彼に挨拶をした。朝食のさなか、ロジャーから携帯電話に、会社に行く途中で地域倉庫に寄れないかとのメッセージが入っていたのだ。

「ちょっと来てくれ。見せたいものがあるんだ」そう言ってロジャーは、ポールを衝立で囲まれたところへ連れていった。そこは、地域倉庫の他の場所とは違っていた。他の場所は在庫が天井近くまで積み上げられているのに、そこは棚に積まれている荷物の高さがポールの背丈をほんの少し上回る程度くらいしかなかった。それから、衝立で囲まれた場所の真ん中には長テーブルが置かれていた。

「もしかして？」ポールが思わず声を上げた。「うちの在庫かい？　これは、びっくりしたな。まだ、こんなところに置いてあったのか」

ロジャーが笑みを浮かべた。「ああ、みんなボカ店の在庫が入った箱だよ」

「地域倉庫の在庫と一緒にするんじゃなかったのかい」ポールは、驚いた表情のままだった。

「スタッフと相談したら、そのままにしておいてくれと言うんだよ。その方が楽だからってね」ロジャーが説明した。

ポールには、意味がわからなかった。ボカ店の在庫を地域倉庫に帳簿上も移してもらおうと、マーチンに掛け合って承認まで得ていた。その方が、みんなの作業が楽になると思っていたからだ。「そのままじゃ、作業が大変なんじゃなかったのかい」

「ああ、確かに、箱ごと運ぶより、商品をひとつずつ手作業で取り出して集める方が大変だ」ロジャーが言った。「でも実際に作業をしている連中に言わせれば、フォークリフトで箱を下ろして、通路の真ん中で箱を開けて商品を取り出して、そしてまたフォークリフトで元の場所に戻す方がずっと大変なんだよ。それより、箱を一か所に集めて作業した方がやりやすいんだ」

「それを僕に見せたかったのかい？　ボカ店の在庫をまだ別にしたままだっていうところを」ポールが訊ねた。「わざわざ、見せてくれてありがとう。でも、それくらいのことだったら、電話でも済んだんじゃないのかい。電話でも十分理解できたよ」

「いや、そうじゃないんだ。実は、大きな問題が起きていてね」ロジャーが言った。「この前、君と話してから、毎日、商品を一〇店舗すべてにどのように補充したらいいのか、その方法をずっと考えていたんだが、取りあえずは、ボカ店と同じやり方をするのがいいと思ったんだ。各店から在庫を戻してもらって、別々に置いておく。全部で一〇店。これと同じように、みんな別々に衝立で囲むんだよ」

「……でも、考えてみたら、一〇店舗の在庫を別々に置いておくようなスペースはない」ロジャーの説明を補足するように、ポールが言葉を挟んだ。

「ああ、それもあるんだが、それだけじゃない」ロジャーが答えた。「もっと大きな問題があることに、昨日、気がついたんだ。正直に言って行き詰まっている」

「昨日？　何かあったのかい」

「君の店からリストが送られてきて、その出荷準備をしたんだ。新しいＳＫＵのリストだよ。一〇〇アイテムもあった。その出荷準備に真夜中までかかってしまったんだよ」

「真夜中まで？　それは、悪かった」ポールはすぐさま謝った。「そんな迷惑をかけるつもりはなかった。だけど、そんなに時間がかかるんだったら、これからは、一度にそんなにたくさんのSKUは追加しないよ。小分けしても問題ない。一日に二〇ぐらいずつでも、うちのスタッフは助かる。それとも、二〇でも多すぎるかな」

「ポール、そうじゃないんだ。ちょっと聞いてくれ」ポールの視線をしっかり捉えてから、ロジャーは続けた。「いま、例えば、あるSKUをどこかの店に出荷したとしよう。それと同じSKUをまた同じ店に出荷するのは、だいたいその四か月後だ。計算が面倒になるから、答えから先に言うけど、一日にフォークリフトが上げ下げするパレットの数は、約二〇〇になる。だけど昨日は、三〇〇回も上げ下げしなければいけなかったんだ。それで気づいたんだよ。一〇店舗全部で、同じことをやったらどうなるかってね。問題は、スペースだけじゃない。フォークリフトのキャパシティも問題なんだよ」

ロジャーの説明は、ポールにはいささか突然すぎた。ポールの困惑した表情を見て、ロジャーは、回りくどい説明は抜きにして、問題の本質について単刀直入に説明することにした。どうして問題があることに気づいたのか、その経緯は後回しだ。「ポール、もし一〇店舗すべて衝立を立てて在庫を別々に保管したとしても、地域倉庫の在庫スペースはいままでどおり維持しないといけない」

「どうしてだい」ポールが訊ねた。「地域倉庫の在庫すべてを、一〇に分ければいいんじゃないのかい。そうすれば、スペースだって足りるはずだ」

「よく考えてみてくれよ」ロジャーが答えた。「ほとんどのＳＫＵは、もともと分けることができるほど、そんなに在庫はないんだ。そういうのは、やっぱり一か所にまとめておかないといけない。でないと、ひとつの店の衝立から別の店の衝立へと在庫をいつも移動させていないといけなくなる。そんなことをしていたら、ごちゃごちゃになって混乱してしまう」

「なるほど。そういうＳＫＵは、どのくらいあるんだ」ポールが訊ねた。

「自分で、計算してみてくれ」ロジャーが答えた。「いいかい、店で品切れになったＳＫＵは、システムが自動的に発注する仕組みになっている。それでも、店で品切れが解消されないのは、地域倉庫に在庫が半端な数しか残っていないからだ」

ポールは、頭の中で計算してみた。品切れはＳＫＵ全体の約三割、そして地域倉庫に保管されているＳＫＵの数は、約五〇〇〇。「約一五〇〇のＳＫＵは、半端な数しか在庫が残っていないことになる」そうポールが言った。

「問題が見えてきたかな?」ロジャーが訊ねた。「それだけ多くのＳＫＵを毎日移動させることが、どういうことだかわかるかい?　フォークリフトのキャパシティをはるかに超えているんだよ。一日に、三倍時間があっても無理だよ」

「だったら、フォークリフトと人の数を増やしてみては?」ポールが提案した。「もし全店で、ボカ店のやり方を導入して、どの程度の結果が見込めるかを見せたら、マーチンだって必要なものは何だって認めてくれるさ」

「そうだな、第三次世界大戦だって承認してくれるよ」ロジャーは、腕を振り上げて語気を強めた。「しかし、そんなに何台もフォークリフトを入れたら、今度は狭すぎてフォークリフトが自由に動けなくなってしまう」

「だったら、どうしたらいいんだい。解決策はないなんて言わないでくれよ」

「ああ、そんなことは言いたくない。でも、正直どうすればいいのかわからないんだ。今朝、起きてからずっと考えているんだが、少しもいい考えが浮かばない。もしかしたら、何か新しい機械でも導入した方がいいのかもしれない。少量ずつ出荷している倉庫では、フォークリフトではなく、オーダーピッカーを使っているところもある。オーダーピッカーだったら一台で、一時間に違う箱を五〇個も取り出すことができる」

「だったらそれで、問題解決じゃないか」ポールは安堵した。「本当に必要なら、予算は取れるさ」そして、さらに物知りたげな表情で訊ねた。「そのオーダーピッカーだけど、いったいコストはどのくらいかかるんだい」

「心配しているのは、コストじゃない」ロジャーが答えた。「オーダーピッカーを導入するとなると、倉庫全体を一から構築し直さないといけなくなる。棚と棚の間の間隔さえ変えないといけない。まったく別の新しい倉庫になってしまうんだよ。そんなことをして、うまく稼動できるかどうかはわからない」

「そうだろうか。もしかしたら、そんなに大きく変える必要はないんじゃないかな」ロジャーをなだめようとポールが言った。「フォークリフトとオーダーピッカーを併用している倉庫で、どこか知っているところはないのかい」

「そうだな。まずは、うちと似たような状況を抱えている倉庫がどこかにないか探してみるべきだと思う。大きな倉庫で、ＳＫＵの数も多い。一度に出荷する量は少ないけど、回数は多い」

二人とも考え込んでしまった。そしてしばらくして、ロジャーが口を開いた。「いまは、頭が少し混乱していて、まともに考えられない。君は、自分の店に戻ってくれ。俺も仕事に戻るよ。お互いそれぞれ考えて、何か、いいアイデアが思いついたら連絡し合おう」

北に向かってクルマを走らせながら、ポールは深く考え込んでいた。ロジスティック面での適切なソリューションなしには、彼の新しい方法は導入することができない。何と情けないことか。古びたモール裏側の彼の駐車スペースにクルマと停めると、携帯電話が鳴った。ロジャーからのメールだ。開いてみると、「本」とだけあり、その横にしかめっ面の顔文字が添えられていた。

＊　＊　＊

一時間半後、ポールはハランデールに着いた。もうすでにロジャーは、ゲーターステート出版の大きな倉庫の前で待っていた。倉庫の表には、見慣れた笑顔のワニのロゴが掲げられている。

「どうやって、本のことに気づいたんだい」肩幅の広いロジャーに、ポールは訊ねた。

「他に、何も当てがなかったから、とにかく誰か知っている人にでも会って話を聞いてみようと思ったんだ。何か、ヒントが得られるんじゃないかとね」ロジャーが答えた。「それで、メールの連絡先リストに目を通していたら、ジャックの名前が見つかったんだよ。彼は、ゲーターステートの倉庫マネージャーなんだ。書店というのは、ものすごい数のSKUを抱えているじゃないか。優に、二万タイトル以上はある。新刊が出版される度に、チェーンの倉庫にはまとめてたくさんパレットが送られてくる。でも、既刊書はそうはいかない。タイトルごとに、箱ごと送るわけにはいかないじゃないか。書店の方は、そんなにたくさん送られてきても売ることなんかできない。置いておく場所だってない。だから、ジャックに電話して、こちらの状況を説明したんだよ。そうしたら彼のところでは、フォークリフトとオーダーピッカーを両方使っているって言うんだ。そして、よかったら見学に来たらどうかと言ってくれたんだよ」

ロジャーは、インターホンを押した。そして、自分たちのことを伝えると、ぶっきらぼうな声で待つようにとの指示を受けた。すぐに鉄製の大きなドアに取りつけられた小さな扉が開き、革のジャケットを着た、禿頭で、あご鬚をたくわえ、サングラスをかけた男が出てきて二人に挨拶をした。

「やあ、ロジャー」中南米訛りの英語で、ジャックが言った。

「ポール、こちらがゲーターステートの倉庫マネージャーをしているジャック・ガルベス」ロジャーがそう言って、ジャックを紹介した。「ジャック、こちら、ハンナズショップ・ボカ店の店長をしているポール・ホワイト。水道管が破裂した、あの店ですよ」

ジャックは唸るような返事をして、二人を倉庫の中に手招きした。中に入ると、そこは優にロジャーの倉庫の二倍はあろうかという広大なものだった。ポールは、上下左右すばやく中の様子を観察した。標準的な金属製の保管棚に本を載せたいくつものパレットが六層に積み重ねられているエリアもあれば、茶色の段ボールやパレットが数多く青や赤のラックに積み重ねられているエリアもある。フォークリフトは、五台が稼動しているのが見えた。その他にも何台か、奥の方からクラクションの音が聞こえた。ポールの鼻腔は紙と段ボール、そして木の匂いでいっぱいになった。それは、壮大なオペレーションだった。大きすぎて、この倉庫にいったい何冊の本があるのか想像さえつかなかった。

二人を中へ案内すると、ジャックは倉庫のオペレーションがどのようになっているのか、さっそく説明を始めた。「出荷する荷物は、二種類あります。ひとつは、卸売業者や大手チェーンの倉庫へ送る大きな荷物。送る時は、出版社から送られてきた箱のまま出荷します。もうひとつは小さな荷物で、こっちは直接、書店に送っています。書店に直接送る場合は、いろいろな本を少しずつ取り集めてひとつの箱にまとめて送るか、あるいはシュリンク包装をして送っています」

「ということは、たくさんの本を手作業で集めないといけない」ロジャーが、ジャックの説明を補足するように言葉を挟んだ。「だけど、書店の数はものすごいでしょう。いったい、フォークリフトを上げ下げしないで、どうやっているのですか」

「簡単ですよ」真黒に日焼けした元バイカーのジャックは、数人が、片方にローラーが取り付けられた特別なテーブルの脇に並んで作業している広いエリアを指差した。

ポールとロジャーがその様子を眺めると、ジャックが説明を続けた。「見てください」そう言うと、彼はテーブルの近くの棚を指差した。「ここには、既刊リストに載っている本を少しずつ置いてあります。よく売れている本です。このエリアは、ミニ倉庫って呼んでいます」

「少しずつと言いましたけど、いったい何冊ぐらいですか」ロジャーが訊ねた。

「いい質問ですね」ジャックが答えた。「この倉庫には、全体で約二万タイトル、計五〇〇〇万冊以上の本があります」

「そんなに？」ポールは唖然とした。

「大手出版社の倉庫は、その倍以上の規模のところもありますよ」そう言って、ジャックは続けた。「まあ、でも、ほとんどのタイトルはもう何か月も注文が一切入ってきていません。それらは、もちろんミニ倉庫には置いていません。そういうほとんど売れていないタイトルにはまた別のエリアがあって、そっちに置いてあります。後で、お見せしましょう」

「いや、私たちが興味あるのは、毎週たくさんオーダーの入ってくるやつなんですよ」ロジャーが言った。「ミニ倉庫には、各タイトル、どのくらいずつ置いてあるのですか」

「数はまちまちですよ。ベストセラーだったら、三日分の在庫を置いておきます。だいたい、パレット一枚分です。でも、ほとんどのタイトルはそんなには売れないので、二週間分くらい、二、三箱っていうところですね。まあ、大した量じゃないです。全部ここに置いておきます」

「補充の方は、どうしているんですか。売れ行きに応じて、補充していると思うのですが」ロジャーが訊ねた。「ベストセラーは三日に一度、他は月に二回といったところでしょうか」

「いや、残りの箱がひと箱になったら、すぐに補充しています」ジャックが答えた。「でも、ロジャー、だいたい、あなたの言ったくらいですよ。ベストセラーはだいたい毎日、他は数週間に一度ぐらいです」

「ところで、ミニ倉庫は何か所あるんですか」ロジャーが妙な声で訊ねた。

「何か所って?」ジャックは、困惑した表情を見せた。「どうして、何か所もいるんですか。一か所で、十分じゃないですか」

ジャックの返事に、ロジャーは頭を抱えて、「俺は馬鹿だよ。本当に頭が悪いな」と愚痴をこぼした。

「頭が悪い? そんなことはないさ」ポールが言った。「だけど、どうして?」

「考えてみてくれよ。解決策はずっと前から、目の前にあったじゃないか。気づかなかっただけなんだよ。君の店の在庫を置くために囲ってあった場所は、言うなればミニ倉庫みたいなものじゃないか」そうロジャーが答えた。

「確かに」ポールが頷いた。「それに、他の店の在庫も同じようにするという話もしていたじゃないか。ということは、方向性は正しかったんだよ」

「いや、決して間違ってはいなかったけど、正しかったとは言い難いな」そう言いながら、ロジャーが頭を振った。「こっちは全店ひとつずつに、別々のミニ倉庫をつくろうとしていたけど、ジャックは一店一店の書店にミニ倉庫は用意していない」

ジャックが笑った。「一店、一店？　ミニ倉庫が二万？　想像してみるといい。ロジャー、それはまともな沙汰じゃない」

「確かに」ロジャーが答えた。「でも、一〇店舗全部の在庫をミニ倉庫一か所に集めたらどうなるんだろう。SKUごとに二週間分の在庫があれば、毎日売れた分を補充するには十分だ。それに考えてみれば、一〇店舗全部の二週間分の在庫をまとめても、ポールの店の四か月分の在庫と同じぐらいのスペースで済むはずだ」

「多分。いま現在、あの衝立の中に実際に置いてある在庫の量はそのくらいじゃないかな」ポールが言った。「だったら、それでスペースの問題は解決じゃないか。でも、中途半端に残っている在庫の方はどうなるんだ。割り振りができないと言っていたじゃないか。そっちの問題は、どうなるんだい」

「そうだな。問題は……」そう言って、ロジャーがニヤリと笑った。「半端な在庫も、他のSKUと同じように扱えばいい。そうすれば、どうやって割り振りしないといけないかなんて考える必要もない。各店から戻ってきた在庫は、これまでと同様にふつうに保管棚に置いておけばいい。ミニ倉庫が一〇でなく、ひとつで済むのだったら、在庫をどの店のものかなんて区別することなんかないんだよ。半端な在庫なんてものもなくなる。普通のＳＫＵと同じで、ただ、残りの量が少ないって考えればいいんだよ」

「ということは、地域全店に導入できるということかい？」ポールの目が輝いた。

「ジャックの方法だったら、スペースの問題もフォークリフトの問題も一挙に解決できる。ミニ倉庫に置かれている各アイテムを補充するのが二週間に一度だけでいいなら、現在あるフォークリフトだけでも対応できる。もしかすると、あと一、二台は必要かもしれないが、少なくともオーダーピッカーなんか新しく入れる必要はない。とはいえ、もちろん、フォークリフトが何台必要なのか、商品を集めるスタッフが何人必要なのか、ミニ倉庫にどのくらいのスペースが必要なのか、どのように在庫を並べたらいいのかなどの詳細は決めないといけない。でも……」そう言いながらロジャーは、ポールに向かって笑みを浮かべ親指を立てた。

「そうか、本は人を幸せにするとは知っていたけど、やっぱり本はもっと読まないといけないな」ポールがそう言うと、ジャックが高笑いした。ロジャーも肩から荷が下りるのを感じて、一緒に笑い出した。想像していたほど、いまのやり方を大きく変える必要はない。ほんの少し変えるだけでよさそうなのだ。体制はすでに整っている。

二人は、ジャックに心から感謝して、ゲーターステートの倉庫を後にした。ロジャーは、うれしそうに口笛さえ吹いている。しかしポールは、ロジャーが会社のクルマに乗り込む姿を見ながら、彼ほど浮かれた気持ちにはなれなかった。この数週間で彼が学んだことがひとつあるとすれば、それは取らぬ狸の皮算用はするなということだ。ポールには、まだ他にも何か問題が潜んでいるような気がしてならなかった。

# Isn't It Obvious

# V

# 説得工作

# 17

ゲーターステート出版を訪れてから一か月余り、そして水道管が破裂してから約三か月が経った火曜の朝早く、ポールがボカ店に着くや否や秘書のアルバから、地域マネージャーのマーチン・ラングレーが突然やって来て待っていると報告を受けた。

これはしめた、とポールは密かに思った。ボカ店のパフォーマンスは、その後も順調だった。ポールは、きっとマーチンは負けを認めるためにやって来たのだと思った。そして、自信満々にオフィスのドアを開けた。

「おはようございます」軽快な声でポールは挨拶をした。「今日は、何の用でしょうか?」

ポールは、マーチンを自分の椅子に座らせた。ポールのオフィスで、まともな椅子は彼のものぐらいしかない。腰を下ろすと、マーチンが答えた。「約束どおり、ボカ店の先月のパフォーマンスをチェックさせてもらった。なるほど、君の言ったとおりだ。ついては、君のアイデアを他の店でも試してみたいと思うんだ。しかしそのためには、君に詳細な資料をつくってもらわないといけない。ボカ店でいったい何をどうやったのか、詳しく記した資料が欲しいんだ」

ポールは、アタッシュケースを床に置き、折りたたみ式のパイプ椅子を開いて返事をした。「特に強調すべきこととか、本社への報告書に書いておいた方がいいと思うことはないですか。あれば、言ってください」

「本社への報告書？」小柄なマーチンが怪訝な表情を見せた。「まだ、本社に報告するつもりなんかない。少なくともあと二店舗、同じやり方を試してみてからだ。とにかく、他の店の店長たちに説明する資料が欲しいんだ」

「資料ですか？　資料をつくって渡すより、直接会って説明した方がいいと思うのですが。その方が、ずっと説得力があると思いませんか？」

「もうすでに試してみた」マーチンが答えた。「しかし、あまりうまくいかなかった。いいか、これは、事を慎重に進めないといけない。最初、まず二店舗だけで君の方法を試してみるんだ。取りあえず、それで結果を見る」おそらく彼の計算では、あと二店舗だけでも、ポールの店と同程度のパフォーマンスが出せれば、きっと会社全体で彼の地域がトップになるのだろう。しかし、マーチンはそんなことには一切触れない。そんなことに触れる代わりに、マーチンが言った。「そう思って、業績の一番いい店の店長二人と話をしてみた。マイアミ・ダウンタウン店のデラクルーズと、ボイントンビーチ店のゲイリーだよ。しかし、彼らにはまったく耳を貸してもらえなかった」

ポールは、驚いた。成績トップの常連である彼らが、業績向上のこんな絶好の機会に見向きもしないのは意外だった。ボカ店で水道管が破裂するまで、ライバル関係にあるこの二人は常にトップの座をめぐって熾烈な競争を繰り広げていた。彼らがこのシステムを使えば、チェーン全体でトップになることだって十分に可能だ。

「彼らに、何と言ったのですか」ポールはマーチンに訊ねた。

「君が、私に言ったことと同じことだ」角刈り頭のマーチンが刺々しい口調で言った。「デラクルーズは、自分の成績が店の業績で評価されるのなら、自分の店の在庫を自分でコントロールできなくなるのは受け入れられないという返事だった。在庫を地域倉庫に渡してしまったら、他の店に勝手に使われてしまうかもしれないと言っていた」

「ゲイリーは?」

「ゲイリーは、地域倉庫から必要な商品が届くのを待って、売上げの機会を失うリスクは冒したくないと言っていた。それより、必要な在庫はいつも自分たちの倉庫に確保しておきたいと言うんだ。皮肉なことだが、あの二人の意見が一致したのは今回が初めてだよ」

「新しいやり方をすれば、大きなメリットがあることをわかってもらえなかったんですか？」ポールは苛立ちを感じた。どうしてだろうか。ポールには、理由がわからなかった。「在庫を多く確保しておくことがいいと頭から信じ込んでいるので、新しいシステムの方が何倍も優れていることが理解できないんでしょうか。利益率を〇・一パーセントでもいいから、上げようと長年努力してきたんじゃないですか。それがこのやり方をすれば、一気に一〇パーセントも増やせるんですよ。私が一七パーセントを達成したっていうのを、彼らは信じていないんでしょうか。在庫の回転数だって、大きく向上したんですよ。彼らは、向上させたくないんでしょうか。三〇、三〇回転ですよ」

ポールの熱のこもった言葉を聞いて、マーチンが答えた。「こうしよう。私が資料を使って説明するのではなく、君が直接彼らと話をしてくれ」

「構いませんよ」ポールはためらわずに答えた。「ただ、少し準備したいものがあるので数日、時間をください。でき次第、送りますので目を通してもらって、それでよければ、彼らのところに私が話しにいきます」

「時間はあまりないぞ」マーチンが言った。「デラクルーズとゲイリーのことだから、おそらくこの計画を潰そうと、すぐ誰かに話をするだろう。だから、できるだけ早く行動しないといけない」

「だったら、彼らが話をする前にできるだけ早く、他の店の店長たち全員に話をしておきましょう」ポールが提案した。「そうすべきです。最終的には、全店に新しいやり方を導入したいわけですから、いまのうちに、彼らをこちら側につけておいてもいいんじゃないですか?」もし自分と同じ、この地域の店長たちを説得することができなければ、新しいシステムをチェーン全体に導入することなど会社が同意してくれるはずもない。そうなれば、これまでの努力がすべて水の泡になってしまう。ポールは頭の中でそう考えていた。

「いいだろう」チェーン全体で自分の地域がトップになるには、あと二店舗だけでいいから、ボカ店と同じような結果を出せばいい。それがわかっているマーチンは、ポールの提案にすぐに同意した。どの店であろうと、マーチンには関係はないのだ。「君の話に乗ろう。私がみんなに招集をかけて店長会議を開くから、その場で君に新しいシステムの説明を行なってもらう。できるだけ、早い方がいい。となると、来週の月曜朝だな。手配の方はすべて、私の秘書にやらせておく」

話がまとまってマーチンが部屋を出ていくのを見ながら、ポールは思わずため息をついた。これまでと違うことを、他人にやらせるのはそう簡単なことではない。ポールは、これからまた別の戦いに臨まなければいけない。アドレナリンが、彼の体中を駆け巡った。

これから、他の店の店長たちを納得させる方法を探さなければいけない。マーチンと同じ方法ではダメだ。在庫は、手元に確保しておかなければいけないという固定観念から、彼らをどう解放して、どう新しいシステムのメリットに注目させるかだ。そうすることで、在庫の管理は数段向上し、店の業績も向上することをどう説明するかだ。在庫管理は、ポールの専門ではない。そこで彼は、助っ人を呼ぶことにした。

「ロジャー、今度の週末は忙しいかい?」

# 18

ポールは、ドアを開けてロジャーを招き入れた。土曜の早朝、空は晴れ渡り、心地よいそよ風が吹いていた。

「わざわざ来てくれて、ありがとう」

玄関ホールに入ると、肩をすぼめてロジャーが笑みを浮かべた。「今日は、どうせ暇だから」

ロジャーの家に比べると、ポールとキャロラインの家は中がとてもきれいだった。子供が五人もいるロジャーにとって、ホワイト家のように整理整頓された家は羨ましいばかりだった。

キャロラインはリビングルームにいて、華美なコーヒーテーブルの上でノートパソコンを開いていた。ロジャーはキャロラインと挨拶を交わすと、奥にある書斎に向かおうとした。すると「どうぞ腰かけて」とキャロラインが、ロジャーに向かって手招きした。「コーヒーでもいかが」

その招きに応じて、ロジャーはクイーン・アン様式の椅子に腰を下ろして答えた。「じゃあ、砂糖はひとつで。炭水化物をちょっと控えているんだ」

キャロラインがキッチンに行くと、ロジャーは少し戸惑った表情でポールに訊ねた。「今日は、キャロラインも一緒かい？」

会社での地位は、キャロラインよりロジャーはずっと下だ。しかし、娘たちが幼稚園に通うようになってから、両家はとても親しい関係になった。それは、ロジャーもキャロラインもお互いプライベートでは、決して仕事の話はしないようにしてきたからだ。

ロジャーの表情を見て、ポールが説明した。「僕が、キャロラインに頼んだんだよ。今回のプレゼンテーションは、僕たちにとって極めて重要だ。だけど正直言って、僕には自分でプレゼンテーションの準備をした経験なんかほとんどないんだ。君は？」

ポールの問いに、ロジャーは笑うだけだった。

「パソコンも、キャロラインにノートパソコンを貸してもらったんだ。アニメーションを使ったプロっぽいスライドをつくる新しいソフトもたくさん入っているよ」

「それはいい」そう言って、ロジャーは身を乗り出した。「見せてくれないか」

キャロラインが、湯気の立ち上るカップを手に戻ってくると、二人はすでにコンピュータの画面に釘づけになっていた。「何を見ているの」キャロラインが訊ねた。

「違うタイトルページを三つ、つくってみたんだ」ポールが答えた。「見た感じ、どれが一番いいと思う？　僕は、三番目のアニメーションの感じが好きなんだけど、少しこういうユーモアがあった方がいいと思うんだけど、どうだろう」

「おいおい、このひどいのが、ユーモアかい」ロジャーがニヤリとした。「それに、タイトルもいまいちだな。『南フロリダからトップの座へ』なんて仰々しすぎるし、自己満足っぽいな。タイトルを聞いただけで、引いてしまう人もいると思うよ。デラクルーズは、間違いないな」

ポールが、キャロラインの方を向いて言った。「アニメーションなんか、どうでもいいんだ。いまさら、アニメーションなんて誰も驚かない。実は、行き詰まっているんだ。思いつくこととと言えば、もうすでにマーチンが試したことばかりだし、彼は失敗している」

「いい、あなた。問題は、いいプレゼンテーションじゃないの」キャロラインが言った。「やらないといけないのはセールス。セールスよ。あなたたちの新しいやり方をみんなに売り込むの。でも、相手は黙って買ってくれる人たちじゃないわ。敵対心剥き出しの人たちよ。すでに話は聞いていて、一度は拒否した人たちよ。少なくとも、彼らの中のオピニオンリーダーはそうよね」

「なるほど、彼女の言うとおりだ」ロジャーが頷いた。「じゃあ、どこから始めればいいんだい」

　ポールは、ノートパソコンを閉じて訊ねた。

「まずは、どうして彼らが拒否したのか……」そう言いながら、キャロラインがためらった。

「いえ、マーチンの言い方からすると、拒否っていうのは少し生ぬるい言い方ね」別の言い方で、彼女は続けた。「どうして彼らは、あなたたちのやり方を拒絶したのかしら。変化に抵抗しているだとか、在庫の管理を放棄したくないとかいう理由じゃダメよ。どうして、彼らが頑なに拒絶するのか、まず、それをきちんと理解できなかったら、彼らを説得することはできないわ」

「正直言うと、とても失望しているんだ」ロジャーが言った。「結果を見てもらえば、自分たちにも同じパフォーマンスが可能だっていうことをわかってもらえると思っていた。みんな諸手を挙げて参加してくると思っていたんだ。しかし、いつも言っているけど、店長連中がいったい何を考えているのか、俺にはさっぱりわからないよ」

「おやおや」自分も店長だと言わんばかりにポールがおどけてみせた。「すまない、ロジャー。だけど、店長の立場になって考えてみてくれ。僕たちは、常に不確実性の中で仕事をしているんだ。それがいったい、どういう意味なのかわかってほしい。以前、魔法のクリスタルボールを注文したいと言ったのを覚えているかい。本当に、ああいう心境なんだよ」

ロジャーが頷くと、まるでそれが合図であるかのように、ポールは立ち上がって部屋の中をゆっくりと歩きはじめた。

「僕も店長の一人だけど、いったい自分の店に何人、お客さんが来るかなんてわからない。店に来て商品を見ていても、買ってくれるのかどうかなんてわからない。何より、お客さんが何を買うかなんて、わかるはずもないんだ。何がよく売れ、何が売れないかなどという販売予想は、単なる推測にしかすぎないんだ。もちろん、それなりの根拠があっての推測なんだろうけど」

「確かに、そうね」キャロラインもこれには同感だ。

ポールは足を止め、キャロラインとロジャーに向かって説明を始めた。「お客さんが店にやって来て、何か買おうとして、そして何を買うかを決める。ここまででも、奇跡だよ。しかし、お客さんが買おうと思った商品が品切れだったり、ちょうどいいサイズや色がなかったりする。こういう時は、本当に歯がゆい思いをするんだ。店長たちが、手持ちの在庫を減らすことに神経質になるのも無理のないことなんだ。だから、僕たち店長はできるだけ多くの在庫を手元に置いておきたいという思いが染みついているんだよ。わかってくれるかな」

「でも、だからといって、際限なしに在庫をいくらでも置いておくこともできないわ。まあ、本当はそうしたいのかもしれないけど。でも利益を出すためには、コストはちゃんと抑えないといけないわよね。最終的に一番重要なのは投資収益率だから、店長はそれも考えないといけないんじゃないかしら」キャロラインが訊ねた。

その問いに答える代わりに、ポールはまた歩きはじめた。

するとロジャーが、キャロラインを援護した。「それに在庫を多く抱えすぎていると、今度は余剰在庫が発生するじゃないか。それも無視できないんじゃないかな」

歩きながら、ポールが答えた。「現実は、そうはいかない。投資収益率や在庫の回転数がどれだけ重要か説明したって、あるいは余剰在庫が出るぞと脅してみたとしても、それでもやっぱり在庫をたくさん確保しようとしてしまうんだ。どの店も、在庫を目いっぱい溜め込んでいるんだよ。スペースが許す限り、そうしようとする」

「なるほど」ロジャーが頷いた。「ポール、ひとつ頼みがある」

「頼み？」

「ああ、まるでラリーの続くテニスを観戦しているようだ。頼むから座ってくれないか？」

「すまない」ポールは腰を下ろし、話をまとめはじめた。「店長たちに在庫を送り返せと指示を出す。しかし、店長たちは耳を貸さない。送り返せと言っているのは、一箱、二箱じゃない。ほとんど在庫をすべて送り返せと言っているんだ。店長たちが、こっちの話に耳を傾けようとしないのも無理はない」

「だったら、どうしたらいい？」

「そうだな。君の言うとおりだ」ロジャーが頷いた。「だったら、どうしたらいい？」

二人は、キャロラインの顔を覗きこんだ。

「もっと深く掘り下げないとダメね」

「掘り下げる？」ポールが眉をひそめた。

「彼らに話をちゃんと聞いてもらいたいんだったら、いきなり結論を押しつけるのはやめた方がいいわ。マーチンは、それで失敗したんでしょ。最初から結論を言って、いますぐ、あしろ、こうしろと言っても、うまくいくわけがないわ」

「それはもうわかっている。だったら、どこから始めればいいんだ？」ポールが訊ねた。

「彼らは、在庫をたくさん自分の手元に置いておくのが、ソリューションだと思っているんでしょ。そういう人たちに話を聞いてもらうには、まず彼らがどんな問題を抱えているのかを話し合って、認識を共有するところから始めるべきね」キャロラインがきっぱりと言った。

「そのためには、話をもっと掘り下げないといけないわ。つまり、どうして彼らが在庫を手元に置いておきたいと思うのか、在庫を持つことでどんなニーズが満たされると思っているのか、その話からね。そのニーズに対して認識を共有できたら、今度は、在庫をたくさん手元に置いておいたとしても、そのニーズが満たされないことを説明するの。それをわかってもらえたところで初めて、そのニーズを満たすもっといい方法があるって話すのよ。どう、できると思う？」

「在庫を手元に置いておきたいと思う理由は、ひとつしかない。売上げをサポートするためだ」ポールが自信満々に言った。「しかし問題は、販売という仕事には不確実性がつきもので、それを考慮したうえで、いったいどれだけ手元に在庫を置いておけばいいのかということだ」

「本当に必要な在庫は、次に商品が補充されるまでに売れる分だけでいい」ロジャーが言った。

「そのとおり。そして、次に商品が補充されるまでどのくらい時間がかかるか、それもだいたいもうわかっている。しかし、その間に何がどれだけ売れるかは、本当におおざっぱにしかわからない」

「それが一番の問題ね」キャロラインが言葉を挟んだ。「私たちの販売予想なんて、いい加減も甚だしいし、売上げも日々変わるわ。店長たちとミーティングをすると、いつもそういう話を聞かされるの」

「そうだろうな」ポールが相槌を打った。「だったら、どうしたらいいかだ。いまは、SKUごとに、最初に持つべき在庫の数をコンピュータが計算してくれる。もちろん、僕たち店長は、その量が多すぎたり少なすぎると思う場合は、異議を唱えたり、数を変更してもらうこともある。しかし、考えてみれば結局のところ、数を決めるのはコンピュータだから、僕たちが余計なことを言っても、何の役にも立たないのかもしれない」

「そんな考え方はしない方がいいんじゃないかしら」ポールに諭すように言うと、キャロラインはソファーに座っている位置を少しずらしてリンゴに手を伸ばした。

「そうかもしれない」ポールが答えた。「特に、他の重要な意思決定も全部コンピュータがやっていることを考えれば、そうかもしれないな。特別な場合を除いて、いつ、どれだけ注文するかはすべてコンピュータ任せのわけなんだから」

ロジャーが目を細め、それに応えるように、ポールはコーヒーテーブルからノートを手に取って、よく目にする鋸状のグラフを描いた（図1）。その左端を指差して、ポールが説明を始めた。「これは、僕たちのやり方だ。これが、最初に店に置いておく在庫の数。商品が売れると、在庫はだんだんと減っていく。そして、あらかじめ定められた数

[図1]

（在庫が時間とともに減少し、発注・入荷を繰り返す鋸歯状グラフ。縦軸「在庫」、横軸「時間」、水平破線「在庫最低基準」、矢印で「発注」と「入荷」を示す）

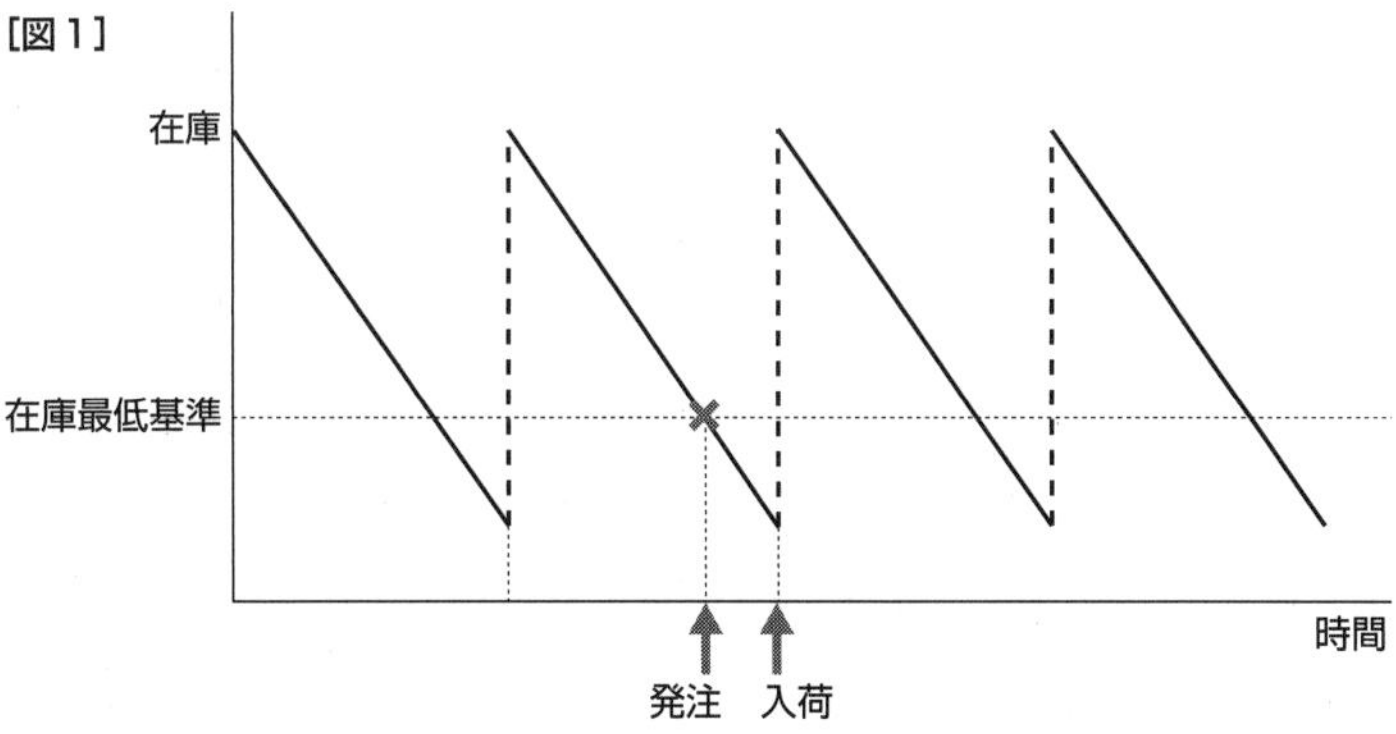

まで減ると、システムが自動的に商品を発注する」

ロジャーとキャロラインが頷くと、ポールは説明を続けた。「もちろん、商品が届くまでには時間がかかるし、商品が届くまで在庫は減り続ける。しかし商品が届くと、在庫は一気に増えて、またそのサイクルが繰り返される」

「こういうグラフは、どこの教科書にも載っているな」ロジャーが鼻であしらった。「でも残念ながら、実際にはこうきれいにはいかない」

「どういう意味？」ロジャーの言葉に、キャロラインは驚いた。「ハンナズショップは、まさにこうじゃないの？」

「ああ」ロジャーは急いで説明した。「ハンナズショップも、それからハンナズショップの競合会社のコンピュータシステムもみんな、そういう具合になっている。しかし、このグラフでは、商品の補充は店の在庫がなくなる前に必ず届く。いつもそううまくいくとは限らないことは、みんなよく知っているじゃないか」

「確かに、そうよね」キャロラインが認めた。「店長たちは、私たち仕入れが、彼らの店で商品が品切れていることをちゃんとわかっているのか心配なのよ。いつも確認してくるわ。どの時点をとってみても、全ＳＫＵのうちの四分の一のアイテムは、常に在庫切れの状態にあるわけでしょう。それって、このグラフで考えれば、ずいぶんと長い時間ゼロの状態っていうことよね。店長たちが、在庫を増やしたがるのも無理ないわね」

しばし間を置いてからキャロラインが低い声で付け足した。「商品が品切れを起こして、販売する機会を失うことが利益率にどれだけ大きな影響を及ぼすか考えれば、もしかすると、彼らの方が正しいのかも……」

キャロラインがそう話している間に、ポールはグラフを書き直していた（図2）。底の横軸に達した線は、長い期間そのまま横ばいになったままだ。「ちょっと待ってくれ。僕たちは、在庫を増やすのを正当化したいわけじゃない。問題の核心に迫りたいんだ。もう少し、いったい、どういう状況が起きているのかをよく理解したいんだ。いいかい、この二つのピークの間の距離が補充時間。つまり、この間隔がどれだけあるかによって、スタート時点でどれだけ在庫を持っていなければいけないか、そのレベルが決定される。商品を発注してから到着するまでの時間が、供給リー

［図2］

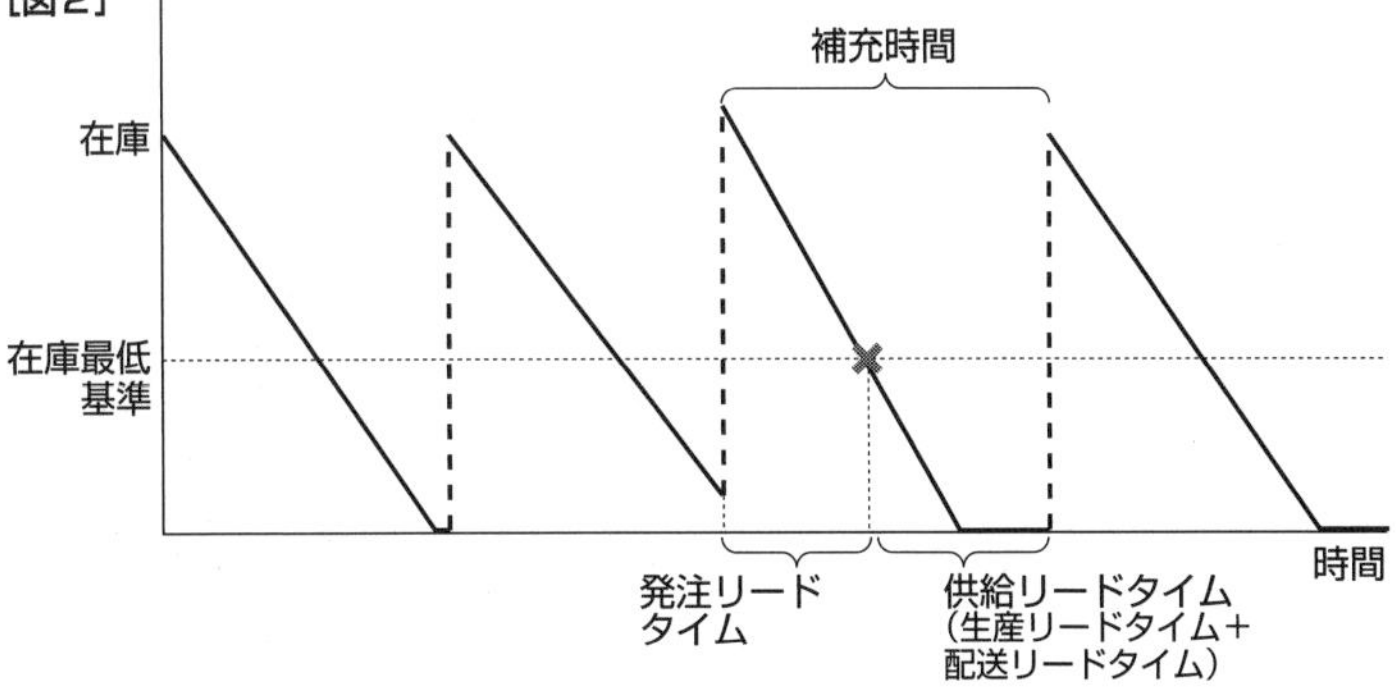

ドタイム。生産して、出荷するまでにかかる時間だ」

「生産リードタイムは、だいたい三か月よ。でも、ハンナズショップの商品の大半はアジアから仕入れているから、アメリカまで運んでくるのに、あと六週間から七週間かかるわ。でも在庫は、平均して六か月分はあるわね。ということは、スタート時点の在庫量は、それより多いってことよ。だけど、だったら、どうしてそんなに品切れがしょっちゅう発生するのかしら？」

「このグラフをもう一度見てくれ」ポールが言った。「答えは、ここにちゃんとある」

二人が何も言わないで黙っていると、ポールが詳しく説明しはじめた。「供給リードタイムは、補充時間の一部にすぎない。いいかい、この時点で販売を始める」そう言いながら、ポールはピークのひとつを指差した。「しかしシステムは、すぐに商品を発注したりはしない。在庫が最低レベルに達するまではずっと待っているんだ。その間、在庫の到着から注文を出すまでの発注リードタイム中ずっと、時間が無駄になっているんだ。見てくれ、ものすごい時間だ。補充時間のほぼ半分にもなる」

「どうりで、私もいつも時間が足りないはずよ」キャロラインが鋭い口調で言った。「半分も時間を無駄にしておいて、結局、商品がなかなか補充されないって怒鳴られるのは、私なのよ」

「そうだな」キャロラインの肩に手を置いて、慰めるようにポールが言った。「話を店に戻そう。どうして私たちのやり方がそんなにうまくいったのか、これで理解してもらえるかな。何か月もかかっていた供給リードタイムを一日未満に短縮したからなんだ。僕は、物を売る。でも、待つ必要はない。その日に、ロジャーに連絡するだけでいいんだ」

グラフをまじまじと見つめ、深く考え込みながらキャロラインが言った。「そうね。それは確かにそうね。でも、まだ何か足りない気がするの」

「そのとおりだよ」今度は、ロジャーだった。「まだ、何かかが欠けている。でも、任せてくれ。俺もずいぶんと時間をかけて考えたよ。残りは、俺が説明できると思う」

しかしポールとキャロラインは、そのままじっとグラフを見つめたままだった。そして、ようやくロジャーの説明に耳を傾けた。

「問題は」毅然とした口調でロジャーは切り出した。「ハンナズショップには、倉庫があるんだということを会社がちゃんと認識していないことだと思う」

「おいおい、ロジャー、こんどは愚痴かい？」冗談めかしてポールが言った。

「変に聞こえるかもしれないんだが」笑みを浮かべながらロジャーが言った。「でも聞いてくれないか。まだ、ハンナズショップに倉庫がなかった頃だから、もうかなり昔の話だ。実は、いまでも小売りチェーンには、倉庫を持っていないところも少なくない。とにかく、倉庫を持っていないと、仕入れた商品はすぐに店に押しやられることになる。でも、店舗数が次第に増えていくと、仕入れた商品をすぐ店に送るのではなく、まず地域倉庫にまとめて送って、そこから小分けして各店舗に送った方がより経済的というのがわかってきたんだ。倉庫は最初、そうした商品の仕分け地点でしかなかったわけだよ。いまでも、そういう使い方をしている小売りチェーンもあるようだけど」

「続けて」キャロラインが催促した。「面白いわ」

「しかし、倉庫を持つようになると、実際に各店から入ってくる注文の量と、サプライヤーから仕入れる一番経済的な量とは、切り離して考えることができるようになる。店の人間と仕入れの人間が考えていることは、まったく違うんだよ。例えば、仕入れは大量に買うことで値段を下げることができるって考えるじゃないか」

キャロラインはロジャーの説明に頷くと、彼の考えを補うように言った。「つまり、私が仕入れてきた数から、各店が注文した数を差し引いた分が、倉庫に行くっていうことね」

「いまは、そういう具合になっている」勝ち誇ったようにロジャーが答えた。

「なるほど」ポールも頷いた。「でも、それがいまの話とどう関係あるんだい？」

「わからないのかい」ポールの問いに、ロジャーは驚いた。「ハンナズショップには、地域ごとにちゃんと倉庫が用意してある。それなのに、そんなのが存在していないかのようなやり方をしているじゃないか。店には、直接サプライヤーから商品は送らない。商品は、地域倉庫から送る。つまり供給時間は、倉庫からの配送に要する時間だけだ。一方、倉庫への供給時間は、さっき言ったようにとても長い。生産時間や、船で運んでくる輸送時間も含まれている。しかし地域倉庫から店への供給時間は、せいぜいほんの数日、ほとんどの場合はたった一日だ。さっきのグラフを見てくれ。もし供給時間がたったの一日だということをちゃんと認識したとしたら、いったいどうなると思う？　それに、君がさっき言ったように、供給リードタイムが一日未満だとしたら、いったいどうなるかだ」

「問題解決だ」ポールの顔がほころんだ。「売上げにバラツキがあっても、店には二週間分以上、在庫を置いておく必要はないし、品切れも起こらない。ロジャー、君は大した奴だよ。これで、はっきりしたな」

「待って、慌てないで」キャロラインは慎重だった。「いまの話じゃ、ただ問題を店から倉庫に移しただけなんじゃないかしら。倉庫の方は、まだ供給時間が長いままだし、バラツキも解消されてないわ」

「いや、そんなことはない」ロジャーが明るい声で答えた。「まず第一に、在庫を最初から店に押しつけるのではなく、倉庫にまとめて置いておけば、状況は改善する。いまのやり方では、あるＳＫＵが、ある店では品切れているのに、別の店ではたくさん余っているっていうことはしょっちゅうだ。だけど俺たちのやり方を導入すれば、どこの店にも在庫は十分確保できることになる」

大学時代の統計学の授業を思い出しながら、ポールはどうしてそれが改善につながるのか、頭の中で自分自身に説明していた。倉庫は多くの店舗に商品を供給するわけだから、そのバラツキは、一店舗ごとのバラツキよりは、はるかに小さい。頭の中で説明を続けるポールは、ロジャーがキャロラインに説明を続けるのを黙って聞いていた。

「第二に、倉庫への供給リードタイムは必ずしも長いとは限らない。この男に、しつこく頼まれてね」そう言って、ロジャーはポールを指差した。「おかげで、別の方法を試さざるを得なくなったんだ。在庫が底を突きそうになったSKUがあれば、他の地域倉庫に電話して取り寄せるんだよ。それだったら、在庫を取り寄せるのに、ふつう一週間とはかからない」

ロジャーの説明を聞いてポールがグラフに別の線を書き

[図3]

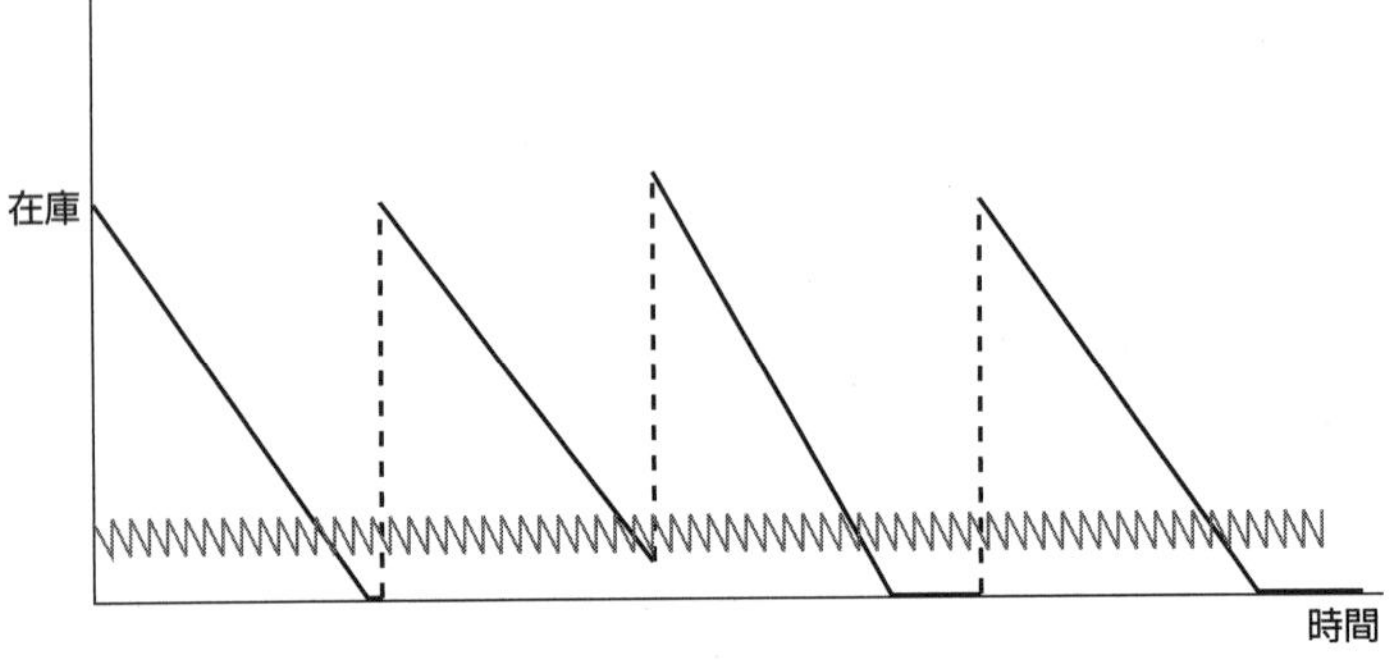

込みはじめた（図3）。「各地域に倉庫が存在することを、会社がちゃんと認識すれば……」そう言いながらポールはロジャーに向かって目配せした。「鋸状のグラフは、こんな感じに変わる」ポールが描いた線は、周期がもっと短く、ゼロまで下がることはない。

満足した表情で、三人は顔を見合わせた。

「どうだろう、これでプレゼンテーションを準備できるんじゃないだろうか」ロジャーがキャロラインに訊ねた。

「もう少しね」キャロラインが答えた。「これまでの話は、店長たちをこっちの話に耳を傾けさせるのには十分かもしれないわ」

「耳を傾けさせるだけかい？」ポールが答えた。その声からは、彼がもっと楽観していたのがわかった。

「大きな前進よ。でも、相手はそう簡単に、『はい、そうですか』とは言ってくれないと思うわ。『なるほど、でも……』が始まるのよ」

「相手は店長たちだ」ロジャーもため息をついた。「話に耳を貸してくれても、抵抗は示すだろうな」

「そんなのナンセンスだ、聞きたくもないって、店長たちは言っているんでしょ。だったらそれだけでも、ものすごい前進だと思うわ」キャロラインが答えた。「とにかく、完璧なプレゼンテーションを準備するには、やらないといけない宿題がまだいくつもあるわ。彼らがどんなことに『でも……』と抵抗を示してくるのか予測して、その一つひとつの懸念に明確な答えを準備しておくの」

「僕も店長だから、少しくらいはわかるよ」ポールが言った。

こうして三人の作業は、夜中まで続いた。

＊　＊　＊

すでに一時間が過ぎ、プレゼンテーションは順調に進んでいた。ハンナズショップ本社の少し小さめの会議室に店長たちは集まっていた。ロジャーとポールは用意してきたプレゼンテーションを終え、質疑応答に移ったところだった。ここまでは問題はない、ポールはそう思った。ミーティングの冒頭にありありと表れていた抵抗感や敵対心も何とかをうまくかわし、軽い好奇心へと導くことに成功していた。

最初の質問は、店長の中で最年少のカーターからだった。

「いまの話はわかりましたが、それでも……」そうカーターは切り出した。「自分の店の在庫を全部、地域倉庫に送り返すというのは釈然としません。本当に全部送り返して、もし他の店が……特に私の店よりずっと大きい店が、私の店にあったアイテムと同じアイテムをどんどん売っていたとしたら、もともと私の店にあった在庫まで全部売ってしまって、いざ、こちらが売ろうとした時に、在庫がなくなってしまっているかもしれないじゃないですか。それよりは、自分の在庫は自分で、ちゃんとコントロールしたいと思います。売るものがなくなってしまったら、元も子もないですから」

「なるほど、もっともです」ポールが答えた。「じゃあ、質問させてください。いま、あなたの店で品切れしている商品はないですか」

「たくさんありますけど」

「じゃあ、その品切れしている商品の中で、もしいま、あなたの店に在庫があったらすぐに売れるはずなのに、他の店へ行ったら、いまこの時点、売れずにそのまま残っているSKUがどのくらいあると思います？」

「わかりません」カーターは率直に答えた。「多分、いくつもあるのでは」

「そうなんです。調べてみたんですが」そう言いながら、ポールは円グラフのスライドを映した。「いま現在、全商品の三割が品切れ状態になっています。この業界では、まあ平均的なところかもしれません。でも、驚いたのは、どこか一店舗でも品切れを起こしているSKU全体の六八パーセントは、この同じ地域のどこか別の店に、何と二か月分以上もの在庫が眠っているんです。それが、どういうことだかわかります？」そう問いかけ、答えを待たずに、ポールは説明を続けた。「どういうことかと言うと、各店に分散している在庫を地域倉庫一か所に集めれば、どの店でも、品切れがいますぐ約三分の二も減るっていうことなんです。品切れが、一〇パーセント程度にまで減るんです。言い換えれば、売上げがいますぐ、少なくとも二〇パーセント増えるっていうことなんですよ。カーター、品切れを一〇パーセントに減らしたいと思いませんか」

「もちろん。でもポール、二か月経ったらどうなるんですか？」彼女は、簡単には引き下がらなかった。「例えば、私の店には在庫があるけど、別の店では品切れしているSKUがあるとします。在庫を地域倉庫へ送り返しても、地域倉庫には在庫が合計二か月分はあるので、その間は大丈夫でしょう。でも、その後はどうなるんですか。仕入れからの商品の補充は四か月から六か月間隔ですから。それだったら、自分で在庫を押さえておきたいと思います」

ポールがカーターの返事に多少苛ついた表情をしているのに気づいて、ロジャーが割って入った。「それは、俺に答えさせてくれ」そう言って、ロジャーは説明を始めた。「ここは、俺の出番だ。今日、例えばどこかの店で、あるSKUが品切れしたとしましょう。でも、慌てることはないんです。どこか他の店に、たくさん残っているのはわかっているんです。でも、あなたたちが自分たちでそれを何とかしようと思わないんだったら、わざわざ他の地域からクロスシッピングしてもらうほど、重要なことではないんでしょう。必要なＳＫＵが他の店にたくさん眠っているのだから、それで頭を悩ますことはありません。しかし、もし在庫を一か所に集めて、それでもどこかの店で品切れが起こっているとすれば、それは他のどの店にもないということになります。でも、安心してください。そういう時は、俺が他の地域から足りないものを集めてきます。地域倉庫は他に九か所もあるんです。在庫は、どこかにたくさんあるはずなんです」

「でも、大丈夫ですか。そんなことが本当にできるんですか」カーターはまだ引き下がらない。「私たちの地域でよく売れているアイテムだったら、他の地域でもよく売れているはずでは？」

「実はこの数か月、ボカ店から要請があって他の地域から実際に在庫をクロスシッピングしてもらっているんです。アイテムの数もかなり増えてきています。でも、四回に三回は商品を集めるのに、何も問題は起きてはいません。つまり、どういうことかというと、あなたの店でも三〇パーセントあった品切れ率が、多くて一〇パーセントくらいまでは下がるっていうことなんですよ」ロジャーは自信満々に答えた。

カーターの隣に座っていたドワイトが、それを聞いてカーターの耳元で何やら囁いている。すると、カーターが笑みを浮かべて言った。「もし、品切れをいまの半分でも減らしてくれるんだったら、それだけでもこちらは大助かりです」

昨日、ポールとロジャーは、キャロラインのアドバイスに躊躇した。品切れがどれだけ減ったかを説明する時に、いきなり数字を示すのではなく、まずは彼ら自身に、なぜためらいを感じるか問題を考えさせた方が、その効果をもっとよく理解してもらえるはずと彼女は言っていた。その言葉を思い出しながら、ポールはみんなの顔を見回した。その中に一人、しかめっ面をした男がいた。デラクルーズだ。さすがに、一度で全員説得するのは無理だとポールは思った。そしてコップの水を一口飲み、みんなに向かって言った。「他に、質問は？」

ジュピター店の店長モティが手に持った鉛筆を上げて言った。「質問してもいいですか」

ポールは頷いた。

「もし、地域倉庫で問題が起きたらどうなるんです」イスラエル人のモティが訊ねた。「例えば、トラックが故障したりとか……、二週間前に実際にあったんですよ。ロジャーに訊いてみてください」

「モティ」ポールは、諭すように言った。「何も店に置いておく在庫を、一日や二日分だけにしてくれなんて頼んでいるわけじゃないんです。二週間分はあるんですよ。トラックの故障のような不可抗力も、もちろんあるでしょう。でも、そうした不可抗力を抜きにしても、売上げには毎日バラツキがあって、ちゃんとそれは考慮に入れています。バラツキが大きいのは、みんなわかっているんです。しかし二週間分の在庫があれば、それで十分対応できるはずです。想像してみてください。すべてのSKUに、二週間分の在庫があるんです。トラックが故障して、火曜日に来なくても、水曜日には来る。だから、そんなことを心配することなんかないんですよ。売る商品は手元に十分あるんだから、そのまま売り続けてくれればいいいんです。それも、いままでよりずっと多く売れるはずなんです」

「なるほど、二週間分の在庫でもいま売っている量を考えれば、十分だって言うわけか。納得だ」パームビーチ店の店長ニック・ニュエンが言った。

「ありがとう、ニック」ポールが答えた。

「でも、ちょっと待ってください。まだひとつ、問題があります。店に二週間分の在庫しか置かなかったら、商品の陳列棚は半分空になってしまうんじゃないですか」

「その場合は、他のSKUで埋めればいいのです」ポールがすぐさま答えた。「私の店では、そうしました。もともとボカ店で売っていたSKUの数は二〇〇〇ぐらいだったんですが、先月五〇〇ほど足したんです。どの店でも、売っているSKUの数は、地域倉庫に置いてあるSKUの半分くらいしかないはずです。追加したアイテムからの売上げは馬鹿にできません。ボカ店の利益率が先月一気に伸びたのは、実はそれが理由なんです。数字を見てもらえればわかります」

ニックは、乗り出していた体を引いて椅子に背をもたれた。ポールの返事に満足したようだ。いつも、しかめっ面のモティでさえ、かすかに笑みを浮かべている。

「いいかしら」手を挙げたのは、店長たちの中で一番のベテラン、オーランド店の店長エレアノラだった。エレアノラを説得できれば、他の店長を説き伏せるのもずっとラクになることは、ポールもわかっている。

眼鏡を拭きながら、エレアノラが訊ねた。「もし、うまくいかなかったらどうなるの？在庫を地域倉庫に戻して、帳簿上でも移して、それでもし店の業績が変わらなかったら、あるいは悪くなったらどうなるの」

「他の店が全部うまくいって、君の店だけがうまくいかなかったらという意味かね」それまで沈黙を守っていた地域マネージャーのマーチンが口を開いた。

「いいえ、もちろんそういうことじゃありません。そんなこと、あるわけないじゃないですか。私が訊きたいのは、もしこの試みが失敗したらっていうことです」

「もし、みんなの店のパフォーマンスが下がれば、単純に在庫を店に戻せばいい」マーチンが答えた。「結局、在庫を移動させると言っても、同じ会社の中での話だ。やり直しの安全ボタンもちゃんと用意しておく」

マーチンの言葉に、二、三人が頷いた。

デラクルーズが、クスッと小声で笑った。

「いいとは思うんですが」と、マイアミ・ダウンタウン店の店長デラクルーズが切り出した。

「でも、少し気になることがあります。たわいのないことかもしれませんけど」

「どんな小さなことでも、すべて重要です」本心とは別に、ポールはそう答えた。

「いまの話では、今後、地域倉庫に大きく依存するということになると思います」デラクルーズは、ほとんど嘲るような口調だ。「店への商品の補充は、いつも遅くてなかなかやって来ない。みんな同じ不満を持っているはずです。それでも、いまは商品を箱ごと送ってきている。ところが今度は、地域倉庫のスタッフがタオル一枚からでも、売れた分だけ少しずつ送らないといけないわけじゃないですか。本当にそんなことができるんですか。出荷する回数が増えるだけでなく、出荷一回一回にかかる作業も増えるんでしょう？　そんな大変な仕事を引き受けて、地域倉庫がパンクしてしまったらどうなるんですか。そんなのに巻き込まれるのは、御免です」

デラクルーズの質問に、みんなの緊張感が高まったのをポールは感じた。

「ロジャー、どうなんだい」そう言って、デラクルーズは意地悪そうに笑った。

「わかりました。じゃあ、一七番目のスライドをお願いします」ロジャーは、それでも自信があった。「問題はロジスティックスで、みんなが思っているほど難しいことじゃないんです」そう言って、ロジャーはスライドを三枚使って、ほんの五分ほどでミニ倉庫の説明を行なった。「要するに、私はいま、この方法を使ってボカ店に商品を補充しています。ミニ倉庫を使えば、この新しいやり方のニーズすべてを満たすことができて、みなさんのお店すべてにもきちんと対応できるんです。唯一の制約は、一度に全部を引き受けることはできないことぐらいです。みんなを引き受けるには、地域倉庫でもそれなりの準備をしないといけないんですが、週に二店舗ぐらいずつしか受け入れていくことができません」

ポールは、店長九人の顔を見回した。ただ一人、こわばった表情をしているデラクルーズを除けば、みんなリラックスした様子だ。

それに励まされ、ポールは精いっぱい笑みを浮かべて言った。「質問、ありがとう。デラクルーズ。他に、誰か質問のある人は？」

誰も手を挙げないのを確認して、ポールは賭けに出た。

「それじゃ、最初にどの店から始めましょうか？」とみんなに向かって言った。すると、四人も手が挙がった。その中からマーチンが、一番のベテラン店長エレアノラと、ここ何年も成績最下位に甘んじているホームステッド店の店長ドワイトの二人を選んだ。

マーチンがみんなに向かって、今日は集まってくれてありがとうと言いかけたところで、ゲイリーが「ちょっと待ってくれ」と言葉を挟んだ。

一週間前、この新しいやり方にはまったく耳を貸さずに拒否をしたゲイリーだ。ポールはきっと何か、いちゃもんをつけられるのではないかと身構えた。

「ポール、いまのプレゼンテーションを、うちの店のスタッフたちにもしてもらえないだろうか」

# 19

「プリエとルルべの違いって、わかるかい」ポールが訊ねた。

「さあ、まったく」ロジャーが答えた。「リズを見て、彼女が拍手する時に、一緒に拍手するので精いっぱいさ」

娘たちのバレエ発表会での休憩時間中、ポールとロジャーはともに奥方たちの飲み物を買いに行かされていた。ロジャーは、バーテンダーにソフトドリンクを二つ注文すると、ポールに向かって言った。「デラクルーズが、ようやく降参したよ」

「プレゼンテーションの時は、あれだけ嫌そうな顔をしていたのに、結局、白旗かい?」ポールが訊ねた。「まあ、でも先月は九位、今月は最下位だろ。だったら仕方ないな。慌ててマーチンに泣きついたんじゃないか。いろいろと仲間に入れてもらう言い訳を考えたに違いないよ」

「なるほど。そういうことかもしれないな」

「ということは、これで君の仕事もやりやすくなるということだな」ポールが言った。「全店が参加して、これで荷物の配送もやり方をひとつに統一できるわけだ。だったら、作業もずっとスムーズになったんじゃないのかい」

「スムーズ？」ポールの問いに、ロジャーが顔をしかめた。「スムーズとは言い難いな」

「どうして？　マーチンからは、約束どおりフォークリフトや人員を増やしてもらったんじゃないのかい」

「ああ、増やしてもらったよ」人込みを分けて席に戻りながら、ロジャーはポールを落ち着かせた。「新しいやり方に、倉庫もうまく対応している。でも実は、クロスシッピングの方で大きな問題が出はじめているんだよ。売上げがだいぶ増えたせいで、地域倉庫で品切れを起こす商品がかなり増えているんだ」

「でもみんなが在庫を送り返したんだから、これまでより商品はずっとたくさんあるはずじゃないか」

「そうなんだが」

「商品が増えたのに、品切れが増えたってどういうことだ？　商品が増えれば、品切れは減るんじゃないのかい」

「全体的に見れば、もちろん地域倉庫に在庫を集める前よりは、品切れは減ったよ」ロジャーが説明した。「予想していたとおり、ある店で品切れが発生して補充する在庫が地域倉庫にないのに、別の店に在庫が山ほど余っているということはなくなったよ。でも、在庫を一か所に集めても、この地域全体で在庫が品切れる時は、どうしようもないんだ」

どこかの家族が写真を撮ろうとしているところにロジャーが入りそうになったので、ポールがロジャーの肩に手をかけて止めた。

「ありがとう」そう言って、フラッシュがたかれた後、ロジャーは説明を続けた。「人気アイテムは、俺が他の地域の倉庫から集めてくるって、みんなの前で公言したじゃないか。だけど自分がどんなことに首を突っ込もうとしているのか、あの時はよくわかっていなかったんだ。想像以上に、大変な仕事なんだよ」

「そうだろうな。わかるよ」ポールは同情して言った。

「いや、君にはわからないよ」ロジャーは苛立っていた。「君の店、一店舗だけのためにクロスシッピングをやるのは、そう大変じゃなかった。それで地域内の一〇店全部を相手にしても、それほど大変じゃないだろうって勘違いしてしまったんだよ。目隠しされたまま、深みにはまってしまった気分だよ」

「ああ、確かに僕にはわからない」ポールが答えた。「でも、いったいどういうことなんだ」

大きなため息をついて、ロジャーが説明を始めた。「君の店だけを相手にしている時は、在庫がなくなったＳＫＵがあれば、電話を一本か、二本かけて、六か月分……まあ、このぐらいが経済的なバッチなんだけど……、在庫を取り寄せればよかった。もちろん、これだけ在庫があれば、サプライヤーから次に商品が届くまで、十分在庫はもった。一本、電話をかけるだけで、しばらくは、そのＳＫＵのことは心配しなくて済んだんだ。でも、いまは君の店だけじゃない。一〇店舗を相手に商品の補充を行なっている。同じバッチサイズでも、たった一〇日しかもたないんだ。それで同じＳＫＵを何度も、何度も取り寄せないといけない。それにＳＫＵの数もひとつじゃない、全部でいくつあるかわかるかい。一〇〇〇以上もあるんだ」

「そんなに？　それは大変だ」そう言うと、ポールはキャロラインとリズがロビーの反対側にいるのを見つけた。

「大変どころの騒ぎじゃないよ」ロジャーが語気を強めた。「以前は二、三か所、他の倉庫に電話すれば必要なものはだいたい見つかった。でも、いまはそうはいかない。他の倉庫全部にかけて見つからなくて、それでまた同じところに三度も四度も電話して、それでも全然見つからないこともある。一日中、電話をかけっぱなしなんだよ」

「それに、他の倉庫もいつも協力的というわけではないんじゃないかな」ポールが言った。

「前がそうだったじゃないか。僕が他の店から商品を取り寄せようとすると、その商品は売れているアイテムじゃないかって、みんな思っていた。つまり、このやり方で成功すればするほど、状況はもっとやりにくくなっていくんじゃないだろうか」

「そうなんだよ」ロジャーが答えた。「みんな、毎日、少しずつ賢くなってきているんだ。ルイジアナのカールがはっきり言っていたよ。僕が回してくれってリクエストしたアイテムは、彼の地域でもその一、二か月後くらいから売上げがよくなることに気づいたって。要は、人気アイテムの取り合いには終わりがないってことだよ。そして、だんだんと無意味な取り合いが増えていくんだ」

そんな大変な仕事になるとは、ポールも思っていなかった。「じゃあ、後悔しているのかい？」

「後悔？　いや、それはない」ロジャーはきっぱりと言った。「愚痴をこぼしているわけじゃないんだ。間違った印象を与えたんだったらすまない」

「そんな印象、どうやって受けようがあるんだい」ポールは、ロジャーをからかった。

「ポール、これは大変な仕事だけどやり甲斐はある。足りなくなった在庫を他の地域倉庫から取り寄せることができれば、その分、会社の利益は上がるんだよ。本当に上がるんだ。以前と比べたら、これはすごいことだ」

「何がすごいの？」リズがちょうどそこにやって来て、ロジャーに訊ねた。

「ニッキーの踊りだよ」そう言ってロジャーは、リズの頬にキスをした。「ちょっと仕事の話をしていたんだ」

「こんなところで?」キャロラインが訝った。

「ロジャーが抱えている問題について話していたんだ」そう言いながら、ポールはキャロラインに紙コップを渡した。「地域全体で在庫がなくなったアイテムを、彼があちこち探してくれているんだけど大変なんだ。もしかして、仕入れの誰かさんが、人気アイテムを少し早目にこっちに回したりはしてくれないかな?」

「それは、私が決めることじゃないわ」キャロラインがきっぱりと答えた。「これから六か月後、あなたの店で何がよく売れるのか、正確な販売予想を出してくれればいいのよ」

「この間、チェックしてみたんだけど、魔法のクリスタルボールがまだ届いていないんだよ」

ロジャーが、クスクスと笑った。

「じゃあ、いまある物で、頑張るしかないわね」仕事の時の鋭い口調で、キャロラインが話をまとめた。「わかっていると思うけど、それは社内のロジスティックスの問題じゃないわ。あなたのお店の問題とは違うの。正確な予想がなければ、こっちはメーカーに完全に頼るしかないのよ」

「何もSKU全部の話をしているわけじゃないんだ」ポールが訴えた。「人気アイテムの話をしているんだ。人気アイテムに品切れが発生して、そのせいで、地域全体でかなりのお金を損しているんだよ。僕の店だけでも、売上げが五パーセントぐらい減っている。五パーセントに一〇店舗を掛けて、それに在庫が補充されるまでの時間を掛けてみてくれ。ものすごい数字に膨れ上がる」

「わかっているわ。それでもやっぱり、私にできることは何もないの」

足した。「そうね、ちょっと調べてみるわ」キャロラインが付け足した。「チェーン全体の損失は、そのまた一〇倍よ」キャロラインが付け

そこに、ロジャーが割って入った。「俺が考えているのは、自分たちの地域だけだよ。サプライヤーにこの地域が必要としているものを、小さなバッチでいいから用意してもらうっていうことはできないだろうか。ふつうはチェーン全体に大きなバッチで一度にたくさん供給してもらっているけど、その合間を縫って供給してもらうんだよ」

「そうね、ちょっと調べてみるわ」キャロラインが答えた。結局、ダレンの言っていたとおりだとキャロラインはその時、思った。このやり方がうまくいくかいかないか、その半分は他の地域の余剰在庫にかかっている。しかし、それにしても数量には限度がある。もしそれを解決する鍵があるとすれば、それは仕入れにあるはずだ。みんな、いつも責任は仕入れに押しつけたがる。本当にそうなのだろうかとキャロラインは考えはじめた。

「ベルが鳴ったわ」リズが言った。「さあ、席に戻りましょう」

# 20

エレベーターで最上階に向かうマーチンは、思わず口笛を吹くほど上機嫌だった。先月の月次レポートで、また彼の地域が他を大きく引き離してトップに着いたのだ。劇的な売上げ増加と二桁の在庫回転数は、とにかくこれまでに聞いたことがない。ほとんど信じられないような数字だった。加えて、各店舗が扱うＳＫＵの数も増えた。今後もしばらく、彼の地域のトップの座が揺らぐことはないとマーチンは確信していた。

ＣＯＯの部屋に向かって廊下を歩くマーチンは、小柄ながら風格さえあった。部屋に着くと、秘書が手振りで中に招き入れた。入ると、パイン材でできた濃い色のデスクの後ろにクリストファーが座っていて、マーチンが来たのに気づき、腰かけるよう勧めた。

「トップ、おめでとう」クリストファーが言った。「ずいぶんと、みんなにやる気を起こさせてくれたみたいじゃないか。それにものすごい数字だ。このまま頑張ってくれ」

こういう場面は、今回が初めてではなかった。「ありがとうございます。いい結果を出すために、時間をかけてプランを立て、実際の作業も細かくチェックしました」

「なるほど。それで、私に何か話があるということらしいが、何だろう」クリストファーは興味ありそうな様子だ。マーチンとの年に一度の面談は、来月の予定だ。

「実は、トップになれたのは、一生懸命働いたからだけではないんです」マーチンが唐突に切り出した。「スタッフが新しいやり方を考え出したんです。最初は不安だったんですが、いまは素晴らしいシステムだという自信があります。ぜひ、それを他の地域にも導入してみてはと思うのですが」

「なるほど。その新しいやり方っていうのは、君のところで始めてからどのくらいになるんだね。たった1四半期だけじゃないのかね？」

明らかにクリストファーには、マーチンほどの熱意は見受けられない。マーチンが頷くのを見て、クリストファーは続けた。「よく考えてみよう、いいかね？　三か月前、君の地域で売上げがぐんと増えた。その時から、私も君のところは注意深く見てきた。数字を分析して、変則的なやり方で得られた、驚くような結果を検証して、それから取り扱うSKUの数を増やした影響も検討してみた。そうしたら、だんだんと本当の傾向が見えてきたんだ。最初は一気に売上げが伸びたが、その後、毎月、だんだん品切れが増えてきて、それと比例して、売上げが減ってきている。残念だが、私の計算では、半年後にはスタート地点に戻ってしまうはずだ」

「それは、人気アイテムが品切れてしまっているからです」マーチンが説明した。「他の地域から取り寄せようとしても、だんだん入手しにくくなっているんです」

「そのとおり、でも、そういう傾向なんだ」クリストファーが答えた。「最初は、素晴らしかったが、時間の経過とともに、君の地域のパフォーマンスは、また普通のレベルに戻ってしまうんだよ」

「いえ、そんなことは」マーチンが言った。「もう少し時間をくだされば、わかっていただけます。高いパフォーマンスを維持して、この新しいシステムがチェーン全体に導入しても問題がないことを証明してみせます」

「そのために、どんな犠牲を払おうって言うのかね」クリストファーの濃い両方の眉が中央に寄った。「売上げを一時的にぐんと上げるために、君のところの倉庫は、他の地域より五倍も多くクロスシッピングを行なっているようじゃないか。そのせいで、効率はガタ落ちだ。いま君は、君の地域の売上げ増がクロスシッピングにかかっていると言ったばかりだ。もし他の地域がそれに気づいて、もう協力してくれなくなったら、いったいどうなると思うんだ？それに、このシステムをチェーン全体に導入したら、いったいどこから人気アイテムを持ってきたらいいんだね。人気アイテムは、他の地域だって同じように必要なはずだ」

「ですが、売上げが増えたのは人気アイテムだけではありません」マーチンは必死に抗弁を試みた。しかし、クリストファーは容赦しなかった。

「それだけでは、会社全体のやり方を変えるには力不足だ。この業界の常識では、倉庫の在庫量が店舗の在庫量の四倍もあった。これは、この業界の常識では考えられない。まったく正反対だ。よく考えてみたまえ。君の新しいやり方をチェーン全体に導入して、ちゃんと機能し続けるという根拠や、しっかりとしたデータがあるのかね。そんなものはない。だから、この業界でそんな方法は誰もやろうとしないんだよ」

「普通の方法じゃないのはわかっています」座り心地が悪そうに、マーチンは腰を少しずらして座る位置を変えた。「でも、それだけでは試してみない理由にはならないと思います。メリットがたくさんあるんです。例えば、各店とも扱うＳＫＵの数が五〇〇ぐらい増えました。これも売上げ増の大きな要因なんです」

「その分だけ、ロジスティックスが大変になったんじゃないのかね」

「その問題は、解消済みです」マーチンが答えた。「そのために、新しいコンピュータシステムを構築したんです」

マーチンが〝コンピュータシステム〟という言葉を口にした途端、クリストファーの顔がこわばった。

「また、コンピュータシステムか。コンピュータシステムっていうのには、ほとほと困り果てているんだ。この前、つくったシステムにも散々な目に遭わされていて、いまだに問題が片づいていない。あんなに大変な思いまでして、やる価値があるんだろうかと思ってしまう。ろくでもないソフトウェアとバグに、莫大な金額が吸い取られているだけだ。それに新しい販売予想モジュールにも、馬鹿げたほどお金がかかっている。頭痛の種が増えただけで、予測精度なんかは古いシステムと少しも変わらない。だから、もう新しいシステムなんていうのは、こりごりなんだ」そうクリストファーは言い切った。半分腰を浮かせ、マーチンとデスクを見下ろすような態勢で彼は続けた。「データをクリーンアップして、フィールドとメニューをプログラムし直して、スタッフをもう一度トレーニングして、それからテストやデバッグをいつまでも延々と続けていく。そんなことをヘンリーが絶対に認めるわけがない。言い方は悪かったかもしれないが、とにかく私は君のアイデアを認めることはできない」

そう言うと、クリストファーはしばらく黙り込んだ。もちろん、社員のやる気を削ぐようなつもりは毛頭ない。「しかし」浮かせた腰を下ろしながら、ゆっくりとクリストファーが口を開いた。「君たちが、一生懸命頑張ってきたのは認める。その努力は評価しよう。結果も出している。……だから、しばらくは、このまま頑張ってほしい」

クリストファーの部屋を後にして、廊下を戻っていくマーチンは敗北を喫した気分になっていた。これ以上、自分の意見を無理に主張しても、何の役にも立たないのは明白だった。エレベーターに乗りこむと、そう心配することでもないことにマーチンは気づいた。高いパフォーマンスを絶対に維持できると確信していたからだ。それに、他の地域が彼のところへ商品を回すのをストップするようなことになるとも思っていなかった。彼らが商品を回してくれるのは親切心からではなく、彼ら自身、山ほど余っている在庫を処分したいからだ。

やるべきことはやった。新しいシステムのメリットを、クリストファーに一応説明してきた。しかし実のところ、もしマーチンの地域だけがこれまでのように在庫を地域倉庫に集中して、そして実際の売れ行きに応じて毎日在庫を補充するやり方を続ければ、いつまでもトップの座は間違いなく彼のものだ。

それにクリストファーは、もうすぐリタイアする。地域マネージャーとして二、三年トップの座を維持できれば、副社長の椅子も夢ではない。そのためだったら、忍耐もできよう。フロアマネージャーのアシスタントとしてスタートした少年が、南フロリダの地域マネージャーにまでなり、そして今度は、会社のトップの座まで狙えるところにまでに這い上がってきたのだ。

# Isn't It Obvious

# Ⅵ

# 次なる戦略

# 21

キャロラインは、本領を発揮していた。ハンナズショップ最大のサプライヤーとのミーティングが始まって二時間、キャロラインは、相手のCEOから相当いい条件を引き出していた。ニューデリーにある先方のオフィスで、キャロラインは笑みを浮かべ、今後、六か月分の発注書に署名を済ませた。

「貴社との取引には、いつも感謝しています」先方のCEOグプタが、正統なイギリス訛りの英語で礼を述べた。「また、こちらにいらっしゃるのを楽しみにしています」

「ありがとうございます。実は、もうひとつお願いしたいことがあるんです」キャロラインはそう答えた。

その数週間前、キャロラインはポールに、ロジャーが他の地域倉庫から入手できないSKUを何とか早く調達する方法がないか調べてみると約束していた。あまり期待はせずにキャロラインは訊ねてみた。「この前、お会いした時、ＥＴＬのシーツを五〇〇〇セット、注文させてもらいました。出荷の予定が、あと三か月後というのはわかっているんですが、もう少し早くしてもらえないでしょうか」

「どのくらい早くですか」

「できれば来週、出荷してもらえれば助かります」一か八か、キャロラインは訊いてみた。「何とかならないでしょうか」

「どうして、いつもそう突然なんですか」凍りつくような冷めた声でグプタが答えた。「できることは何でもするつもりですが、でも、こればかりは無理です」

グプタの返事に、キャロラインは瞬きひとつしなかった。予想していたとおりの返事だった。

物腰の柔らかなグプタは、襟を払って見えない埃を落としながら、言葉を続けた。「数百でしたら、もしかすると可能かもしれませんが、一〇〇〇以上ともなると無理です」

「ちょっと待ってください」グプタの返事はキャロラインには意外だった。「数百でしたら来週まででも可能なんですか？」

「ええ、できるかもしれません」グプタは、小さな口髭を引っ張りながら答えた。「ただし、生地の染色がもう終わっていればの話ですが。来週までに、取りあえず何セット必要なんですか」

キャロラインは、すばやく頭の中で計算した。五〇〇〇セットで、半年分だ。ということは、チェーン全体で週約二〇〇セット必要ということになる。「二〇〇セット用意していただければ助かります」そう彼女は答えた。南フロリダ地域だけなら、それだけで十分なはずだ。グプタが頷いて誰かに電話をかけようとするのを見て、キャロラインはもうひと押ししてみようと思った。

「残りがすべて用意できるまで、毎週二〇〇セットずつ送っていただくということはできませんか」二〇〇セットだけならポールの地域のニーズだけ、でも毎週二〇〇セットずつならチェーン全体のニーズを満たすことができる。

さっそくグプタは資材マネージャーに電話を入れ、タミール語で何やら訊ねている。相手の返事を待つ間、彼が説明を始めた。「縫製は多くても一二ダース単位で作業するんですが、織布と染色はまったく違うんです。わずかでも利益を出すには、一度に大量に作業しないといけないんです」

そうグプタが説明していると、電話から声が聞こえてきた。グプタはすぐ電話を耳に当て、相手と話しはじめた。「あなたは、運がいい。先週、一〇〇〇セット分の生地をちょうど染色したばかりだそうです。週に二〇〇セットずつだけでいいのなら、残りの生地を染色する時間も十分取れます。そういうことでよろしいでしょうか」

「もちろん」キャロラインは、ためらいなく答えた。

「ところで、支払い条件の方はどうなりますか」グプタが訊ねた。

「通常の支払い条件で構いませんが」キャロラインは、なぜ彼がそんなことを訊くのだろうと思った。ハンナズショップは、これまでいつもその支払い条件でやってきた。「商品を受け取ってから、四五日以内の支払いということでお願いしたいのですが」

「それはちょっと、フェアでないのでは」グプタが不満を口にした。「少しずつでいいから送ってほしいとおっしゃっているのはそちらです。それなのにどうして、こちらは支払いを待たされないといけないのですか。注文した量に少しでも足りなければ、すべて受け取るまでは支払わないというのは理解できますが、今回は少しばかり違うのでは。少しずつでもいいから、早く送ってほしいとおっしゃっているのはそちらですよ」

「申し訳ありませんでした。少しばかり誤解があるようですので、もう一度、言い直させてもらえませんか」キャロラインが謝った。「もっとわかりやすく言えばよかったんでしょうが、少しずつでも商品を受け取ったら、その度に四五日以内に支払うということです」

グプタはまだ心配そうな表情をしている。「今回は、注文を何回かに分けて送ることになるので、ひとつの注文に支払いが何回か発生します。それを口実に支払いを遅らせることのないよう、貴社の経理にきちんと伝えておいていただけますか？」

キャロラインは、自分がきちんと経理に確認することをグプタに約束した。週単位の支払いが将来、当たり前に行なわれるようになる可能性があるかもしれないと判断したからだ。しかしよくよく考えてみれば、グプタにとって毎週少しずつ商品を送るのは、何もキャロラインに恩を売るようなことでもない。むしろ双方にとってとても有益なことなのだ。キャロラインにしてみれば、必要な商品を早く受け取ることができ、グプタにしてみても、三か月待って一度に大金が入ってくるのではなく、少しずつでも早めに毎週お金が入ってくるのだ。つまり、キャッシュフローがずっと円滑になることを意味している。融通を利かせたくなるのも当然なのだ。

そして誤解のないようにと、グプタが言った。「発送費ですが、通常の三倍かかることになりますが、それでよろしいんですね。毎週、少しずつではコンテナは埋まりませんから」

グプタの言葉に、キャロラインの顔が曇った。彼女の望みは売上げを増やすことで、経費を増やすことではない。売れ筋商品を多く用意すれば、それだけ売上げが増え、発送費の追加分など十分にカバーできることはわかっている。しかし、経費を増やすことにキャロラインは抵抗感があるのだ。

彼女の表情を察したグプタは、自分たちにとっても有利な取引は失いたくないと思い、慌てである提案をした。「他にも、同じような商品はありませんか。毎週少しずつでもいいから送ってほしいというような商品はありませんか。そういう注文がいくつかあれば、同じように少しずつ集めてコンテナをいっぱいにできるかもしれません」

グプタの提案に、キャロラインはニコッと笑った。そして、ロジャーが他の地域倉庫から取り寄せることができないと言っていたアイテムを列挙したリストをクリックして開いた。そしてほんの一五秒ほどで、グプタの会社から仕入れているアイテムだけを取り出した。ノートパソコンの画面をグプタの方へ向けて、彼女は言った。「他にも、あと二〇ほどアイテムがあります。これらのアイテムの生地はもう染色されているでしょうか」

調べてみると、二〇のアイテムのうち生地が準備できているのは四つしかなかった。

「それだけでは足りませんね」曇った表情でグプタが言った。「ですが、待ってください。早く送ってほしいというベッドセットは、キングサイズですよね。でも、クイーンズサイズも注文されていますね。両方ともまったく同じ生地を使っています。でしたら……」

そう言いかけて、グプタは黙り込んだ。しかしそれだけで、キャロラインはグプタが何を言おうとしたのかすぐにわかった。「使っている生地が同じだから、キングサイズとクイーンサイズを交換しても、注文伝票はそのままでいいのでは？　もしそうなら、そのくらいの変更は可能なのでは？」

「まだ、生地が裁断されていなければ、問題ありません」グプタが答えた。

共通した染色生地が使われていること、それよりも原布が共通していること、そしてキャロラインもグプタも製品間で材料を流用することをよしとしたのがよかった。おかげで、ロジャーのリストに載っていたこの会社の製品のうち、半分近くのアイテムが翌週にはハンナズショップに向けて出荷されはじめた。

これですべて解決されたわけでないことは、キャロラインもわかっていた。しかし、大きな前進であることは間違いなかった。これで品切れが発生しても、もっと迅速に対応できるかもしれない。生産リードタイムを大幅に短縮することも可能だろう。

取引を交わしてから、キャロラインはもうひとつ大切なことに気づいた。取引相手のグプタがとても喜んでいることだった。キャッシュフローが改善され、出荷も少量ずつで扱いやすくなったのだから、当然だ。取引を交わして双方が本当に満足することなど、そう頻繁にはないことだった。他のサプライヤーはどうだろうか。グプタと同じように協力してくれるだろうか。

# 22

「どう思うかね」そう言いながら、ヘンリーは幅広いデスクの反対側に月次レポートを滑らせた。「私の言ったとおりだ。ポールのパフォーマンスは、君が予測したよりもずっといい」

「もう目を通しています」旧友であり、上司でもあるヘンリーとデスクを挟んで腰を下ろしながらクリストファーが答えた。「ポールの店の数字も、南フロリダ地域全体の数字も両方見ました。すごい数字です。でも、すごすぎるのが逆に怖い。理解できない」

「私の話をよく聞いてくれ」ヘンリーが言った。「品切れが減って、同時に販売するＳＫＵの数が増えれば、利益は増える」

「そのくらいのことは、私にもわかります」クリストファーの顔に苛立ちが表れていた。「でも、理解できないことがあれば、理解できるまでは動くなといつも言っているのは、ヘンリー、あなたではないですか。私は、そのルールに従っているんです」

「理解できないって、いったい何が理解できないんだ」ヘンリーが詰め寄った。そして今度は柔らかな口調で「クリストファー、いったい、どうしたというんだ。何を心配しているんだ」と訊ねた。

「ヘンリー、あなたがいつも言っているじゃないですか」クリストファーは答えた。「根本的な問題に直接働きかけない限り、飛躍的な改善は期待できないと。私たちの根本的な問題は、もうこれまでに何百回と話し合ってきましたが、需要を正確に予想できないことと、供給リードタイムが長すぎることです。だから、買いすぎて余ってしまう商品もあれば、買うのが少なすぎて足りなくなってしまう商品もあるんです。南フロリダ地域の新しいやり方は、そんなこととはまったく関係のないやり方なんです。買った量と、売った量との間のミスマッチは残ったままなんです。そのミスマッチがある限り、どうして飛躍的なパフォーマンスの向上が期待できるんでしょうか」

「なるほど。確かに君の言うとおり、彼らのやり方は、仕入れのミスマッチは何も解決していない」ヘンリーが答えた。「しかし、もうひとつの重要なミスマッチ、ロジスティックスのミスマッチは解決している。一店舗、一店舗の販売予想は、会社全体の予想よりも精度がずっと劣る。君は、そのことを無視している。いいかい、一度仕入れた商品は、会社の予想が外れたとしても修正が効かない。対外的なミスマッチは後戻りできないんだよ。しかし社内のミスマッチなら修正が効く。彼らは、それをやったんだよ。飛躍的なパフォーマンスの源は、そこにあるんだ」

クリストファーが反論しようとするのを手で遮って、ヘンリーはさらに続けた。「聞くんだ。一店舗ずつの販売予想なんて、到底当てにできない。だから、商品を余分に送りすぎてしまう店もあれば、逆に少なすぎたりする店もある。彼らが修正をかけたのは、そういう部分なんだよ。チェーン内の供給時間は非常に短い。それを利用して、一店舗ずつが抱える在庫は、本当にいますぐ必要なものだけに減らしたんだ。その結果、これまでボイントン店でずっと売れずに残っていたアイテムを、いまではキーズ店に並べて売ることができるようになったんだよ。こういう在庫の使い方は、極めて理に適っている。システマチックだよ。彼らがやったのはそれだけじゃない。もうひとつある。さっきも言ったが、一店舗当たりで取り扱うSKUの数を増やしたんだ。いま持っているものを使うということで言えば、この方がさらに賢明だ」

ヘンリーの説明に、クリストファーはしばらく考え込んだ。本社一四階の窓ガラス越しに広がるマイアミのミッドタウンの風景を彼はじっと眺めた。

「でも、こんなやり方は、これまで誰もやったことがありません」クリストファーの顔には、まだ警戒心が漂っていた。「でき得る限り慎重に行動すべきだと思います」

「いいだろう。事を慎重に進めることには、私も賛成だ」ヘンリーがニコリと笑った。「しかし、もうすでにある程度のことはわかっている。もう少しちゃんとチェックしてみる必要があると思います」クリストファーが答えた。「私に任せてくれませんか」

「いいえ、違いません。しかしそれでも、もう少しちゃんとチェックしてみる必要があると思います」クリストファーが答えた。「私に任せてくれませんか」

「わかった。ところで、誰か責任者を据える必要があると思うんだが、誰が適任かな？」

「そんなこと、訊くまでのこともないでしょう」クリストファーは、ヘンリーの目を覗きこんだ。「これは、もともとポールのアイデアです。ポールが発案者なんです。一番よく理解しているのは彼だし、弱点をわかっているのも彼です。何より、私が知っているマネージャーの中で、彼ほど実務がよくわかっていて、慎重なマネージャーは他にいません。彼に、下の仕事ばかりさせるようなことはやめてくださいと、私もずっとあなたにお願いしてきたじゃないですか。もちろん、彼が特別な待遇を望んでいないのはわかっています。でも本当はもっと早く、彼を経営陣に引き上げておくべきだったと思います」

「わかった。彼と話してみよう」ヘンリーの顔は輝いていた。「ところで、どんな肩書にしたらいいだろう。組織再編担当上級副社長っていうのは、どうかな」

「もっとシンプルな方がいいのでは？　例えば、COOっていうのはどうでしょう」

「COO？　何を言っているんだ」

「ヘンリー、私もこの会社で働きはじめて、かなりになります」白髪に手櫛を入れながら、クリストファーが答えた。「あなたよりも長い。あなたが大学に行って楽しんでいる間、あなたのお母さんの脇で、身を粉にして働いていたのは私ですよ。この先、私にいったい何を期待しているんですか。リタイアした社長が孫と遊んでいるのを横目に、ただここに座って、子供の頃、膝に乗せて遊ばせていたお嬢ちゃんからの命令を待てと言うんですか。そんなのは、御免です。私は、この会社に四〇年以上も尽くしてきたんです。自分の後継者を選ぶ権利ぐらい、私にもあっていいんじゃないですかね」

「クリストファー……、君の言うとおりだ。君の望むとおりにしよう」それ以上、ヘンリーは言わなかった。

「ヘンリー！　どうしたの」リディアが驚いた声で電話に出た。「こんなに早い時間に電話をくれるなんて」

リディアの反応にヘンリーは思わず顔がほころんだ。「今夜、ポールと子供たちを夕食に誘おうと思うんだが、どうだろう。ベンとリサには、もう長いこと会ってないからな」

「どうだろう?」ヘンリーには、電話の向こうで驚いているリディアの様子がありありと想像できた。「いったい、何を企んでいるの」

「いや、別に何も」

「そうね、きっと仕事の話でしょうから、聞いてもしょうがないわね」リディアはヘンリーの言葉を信じようとしなかった。「ポールには、六時半くらいに来るように言っておくわ。母親が海外出張中でも、子供たちには美味しいものを食べるくらいの権利はあるわよね」

# 23

ベンとリサが玄関へ駆け込んでいった。ポールが子供たちの後を追って玄関ホールを抜け広いリビングルームへと行くと、子供たちがヘンリーにさっそく抱きついていた。その様子を見ていると、リディアがポールのところへ挨拶にやって来た。軽く抱擁を交わし、ポールの頬にキスをすると、小声で「あの人たち、何か企んでいるみたいよ」と耳元で囁いた。

ヘンリーも歩み寄ってくると、ポールの手をぎゅっと固く握りしめた。「元気かね。昨日は、ニックスに負けて悔しかったんじゃないのかい」

「いいえ、そんなことはありません」ポールはぎこちなく答えた。〝あの人たち〟とは、いったいどういう意味だろうとポールは思った。

「そうか、そうか」ヘンリーの声は弾んでいた。「何か、飲み物でもどうだね？　書斎に新しいスコッチがあるんだが、向こうに行って飲んでみないかね」

ヘンリーが書斎の引き戸を閉めた。最近、壁は淡いベージュに塗り替えられたばかりで、以前あったパイン材の大きなデスクがなくなり、代わりに豪勢なリビングセットが置かれていた。その革張りのソファーに、クリストファーが腰を下ろして構えていた。

そういうことか、とポールは思った。ポールはクリストファーに挨拶して、部屋の模様替えについて一言二言、褒め言葉を口にした。

「もし本当にリタイアする気があるんだったら、社長室みたいな部屋はいらないでしょって、リディアが言うんだよ」そう言いながら、ヘンリーは三つのグラスにスコッチを注いだ。「飲んでくれ」

ポールがもう一方のソファーに腰を下ろすなり、ヘンリーが言った。

「君の店の躍進ぶりは、ずっと見ていたよ」ヘンリーが言った。「大したもんだ。ずいぶんと革新的なやり方をしているようじゃないか」

「ありがとうございます」ポールは答えた。「でも、本当のことを言えば、そうするしかなかったんです。トラブルが発生して、それに対応していたら、たまたまそうなっただけなんです。ですが、そのおかげでいい方法が見つかりました」

「そんなに謙遜する必要なんかないぞ」クリストファーが言った。「トラブルだったら、私たちもこれまでに何度も経験してきたじゃないか。だが、トラブルが解消されると、またみんな元に逆戻りだ」

「私も、もう少しでそうなるところでした。でも、キャロラインが止めてくれたんです。彼女のおかげですよ」

「それだけじゃない。南フロリダ地域全店に新しいやり方を広めたじゃないか。そのスピードも大したもんだ」ヘンリーはスコッチを一口すすり、続けて訊ねた。「教えてくれないか。君がつくり上げたこのシステムは、チェーン全体にも展開できるんだろうか」

「ええ、部分的には……」ためらいがちにポールは答えた。ある程度予想していた質問ではあったが、ポールにはまだはっきりとした答えが見つかっていなかった。「大部分はそのまま導入できると思いますし、それなりの成果も得られるでしょう。各地域で導入すれば、店舗のパフォーマンスは向上すると思います」

「何か、ためらっているようじゃないか」ヘンリーが訊ねた。

「いま、南フロリダ地域で売っている商品の多くは、他の地域からクロスシッピングで取り寄せたものです」ポールは説明した。「地域間のクロスシッピングは、もともとかなりの量があるんですが、もしすべての地域で私たちのやり方をしたら、地域間のクロスシッピングがもっと必要になります。でも、こうしたクロスシッピングの多くが、無駄になってしまうんじゃないかと心配なんです。在庫を別の倉庫に移動させて二か月後、結局、そのせいで品切れが発生してしまうようなことになっては、まったく意味がありませんから」

「じゃあ、クロスシッピングを全面的に禁止したらどうだろう」クリストファーが訊ねた。

「それでも、ある程度の成果は上がる。違うだろうか」

「しかしそれでは、せっかくのチャンスを逃すことになる」ヘンリーは、気に入らないらしい。「ある地域では在庫が余っているのに、別の地域では足りないというのはしょっちゅうある」

「藪の四羽より手中の三羽の方がましということですね」クリストファーが言った。

「どう思うかね」ポールの方を向いてヘンリーが訊ねた。

「どちらかと言えば、クリストファーの言っていることに同感ですが、クロスシッピングなしに、店長たちに協力するよう説得するのはかなり難しいと思います」ポールが言った。

「他の地域から必要な商品を取り寄せるので品切れは減るんだと、店長たちに約束したんです。そう約束して、初めて彼らに話を聞いてもらえたんです。店長たちの協力なしでは、こんな思い切った変更は絶対に無理です」

ヘンリーと、クリストファーは顔を見合わせた。ポールの賢明さに、二人とも満足した様子だ。

「話をひとつ前に戻そう」ヘンリーが言った。「現在、南フロリダ地域では、店舗間のクロスシッピングは行なっていない。どうやって君がそんな奇跡を達成したのか分析して、それが地域間のクロスシッピングにどう当てはまるかを考えてみたいんだが、どうだろう」

「いいでしょう」ポールが答えた。「でも正直に言って、地域間のクロスシッピングに当てはまるとは思えません。クロスシッピングは、在庫を余っているところから足りないところへ移動させることです。店舗レベルではクロスシッピングは、スタート時点でミスがあったことを意味しています。スタート時点で商品を送りすぎていたんです。でなければ、在庫が余ったりはしません。新しいやり方では、まず地域倉庫から店舗への補充時間がとても短いことに着目して、店に在庫を溜め込んでおくのはやめたんです。店に余剰在庫を溜め込むのはやめたので、クロスシッピングでこれを正す必要はなくなったんです」

「わかった。でもどうしてそれが、地域間のクロスシッピングに当てはまらないと思うんだね」大きな声でクリストファーが訊ねた。

「二つ、理由があります」ポールが答えた。「まず、店頭への補充と違って、地域倉庫への在庫の補充にはもっと時間がかかるということです。もうひとつは、店舗は倉庫から在庫を受け取っているわけですが、倉庫は、物流のスタート地点だということです」

部屋に一瞬の沈黙があったが、すぐにヘンリーの顔に笑みが広がった。「君の主張によれば、倉庫間のクロスシッピングが数多くあるのは、もともと商品が間違った場所にあるということだ。倉庫には必要な商品だけ供給すればいいのに、そうではなく、不必要に商品を大量に倉庫に押し込んでいるということだ」

「だけど、いますぐ必要なものだけを倉庫に供給するなんてことはできないのでは」クリストファーが異議を唱えた。「でなければ、チェーン全体のすべての在庫をフォートローダーデールの港に置いておかないといけなくなる」

「そのとおりだ」ヘンリーが頷いた。「つまり、私たちに必要なのは中央倉庫だ。港に中央倉庫をつくればいい。フォートローダーデールから各地域倉庫への配送は、一週間はかからない。比較的短い。要するに中央倉庫をつくれば、各地の倉庫へは実際の消費量に基づいて在庫を配送することができ、バスローブであろうと、ポットホルダーであろうと最後の一アイテムまで必要なものを、必要な時に置いておくことができるようになる」

「そうすれば、クロスシッピングをなくすことができる」クリストファーは、恐れ入りましたと言わんばかりの表情だ。「ヘンリー、どうしてもっと前に気づかなかったんだろう」

「お互いよく言っていたじゃないか」ヘンリーが言った。「呆れるほど当たり前だったら、正しいに決まっているって」

真剣に聞き入っていたポールが、急に何かに気づいた。「もし、すべてのSKUを一か所にまとめて置いておくことができれば、社内のロジスティックスの問題を解決できるだけでなく、キャロラインが抱えている問題も半分は解決できます」

ヘンリーが笑顔を見せた。「どこに、何を、いつ送ったらいいのか正確に知ることができる。店も倉庫も自分たちで発注作業をする必要がなくなる。商品は、実際に売れた分だけ補充されるからだ」

「そうなると、商品の購買依頼を起こすのは、中央倉庫だけでよくなります」ポールも興奮しはじめた。「在庫を本当に減らすことができるし、そうしたら投資収益率も一気に向上します」

ポールの背中を叩いて、ヘンリーが言った。「君の考え方が気に入ったよ」

「ありがとうございます」

「でもそうなると、やらなければならないことは、山ほどあるな」クリストファーがにっこり笑った。「港に大きな倉庫を見つけて、中のレイアウトも考えないといけない。それから……」

「保管する在庫の量を計算して、配送頻度も決めて」ヘンリーが、クリストファーの言葉を補った。「他にも決めないといけないことが、山ほどある」

「優秀な倉庫マネージャーも必要だ」顎をさすりながら、クリストファーが言った。

「優秀なマネージャーなら、適任者をひとり知っています」ポールが言った。「ロジャー・ウッドです。南フロリダ地域の倉庫マネージャーをしています。今回の新しいシステムを一緒に考えてくれたパートナーです。ロジスティックスについては、すべて彼が考えたことです。彼がいなかったら、この方法の成功はあり得ませんでした。我が社の社員ですし、経験も豊富です。それに近くに住んでいるので、引っ越し費用もかかりません」

「それはいい。秘書に、面談の手配をさせよう」そう言うとクリストファーは、ポールの方に身を乗り出した。「しかし、中央倉庫だけでなく、このソリューション全体を見てくれる人間も必要だ。全社的にこのやり方を導入するとなると、すべての店舗とすべての倉庫に影響が及ぶことになる。もちろん、コンピュータシステムもだ」

「そうだ。誰か、会社のことをよく知っている人間がいい」ヘンリーは澄まし顔をして、天井を見つめた。「そろそろ、ちゃんとした仕事が必要な奴がいいだろうな」

ポールは、顔を赤くした。

「ポール」ヘンリーが、ポールに向かって言った。「君が、一から仕事を覚えようとしてくれたのには、本当に感謝している。君は、非常に優秀だ。これまでどんなポジションでも、君の鋭い観察力と能力は十分に発揮されてきた。もう五年も前からクリストファーが、自分がリタイアしたら君を後釜にしてくれとうるさくてね。もうそろそろ、私も君もクリストファーの言うことを聞いてもいい頃だと思う」

「光栄です……」ポールはそれ以上、言葉が出てこなかった。

「ちょっと待ってくれよ、ヘンリー」クリストファーが言った。「いま、もうそろそろ私の言うことを聞いてもいい頃だって言ったかな？　リタイアする間際になって、やっと話を聞いてもらえた」

# 24

長い一日だった。ヘンリーはいくつか書類をブリーフケースに入れると、残りの書類を整えてデスクの上に置いて、ハンナズショップ本社最上階の社長室から廊下へと出た。するとキャロラインの部屋の電気がまだついているのに気づいた。好きで遅くまで働いているのか、仕方なく残っているのか、どちらだろうとヘンリーは思った。キャロラインを自分の後継者にと発表して以来、彼女には多くの重圧がのしかかっていた。それでもヘンリーは、彼女にもう十分に社長の座に相応しいことをわかってほしかった。

キャロラインの部屋のドアをノックする前に、ヘンリーは腕時計に目をやった。

「もう、八時四八分だぞ」彼女の部屋を覗きこんで、ヘンリーが言った。「徹夜かい？」

「もう、そんな時間？」キャロラインが答えた。彼女は顔を上げ、瞬きをした。「時間のことなんか、すっかり忘れていたわ」

「家で待っている旦那や子供たちのことも忘れて、こんなに遅くまで何をやっているんだ」

「ミスマッチよ。サプライヤーとのね」キャロラインが答えた。「頭から離れなくて、ずっと考えていたの。部分的にはソリューションが見つかったんだけど、まだ大きな問題が残っているのよ」

「そうか。それじゃ、お前の方がリードしているな」ヘンリーはそう言いながら、彼女の部屋に入り腰を下ろした。「私は、同じところをぐるぐる回っているだけだよ」

「父さんも、考えてたの?」

ヘンリーが、ニヤリとした。「ああ、四〇年もずっと考えているよ」そう茶化すと、今度は真顔で言った。「しかし、社内のミスマッチを解消する方法は、ポールが教えてくれたから、ここ三か月は、彼のソリューションを、どう外とのミスマッチ解消に使えるかずっと考えている」

「私もよ。仕入れる量と売れる量のミスマッチって、どうしようもないことだと考えるのに、私たち慣れ切ってしまっているじゃない。販売予想は不正確だし、補充時間は長いでしょ。だから、一方で品切れを起こして、他方で在庫を余らしていても、どうにもならないことだって思っていたの」

「私も、クリストファーも、そう思っていたよ。だから、ポールのソリューションを受け入れるのにも時間がかかったんだな。それで、成果の方は？」

「ポールのソリューションの本質は、スタート地点よ。スタート地点がいいと思うの」キャロラインが説明を始めた。「外部とのミスマッチをどうすれば解消できるか考えるには、まずその本質、概念的なフレームワークをもっとよく理解しないといけないと思ったの」

「いいじゃないか」ヘンリーは満足げだ。「私も、同じようなことを考えていたよ。ポールがとったアプローチの根底には、販売予想は当てにならないが、会社全体で見ればそれほどでもない、という考えがあるんじゃないかな。お前も、それに気づいたんじゃないのかね」

キャロラインが、笑みを浮かべた。「結構、時間がかかったわ。大学時代のノートまで引っ張り出したのよ。でも、父さんの言うとおり、私も同じことに気づいたわ。一店舗、一店舗の販売予想は不正確極まりないけど、それはどうしようもないこと。カオス理論によると、ある特定の店の、ある特定のＳＫＵの需要を正確に予想するのは、一か月後の天気を的中させるのと同じくらい当てにならないの」

ヘンリーは、これまで需要予想のためのコンピュータシステムに、膨大なお金を無駄に投資してきた。そしていまになって、そんなことはやはり無駄だったという残念な結論に達したのだった。「各地域の倉庫の需要は、その地域全店の需要の合計だ。個々の店舗の需要予想を地域レベルで合計することで、その精度は各店それぞれの予想より三倍高くなる。統計の基本だ。そして、一〇の地域倉庫からの予想を中央倉庫レベルでまとめると、精度はさらに三倍高くなる」

「そのとおりよ」キャロラインが頷いた。「ポールのソリューションは、それを利用しているの。在庫は、一番予想精度の低い店舗レベルで持っていてはダメ。精度の一番高いところ、つまり中央倉庫レベルで持つべきなのよ。そして、補充時間が短いことを活かして、商品をいま必要とされているところに移動させればいいのよ」

「なかなか、いいじゃないか」ヘンリーが褒めた。「しかし、私はそこまでだ。そこで、行き詰まってしまう。そこまでなら社内のことだからいいんだが、その先、外に進めない。さっき、部分的にソリューションが見つかったと言っていたが、お前はその先まで進めたのかな。もしそうなら、私は何か見落としているんだろうな」

ヘンリーの問いに、キャロラインは胸を張って答えた。「会社の枠の外に出て、メーカーのところにまで踏み込むにしても、在庫をどこか一か所に集めるような物理的なことはもうできないわ。でも、実はもうひとつ、別の集め方があるの。そうすれば、予想の精度をさらに向上させることができるの」ヘンリーの戸惑っている表情を見て、キャロラインは説明を続けた。「同じひとつの染色布からは、いくつもの異なるSKUがつくられるわ。平均すると、同じ生地から約一〇のSKUがつくられているの」

ゆっくりとヘンリーが言った。「それが、この話とどんな関係があるんだ。まだ、よくわからないな」

「ちゃんと説明するわね。私も最初ははっきりとはわかっていなかったの」キャロラインが答えた。「メーカーの製造環境って、大きなバッチはもう何か月も前から決められていて、柔軟性のない硬直した環境だって、私たちは思いがちよね。でも最近、大手のサプライヤーと取引をして、決してそうじゃないんだって気づいたの。彼らのやり方が硬直しているのは、彼らに原因があるんじゃなくて、私たち買い手側に原因があるってね。実は、生地を染色した後、彼らは大きなバッチで作業しているわけじゃないの。だから、一定期間にわたってそれなりの支払いを保証するような包括的な注文を出して、彼らを守ってあげる限り、その範囲内のオーダーだったら一週間前に急に頼んでも縫製のスケジュールを調整するのは、彼らにとって大した問題じゃないのよ」キャロラインはしばらく間をとり、ヘンリーに理解する時間を与えた。

ヘンリーは、すぐに理解できた。「つまり、一番予想精度の高いのは染色布の段階で、在庫はそのレベルで置いておくのがベストだということになる。そしてその段階を過ぎれば、メーカーの方の柔軟性は高くなるから、何か月も前からどのＳＫＵが必要かなんて決める必要もなくなる。中央倉庫からの実際の売れ行きに応じて、必要な数量だけ、随時、注文を出していけばいい。なるほど、キャロライン、大したもんだ」

ヘンリーの褒め言葉に、少し顔を赤らめたキャロラインは、そのまま説明を続けた。「注文は、輸送時間の分だけ早めに、小分けして週単位で出せばいいと思うの。正確には、輸送時間に、裁断と縫製の時間をあと一週間プラスした時間ね。大手のサプライヤーとは三か月前から順次このやり方を始めているんだけど、みんなとても喜んでくれているわ。向こう六か月間、毎月、購入量を保証してあげているわけだから、彼らにして見れば長期的な保証が確保されるし、生産体制やキャッシュフローも安定するわ」

「それはすごい。しかし、必要な数量だけすぐにつくってもらうには、染色布が注文した時に十分にないといけない。それは、どうやって確保するんだ」

「簡単よ」キャロラインの笑顔が輝いた。「あらかじめ、三か月前に染色布を買っておくの。それをメーカーに置かせてもらうのよ」

ヘンリーは、キャロラインの説明を頭の中でなぞってみた。「なるほど。予想精度で言えば、確かにそれ以上高いところはない。となると、買いすぎたり、買い足りなかったりするリスクも一番小さい」キャロラインの笑顔を見て、ヘンリーは続けた。「生地が余ったとしても、あまり心配することはないな。使い道は、いくらでもあるわけだから。それに、生地が足りなくなることもない。賢い娘だ。本当に大したもんだ。だけど、問題があると言っていたじゃないか。私には、これですべて解決したように思えるんだが」

「いえ、それがまだなの。ここまでの話は、長期的な需要予想に頼るのをやめて、補充時間を半分に短縮するっていうこと。ここまではもうちゃんとできたわ。でも、これをもっと活用するには、中央倉庫の在庫もこれに合わせて減らさないといけないの」

「そうだな」間髪入れずヘンリーが答えた。「いまの半分以下ぐらいまでは、減らすことができるはずだ。もしかして、もう始めたのかい?」

「父さん、私にはその勇気がないの」

ヘンリーは、慌ててその理由は訊かなかった。自分で、理由がわかったからだ。「サプライヤーが信用できないんだな」質問するのではなく、ヘンリーはそう断定した。

「信用できるわけがないじゃない」キャロラインの言葉に、苛立ちが感じられた。「どこでも、納期は絶対に守るって言うわ。もちろん、どこも最初はそのつもりだと思うんだけど、だけど途中で他のクライアントから、どうしても早くしてくれって急かされたらどうなると思う? そういう時は、だいたい相手の要求に折れて、結局こっちは後回しにされて、期限までに商品が届かないの。在庫を何か月分もたくさん溜め込んでいれば、大きな被害はないと思うけど、それに在庫切れのSKUがいくつもあれば、それに紛れてあまり目立つこともないわ。でもいま、在庫を減らしてしまったら、被害が現実のものになってしまうわ。すぐに目につくはずよ」

「もし、そうなら」ヘンリーは問題を認識した。「納期を守ることが、サプライヤーにとってメリットになるようにしないといけないな」

「どうやって？　違約金をたくさん払わせるとか？　そんなの、相手は絶対に首を縦に振らないわ」キャロラインは、ヘンリーの提案を撥ねつけた。「特にいまは、サプライヤーと小売店という従来の枠組みを離れて、パートナーになってほしいって持ちかけているところなのよ」

「ムチを使えないんだったら、アメを使えばいい」

「ボーナスを払うの？　約束したことをやらせるために？」

「キャロライン、お前は、もうすぐ仕入れ担当ではなくなるんだ。だから、いつもいつも相手から一セントでも多く捻り出そうと考えるのは、やめてもらいたい。いま、お前は言ったじゃないか。サプライヤーに、パートナーになってほしいと持ちかけているところだと。パートナーというのは、利益を分かち合うものだ」

ヘンリーの言葉に、キャロラインは妙な音を出した。「父さんが入ってきた時、サプライヤーを一〇〇パーセント信用して在庫を減らすことができたら、どのくらい利益が出るか、ちょうど計算していたところだったの。それが、ものすごいのよ。新しい分野への進出も狙えるわ。少ないリスクで大きな利益が見込めるから、ファッションへの進出も真剣に検討できると思うの。なかなかいいソリューションが見つからなくて、モチベーションを高めようと思ってずっと数字をいじっていたの。だけど父さんのおかげで、いま、そのソリューションがわかったわ。相当の利益が見込めるんだから、パフォーマンスのいいサプライヤーには、ボーナスも楽に払うことができるわね」

「ああ、でもパフォーマンスといっても、重要なのはハンナズショップのパフォーマンスだぞ」

「そうね、ハンナズショップのパフォーマンス向上に、どれだけ貢献したかで決めればいいわね」キャロラインが言った。「例えば、ボーナスを、仕入れた商品の在庫回転数に比例させるの」ヘンリーの反応がないのを見ると、キャロラインは付け足した。「それからもちろん、納期遵守率も大切ね。ボーナスを払うには、過去三か月の遵守率が九五パーセント以上ないとダメということにするの。ボーナスがもらえるんだったら、サプライヤーも、たとえ他のクライアントから急かされたとしても、こっちを優先しようと思うわね」

ヘンリーには、それで十分だった。いますぐにでも、任せて大丈夫だと思った。何も言わずに、彼は立ち上がり、キャロラインのところへ歩み寄って彼女の額にキスをした。

「ソリューションを見つけたようだな。約束の地を求め砂漠をさまよったモーゼのように、私が四〇年の間、ずっと探し求めてきたソリューションだ」ヘンリーは温かい笑みを見せた。

「それでも、まだ自分が社長の座に相応しくないと思っているのかね」

# 25

四人の孫が揃って、ハヌーカの歌を歌ってくれた。ヘンリーとリディアは、これ以上ないほど誇らしい気持ちになっていた。ダレンの双子の息子ライアンとショーン、それと金髪の従妹リサの歌声は何とも愛らしい。一方、声変わり中のベンの声は、聞き取れないほど小さかった。

みんなが拍手喝采したところで、ポールとキャロラインが用意してあったユダヤのおもちゃドレイデルと、金紙で包まれたチョコレートコインを出してきた。アロンソン一家みんなが座ってゲームに興じはじめたところで、ヘンリーがダレンの肩に手を置いた。

「少し、書斎で話をしないか?」

ダレンは革張りのソファーに腰を沈め、ヘンリーとの戦いに身構えていた。父と一対一で話をする時はいつも、同じ話の繰り返しになるからだ。ダレンがハンナズショップから出ていったのが、いかに間違いだったのかをこんこんと諭すのだった。会社の業績がよくなって、ヘンリーの鼻息もいままで以上だろう。ダレンは気を鎮めて穏やかに話をしようと思った。

ヘンリーは、ダレンと向かい合って座って訊ねた。「将来、会社はどうなると思う?」

出だし、少なくともヘンリーの口調は穏やかだ、そう思いながらダレンは、言葉を慎重に選んだ。「もともと、しっかりした会社だったと思うけど、ポールとキャロラインが考え出した新しいやり方で、会社はまったく違う、さらにすごい会社になると思うよ」

「なるほど……」それしか、ヘンリーは言わなかった。

「父さん、この一〇年、僕は会社を観る目を養ってきた。ポールとキャロラインにも、この会社のデューディリジェンス*に協力してもらったけど、プロとしての評価を言わせてもらえば、何も心配することはないよ。会社全体に新しいシステムを導入するには、まだまだ問題がいくつもあるだろうけど、彼らの考えはしっかりしている。それに、彼らにはそれをやり抜く能力もある。あと一年もしないで、利益率、在庫回転数、一平方フィート当たりのSKUの取り扱い数、それからキャッシュフローにしても、とにかく何をとっても、この業界では前例のないようなパフォーマンスを見せてくれると思うよ」

ヘンリーは黙ったまま、何かを憂慮したような様子だった。

どう言っていいのかわからないまま、ダレンは続けた。「一年もすれば、会社は本物になるためのスプリングボードを手にしていると思う」

「スプリングボード?」ヘンリーが、ダレンの言葉を繰り返した。「いったい、どういう意味だ」

また、尋問かとダレンは思った。だが、ここは適当にごまかしてはいけない、丁寧に答えようと思った。どうせ、すぐに終わるはずだ。大きな声で、ダレンは答えた。「ベンチャーキャピタリストとして僕は、確固たる競争力を持った会社を探すことを学んできたんだ。でも、競争力は永遠のものじゃない。光が射しているのは一時的で、遅かれ早かれライバル会社が迫ってくる。本当に頭の切れる人だったら、その競争力が持続している間に、それを最大限活用しようとする」

ヘンリーが目を細めながら訊ねた。「お前は、ハンナズショップがすでにそういう競争力を持っている、あるいは、じきに持つと考えているんだな」

「ああ、間違いないよ」ダレンがためらわずに答えた。「それに、その競争力は、この業界の最も根本的な原則に挑戦して生まれてきたものだから、今後、数年は続くと思う。ライバ

＊デューディリジェンス:投資やM&Aなどの際に、対象企業や不動産・金融商品などの資産価値を調査する活動。

ル会社にとって一番難しいのは、根本的な変化を真似ることなんだ。一〇年、いや一五年はかかる」

「だとすれば、この光が射しているうちに、ハンナズショップは何をすべきだと思う?」ヘンリーが訊ねた。

「徹底的に活用すればいい。拡大するんだよ。父さんはこの会社を一生かけて、ひとつの小さな店から、アメリカ南東部一帯にチェーンを展開するようになるまでに大きくした。だけど、このチャンスを活かせば、劇的にその成長を加速させることができるんだ」

「私も、そう思う」ヘンリーの言葉に、ダレンは驚いた。「ということは、一〇年もしないうちに、全米をカバーしているっていうことだな」

ヘンリーの返事に、ダレンは思い切って本音を語ることにした。「これだけしっかりした競争力を持っていれば、アメリカだけではもったいない。外国市場への進出も狙うべきだと思う」

部屋が沈黙に包まれた。ダレンは、ヘンリーが強く反応すると思っていた。少なくとも、分別をわきまえろと説教されるに違いないと覚悟していた。しかし、その反対にヘンリーは静かな落ち着いた口調で言った。「たとえ、どれだけ大きな利益が出るようになったとしても、自己資金だけで会社をそんなに拡大することなんて、ハンナズショップには無理だ。それとも、外から投資家を連れて来いとでも言うのか」

「そんなこと、言うわけないじゃないか」ダレンが答えた。「父さんが、会社の株を一株だって売るつもりがないことはわかっている。それに、借金をするようなリスクだって抱えたくないはずだ」

「ああ、そのとおりだ」はっきりとヘンリーが答えた。「ということは、この稀に見るすごいチャンスをきっぱりと諦めないといけないということなのかな」

「それは、とんでもない間違いだよ」断固とした口調でダレンが答えた。

「だったら、どうしたらいいんだ」

ヘンリーが喧嘩を吹っかけてきたと、ダレンは思った。ならば、相手になろう。ダレンは、冷静な口調で答えた。「他にも、資金を調達する方法はある」

「私も、それを考えていた。フランチャイズは、どうだろう」

ヘンリーの言葉に、ダレンは飛び上がらんばかりに驚いた。「父さん、本気かい？」

「もちろんだとも。どうやってフランチャイズを構築したらいいのか、お前、方法を知らないか？」

びっくりして、ダレンは頷くのが精いっぱいだった。

ヘンリーが訊ねた。「どのくらい、時間はかかるんだ」

「結構かかるよ。少なくとも半年はかかると思う」

「そうか、いいだろう。実は、もっと大きな問題があるんだ」ヘンリーは立ち上がって、グラスに飲み物を注いだ。「ダレン、私は、人には二通りの人間がいると思う。まずは、まわりと比較して自分を評価する人。もうひとつは、まわりの人間が何をしようが、そんなことは意に介さない人たちだ。そういう人たちは、自分が置かれた状況の潜在的な可能性に照らし合わせて自己を評価しようとする」

ヘンリーはしばらく間を取り、ダレンの意見を待った。ダレンには、ヘンリーが何の話をしているのかよくわかっていた。ダレンの仕事で一番もどかしいのはこれだった。投資を求めている会社は無数にある。しかしその多くは、ダレンが探しているような会社ではない。大きなリターンを生み出す可能性もなく、投資するにはあまりにリスクが高い。問題は、ダレンが投資したいと思うような会社、大きな成長性を秘めている会社は、自分たちをまわりと比較し現状に満足してしまっていることだ。業績は良好、ライバル会社よりもずっといい。そんな会社に、もっと大きな可能性がある、これまでに築いてきた確固たる潜在力を用いれば、想像もできないような成長が望めるのだということに気づかせるのがとても難しいのだ。いや、不可能な時さえある。

「わかるよ」ダレンが答えた。「父さんは、もしかしたらキャロラインやポールが、前者のタイプの人間だと思っているんじゃないのかい。いま、構築しているシステムが完成したら、それで満足してしまうだろうって。もしそうだったら、見くびりすぎだよ」

「ほう、そうかな」ヘンリーが少し皮肉まじりに答えた。「いいか、想像してみるんだ。もしお前がキャロラインに、いま一生懸命あの子たちが構築しているシステムや、利益率でナンバー1になることや、それから業界のベンチマークになることなんかが……何と言ったかな、そのスプリングボードにしかすぎないと言ったら、あの子はどんな反応をすると思う?」

わかり切った質問だ、そう思っているのがダレンの顔に表れていた。

「それじゃ、あの子たちをこの件で、いま、急かしてもしょうがないことには納得してくれるな」ヘンリーが言った。

「それに急激な拡大に必要な資金がどこからくるのか、はっきりとわからない限りは、動かそうとしても動かない」ダレンが付け足した。

ヘンリーが、笑みを浮かべた。「急激な拡大? というよりは、爆発的拡大だろうな。その時には……」

「あまり悠長に構えていない方がいいと思うよ」ヘンリーの言葉をダレンが遮った。「僕の経験から言えば、よっぽど脅しでもしないと、キャロラインたちは他の会社が近くまで迫ってこない限り動き出さないと思う。でもその時は、もう手遅れだよ」

「ダレン、その時には……」ヘンリーが先ほどの言葉を繰り返した。「私は、もう指図する立場にはいない。この会社をダメにする方法があるとすれば、私が身を引いた後も、後部座席に座ってあれこれ口を出し続けるのが一番だろうな。ダレン、わからないのか。お前の協力が必要なんだよ」

ダレンはグラスを飲み干し、大きく息を吸い込んで答えた。「父さん、心配しなくていいよ。僕が、ポールとキャロラインに話をする。説得してみせるよ」そして、満面の笑みで付け足した。「もちろん、フランチャイズは僕に任せてくれ。ちゃんと、手数料はもらうけどね」

ヘンリーは、立ち上がった。「振り返ってみれば、私はずっとお前が間違った選択をした、人生を棒に振ったと思ってきた。ダレン、一緒に来てくれ、みんなのところへ行こう。ちゃんと母さんの前で、お前に詫びを言いたい」

# 26

ダレンが、キャロラインのオフィスに入っていった。

「意外だな、もっと変わっていると思っていたら、結構、父さんの時のままじゃないか」

キャロラインとポールが笑った。一年前、彼女が社長になってからすべては変わった。

「贈り物を携えて参りました」ダレンは、赤子のイエス・キリストに贈り物を届けた賢者のような口調で言うと、コーヒーカップが三つ収まった紙製のカップ・キャリアーを置いた。カップには、お馴染みのブランドのロゴが入っていた。「ポールは、ブラック。キャロラインは、コロンビア・ブレンド。俺は、新製品でイタリア語の何とかチーノだ」

「コーヒーだったら、マシューに入れてもらったのに」

「ああ、わかっているよ」ニヤニヤしながら、ダレンが答えた。「だけど、このコーヒーが旨いんだ」

互いの子供たちの様子を語り合った後、ポールが言った。「よし、じゃあ仕事の話だ。今日は、君が話したいと言っていた事業の拡大についてだ。ダレン、君に見てもらおうと思って、レポートをいろいろ用意してきた。見てわかるように、昨年、我が社は同業の競争相手と比較して、二倍以上のペースで拡大を果たしてきた。三つ目となる新しい地域の準備もできた」ポールは誇らしげだ。

「すごいじゃないか」ダレンは言った。しかし視線は、レポートにいっていない。「だけど、今日、俺がここに来たのは、そういう話のためじゃないんだ」

「そのためじゃない？」キャロラインが訊ねた。「事業の拡大についてミーティングがしたいって言ったのは、兄さんでしょ」

「そうだ。でも、そういう拡大の話じゃない。本来、君たちがすべき拡大の話だよ。君たちがいまやっているカタツムリのようなゆっくりしたペースの拡大じゃない」

「何を言っているんだ？　われわれは、競争相手の二倍のペースで拡大しているんだぞ」ポールはそう言って、用意してきたレポートをかざした。「わずか一年で、新しい二つの地域だぞ。このように他の誰も追いつけないスピードで走ることを、速いって言うんだよ」

「ああ、利益率は三倍、店舗の在庫回転数は六倍だ」ダレンが言い返した。「だけどポール、どうして競争相手なんかと比べるんだ。どうして、自分たちに何ができるかをもっと考えないんだ」

「……なるほど、一理あるわね」ポールが反論する前に、キャロラインが口を挟んだ。「いまのシステムだって、まわりが何をやっているかを考えて、構築してきたわけじゃないし」

ポールが頷いているのを確認して、キャロラインはダレンの方へ向き直って言った。「いいわ、兄さん。考えを聞かせて」

「ハンナズショップには、ものすごく優位な競争力がある」キャロラインの言葉に促されて、ダレンが説明を始めた。「もっとそれを活用すべきだ。ライバルたちが迫ってくる前に、徹底的に活用すべきだと思う。地域的にも、もっと一気に拡大することができる、いや拡大すべきだと思う。しかし、そのためには資金が要る。君たちが反論する前に言っておくけど、俺も外部から資金を調達することには反対だ。投資家だろうが、ローンだろうが、自宅を抵当に入れることにも反対だ」

「自分の持ち物がすべてだ……。父さんが、いつも言っていたわね」

「会社の拡大にしても、その教えをちゃんと守ってやってきた」ポールが説明した。「会社が大きくなれば、それだけ余分に現金が必要になるから、お金は自分たちで稼いだお金しか当てにしていない。それにダレン、どんなにすごいチャンスに見えても、僕もキャロラインも、リスクを冒すつもりはまったくない」

「そんなことをしろと言っているんじゃないんだよ」ダレンが答えた。「どのくらいのペースで事業を拡大させるべきか、話をしたいんだ。でもその前に、何のためにお金が必要なのか少し話をしたい。いいかな?」

「そんなこと、わかりきったことじゃないの?」キャロラインが訊ねた。

「キャロライン、ダレンには何か秘策があるんだよ。わからないのかい」ポールがキャロラインに向かって言った。「いいだろう。ダレン、会社を拡大するためには、インフラを構築して店を開くためにお金が要る」

ポールの返事に促されるように、ダレンが説明を始めた。「店舗レベルの一番の重荷は、もう君たちがちゃんと減らしている。在庫投資が従来の何分の一かで済むようになったし、それから地域倉庫の在庫投資も大幅に減らすことに成功した」

「ダレン」ポールがじれったそうに言った。「しかし、広告宣伝にものすごくお金がかかっているんだ。それにわかっていると思うけど、フロリダでブランドネームだからといって、すぐ隣の州でもそれが通用するわけじゃない。今年は、二つの州に新たに進出したけど、その二つの州でブランドネームを築くだけでも、目の飛び出るような金額をかけているんだ」

「そうだな」ダレンが笑みを浮かべた。「でも、もしかすると他にもブランドネームを築く方法はあるかもしれない」

「他の方法？　どんな方法だい」ポールはそう訊ねると、ダレンが持ってきてくれたコーヒーを一口すすった。

「いい考えが思いついたんだ」ダレンが言った。「狭いエリアに、一度に店をいくつもオープンさせるんだ。そうしたら広告に一セントもかけずに、一気にブランドネームを確立できる」

「つまり、少ない資金を一度に集中して投資することで、広告にかかる経費を節約しろということなの？」キャロラインが訊ねた。

「そんなので、うまくいくのかい」ポールが詰め寄った。「店を一度にいくつもオープンさせて、宣伝が不十分だったせいで、みんな共倒れになってしまったらどうするんだ」

「うまくいくという証拠が欲しいのかい」ダレンが笑顔で訊いた。「いま、君が手に持っているのが、その証拠だよ」

「コーヒー？」キャロラインが訊ねた。

「ああ、コーヒーだ」ポールには、ダレンの考えていることがすぐに理解できた。「このカップのロゴを見るんだ。この会社が進出してきた時のことを覚えているかい。宣伝を一切しないでマイアミの中心街に七店舗、一晩でオープンさせたんだ。そして、エリアから競合を一掃したんだよ」

「いいわ、だんだんわかってきたけど、でも」キャロラインが訝った。「さっきの質問に戻るけど、そんなに一度にいくつもの店をオープンさせるには、お金がたくさん要るわ。どこに、そんなお金があると言うの。兄さんのことだから、少なくとも一年に一〇地域、いえ、二〇地域には進出しろと言うんでしょうから」

「誰が、お金が要ると言った？」ダレンが答えた。

「店をオープンするには、場所を借りないといけない」ポールが答えた。「それをリフォームして、それから、人も雇わないといけない。商品も仕入れないといけないし、お金はいくらでも要る」

「そんなことは、わかっているよ」ダレンが答えた。「でも、自分たちのお金を使わないといけないなんて、誰が言った？　ブランドをフランチャイズすればいいんだよ。フランチャイズだったら、自分たちの財産を担保にせず、チェーン全体をコントロールし続けることができる」

「でも、ハンナズショップのフランチャイズになんかに誰がなりたがるの？」キャロラインが訊ねた。

「フランチャイズに任せて、ちゃんと店が経営できるとは思えない。特に、いまの新しいシステムでは」ポールが付け足した。

「他に、よけないといけない弾は？」ダレンが皮肉った。「言っておくけど、俺は君たちの味方なんだぞ」

笑顔を浮かべながら、キャロラインが言った。「証明して見せて」

「メザニンファイナンスというのは、聞いたことあるかい」二人がぽかんとした表情をしているのを見て、ダレンが続けた。「そうだと思った。保守的で高度な投資家がよく使う方法なんだけど、こういう人たちは株式市場で取引されている会社や新興企業などに投資するような高いリスクは歓迎しない。かといって、債券なんかの低いリターンでも満足はできない」

「なるほど」キャロラインが頷いた。

ダレンは、説明を続けた。「彼らは投資する前に、リサーチに時間やお金もかけたくないし、会社の経営にも関わりたくない。そこで彼らが考えたのが、実績のあるしっかりした会社に二五パーセントぐらいの金利でお金を貸す方法だ。ただし、担保は取らない。その代わり、もし貸したお金が期限までに満額返済されなければ、そのお金を会社のオーナーシップや株に転換できる権利を持つんだ」

「兄さん、本気なの？」キャロラインが声を荒げた。「借金なんてしたくないし、それにどんな状況になっても、会社の株を他人に渡すなんて、そんなこと絶対にするつもりはないわ」

「キャロライン、もう少し話をちゃんと聞いてくれ。俺も、メザニンファイナンスをそのままやるつもりなんかはない。ただ、話を前に進める前に、こうした投資家がいったい何を求めているのか、君たちに理解してもらおうと思っただけなんだ」

「わかった。続けてくれ」ポールが言った。「君が何を言いたいのか、わかってきたような気がする」

「ごめんなさい、兄さん」キャロラインは謝った。「唐突な話だったんで、驚いただけ。ちゃんと聞くから、続けて」

ダレンは笑顔を見せ、残っていたコーヒーを全部飲んでから話を続けた。「ホームテキスタイルの小売りチェーン一店舗当たりの投資収益率が、どれくらいだか知っているかい」

「いいえ」キャロラインが首を振った。「チェーン全体ならわかるけど、一店舗当たりの投資収益率はわからないわ。でも、大まかにだったら、だいたいわかるわね。優秀な店の売上げ利益率は六パーセントぐらい。一年間の在庫回転数は、三回。要因は他にもいろいろあるけど、そういうのを普通に考えれば、一店舗当たりの投資収益率は、一五パーセントぐらいになるわ」

「そうだな。俺もそれぐらいになると思う」ダレンはそう言うと、質問を続けた。「では、ハンナズショップの一店舗当たりの投資収益率は、どのくらいだか知っているかな」

「やっぱり」そう言うと、ポールは満面の笑みを見せた。「そこに話を持っていくんだと思っていたよ。ハンナズショップの一店舗当たりの投資は約半分、そして利益は約三倍。となると投資収益率は、確実に一〇〇パーセント以上になる。二五パーセントのリターンでいいと言う人にとっては、うますぎる話だと思う」

「用心深い投資家には、うますぎる話は持っていかない方がいい」ダレンが言った。「だけど、投資対象がしっかりとした会社なら、話は違う。ハンナズショップには、創業四〇年以上の歴史がある。借金はゼロ。それに評判も申し分ない。これ以上、しっかりした会社はない。それに店舗は、一〇〇以上あって、それぞれ年間投資収益率一〇〇パーセント以上の実績を示している。それから、店舗からの利益を分配する前に投資家への分配を優先して、その後でなければ会社は利益を取らないようにしておく。そして投資家の取り分は、店舗に投資した金額の年間三〇パーセントにしておく。ちゃんとここまで段取りしたとしても、投資家はやっぱり心配だろうか。年三〇パーセントが取れるかどうか、不安を抱くだろうか」

「ちょっと確認なんだけど」キャロラインが言った。「投資家は、新規の店舗に投資するわけよね。可能性は低いと思うんだけど、もし、その投資家が投資した金額に対して店の利益が三〇パーセントに満たなかったらどうなるの。投資したその店の資産に対しては、権利を主張できるんでしょうけど、会社に対しては何の権利もないのよね」

「そのとおりだ」ダレンが答えた。「それに投資から数年経ったら、ハンナズショップには、あらかじめ設定した価格で、その投資を買い戻すオプションも用意しておく」

「そんなの、フランチャイズじゃないよ」ポールが言った。

「いや、一店舗ごとに外部オーナーがいて、会社自ら店舗には投資しないで、インフラだけをサポートするという意味ではフランチャイズだよ」ダレンが答えた。「そのインフラのサポートだけど、地域倉庫の在庫にそれほど多額の投資をする必要がないことを考えれば、毎年、多くの地域に進出するお金がハンナズショップには十分ある」

「広告宣伝費を最小限に抑えるには、エリアを決めて一度にいくつもの店を集中的にオープンさせればいい」ポールが先ほどの話を繰り返した。「でも、何よりいいのは、各店舗のオペレーションをこちらが完全にコントロールできるところだ」

「だけどフランチャイズは、経理を一店舗ずつ別々にしないといけないわ」キャロラインが指摘した。

「ああ、確かに」ポールが答えた。「でも、いい面を見れば……、自分が経営している店のオーナーシップがもらえたら喜ぶストアマネージャーを、僕は何人も知っている」

キャロラインとポールのやり取りを聞きながら、ダレンは黙っていようと思った。彼の仕事は、もう終わった。あとは二人に、自分たちで納得してもらわなければいけない。

「それは重要ね」キャロラインが言った。「特に、飛躍的な拡大を目指すんだったら、そういうインセンティブを与えることが、会社の成長につながるわ」

「優秀なストアマネージャーにとって、オーナーシップがもらえるというのは、天からの贈り物みたいなものなんだよ」ポールが言った。「君の店で、スタッフ七人が、君のポジションを争っているとしたら、あまりいい気はしない。いま、うちの会社には優秀なフロアマネージャーや、売り場主任が大勢いる。でも会社の中には、彼らが次に行くべき場所がないんだ。だからフランチャイズを導入すれば、彼らにとって飛躍する場所を与えることもできるし、他の従業員にとっても一生懸命働く動機になる」

ポールの意見に、キャロラインも同感だ。「そうね。多分、その方が正解ね。もちろん、決めないといけない細かいことはまだまだ山ほどあるけど」そう言ってキャロラインは、ダレンの方へ向き直って続けた。「でも、それを考える前に、兄さんに答えてもらいたいことがひとつあるの。投資家を見つけたり、投資家と交渉したり、投資家との契約にどんなことを入れたらいいのか、逆に入れてはいけないのか……、そういうのは全然わからないわ。兄さんの助けが必要なのよ」

「心配しなくていい、キャロライン」ダレンが、『不思議の国のアリス』に出てくるチェシャキャットのように、にっこり笑った。その日の朝、ヘンリーと約束したとおり、ダレンは二人と大事な話をきちんと済ませることができた。「喜んで協力させてもらうよ。もちろん、手数料はいただくけどね」

# Isn't It Obvious

# エピローグ

ペントハウスのポーチからの眺めは、まさに絶景だった。ポールは、見渡す限りどこまでも広がるサンパウロの夜景をじっと見つめていた。そこに涼しいそよ風が吹いて、ブラジル人投資家とのパーティーは、これ以上の演出は望めない奇跡的な夜となった。軽いサンバが流れ、中からみんなの会話が響いてきた。

突然、ポールの耳にダレンの声が飛び込んできた。「大学を卒業して、ベンも仕事を決めたんだって?」シャンパングラスを手に、ダレンがテラスへ出てきた。

「まったく、あいつは頭がどうかしているに違いない」ポールが冗談を言った。「ハンナズショップで働きはじめたんだ。しかも、一番下っ端の仕事から順に覚えていきたいと言うんだよ」

「うれしいことじゃないか」

バルコニーにキャロラインがやって来て、ポールが笑顔を見せた。

「強力コンビのお二人さん、ここにいたのね。二人に、ちょっと話があるんだけど」

父親譲りで、いつも仕事第一だ、とダレンは思った。きっと、社長という仕事には付きものなのだろう。

「すべて順調ね。順調にいきはじめたところで、実は、前からずっと気になっていたことがあって」クッションのついたベンチに腰を下ろして、キャロラインが言った。「兄さん。兄さんはもう、フランチャイズビジネスのエキスパートよね？」

「まあ、そうかな」ダレンは謙遜して肩をすくめた。「アメリカ、カナダ、ヨーロッパ、中国、オーストラリア、それから今度はブラジル。これだけフランチャイズを展開してきて、まだ失敗はしていないから、その分野では一応、専門家の部類に入るかな」

「そうよね。だったら、どうしてハンナズショップ以外でもやってみないの？」キャロラインが訊ねた。「他の会社にも、そのノウハウを提供してみたらいいんじゃない？」

ダレンは、手すりにもたれかかって答えた。「おいおい、この会社を手伝って、もう九年にもなるのに、いま頃、そんな質問かい」

「そうだな。キャロラインの言うとおりだ」妻の隣に腰を下ろしながら、ポールが言った。「こっちは別に、君が他の会社でこのアイデアを使うのを止めようなんて思っていない」

「さあ、どうしてかな」見るからに戸惑った表情でダレンが答えた。「そういうチャンスが、これまでなかったっていうことじゃないかな」

そんな返事で、ポールは納得しなかった。ダレンがそんな人間でないことは、ポールもよくわかっている。「九年間、チャンスがひとつもなかった？」

「ああ、トライはしてみた。いくつかの会社にアプローチしたんだけど、君たちが考え出したアイデアを少し説明しはじめるだけで、相手はすぐに、『お前は、投資だけやっていればいいんだ。オペレーションは、俺たちに任せておけ』という具合になるんだ。トップマネジメントを説き伏せるには、相手の会社を買収するぐらいしか方法はないよ。でも、そんなことをしても意味がない。会社を買収したとしても、今度はミドルマネジメントをどうやって説得したらいいのか、そんな方法、俺にはわからないからな」

「君の気持ちは、よくわかるよ」ポールが言った。

「可能性はわかっているんだ」ダレンが続けた。「このコンセプトには、すごい可能性が秘められている。チェーン全部を買い取って、一、二年もすれば、会社の価値は一〇倍になる。ウォーレン・バフェットだって、真っ青だよ」

「つまり、オペレーションを手伝ってくれる人間が必要だということよね?」キャロラインが訊ねた。「例えば、ポールのような」

キャロラインの突然の言葉に、ポールもダレンも驚いた。ポールは、ハンナズショップを辞めた方がいいとでも言っているのだろうか。

「キャロライン」ポールが訊ねた。「いったい、何の話をしているんだ」

キャロラインは、ポールの手を握った。「ポール、あなたはすごい人よ。あなたのことは、大好き。でも、あなたに耐えられなくなってきたの」

「何だって」キャロラインの言葉に、ポールは驚いた。

「行くところ行くところで、あなたは、問題を見つけてばかり」彼女が答えた。「ベンの野球選手の名前の入ったTシャツを買いにいった時だって、店頭の在庫が少なくなっているのを見て、いきなりレジの若い店員をつかまえて講義を始めちゃうし」

「野球じゃなくて、フットボール選手のTシャツだよ」ポールがつぶやいた。

「そんなのは、どっちでもいいけど」キャロラインが続けた。「私のお気に入りのアイライナーを買いにいった時だって、店員の女の子に、ディスプレーはこうしなきゃいけないとか、商品は毎日、補充しないといけないとか、お説教を始めたじゃない」

「だけどそれは、もっといい方法があるということを教えたかっただけさ。そんなに難しいことじゃないんだよ」ポールの言葉には熱がこもっていた。「魔法のクリスタルボールも要らないし、水道管が破裂するのを待つ必要もない。いますぐ、やれることがあるんだよ」

「私の言いたいことがわかる……」キャロラインは、ダレンの方を向いた。「もう、ポールをどこにも一緒に連れていけないの」

「そんなこと、気にしないでくれ」ポールは続けた。「僕らは一緒に働くんだ。いいコンビなんだぞ」

「でもだからって、あなたをずっとこのまま引き留めておくことはできないわ」キャロラインが言った。「私たちのやり方が使えるところが他にいくらでもあるのに、それができなくて、あなたはイライラしているわ。そういうあなたを、この会社にだけ引き留めておくのは、私のわがままよ。そんなこと、もうこれ以上できないわ」

彼女の言うとおりであることに、ポールは気づいた。そうしたいと、心の中ではずっと思っていた。そのことを気づかせてくれたキャロラインに、ポールは感謝した。ポールは、何も言葉が出ず黙ったままだった。するとダレンが間を埋めるように言った。「そうか、ポールはクビか。それで、今度は俺のパートナーになったらいいと言うんだな」

「他にいいパートナーがいる?」キャロラインが答えた。「考えてみてよ。兄さんとポールが組んだら、どんな会社だって相手にできるわ。スポーツ用品、電子機器、化粧品……、ハンナズショップでやったことをそのままやればいいのよ。いつでも物事は大局的に見ないといけない、トップの座に就いて、もうこれ以上できることはない、十分だと思えても、まだまだやれることはいくらでもあるって教えてくれたのは兄さんよね。もう邪魔をするものは何もないわ、前進あるのみよ」

ポールは満面の笑顔を浮かべ、グラスを持ち乾杯の音頭をとった。「可能性はいくらでもある」

「そうさ」ダレンはにっこり笑うと、グラスをポールのグラスに軽く当てた。「限界なんて、ないんだ」

# 解説

世界中のモノづくりの現場を変えてしまったと言われるベストセラー『ザ・ゴール』。一九八四年の発表以来、世界で一〇〇〇万人以上の人が読み、あらゆる産業界でめざましい成果を出し続けている。その『ザ・ゴール』で発表された理論が“Theory of Constraints”(TOC)、つまり制約理論である。それは、ボトルネックという一点に集中することが、全体最適へのマネジメントの扉を開き、最小の努力で、最大の効果を、最短の時間でもたらすという、考えてみれば当たり前すぎる「常識」に基づいた理論である。この『ザ・ゴール』が世界のモノづくりの世界を変えてしまったとするなら、本書『ザ・クリスタルボール』は、小売業のあり方を変えてしまったと後世言われることになるだろうとの評価が高い。

『ザ・ゴール』の影響もあってか、TOCというと生産管理のイメージが日本には定着しているが、世界でTOCが最も適用され、めざましい成果を上げているのは、実は小売業の領域で、サプライチェーン・マネジメントの理論的な基礎になったと言われている。その現在に至るまでの二〇年を超える産業界での実践経験を踏まえ、最先端のノウハウを集大成したのが、この『ザ・クリスタルボール』である。

小売業の置かれている現実は厳しい。常に市場の変化にさらされる中、お客様の欲しい商品をタイムリーに持っていないと売上げは上がらない。一方で、売上げを確実にしようと商品を過剰に抱えてしまうと、そのせいで収益を圧迫してしまうことになる。

本書では、魔法のクリスタルボール（水晶玉）は、「何が、いつ、どこで、どれだけ売れるか」正確に告げてくれるものの象徴として登場している。それがあれば、必要なものを、必要な時に、必要な場所に、必要な数量だけ、小売店は取り揃えることが可能になり、無駄なものは一切持たずに、仕入れた商品は確実に売れることになる。それは、機会損失をなくし、売上げを確保すると同時に、高収益を実現することを可能にする。しかし、一般に需要予測は当てにならないのが現実。それは、市場が常に変化しているからである。未来を正確に告げてくれるクリスタルボールは、実際には存在しないのだ。この現実に合わせて、売れる機会を逃さずに、無駄な在庫は持たずに、売上げを上げていくことが求められている。限られた販売機会、つまり、市場が制約となっている現実の中で、その制約をどうやって最大に活用するオペレーションを実現するかがマネジメントの課題なのだ。

その課題を解く鍵は「時間」である。商品をどれだけ持つかという在庫量と、その補充にかかる期間を「時間」という概念で結びつけ、その時間を最小にすることで、変化する市場に機敏に対応することを可能にし、店舗において最小の在庫でありながら、欠品をなくすことで機会損失をなくし、さらには品揃えを充実させることによって売上げを上げることを実現する。そして、それは小売業だけでなく、サプライチェーン上のすべてのステークホルダーにメリットをもたらす全体最適のサプライチェーン改革につながっていく。このすべてのロジックが、本書のストーリーの中に示されている。

本書で、もう一つ注目すべき点は、『ザ・ゴール』におけるジョナのような指導する人物が登場しないことである。次々と襲ってくる緊急事態、最悪の事態に直面する中で、関係者が直感的に考えた対策が思いがけない効果を出していく。その理由を考え抜き、解き明かすことによって、「偶然の成功」の本質を捉えていく。その本質をより深く理解するにつれて、次から次へと、より広くパラダイムシフトを引き起こしていくことが可能となり、小売業から始まった全体最適の和が、社内を超えて、サプライヤーであるメーカーの現場にまで波及していく。そして、真のビジネスのパートナーとは何かと私たちに問いかける。

直感で考えたことを誰にでもわかるようにやさしく言葉にすることの難しさ。それが障害となって、周囲の協力を得られるどころか、逆に、反発さえ引き起こしてしまう。その障害を乗り越え、幅広い周囲の人々を社内だけでなく、社外まで巻き込んで実行していくのは並大抵のことではない。これをいかに解決していくかということも、本書の読みどころのひとつであろう。ゴールドラット博士が、常日頃語る「考える」ことの大切さ。その力を使っていけば、偶然に引き起こされた現実からも、人は「考える」ことによって、学びがあり、その学びから仕事上だけでなく、人間的成長さえ得られるということが大切な教訓であろう。

ＴＯＣを勉強されている方はお気づきかもしれないが、この物語の順序は、実は、ＴＯＣの最先端の全体最適の組織変革の手法である「戦略と戦術のツリー」に示された導入手順そのままとなっている。このため、読者の方々の実践の手引きとしても参考になるであろう。この「戦略と戦術のツリー」については、拙著『全体最適の問題解決入門』を、ＴＯＣサプライチェーンを詳しく学びたい方には、拙著『「よかれ」の思い込みが、会社をダメにする』を参考にしていただきたい。

世界で続出するＴＯＣのめざましい成果を見ても、博士は決して満足していない。それどころか、フラストレーションは募るばかりだそうである。なぜなら、ＴＯＣを導入して、在庫が減ったとか、リードタイムが減ったとか、利益が増えたとか、短期間のめざましい成果に満足してしまい、その成果を土台として次なる飛躍に取り組まない場合が多いからである。すべてのめざましく改善された成果は、次なる飛躍のためのプラットフォームとして、さらなる飛躍的発展へつながるものでなければならないのだ。Ever-Flouring、つまり、繁栄し続ける組織、それをつくることが、博士がいま最も注力していることである。

今後、ゴールドラット博士は、執筆活動にさらに力を入れ、すべての知識体系を形にして世の中に公開したいと語っている。博士が今後さらに突き詰めていきたいテーマは、本書の最後の台詞「限界なんて、ないんだ」、原文では、"Even the sky's not the limit."という言葉に集約されている。

TOCの最新の知識体系が詰まったこの本をぜひ広く活用していただき、自らの組織に、そして、自らの人生のために役立てていただけることを願ってやまない。「限界なき可能性」に向かって繁栄し続ける社会のために。

二〇〇九年　初秋

ゴールドラット・コンサルティング ディレクター 日本代表

岸良裕司

[著者]

**エリヤフ・ゴールドラット**（Eliyahu M. Goldratt）

1948年生まれ。イスラエルの物理学者。そして、いまやカリスマ的経営コンサルタントとして知られる。1984年に出版されたビジネス小説『ザ・ゴール』は、革新的な内容に加え、異色の経歴もあいまって全世界で1000万人以上が読んだ大ベストセラーとなった。その中で説明した生産管理の手法をTOC（Theory of Constraints:制約の理論）と名づけ、その研究や教育を推進する研究所を設立した。その後、TOCを単なる生産管理の理論から、新しい会計方法（スループット会計）や一般的な問題解決の手法（思考プロセス）へと発展させ、生産管理やサプライチェーン・マネジメントに大きな影響を与えた。著書に、『ザ・ゴール』『ザ・ゴール２』『チェンジ・ザ・ルール！』『クリティカルチェーン』『ザ・チョイス』（いずれも小社刊）などがある。

[監訳者]

**岸良裕司**（きしら・ゆうじ）

1959年生まれ。ゴールドラット・コンサルティング ディレクター 日本代表。日本TOC推進協議会理事。「三方良しの公共事業」は、ゴールドラット博士の絶賛を浴び、07年４月に国策として正式に採用された。著書に『全体最適の問題解決入門』『「よかれ」の思い込みが、会社をダメにする』（ダイヤモンド社）『三方良しの公共事業改革』（中経出版）などがある。

[訳者]

**三本木　亮**（さんぼんぎ・りょう）

1960年生まれ。早稲田大学商学部卒。米ブリガムヤング大学ビジネススクール卒、ＭＢＡ取得。在日南アフリカ総領事館（現大使館）、大和證券を経て、92年に渡米。現在、ブリガムヤング大学ビジネススクール国際ビジネス教育センター準教授を務める他、日米間の投資事業、提携事業にも数多く携わっている。翻訳書に、『ザ・ゴール』シリーズ全作の他に、『ゴールドラット博士のコストに縛られるな!』、『ザ・キャッシュマシーン』、『ウォルマートに呑みこまれる世界』、『一球の心理学』（いずれも小社刊）などがある。

ザ・クリスタルボール
——売上げと在庫のジレンマを解決する！

2009年11月12日　第1刷発行
2009年11月27日　第2刷発行

著　者——エリヤフ・ゴールドラット
監訳者——岸良裕司
訳　者——三本木　亮
発行所——ダイヤモンド社
〒150-8409　東京都渋谷区神宮前6-12-17
http://www.diamond.co.jp/
電話／03･5778･7232（編集）　03･5778･7240（販売）
装丁————藤崎　登
製作進行——ダイヤモンド・グラフィック社
印刷————八光印刷（本文）・慶昌堂印刷（カバー）
製本————宮本製本所
編集担当——久我　茂


ISBN 978-4-478-01190-4

# プロローグ

本書の目的は、あなたが「本当の自分に目覚める」のをサポートすることです。人間の本質を発見するための科学と哲学を親しみやすいかたちで紹介し、あなたという存在の根底にある宇宙の普遍的な原則を明らかにして、さらに深く掘り下げます。本書は極めて現実的で実践的なマニュアルになっています。そして、あなたが生きる目的を見いだし、人生を理想の状態にする方法を理解する手助けをすることが本書のゴールです。

これからあなたが読もうとしている本は、私の長年の研究の成果とカイロプラクター、ヒーラー、メンターとして積み上げてきた臨床経験を統合したもので、私が行っている2日間のセミナープログラム「ブレイクスルー・エクスペリエンス」を基盤にしてできました。その感動に満ちた特別なセミナーで起こったことすべてをお話しすることはできませんが、普通の人々の人生を大きく変えてしまうような驚くべき経験、私自身のエピソード、そして宇宙の普遍的原則をわかりやすく織り込みながら1冊の本にまとめました。

あなたにはうわべだけではわからないすばらしさがあり、力強さがあり、びっくりするような天性の才能とインスピレーションにあふれる愛があります。でも、自分ではまだそれに気づかず、活用していないかもしれません。

本書を読み、インスピレーションをかきたてるエピソードから洞察を得ると、人生にバランスがよみがえって力が湧いてくるはずです。心が落ち着き、恐れや罪悪感が消え、うぬぼれや恥ずかしいと感じる気持ちが相殺され、インスピレーションによるヴィジョンを得て、人生の目的がわかるはずです。自分にどんな限界を設定しているにせよ、本書はその限界を打ち破るお手伝いをします。自分で設定した限界のために、あなたにふさわしい理想の人生を生きるのを尻込みしていることがあるからです。

あなたの心を乱すものは何でしょうか？　誰かに夢中になるにしても腹を立てるにしても、躁《そう》状態にしても鬱《うつ》状態にしても、そうしたアンバランスな感じ方を解消するために本書を役立てていただきたいと思います。心に中心軸を取り戻し、いま、ここにある安定した状態を実現できるはずです。心の葛藤《かっとう》をなくしたい、ストレスが重荷になっている、怒りやフラストレーションに対処しきれない――本書ではそうした問題を解決するために、思考力に刺激を与える質問をして、それに答えていただくというシンプルな方法をとります。

本書はあなたに最高の変化をもたらします。その核心とも言えるのが、ディマティーニ・メソッドです。このメソッドには非常にたくさんの利用法があります。何度でも繰り返し実際の生活にあてはめることができて、その場ですぐに効果がわかり、またその後も人生に良い影響が現れるでしょう。

ディマティーニ・メソッドは、具体的で明確な一連の質問で構成されています。その質問に答えると、心身がバランスを取り戻して、愛と感謝で満たされます。そして、ストレスや心の葛藤を解消します。自分を取り巻く状況が混沌《こんとん》としているように見えたとしても、実はそこに見えない秩序が潜んでいることに気づくでしょう。人はみな、あるがままの自分をそのまま愛して認めてほしいと思うものです。このメソッドが実現するのはまさにその状態です。

あなたがしていることや存在そのものに対してあふれるような愛と感謝を抱き、発展性があり、自由ですばらしい人生を送るだけの価値があなたにはあるのです。今度はあなたが、過去の経験（History）の犠牲者ではなく、運命（Destiny）を切り開く達人になる番です。

あなたはいま、これまで体験したことのない未知の世界に足を踏み入れようとしていますが、本書を読む時間と労力が1000倍にも報われることをお約束します。本書があなたの心を深く動かし、あなたの偉大さと潜在能力についてのインスピレーションを与えることを私は願っています。また、それによって、私たち一人ひとりが持つ魂のすばらしさを理解していただけるでしょう。

これはただの本ではありません。いままでの自分の殻を破っていく（ブレイクスルー）という体験なのです。あなたは心を動かされる体験をして、自分が変化したことに間違いなく気がつくことでしょう。

ようこそ、ブレイクスルー・エクスペリエンスへ。

# 第1章

# 人生の本質

あなたに、ぜひともお伝えしたいメッセージがあります。それは、私にとって大きな意味を持ち、あなたにお伝えすることが、私の使命です。

あなたには、これから私と一緒に旅に出ていただきたいと思っています。私の経験を例にとって、「私たちは、誰もが尽きることがない天性の才能を持っている」という真実についてお話ししたいと思います。

私たちに起こることはすべて、それが表面的にはどう見えようと、「授かった才能や可能性」に気づかせるために起きています。これまでの人生でさまざまな人々に出会い、いろんなことを体験するたび、あなたはポジティブに感じたり、ネガティブに感じたりしたかもしれません。いずれにしてもすべては、私たちが自らの運命を切り開いて、本来の自分に戻るために不可欠なものなのです。

ブレイクスルー・エクスペリエンスは1989年、私が医療専門家を対象とした講演を行うために、テキサス州ヒューストンからカナダのケベック州に向かう飛行機に乗っていたときに始まりました。高度約1万メートルの高さで瞑想《めいそう》していたとき、あるヴィジョンが見えました。私の内なる意識からやってきたのは――「高次元へのブレイクスルー（飛躍的な前進）、ヴィジョン、インスピレーション、人生の目的に関するセミナー」というものでした。そのセミナーの概要だけでなく、ほかにもたくさんの詳細が見えました。参加者の人数まではっきりイメージできたのです。

それ以来、世界中の多くの人々がこのプログラムを体験することになりました。彼らはブレイクスルー・エクスペリエンスに参加したことで、自らへの理解を深め、自分たちの人生を大きく変容させることができたのです。

ブレイクスルー・エクスペリエンスに関するヴィジョンは、まさにインスピレーションそのものでした。インスピレーションと直感に従うと、自尊心と潜在能力が高まるのはもちろん、真の可能性がどんどん開いていきます。ヴィジョン、直感、インスピレーションに従うことで、あなたが人生で実現しようとしていることが達成できるのです。そうした内部からのヒントは、知恵の至高の源からやってくるメッセージなのです。

**自分がいかに「すばらしい存在」であるか**に気づいて、それを実感していただくことが本書の目的です。世界中にあるさまざまな信仰や哲学のために、「自分は完全ではない」と思い込んで生きている人が多くいます。彼らはどんなに成功しても、有名になっても、また、美しくても、自分の人生はめちゃくちゃで、どこかうまくいっていないと信じています。家族には機能不全がつきものだという神話に基づく心理学派もあります。しかし、私はこれまでにバランスを欠いた家族など見たことがありません。家族を完全に理解して詳細に探っていくと、充実した人生に必要なものをお互いに与えあうために、家族が完璧な機能を果たしていることが見えてきます。

本書で紹介するメソッドを使えば、これまでに起きたことは、いまの自分がすばらしい存在になるために、不可欠だったのだということがわかるようになります。私は、ただ能天気にそう言っているのではありません。

私は世界を広く旅してきましたが、世界中のすべての人に共通するテーマがあることに気づきました。すべての人は、「愛し愛されたい、感謝し感謝されたい」と望んでおり、自分の夢を実現したいと思っています。夢は、ある法則によって支配されているので、その法則に従えば、必ず実現可能です。

私は長いあいだ、愛と感謝についての科学を研究してきました。いまや私たちは、誰でもその科学を活用して夢を実現することができます。夢の実現は、偶然の産物ではありません。運の良し悪しによるものでも、根拠のない賭けでもありません。**地球という惑星には愛と感謝をもたらす真の科学があり、**それを使えばいいのです。

## ❖人生は宇宙からの特別な贈り物

疑似科学や疑似宗教には争いや論争がつきものですが、真の科学と真の信仰は共通した認識に基づいています。かつてアルバート・アインシュタインは「信仰の伴わない科学は役立たずであり、科学の伴わない信仰は盲信にすぎない」と述べました。

思考を構成しているのは知性的な要素で、一方、魂を構成しているのは天啓やインスピレーションだと言う人もいるかもしれません。そうした構成要素をひとつにまとめて、双方を統合する経験をしていただきたいと私は思っています。

これまでの人生の中でいちばん大きくハートがオープンになったこと、人生の目的をはっきり理解できたときのことを思い出してください。

私たちは宇宙から特別な贈り物を授かっています。これまで人類が探求してきた宇宙のどんな場所にも、人間の身体、脳、精神よりもすばらしいものは存在していませんでした。人間の精神から脳へ、身体へ、そして外の世界へと飛び出してくるインスピレーションほど驚嘆すべきものは存在しないのです。

私は18歳のとき、西洋哲学者ゴットフリート・W・ライプニッツの『形而上学叙説』を読みました。ライプニッツは、人間は賢明であり、宇宙に存在する愛情あふれる知性を認識できると信じていました。ライプニッツが「神の完全性」と呼んだ概念に初めて触れた私は、彼が深く宇宙を理解していることを感じました。宇宙には見えない秩序が存在し、すべてのことが根源的にすばらしいものであると、ライプニッツが確信していることが伝わってきたのです。私はライプニッツの言葉を読んでインスピレーションの涙を流し、こう考えました。

**「ライプニッツが述べていることにはきっと重要な意味がある。私たちはただ十分に理解できていないから、その隠された秩序が見えないだけだ」**

　これまでに、何かを読んだり、聞いたりして心が動かされ、涙が出たことがありますか？その瞬間のチャンスを無視してはいけません――どんなときに涙が出たのか、そのときにどんな洞察を得たのかを記録してください。すると、あなたの魂が直感を通して語りかけてくるストーリー、あなたの運命につながるストーリーがわかるでしょう。それは、運命を知っているあなたの一部から、運命を知りたがっているあなたの一部への贈り物です。

　ライプニッツが残したインスピレーションあふれる言葉は私の胸を打ちました。人間には、真実を知っている不滅の部分と、その真実を認めない現世的な部分があります。ライプニッツは私の中にある不滅の部分を目覚めさせました。彼の言葉は私の意識にくっきりと刻みつけられ、ライプニッツが述べている美しい秩序を理解して認める人がなぜこんなに少ないのか、という理由を見いだすための旅に私を駆り立てました。

**「人生には宇宙の秩序が働いている」ことを自覚する方法をぜひとも見つけ出したい。人の心に存在する愛を呼び起こす方法も見つけたい。みんなに人生を進化させる力の存在を**

**気づかせることができたら、どんなことが起きるんだろう？** と私は考えました。

大学に入学した私は、ずっとその夢とともにありました。宇宙について学べることは可能な限りすべて学びました。宇宙論（宇宙の起源や構造を研究する学問）に強い関心を抱いたのは、宇宙論が古くからある４つの偉大な哲学的問いかけ――私たちは何者なのか？ どこからやってきたのか？ なぜここにいるのか？ どこへ向かっているのか？ の現代版だと思えたからです。

宇宙論は意識を拡大させる、非常に興味深い学問です。宇宙論によって私は天文学の世界へといざなわれ、天文学から物理学へと導かれました。さらに物理学からアリストテレスやウィリアム・ジェームズをはじめとする形而上学へと導かれ、そのあとは神学にとりかかりました。神学の次に神話学に進み、神話学によって人類学への興味が開眼しました。私の興味の対象は広がりつづけ、結果として２００以上の学問を修めることになりました。

やがて私は、宇宙の普遍的原則を研究するなら、学問分野だけに自分の興味を限定すべきではないと気づきはじめました。私はすべてを学びたかったのです！ それは大きな探求だと思いましたが、一度に少しずつ取り組めば、内部から湧きあがってくることはすべて達成できるとわかっていました。

宇宙の普遍的原則について研究すればするほど、私はますますインスピレーションを感じ、確信を抱くようになりました。芸術や科学、信仰や人生哲学を含むさまざまな分野において、いくつかの同じ法則やパターンが根底に存在していることに気づいたのです。長い時が経過しても変わらない法則です。その法則を利用すると、自分にとって真に重要な可能性に目覚めることができます。この法則が、ブレイクスルー・エクスペリエンスの支柱になっているのです。

## ❖感謝という鍵

私が4歳のころ、夜に母が私を寝かしつけながらこう言いました。

「眠る前に、あなたがどれだけ恵まれているか、よく考えてみましょうね」

偉大な真実は、そうしたありふれた言葉の中に隠れています。

宇宙の根底にあるパターンや秩序が見えてくると、突然目の前が開けたかのように、感謝の思いに満たされます。自分という存在、身体、生命と呼ばれるたぐいまれな構造を持つ宇宙の創造物に感謝を捧げるたびに、私たちはまた一歩、最高の可能性を実現する道、そしてこの世におけるかけがえのない運命へと進むことができるのです。

何事にも感謝する人は、そうでない人よりも、人生で恵まれることが多く、願望が実現する可能性も高くなります。これはシンプルな原則ですが、人生を変える力があります。

感謝こそが成長と願望達成の鍵です。誰かにプレゼントをあげたとき、相手が贈り物をちらっと見ただけで、お礼も言わずに脇に置いたら、また何かをあげたいと思いますか？思いませんね。宇宙の反応もちょうどそれと同じです。宇宙が贈り物をする先は、贈り物に対していちばん感謝をする人です。いま与えられているものに感謝をしない人に、宇宙がそれ以上のものを与えようとするでしょうか？

「感謝とはいったい何なのですか？」とよく尋ねられます。感謝の念が湧くのは、完全にバランスがとれていると感じるときです。人生のどんな分野にせよ、完全にバランスがとれていると感じたり、宇宙の秩序に気づいたとき、感謝が生じます。

感謝と高揚感を混同する人はたくさんいます。そういう人たちは、心がワクワクする体験をして、「ありがとう！」と口にすることが感謝だと考えています。しかし実のところ、一時的な喜びや高揚感は、真の感謝とはあまり関係がありません。真の感謝は、精神的にバランスがとれて心が落ち着いている静かな状態のときに起こります。そうしたときに、心から感謝の念が湧いてくるのです。宇宙の秩序に気づき、すべてをあるがままで受け入れてください。

感謝とは、ありがたいという気持ちを込めた真の祈りのことです。祈りには2種類あります。ひとつは偽の祈りです。人生に不満を抱きながら「ああ、神様、めちゃくちゃです。なんとかしてください！」とつぶやくことです。もうひとつは真の祈りです。すでに存在しているものに宇宙の秩序と完全性を認めつつ、与えられているものに対して、心からありがたいという気持ちを抱くことです。

心からありがたいという気持ちを抱くと、さらに多くの贈り物を受け取ることになるでしょう。感謝をしている人間には、さらに多くのものが与えられるからです。感謝しない人間からは、さらに多くのものが取り上げられます。贈り物が取り上げられて初めて、感謝をすることの大切さに気づきます。

これまでにあなたの人生に起きたこと、これから起きることはすべて、宇宙からの贈り物です。とはいえ、一見ネガティブに思える出来事の中に潜む隠れた贈り物を理解するまでは、感謝することは難しいものです。

## ❖旅の始まり

私にとって重大な意味を持つ、そんな隠れた贈り物のひとつが与えられたのは、小学1年生のときでした。私は左利きで、識字障害がありました。文字を読むことができず、読めてもその意味が理解できなかったのです。

担任の先生は、学習障害についてほとんど知りませんでした。一般的なクラスで勉強を始めた私は、まず読書治療クラスに移り、そのあと「劣等クラス」に行きました。教室の隅に座って、（罰としてかぶる）円錐《えんすい》形の劣等生帽をかぶらなくてはいけないときもありました。恥ずかしかったし、自分は人とは違うと思い、落ちこぼれだと感じていました。

ある日、担任の先生が私の両親を教室に呼びました。私の目の前で、先生はこう言いました。

「ディマティーニさん、あなたの息子さんには学習障害があります。残念ですが、この先も読んだり、書いたり、人前で意見を言ったりできないでしょう。人生で達成できることは限られるし、大きな成功を期待することもできません。私がご両親だったら、スポーツの分野に進ませますね」

私はそのとき、先生の言葉の重大性をよくわかっていませんでしたが、両親の不安と懸念は伝わってきました。

その後、私はスポーツに打ち込みはじめ、最終的にはサーフィンを心から好きになりました。14歳になったとき、「カリフォルニアに行ってサーフィンがしたい」と父に言いました。

父は私の目を見て、私が真剣であることを悟りました。自分がいるべき場所はそこだと感じているから、父が何と言おうと行くつもりでいることも直感でわかったようです。父は私にこう尋ねました。

「何があっても自分で解決できるかい？　どんなことが起きても、自分で責任をとる意志があるかい？」

「はい、あります」

父は「反対はしないよ。お前を応援しよう」と言って、こんな証明書を作成してくれました。

「私の息子は家出人ではありません。放浪者でもありません。夢を抱く少年です」

数年後に知ったことですが、父は第２次世界大戦から帰ってきたとき、カリフォルニアに行きたいと考えたことがあったそうです。でもそれは実現しませんでした。私がカリフォルニアに行きたいと言うのを聞いたとき、きっと父は昔の夢を思い出してこう考えたのでしょう。

**「私は実行しなかった。お前がそうしたいと言うなら、止めはしないよ」**

そういうわけで、私は14歳で学校を中退しました。車で高速道路まで送ってくれた両親は、愛情の込もった別れの言葉のあとで「夢を追いかけなさい」と言ってくれました。

## ❖最初のメンター

私は故郷のテキサス州リッチモンドから、カリフォルニアに向かってヒッチハイクを始めました。まずエルパソに到着して、西海岸の方角へと町の中を歩きはじめると、3人のカウボーイが前からやってくるのが見えました。

1960年代、カウボーイとサーファーはお互いに敵視しあっていました。髪を短く刈った労働者と、長髪の遊び人とは基本的にウマが合わなかったのです。バックパック、サーフボード、ヘッドバンドに長髪と、サーファーの特徴がそろった私は、歩道を前に進みながら自分が危機に直面していることを感じました。3人のカウボーイは歩道をさえぎるように並んで立ち、親指をベルトにかけて私が近づくのを待っていました。彼らには私を通す気などこれっぽっちもないようでした。

私が、「**ああ、どうしたらいいのだろう？**」と心の中でつぶやいたとき、突然、心の中で声が聞こえました。その声は私にこう言いました――「叫べ！」

偉大なインスピレーションに満ちたアドバイスとは言えませんが、ほかに選択肢はありません。私は心の声に従って叫びはじめました。

「ワン！　ワン！　ウーー！」

すると驚いたことに、カウボーイたちは道をあけたのです。

私は初めて、直感を信じると驚くようなことが起こるのを悟りました。

私はなおも「ウーーー！　ワン！　ワン！　ウウウウ！」という叫び声を発しつづけながら、３人の男たちの前を通り過ぎました。

**このガキは狂ってる！**　きっと彼らはこう思ったことでしょう。

無事に３人のカウボーイの横を通り抜けた私は、夢から覚めたような気分でした。

ゆっくりと前に向き直って曲がり角にたどり着いたとき、街灯の柱にもたれかかって腹を抱えて笑っている、60代くらいの頭のはげたホームレスの老人が目に入りました。４日分くらいの無精ひげをはやしたその老人は、笑いすぎて街灯の柱につかまらないと立っていられないくらいでした。

「ぼうや、おもしろい見せ物だったよ。プロ並みにあざやかにカウボーイたちを蹴散《けち》らしたな！」

そう言うと彼は、私の肩に手を回して歩きはじめました。

「コーヒーをおごらせてもらえるかな？」

「コーヒーは飲みません」

「それなら、コーラはどうだろう？」

「それなら、もちろん！」

私たちは小さなファストフード店まで歩いていって中に入り、カウンターに沿って並ぶ椅子《いす》に腰掛けました。老人はこう聞きました。

「で、どこに行くんだい、ぼうや？」

「カリフォルニアに行くつもりです」

「家出したのかい？」

「違います。両親が車で高速道路まで送ってくれました」

「学校をやめたのか？」

「ええ、まあ。読んだり書いたり人前で話したりすることは無理だろうと言われたので、スポーツに打ち込んでいるんです。これから、カリフォルニアに行ってサーファーになるつもりです」

コーラを飲み終えると、私はそのみすぼらしい老人についていきました。数ブロック歩き、町の中心街にあるエルパソ図書館に着きました。建物の中に入ると、その老人は私をテーブルの前に座らせました。

「すぐに戻るから、ここに座っていなさい」

そう言うと老人は本棚のあいだに消えましたが、数分後、2冊の本を手に戻ってきて、私の隣に腰を下ろしました。

「君には教えたいことが2つある。2つとも絶対に忘れてほしくない。それが約束できるかな？」

私はうなずいて「はい、約束します」と言いました。

すると、私の最初のメンターであるその老人はこう言いました。

「さて、ひとつ目はこうだ。外見で中身を判断するな。お前さんはたぶん私のことをホームレスだと思っているだろうね。実は私は、アメリカで最も豊かな人間のひとりなんだよ。北東部から来たんだ。金で買えるものは全部持っている――車、飛行機、家。だが、1年前に大切な人が死に、私は自分の人生を振り返ってこう思ったんだ。**私は何でも持っているが、まだ経験していないことがある。何も持たずに路上で生活するっていうのはどんな感じだろう？**

それを死ぬ前に経験したいと考えた私は自分に誓った。何も持たずに都市から都市へと移動して、アメリカ中を旅しよう。それでこうしてお前さんの前に座っているわけさ。くれぐれも人の外見だけで中身を判断するなよ、だまされるぞ」

それから彼は私の右手をつかんで前に伸ばし、テーブルに置いた2冊の本の上に乗せました。アリストテレスとプラトンでした。老人があまりにも真剣な様子ではっきりとこう言ったので、私は彼の言葉を忘れることはありませんでした。

「いいか、お前は読み方を学ぶ。読み方を学ぶんだ。世間がお前から奪えないものが2つだけある。愛と知恵だ。愛する人はいなくなることがあるし、金もなくなることがある。たいていのものは奪われる可能性がある。だが、お前の愛と知恵だけは誰にも奪えない。それを覚えておくんだ」

「はい、覚えておきます」と私は答えました。

それから老人はまた私と一緒に数ブロック歩いて、私をカリフォルニアへと送り出してくれました。私は今日に至るまで、彼の言葉を忘れたことはありません。その言葉はブレイクスルー・エクスペリエンスの核になりました。愛と知恵こそが、人生の本質です。

## ❖苦境こそ宇宙の恵み

ライプニッツ、アインシュタイン、聖アウグスティヌスなど多くの偉人たちは、宇宙の秩序を知っていました。起こることすべては、宇宙の秩序のなくてはならない一部です。不快でたまらない出来事にさえ、贈り物が隠されています。昔から人生の達人といわれる人はこの重要な真実を知っており、ものごとに心を乱されることがありません。反対にまだ知恵を身につけていない人は、ポジティブな体験やネガティブな体験をすると、上機嫌になったり落ち込んだりします。

幼少時代に欠乏感を持つと、大人になってから、それが夢を実現するための向上心の源泉になることがよくあります。子どものころ病気で苦しんだ人が、偉大な医師やスポーツ選手になることは少なくありません。子どものころ愛されなかったと思っている人は、残りの人生を通して、心から愛情を分かち合おうとします。自分に価値がないと感じた人は、世の中に貢献してやりがいを感じたいという強い意欲を持ちます。貧しい環境で育った人は、大きな富を築こうとします。欠けていると感じた部分が、その人の価値観につながります。何であれ、人は最も足りないと思うものを求めるようにできているのです。

子どものころの私はそんなことを知るはずもありませんでしたが、結果的に学習障害で識字障害があるという「不運」が私を自由にしました。おかげで私は自分の夢を追いかけ、非凡な人々に出会い、人生の指針を得たのです。私は自分の中に、一生できるようにならないと言われたことを成し遂げたいという、抑えがたい欲求があることを発見しました。読んだり、書いたり、人前で話をしたりすることは一生ないだろうと言われた私は、いまでは年間３００日以上、まさにそういったことをしながら世界中を飛び回っています。

知恵を身につけると、苦しい状況が宇宙の恵みであることがすぐにわかります。そしてさらに大きな知恵を身につけると、宇宙の恵みがきっかけとなって、苦境に立たされることがあるのもわかります。私たちが心の底からそれを理解することで、困難に直面して憤慨したり、チャンスに恵まれて舞い上がることが減っていきます。身のまわりで何が起ころうと、安定した精神状態は崩れることはありません。これが自らを導く達人になる秘訣のひとつです。

悪いことがあってもそれほど恐れる必要はなく、良いことがあっても手放しで喜べないことがわかると、起こることすべてに静かな感謝の念を抱けるようになります。バランスがとれて落ち着いていると、悲観主義にも楽観主義にもなりません。どちらかに傾くのではなく、真ん中でバランスをとることができるのです。それは「感謝主義」です。これが知恵と本物の力を備えている状態です。

すべてのものごとはバランスがとれています。それが理解できると、自分自身に忠実でいられるので、期待や不安に駆り立てられることが少なくなります。進むべき道からそれることなく前へ進むことができるのです。

良い悪いといった幻想に惑わされ、もっと良いものがあるという錯覚に振り回されていると、「いま、ここ」に存在する自分を無視することになったり、あるがままの人生に満足できなくなるのです。たとえば、**いつか方法がわかったら、妻と子どもにどれだけ愛しているかを伝えよう。いつか状況が良くなったら、ビジネスを始めよう／旅行をしよう／書きたいと思っている本を書こう。**「いつか」という島のことばかり考えていても、その島は実在しません。

『思考は現実化する』の著者、ナポレオン・ヒルはこう述べています。

「時間と空間のはるか彼方にチャンスを求めるのではなく、あなたがいまいる場所でチャンスをつかんでください。いまいる場所はすでに完全で調和がとれています」

充実した人生を送るために必要なものは、すべていまこの瞬間に、あなたの手の中にあります。

ブレイクスルー・エクスペリエンスの目的のひとつは、すでに存在しているバランスを心の目を通して発見するお手伝いです。いまあるものに心から感謝すれば、あなたはそのバランスに気づくことができるのです。

### ❖グレート・ディスカバリー

人間のあり方と意識の基本をなす原則を探すうちに、私は「グレート・ディスカバリー」

（大いなる発見）と呼ぶ、ある発見に行き着きました。

人生のどんな局面においても、持ち上げられることなしに落とされることはなく、落とされることなしに持ち上げられることもありません。ポジティブとネガティブ、良いと悪い、支援と試練、平和と争い——すべては2つひと組でやってきます。2つは同時に存在し、完璧なバランスを保っています。宇宙の秩序を構成しているのはそのバランスです。

最初のうちは、これが取り立てて言うほどのことだとは思えないかもしれません。しかし十分に理解が深まると、それが本当に驚くべき原則であることに気づくでしょう。これまでひとつの面しか見てこなかったとしたら、あなたは幻想の中に生きているということです。すぐにそれをやめて、これまでの人生についてよく考えてみてください。

批判されたり、けなされたり、恥ずかしい思いをした瞬間のことを思い出してみましょう。正確な時間と場所、特定の人やグループを思い出してください。いったんその屈辱の瞬間を正確に特定したら、改めてじっくり考えてみましょう。あなたがけなされていたまさにその同じ瞬間、誰か（あるいは自分自身）があなたをほめたり、おだてたりしていたことがわかるはずです。さらに、人から尊敬の目で見られたときには、まさにその同じ瞬間、誰かがあなたのうぬぼれを戒め、あなたをこき下ろしていたはずです。知恵を持つとは、両者が等しく同時に起こっていると認めることです。

私たちは誰でも、二面性の中で生きています。一人ひとりが相反する側面を持っています。精神を高揚させる面と、落ち込ませる面です。人間は自分自身を称賛したり批判したりします。あなた以上にあなたをほめたりけなしたりする人はいません。誰も自分自身についてて考えるほど熱心に長時間、ほかの人のことを考えてはいないからです。誰かが自分に向かって何らかの反応を示すとき、それは単に自分自身の抑圧された一部がその人に反映しているだけです。誰も私たちを不当に扱ったりしていないのです。周囲の人は自分自身を映し出しているのです。

ロサンゼルスに住むある医師から、アドバイスを求められたことがありました。

「ジョン、助けてほしい。患者が何人も治療を続ける約束（コミット）はできないと言ってきたんだ。治療にかかる期間が長すぎるって言うんだよ」

「それで、何と答えたの？」と私は尋ねました。

「それなんだよ、電話したのは。君の意見を聞きたいんだ」

彼は患者に治療計画を提案しており、仕事は何カ月ものあいだうまくいっていたのですが、突然不服を申し立てる患者が何人も現れたのです。私はこの世は鏡のようなものだと理解しているので、彼にこう尋ねました。

「君が長く続ける約束はできない、と思っていることは何？」

その医師は結婚の決断を迫られているところでした。ある女性を愛していて、彼の一部は間違いなく結婚を望んでいるのですが、決断しかねていました。それは、彼が以前に離婚を経験していたからです。患者たちが例の不服を申し立てはじめたのは、彼が結婚するかどうかを考えはじめたころでした。

結婚に対して彼が抱いていた不安が経済的なものだったので、私は彼に婚前契約書をまとめるように言いました。すると、彼の結婚に対する不安は消え去り、患者たちもすぐに治療を続ける約束を嫌がらなくなりました。彼の経済的な「問題」は、彼女との関係に感じる不安を整理して解決策を見いだし、愛する女性に心をオープンにするための大切なきっかけだったのです。

人々はあなたに対して、あなたが無意識に自分自身を扱っているのと同じように振る舞います。誰かがあなたに対して型にはまった態度をとったとしたら、それはあなた自身が自分に対して、型にはまった考え方をしているからです。

ですから、人生を変えるいちばん効果的な方法は、自分自身に対して抱く考えや感情を意識的に自覚することです。たいていの人は無自覚なまま人生を歩んでいます。上機嫌になったり落ち込んだりして、感情に振り回され、調和に満ちた宇宙の秩序に気づかず、自分が常に愛に囲まれていることにも気がついていません。人生のいかなる瞬間においても、あなたが大いなる愛に包まれていることに気づいていただくのが私の日的です。

### ❖真実の愛

真実の愛は感情的にバランスがとれた状態から生じます。パートナー（配偶者）を持つことの目的のひとつは、愛情にあふれ、落ち着いた心の状態を維持することです。ひとりが躁状態で浮かれていると、片方は落ち着きを取り戻させようとします。ひとりが滅入って落ち込んでいると、パートナーは元気を取り戻させようとするのです。ひとりがうぬぼれると、パートナーはそのうぬぼれを戒めようとし、ひとりが意気消沈すると、パートナーは元気づけようとします。これがパートナーシップの仕組みです。バランスをとろうとするこうしたさまざまな行動によって、宇宙の秩序と真実の愛が成り立っているのです。

昔の私はよく「重要な1日」を終えてオフィスから帰宅していました——カイロプラクターとして大勢の患者に会ってさまざまなサービスを提供し、たくさん稼ぎました。愛車のジャガーに乗って、こんなふうに考えながら意気揚々と家へ向かったものです。

**「ああ、すばらしい1日だった！　ラッキーになりたい人は、この指とまれ！」**

さっそうと家の扉を開けると……**ドカーン！**　決まってこっぴどくなじられました。

「どこにいたのよ？　1時間も前に食事に行く約束だったのに。頼んでおいたものは買ってくれたんでしょうね？　いったい何様のつもりなの？」

この言葉が実際には大いなる愛の表現だということを理解してなかった私は、意気消沈し、最初は大人げない反応をしていました。

「僕はとても調子が良くて、建設的ですばらしい1日を過ごしたよ。なのに、どうして君は僕をなじるんだい？　僕が一生懸命働いたっていうのに、君は僕をほめてくれない。ほかの誰もが僕のすばらしさをわかってくれるのに。いったい何が気に入らないわけ？」

するとどうなったでしょうか？　妻は丸1週間、私に口をききませんでした。その結果、私は謙虚になりました。なぜなら、私たちは**正しい人間でいるために存在しているのではなく、愛で満たされるためにここにいる**からです。

真実の愛は、バランスをとるために2つの面で成り立っています。私は仕事に対する喜びで有頂天になりすぎ、そのバランスをとるために家庭で起こった不快な出来事に憤慨していたのです。私は、得意満面で家に帰るときには、例外なく家族に心を向けていなかった、ということに気づきました。家族に心を向けてきちんと愛を感じていないと、決まってきつい言葉が飛んできて、妻は私の心を家族に向けさせようとします。逆に、私が心底落ち込んで帰宅すると、待っていた彼女が元気づけてくれるのです。
家に帰って愛情で迎えられたいなら、有頂天になったり、得意満面になったりしないほうがいいということに私は気づきました。そこで、車で帰るあいだにこう考えることにしました。

**「さて、電話するのを忘れた患者はいないかな？　処理し忘れた書類や仕事はなかったっけ？　質の高いサービスを提供できなかったクライアントはいなかったかな？」**

自分を謙虚にしようと努め、心が落ち着いてバランスを取り戻すまでは、家に入らないことにしました。

そうするとまったく驚くべきことに、たいていは家で愛情あふれる妻に迎えられました。離れていてもバランスのとれた愛を感じることによって、文字どおりパートナーの状態を変えられるのです。あなたが真実の愛に満たされているときには、至るところにバランスが見えます。あなたが偏った感情を抱くと、逆の感情を生じさせるような出来事が起こります。この出来事のおかげで、あなたは落ち着きを取り戻し、バランスのとれた真実の愛を感じることができるのです。これが宇宙の秩序なのです。

このバランスを理解して、周囲に完璧な調和だけを見るようにすると、あなたは自由を手に入れることができます。この世界が、内面でも外面でも完全にバランスのとれた状態にあることがわかります。そのとき初めて、あなたは思いどおりの人生を歩むことができるようになり、称賛や非難に振り回されることがなくなるのです。あなたは自分の手で運命を切り開けるようになり、あなたの中の真実を知っている部分が進むべき方向を示すのに身を任せるようになります。そうすると、期待や不安に左右されることが減っていきます。

あなたが自分自身の人生の指揮者になりたいと思うなら、自分の考え方や感情を安定させる必要があります。安定とは、無関心になったり無感動になったりすることではありません。感情的に過度に高ぶったりせず、心が落ち着いて、バランスがとれている状態のことです。心は、精神が目覚めてバランスをとっているときにだけ開くことができます。一方、感情に支配されてバランスを失うと、心は閉ざされてしまいます。

愛は2つの要素で成り立っています。支援と試練です。誰かを支援すると、弱くて依存心のある人間にしてしまう可能性があります。一方、誰かに試練を与えると、それによって、その人を強くて自立した人間にする可能性があります。私たちは人に対して思いやりのない仕打ちをしたと感じると自責の念にかられますが、それはバランスに気がついていないからです。私たちが辛くあたった人物は、宇宙の秩序によって、同じときにほかの誰かから思いやりを受けています。つまり、私たちの思いやりのなさがその人の自立心を高め、誰かの思いやりがその人の依存心を高めているのです。

父親から試練を突きつけられ、一方、母親からは支援を受ける（もしくはその逆のケースの）子どもに、私は何度出会ったことでしょう。両親のどちらかが穏やかで寛大であればあるほど、もうひとりは荒っぽくて厳しい人でした。ひとりが優しければ優しいほど、もうひとりは厳格になり、2人セットでバランスのとれた愛を構成していました。

子どもは試練と支援の両方を完璧なバランスで必要としています。両親のひとりがどちらかを与える役割を担うと、もうひとりは別のどちらかを与えます。そうでない場合は、兄弟姉妹がその役割を担うか、赤の他人がきちんとその役割を果たすことになるでしょう。

それが何であれ、バランスをとるために必要なものから逃れることはできません。あなた自身の人生を振り返っていただければ、私の述べていることが真実だとおわかりになるでしょう。称賛と非難をバランスよく両方とも受けたときのことが思い出せますか？　その釣り合いからは逃れられません。もしも生まれたときから試練以外のものを与えられなかったら、その家庭で生きていくことはできないでしょう。また家族から支援しか与えられなかったら、世の中に出て生きていくことは不可能なのです。

自然界は、バランスのとれたもの以外は存在することができません。有名なロックスターや映画スターが自殺をしたり、麻薬におぼれたり、自滅行為に走ったりするのを不思議に思ったことはありませんか？　自殺傾向や自殺未遂は多くの場合、ほかの人々が自分を高く評価するのを無自覚に受け入れ、その結果として自分は無敵だと錯覚してしまったことに対する代償行為です。称賛と非難は心の中でバランスをとろうとするので、自分が実際よりも偉大な人間だという幻想を受け入れてしまった人は、幻想とのずれを感じて自分を責めたり自滅行為に走ったりします。おかしいと思うかもしれませんが、たくさんの称賛やお世辞とのバランスをとるという意味で、批評家や週刊誌は実際、有名人が生き延びるために役立っています。

苦痛を伴わない快楽、非難を伴わない称賛、意地悪さを伴わない親切を追い求めることは、人が陥る幻想の中でも最大の幻想のひとつです。二面性のあるこの宇宙で、偏った幻でしかないものを期待すると、人が苦しみと呼ぶものが生まれます。バランスを受け入れるとき、真実の愛があなたを取り巻きます。真実の愛を避けることはできません。逃げることは不可能です。ほかに行く場所はないのです。このことを理解すると恐れや罪悪感が消えて、あなたは自分の人生とダンスを踊れるようになるのです。

## ❖達人のダンス

カリフォルニア州デル・マーに近い、海が見える家に住んでいたことがあります。ある日、健康食品店まで人参《にんじん》ジュースを買いに歩いて行った私は、ある男性が哲学について語っているのを耳にしました。そんな機会を無視できず、私は座ってその紳士と哲学論議を始めました。彼は、自分はたくさんのハリウッドスターを訓練してきた武術の達人で、哲学も学んでいると言いました。長々と議論したあとで彼は私に、武術を少し教えるから、その代わりに哲学についてもっと話してくれないかと言いました。私は喜んでその申し出を受け入れて、紳士は私の家にやってきました。

海を見晴らすガラス張りの大きな居間に彼を通してこう聞きました

「さあ、どうすればいいですか？」

彼はこう言いました。

「よし、最初のレッスンだ。何でもいいから自分のできる方法で私を攻撃してみてほしい。私を殺すつもりで」

私はこう思いました。**はあ、最初のレッスンで、自分を殺せですか。いいですよ、やっ**

**てみましょう**。

私は彼を殴ろうとしましたが、すぐさま彼はたった2本の指で私の腕をとり、ひねってバランスを崩させて、私の背を弓なりにそらせ、ほおにキスをしてから、再び立ち直らせました。ずっと2本の指しか使わずに！

彼は「もう1度やってみろ」と言いました。

**よし、蹴ってみよう**、と私は思いました。しかし、私が蹴ろうとすると彼は脇によけて、先ほどと同じく2本の指だけを使って私の足を持ち上げて振り払い、バランスを崩させ、ほおにキスをしました。その次に、私は回し蹴りを試みましたが、彼はただ私の足をよけて、また私のほおにキスをしました。何度やってみても、彼に触れることすらできません。

ついに私は笑い出しました。

汗をかき、息を切らしながら、私は後ろに下がって、彼に尋ねました。

「わかりました、ここで学ぶことは？」

彼は言いました。

「第1の教えだ。達人にとっては、攻撃などというものは存在しない。ただダンスへの誘いだけだ。だが初心者は不安なものだから、常に自分が攻撃の犠牲者になる可能性を考える。自分に準備できていないことはすべて危険として解釈するから、それに振り回される。

しかし、陰と陽のバランスが完全にとれていると感じることには反応しない。達人はそうしたことをふまえてうまく利用できるから、何でもダンスへの誘いにしてしまう」

彼は私がどんな行動に出るとしても、それを危険だと感じていませんでした。すべての可能性に対する準備ができていたからです。私が何をしようと、落ち着き払って「いま、ここ」に集中し、私が挑んだ死闘を優雅なダンスに変えました。彼の教えはためになり、動きは観察に値するものでした。

この紳士と同じ精神を持って、自分の身に降りかかることすべてを理解して受け入れることができれば、すべては攻撃ではなくむしろ自分に磨きをかけて高める好機だと考えられるので、私たちも人生を巧みなダンスに変えられます。

たいていの人にとっては、闘いは身体的なものよりも、言葉や精神的なものですが、まったく同じ原則をあてはめることができます。称賛や非難によって引き起こされる感情に気をとられているとき、あなたの心は「いま、ここ」に集中していませんね？　誰かがあなたをほめたりけなしたりするとき、あなたがその人の偏った幻想を受け入れてしまうと、その人があなたの人生を振り回すようになります。他人が自分のことをどう思っているか（あるいは自分自身に対して抱く幻想）に一喜一憂するのを自分に許した瞬間、あなたは無力になります。そうした状態にとらわれていると、天性の才能を十分に発揮することができません。一方、バランスがとれて目覚めている精神状態を実現するとたちまち、あなたを通して大いなる力が働くようになります。

今度誰かがあなたをけなしたら、すぐにそれと釣り合う反対の作用を伴う出来事を探して、自分にこう言い聞かせてください。

「ありがとうございます！　私はちょっとうぬぼれていい気になっていたし、ほめられたりお世辞を言われたりしていました。だから、なぜいまこの瞬間にあなたを自分の人生に引き寄せたのかよくわかっています」

バランスを保つのを助けてくれていることに対して感謝の念を抱くことができたら、あなたは人生の達人になる道を歩んでいます。苦境に立たされるたびに、即座に、必ず存在している宇宙からの贈り物に目を向けるように自分を慣らすと、自分の人生とダンスを踊ることができるでしょう。

第2章

# 夢を生きる

私たちはみな、心の奥、存在の本質の部分に、人生の使命を持っていると思います。一人ひとりに生まれもった創造力にあふれる個性的な才能があり、その人にしか聞こえない宇宙からの呼びかけがあります。それは、つきることのない無限のエネルギーで、宇宙から与えられる贈り物やチャンスを逃さないようにと語りかけてくるのです。

生きる目的を達成する鍵は、感謝です。感謝と自尊心は切っても切り離せません。本当に価値のあることを達成できるのは、感謝を抱きながら夢を実現するときです。私たち一人ひとりには、夢、ヴィジョン、目的があり、それを引き出すために必要なことは、ほんの一瞬意識をクリアーにして、**「いま、ここ」**に集中するだけです。起こることのすべては、私たちが生きる目的に目覚めるために必要不可欠ですが、とりわけ強力に私たちを導いてくれるのは、心の中で自分自身がはぐくむ夢です。

## ❖すばらしいメンターの出現

誰にでもすばらしいメンターが人生に現れます。すばらしい友人、パートナー（配偶者）として、あなたが運命をまっとうするためにまさに必要なときに現れて、力強い教訓や貴重な経験を与えてくれます。私のメンターが現れたのは、私が17歳のときでした。

エルパソで出会った最初のメンターに別れを告げた私は、カリフォルニアに向かい、そこからハワイに行きました。ハワイでは、世界最大級の波に乗るという夢が叶いました。しかしこのときも、人生は私にバランスを突きつけました。ストリキニーネ中毒で死にかけたのです。ある日私は、食料品店の前を通りかかったときに急に目まいを覚えて気を失い、意識が戻ったのはそれから4日も経ったあとのことでした。人目につかないジャングルに張ったテントの中で、自分のおう吐物、尿、排泄物にまみれて、完全に脱水状態になり、私はほとんど死にかけていました。

たまたま、近くに住んでいた女性がテントの前を通ったときに私のうめき声を聞きつけました。彼女は新鮮なパッションフルーツジュース、オレンジジュース、ビタミンCを急いで持ってきて、私ののどに流し込みました。彼女がいなかったら、私の命はありませんでした。その人は、私が完全に無力で助けを必要としていた、まさにそのときに現れたのです。

それから4日後、私は彼女に支えてもらいながら、近所の小さな健康食品店に歩いて行きました。店を出るときに、扉に貼ってある小さなチラシに気づきました。

「ヨガ教室――スペシャルゲスト：ポール・ブラッグ。場所：ワイメア湾、サンセット・レクリエーションホール」

私の中の何かが、そこに行くようにとささやきました。衰弱してすぐに息切れする身体をなんとかしたかったし、ヨガは心身を統合することに役に立つと聞いたことがありました。でも、そうしたもっともな理由とは関係なく、その小さなチラシが私を呼んでいるような気がしたのです。

教室に集まったのは35人ほどで、一人ひとりがタオルを敷いて座っていました。私たちの前に現れたのは、完璧な視力を保ち、髪も歯もそろっている老紳士でした。彼のようにはつらつとして力強く、存在感のある人に出会ったのは初めてでした。

「宇宙の法則」と彼が呼ぶものについての講義が始まりました。年齢は背骨で決まるもので、背骨がこわばると、身体も心もこわばる。人間はヴィジョンとインスピレーションを失うと、衰えて死ぬ。その45分間で聞いた話は、これまでに聞いたことも、想像したこともなかったことばかりで、**私は雷に打たれたような感銘を受けました**。

最後に彼はこう言いました。

「さて、若い諸君、今夜は**君たちの運命を決めよう**。人生でこれから何をしたいのかをはっきりさせて、人生の目的を決めるんだ。10分間あげるから、人生でやりたいことを考えなさい。私がそれを少し体験させてあげよう。そうすると、それは実現する」

もしあなたが17歳で、**いま決めたことがそのとおりに実現する**と言われたら、なんとうさんくさい話だと思うでしょう。でも彼の確信は私の疑念をはるかに上回っていたので私は教室の床に座ったまま、自分が人生で本当にやりたいことは何かをよく考えてみました。

座っていると、突然、小学1年生のときの担任の先生の言葉がよみがえってきました。

「残念ですが、息子さんは、読んだり書いたり、知的なコミュニケーションをとったりすることはできません。成功することは難しいでしょう」

次に、エルパソで出会ったメンターが頭に浮かんできて、愛と知恵について言った彼の言葉を思い出しました。それからテントで死にかけている自分の姿が浮かび、最後にいま座っている部屋に戻ってきた私は、ポール・ブラッグを見上げ、心の中でつぶやきました。

「自分が何をやりたいのかわかったぞ。これこそがまさに僕のやりたいことだ。これからの人生を宇宙の法則を学ぶことに捧げよう。心と身体、それに魂に関係する法則だ。特にヒーリングについて学びたい。世界中を旅して、その知識をみんなと分かち合いたい」

その瞬間、私には**わかりました**。具体的に説明するのは難しいのですが、驚くほどはっきりとした感覚です。誰にでも、自分が何をするために存在しているのかがわかる特別な瞬間があります。疑念、恐れ、罪悪感が邪魔することがあっても、私たちの魂と心はわかっています。私たちの魂と心は、一瞬のヒントで私たちにそれを悟らせ、行動するようにと呼びかけてきます。

私の場合はこれがそのときでした。

ポール・ブラッグが言いました。

「さあ、自分がやりたいことがわかったら、今度は私の誘導で瞑想してみよう」

彼はマンダラ（宇宙全体のバランスと調和を象徴的に表した図絵）を手にして、順番に一人ひとりの前に立って繰り返しました。

「目を開けて。マンダラを見る。そして、目を閉じる。また、目を開けて。そして、マンダラを見る。では、目を閉じて」

彼の誘導で、私たちはすばらしい経験をしました。その実習のあいだ、私は想像の中でアーチ型の石造りのトンネルを歩いていました。奥のほうに光が見えました。トンネルを出るとバルコニーがあって、大きな広場が見渡せました。12メートルほど下にあるその広場には、１００万人とも思えるほどの大群衆が集まっています。私は口を開いて、宇宙の法則とスピリチュアルな癒しについて話していました。

その想像上の光景があまりにも鮮明だったので、まるで現実に起こっていることのようでした。15分ほどそこに座ってインスピレーションを受けながら、涙を流した私は、自分の運命がそんなふうに見えたことに驚き、圧倒されました。そのとき私は、自分のやりたいことを心の底からよく理解したのです。

もしあなたが自分には無理だと思ったとしても、心の奥底の無意識の部分は、どうすればできるのかを知っているのです（いま、この瞬間にわからないとしても、本書を読み終えるまでにはわかるでしょう）。決して夢を失ってはなりません、なぜならその夢こそ、あなたの愛と知恵だからです。なにものもあなたからそれを奪うことはできません。

瞑想から覚めると、ポール・ブラッグがこう言いました。

「さて、君たち、今日は私を呼んでくれてありがとう。ところで、島の中央にある小屋で毎朝ちょっとした集まりを開いているから、気が向いたら参加してほしい。少し体を動かして、新鮮な水とジュースを飲んで、ちょっとした講義をするから」

次の朝、私はヒッチハイクで島の中央まで行って、小屋で彼に会いました。20人ほどの生徒の年齢は50代から80代で、ティーンエイジャーは私だけでした。

柔軟体操をしてから、5、6キロ走るのですが、みんなの後ろを私はかろうじてついていきました。小屋に戻ってストレッチをして、蒸留水を飲み、果物を食べたあと、ポール・ブラッグはまた宇宙の法則について語りました。

それから3週間、私は毎日ヒッチハイクで小屋まで行き、宇宙の法則についてできる限りのことを学びました。地球規模のヴィジョンを持つ人生の達人が目の前にいて、世界のことを話してくれます。それは私の人生になくてはならない日々でした。私はまっさらな状態で、彼という偉大なコンピュータから情報をダウンロードしていったのです。

3週間後にポール・ブラッグがこう言いました。

「みなさん、お別れです。私はカリフォルニアに戻ります。これまでありがとう。またぜひ会いましょう。みなさんを愛しています。それではまた」

メンターが突然いなくなると知った私の心は沈みました。それまで私は彼に話しかける勇気がありませんでしたが、初めて自分から話をしようと思いました。みんながいなくなるのを待って、私は彼に話しかけました。

「あの、ブラッグ先生？」

「何だい、お若いの？」

「僕はジョン・ディマティーニと言います。3週間ほど前からあなたのクラスに参加しています」

「ああ、覚えているよ。どうしたのかね？」

「先生、あの夜、自分が人生でやりたいと決めたことが、きっと現実になるとおっしゃいましたね。でも、どうしたら自分にそれができるのかわかりません。僕にはどうにもならないと思うんです。どうやって夢を叶えたらいいのでしょうか。僕は前に、読んだり書いたり、人前でうまく話をしたりするのは無理だろうって言われました。それに、いままでに一度も1冊の本を最後まで読んだことがないんです。**どうやって文字を読めばいいのかよくわからないし、単語もあまり知りません**」

「お若いの、どうしたらいいのか教えよう。私が教える言葉を、これから毎日1日も欠かさずに、自分に言い聞かせなさい。それを約束してほしい」

「それは、何ですか？」

「自分にこう言うんだ。『私は天才である、自分の知恵を活かす』。さあ、言ってみなさい」

「わたしはてんさいである、じぶんのちえをいかす？」

「違う、違う。ただ言うのではなくて、**きちんと言うんだ**。そこに心を込めなさい」

「はい。私は天才である、自分の知恵を活かす？」

「違うな、もう一度」

「私は天才である、自分の――」

「**だめだ、違う！**　本当にそう思えるようになるまで繰り返すんだ。自分という存在の奥深くから響いてくるまで、毎日毎日欠かさず唱えなさい。君の**細胞の一つひとつが納得するまでな**。身体の細胞の一つひとつが納得すると、世界も納得する。だから毎日欠かさずに口に出して唱えなさい」

彼に言われて何度も何度も繰り返すうちに、自然と目が閉じて、私はその言葉とともに存在する感覚を味わいました。自分が「いま、ここ」にある存在であると感じると、またあのヴィジョンが見えてきました。私はバルコニーに立っています。以前と同じくメッセージとヴィジョンを伝えていました。私はその言葉を繰り返して、インスピレーションを受けました。

どういうわけか、この体験が自分の人生を変えるだろうという気がしました。なぜかはわかりませんが、ポール・ブラッグの確信は、私の疑念よりも強かったのです。いちばん強い確信を持つ人が状況を決定します。ポール・ブラッグは、私の前に開ける運命に対して彼が抱く**確信**、「いま、ここ」への**集中**、彼の**愛**、そして運命を可能にする宇宙の法則への**感謝**によって、私の意識を支配しました。

「私は天才である、自分の知恵を活かす。私は天才である、自分の知恵を活かす」

私は彼に感謝を抱き、贈り物をもらったような気がしました。その重要性を今日ほど理解していたわけではありませんが、何か大切なものを与えられたことだけはわかりました。

## ❖夢の実現

実際にヴィジョンを見たその経験のあと、私はハワイを去って故郷のリッチモンドに帰りました。人生でやるべき大切なことができたので、時間を無駄にしたくなかったのです。全力を傾けて読み方と勉強の仕方を身につけ、高校卒業資格を取得し、入学試験をいくつか受け、数カ月後にはテキサス州ワートンの大学に入学しました。長いあいだ学問的なことは何もできないと思い込んできた私にとって、このチャンスは大変意味のあるものでした。私は懸命に勉強しました。

2年後のある日、図書館でテストの準備をしていると、級友のひとりがやってきて言いました。

「ジョン、一緒に勉強していい？」

「もちろん、どうぞ」と私は答えました。

次に、ほかの級友がやってきて言いました。

「やあ、ジョン！　僕も一緒に勉強していい？」

「もちろん、いいよ！」

その後もたくさんの学生がテーブルのまわりに集まってきて、同心円状に私を囲んで質問をしてきました。私は人に勉強を教えていたのです。私が、ですよ！　誰かがこうささやくのが聞こえました。

「ジョンときたら、天才だよ。あいつは間違いなく天才だ」

その言葉を聞くと、私はインスピレーションに打たれ、涙がほおをつたいました。**どうにも止められなかった**のです。なにしろ、不可能だと思っていた夢が叶いはじめたのですから。ポール・ブラッグが言ったことを思い出しました。

「この言葉を自分に向かって言いなさい。毎日毎日、1日も欠かさずに言うと自分に誓って実行すれば、いずれは細胞の一つひとつ、思考の一つひとつがその言葉に調和して、お前とともにあるようになる。その言葉と一体化するようになったそのしき、周囲の人間もお前の天才性を認めはじめていることに気づくだろう」

図書館でそのことがあった日から、私は新しいアファメーションを作りはじめました。自分に向かって何を唱えるかで、とてつもなく大きな変化が生み出せることがわかったからです。自分を奮い立たせてくれる、ヴィジョンに合う言葉だけを選びました。そうしたアファメーションは、その後の私の人生に間違いなく大きな影響を及ぼしました。

幼いころ、隣家にグラブス夫人という年配の女性が住んでいました。ある日、両親から25セントをもらうために雑草を抜いていると、グラブス夫人が私を見ているのに気づきました。夫人は柵にもたれてこう言いました。

「ねえ、ジョン、雑草を抜くことばかりに集中して、庭に花を植えないと、いつまで経っても雑草を抜いてばかりよ。花を植えて、花のことに集中しないとね」

いまや私は自分の心が庭だということに気づきました。私の夢——人生をどんなふうに生きたいかという主張、アイデア、視覚的イメージを植えるのは、**ほかの誰でもなく自分の仕事です。何があっても夢に焦点を合わせつづけよう**と、私は固く決心しました。学業で良い成績を収め、その後医療の道に進んで、自分で選んだ仕事をするようになりました。とはいっても、本当の「天才」とはどういうことか、を理解するまでには、長い時が必要でした。**天性の才能を活かすということは、自らの魂が発する導きの光に気づき、内部から聞こえてくるメッセージに耳を傾けて、それに従うことです。**そのような人が真の「天才」なのです。

## ❖夢の代償

天性の才能を発揮するには、夢を叶えるために何でも進んで行う必要があります。そして、そこには常に代償がつきまとうものです。

人を動かす要因は3つあって、まず、挙げるとすれば、苦痛を避けるためと、快楽を得るための2つです。せっぱ詰まった感情が動機になるわけです。3つ目の要因であるインスピレーションは、ほかの2つよりもはるかに強力です。なぜなら、せっぱ詰まった感情的な動機によって動いていても、自分の目的意識にかなった達成感が得られるわけではなく、その行動によって、困難が生じたときは、簡単に投げ出したくなるからです。

一方、インスピレーションによって動くと、報酬や利益だけでなく、代償や困難をも糧にしてやり遂げることができるのです。インスピレーションを感じるし、目的のために苦痛も快楽も受け入れられます。プロのフットボール選手は、この先40年間ひざの損傷と筋組織のダメージを抱えて生きることを知っています。宇宙飛行士は、宇宙空間に行くことで筋萎縮、骨密度の低下、脳障害を引き起こす恐れがあり、死ぬ可能性があることも承知しています。世界中で講演するために年間３００日旅をしている私は、パイロットの３倍の許容被《ひ》曝《ばく》線量を浴びていること、家族から離れてホテルを転々とすることを承知の上で、活動を続けています。

私がこれまでに出会った成功者は例外なく、そこに至るまでに幾多の困難を乗り越えて、正と負の両方を引き受けていました。知恵を持つとは、人生を振り返って、一つひとつの出来事、出会った人、行った場所、あなたの考え方のすべてが、夢を実現するためにまさに必要としていた経験の一部だったと気づくことです。

**間違いなどひとつもありません**。小学校のときの担任の先生、エルハソのカウボーイたち、通りで出会った老人、ハワイでテントの前を通りがかった女性、ポール・ブラッグ

――ヒッチハイクをしているときに車に乗せてくれた人たちでさえ――すべてが私の夢を実現するためのすばらしい経験の一部です。同じ原則が、あなたの人生にも、ほかの人の人生にもあてはまります。すべてのことに役割があります。そして、それが大きな危機であればあるほど、その出来事がもたらす恩恵も大きくなるのです。

世界の偉大なリーダーたちは、自らの役割に対して最大限の集中力を発揮していたことがわかります。何かの分野を究めたかったら、1日の例外もなく、人生を100%捧げて、夢を実現してください。時間を大切にすることです。

私の妻の友人に、成功しているオーストラリア人ビジネスマンがいます。あるとき妻がその友人に「あなたの成功の秘訣は何ですか?」と尋ねると、彼はこう答えました。

「1日8時間、**本気**で仕事に取り組むことだ。つまり、1日8時間『いま、ここ』に**集中することだよ**」

1日8時間、完全に「いま、ここ」に集中すると何が起こるでしょうか? 自分が望むことをはっきりと理解していて、何が起ころうとも、焦点を定めた目的とインスピレーションを忘れないとしたら、どうなるでしょう? 金メダルにしても、アカデミー賞にしても、成功する人は、自分の好きな分野を完全に究めることに意識を集中しています。夢を実現するために、人前で行うパフォーマンスのあいだに練習を重ね、**その目的に集中する**

**ことによって力を発揮しています。**

集中力を保つためには、明確な意識が必要ですが、私たちの意識は不安を感じると混乱するようにできています。かつて私は、人前で話すことがとんでもなく怖かったものです。私にとって直面できないほど恐ろしい試練でしたが、その不安を克服することで、私の人生は変わりました。

プロフェッショナルスクールに入っていちばん最初の授業で、教授がこう言いました。「みなさんに発表をしてもらいます。与えられたテーマからひとつ選び、日にちを決めて、全員の前でスピーチをしてください」

私は6週間後にスピーチをすることになりました。選んだテーマは「関連痛——苦痛と快楽が人間の精神に及ぼす影響」でした。このテーマ自体も、実は私にとっては人生の完全さを表すもので、私の運命でした。なぜなら、いまの私は「苦しいときには楽しいことなんてありえない」という誤った観念を持っている人々にワークを提供しているからです。

私はそれまで一度も人前で発表をしたことがなかったので、課題を与えられた瞬間から不安を感じはじめました。最初の日に動悸《どうき》がするようになり、日が経つにつれ、次から次へと症状が増えていきました。スピーチの前日には、下痢、咽頭痛、記憶障害、目まい、目のかゆみ、舌の隆起、胃けいれんの症状がありました。スピーチ当日、前に座っていた女子学生が、発表をするときに立ち上がって「うまくいくように祈ってね」と言いながら私の手を握りました。でも、彼女のスピーチのあいだ、ずっと私の頭の中にあったのは、**「困った！　次は僕の番だ！」**ということだけでした。

順番を待ちながらそこに座っていると、スピーチにつけたタイトルが思い出せなくなり、テーマが思い出せなくなり、**自分の名前すら**思い出せなくなりました。何も思い出せません――自分が誰なのかわかりません！　ついに前の女子学生の発表が終わり、教授が呼んだのは……後ろに座っている人の名前でした。私は完全に飛ばされて、今日に至るまで、そのスピーチを発表したことはありません。クラスで発表をしなかったのは私だけです。

その夜、家に帰った私は泣きました。スピーチができなかったことを嘆いたのではなく、人生の6週間を起こりもしないことを心配しながら、マヒ状態で過ごしてきたことへの後悔からです。何かを嘆いたり心配したりしたあげく、結局は何も起こらなかったという経験がありますか？　そのとき、私は誓いを立てました。自分に向かってこう言ったのです。「スピーチというこの代物を**マスターする**ために、必要なことは何でもする。どんなに遠い場所にでも行く。どんな代償も払おうじゃないか」

翌日、私は学校内のすべての評議会に参加を申し込みました。あらゆる機会を利用して、何としてでもスピーチをマスターしたかったからです。

私は自分の不安に立ち向かって、人前で話す方法を身につけはじめました。その結果、数年後にはラスベガスで８０００人の聴衆を前に講演する依頼がきたのです。その会場で、作家で講演家のウェイン・ダイアー博士に出会いました。彼が撮影会の準備をしているときに、私は手短に話しかけました。

「私は国際的なプロの講演者になりたいと思っています。何かアドバイスをいただけませんか？」

ダイアー博士はとても背が高いので、私を見下ろして静かにこう言いました。

「自分は国際的なプロの講演者だと人に言うようにしたらいい」

私の顔に浮かんだ表情はおそらく「ええ、それから？」と言っていたのでしょう。彼はこう繰り返しました。

「ただ人にそう言うだけでいいんだよ」

簡潔そのものでした。

その助言のおかげで、自分や他人に向かって言うセリフが変わりました。職業は何かと尋ねられるといつも、「私は国際的なプロの講演者です」と答えるようになったのです。ほんの数週間後に、私はカナダで講演をするように頼まれ、国際的な舞台でお金をもらってスピーチをすることになりました。私は思いました。

**「すごい、これは効き目がある！」**

ふつうの人は見てから信じますが、人生の達人は信じてからそれを目にします。彼らは前もって肯定し、信じるのです。私たちは毎日、毎分、自分の思考によって人生を作っているからです。

その後、いつの日かウェイン・ダイアー博士と一緒に講演をすると自分に誓いました。数年後、彼と3回も講演を一緒にすることになりました。自分に宣言したことが実現したのです。私は地球上のあらゆる国に招かれて行くことを願っていましたが、いまでは毎年次々と新しい国で講演をしています。これは自分が何を望んでいるのかを、はっきりと理解していたからだと心から信じています。

私は時間をかけて、自分がどんな人生を送りたいのか、できるだけ細かいところまで心に思い描いて、すべてを書き留めてから行動を起こしています。必ず書くことです！　紙に書き留めないとそのままになってしまいます。夢に関する限り、重要なのは長い記憶よりも短い鉛筆のほうが役に立つのです。

## ❖夢は細部に宿る

自分がやりたいことが何なのか、はっきりわかりますか？　どうしてそうしたいのか理由がきちんとわかりますか？　目を閉じると望みどおりの人生しか見えないくらい、細部を想像できますか？　心に障害物や気を散らすものが何もなく、夢のほかには何も想像できないとしたら、どうなるでしょうか？　夢をどんどん詳細に思い描いていって、その夢が実現すること以外のことが考えられなくなったら？

ほかの状況が想像できなくなると、想像したとおりのことが、その瞬間に起こりはじめます。迷いのないはっきりとした意識は、行動に活力と熱意を与えるのです。あなたがやりたいことを、正確にはっきりと思い描き、それ以外の可能性を考えられなくなったら、実現しないことはまずありえません。

テキサス州在住のある才能あふれる若くて美しい女性が、ミス・ヒューストン・コンテストで優勝したいと考えていました――それが彼女の夢であり、インスピレーションを感じていたのです。歌が上手で、パントマイムや腹話術などのパフォーマンスアートをこなす彼女は活躍の場を広げはじめたところでした。

ミス・ヒューストンになるという夢について相談された私は、「何が見えますか？」と彼女に尋ねました。

「自分がミス・ヒューストンになっているのが見えます」

「そう、でも**正確に言うと、何が見えますか？**　どんなふうに見えますか？」

話しあううちに、彼女の心にはまだ迷いがあることがわかってきました。その迷いを振り払うために、この意欲あふれる若い女性にこんな想像をさせました――会場ではどんなふうに歩くのか、どんなふうにブーケを持つのか、彼女の顔や身体はどんなふうに見えるのか、観衆、ステージ、ホールはどんなふうに見えるのか――そういったすべてです。

彼女はスピーチで言うことを考えました。何を質問されて、どう答えるのか。何を歌うのか、何を着るのか、どうやって魅力的に見せるのか。彼女は、ステージに立って目に映るすべてをはっきりと思い描き、あらゆる角度から細かい点に至るまで想像しつづけました。そして、ミス・ヒューストンの栄光を勝ち取ること以外の可能性が考えられなくなったのです。彼女がインスピレーションの涙を浮かべたのは、自分が確かにそこにいたからです。そのとき、彼女は確信しました。実際にミス・ヒューストンになれたのは、それ以外の可能性が完全に見えなくなったからです。

あなたは、夢や使命を明確にする時間にエネルギーを費やしていますか？　**障害につい**

**て考えたり、ほかのことに気をとられたりしていませんか？**　あなたがやりたいことを明確にすると、何が起こるでしょうか？　あなたを目覚めさせ、あなたに確かな夢を抱かせるためなら、宇宙はどんなことでもします。自分の心を見つめ直して、何が起ころうと、誰に出会おうと、どんな状況や試練や障害が立ちふさがろうと、すべてが夢を叶えるために必要な経験だと考えられるとしたら、失敗することなどありえるでしょうか？

ものごとを感情的にとらえているときは、それを克服したり超越したりすることはできません。ですから、あなたがやりたいことをするためのいちばん良い方法は、いまやっていることを好きになることです。あなたの夢をはっきりと想像してから、いましていることはあなたの夢を実現するためのどんな準備であるのかを自問しましょう。そして、いま目の前にあるものを愛して感謝しましょう。

夢にすべてを捧げた瞬間、宇宙はあなたに必要な支援と試練をもたらします。良いこと、悪いこと。元気づけられること、骨の折れること。平和的なこと、対立的なこと。協力的なこと、競争的なこと。楽しいこと、苦しいこと。――**たとえ何が起ころうとも、それを受け入れましょう。それがどう役に立つのかを理解できれば、あなたは成功するしかないのです。**

## ❖インスピレーションに満ちた人生の秘密

インスピレーションに満ちた人生を送るには、いくつかのスキルをマスターする必要があります。ひとつ目の秘密は、自分自身にインスピレーションを与えるような有意義な質問を投げかけることです。

人生の質は、自分に投げかける質問の質で決まります。自分に向かって「**やりたいけれど、お金がないからあきらめるしかないのだろうか？**」と問いかければ、できないという発想を自分に植えつけ、試しにやってみようと考えることさえないでしょう。それよりは、「**どうしたら自分の好きなことをして、しっかり稼ぐことができるだろう？**」と問いかけて、その答えが見つかるまで、探すのをやめないことです。手にする結果はまったく違うものになるでしょう。自分に問いかける質問の内容をよく考え直してみると、すばらしい力が利用できるはずです。

２つ目の秘密は、最大効率の法則です。この法則が教えてくれるのは、人であれ物であれ、その目的を果たしていないものは自然に衰えていくことです。目的を果たしていない物質も宇宙によって利用されているので、拡散し、自らの使命を進んで果たそうとする人のところへと再分配されます。滅びるものは、よりすばらしいものを生み出すのですから、目的意識を明確にしておくことが絶対不可欠です。つまり、仕事を引退すること自体が悪いわけではありませんが、それが使命の放棄につながるとしたら問題があります。成長をやめた瞬間、自然にエントロピーの増大（拡散）を経験するからです。

インスピレーションが感じられず、自らの使命を意識していないとしても、やはりあなたは宇宙の秩序における自らの役割を果たしています。目的を持っていないと感じても、問題はありません。ただ、これだけは知っておいてください。あなたの資源、エネルギー、生命は、インスピレーションを感じて目的意識を抱いているほかの誰かに分配されます。

最後の秘密です。ブレイクスルー・エクスペリエンスの目的は、心と魂の声（外部のいかなる教えよりもはるかにすばらしい、内なる知恵です）に耳を傾けるための、効率の良いやり方を学ぶことです。そのために本書に引き寄せられた方も多いはずです。その内なる知恵こそが**真の導き手**です。

自由にその知恵にアクセスできるようになってくると、その賢明なガイドに対する信頼の念はますます深まるでしょう。宇宙の法則と秩序に対する理解に目覚め、人生という驚くべき贈り物に感謝すると、夢を生きるためのインスピレーションを受け取るようになるでしょう。あなたは、夢を実現するために生まれてきたのです。

第3章

# 正負の法則

希望や不安、思考や感情といった表面にあるものを取り去ると、あなたの本質には愛と光しか残らないことをご存知ですか？　宇宙はバランスと秩序で成り立っており、愛と光はそのしるしです。あなたは無限のエネルギーを無条件で利用できます。無限のエネルギーとは、太陽の核から深紅のバラの中心まで、すべての生命を満たしているのと同じものです。宇宙の普遍的秩序である愛と光は、すべての事物の中心に存在しています。**あなたの中心である心も例外ではありません。**あなたが感謝という鍵で心を解き放つと、たちまち愛と光が満ちあふれるのです。

思考のバランスをとることによって、万物の源（Divine Source）を感じ取り、はっきり理解すると、無限のエネルギーにアクセスできます。これはただの隠喩（メタファー）でも、ニューエイジ流の希望的観測でもありません。太陽が昇るのと同じように現実的で、いま手にしている本と同じく実体があります。なぜなら、**すべてはエネルギー**だからです。

### ❖心を光で満たす

物理学では、繰り返し現れるテーマがあります。波動関数の崩壊です。すべての原子、原子より小さい粒子には波としての性質があり、これは、スピン量子数、回転量子数などの量子数を用いて方程式で記述できます。**２つの相補的粒子**（質量が同じで電荷が逆の粒子。物質と反物質など）**が衝突すると、互いの粒子は消滅し、光が生じます。**しかし今度は、**対《つい》になった粒子が光から同時に生成されると、一方の粒子は消滅するように見えます。**この瞬間的な消滅のことを「波動関数が崩壊する」と言います。

意識とは、何らかのかたちで光の荷電粒子が集まったものだと言えるなら、それは人間にとって何を意味するのでしょうか。私がたどり着いた結論は、精神（マインド）の謎と光の物理学は、波動関数（完全な量子状態）の崩壊に関係しているということでした。その後の長期的成果としてディマティーニ・メソッドが誕生し、いまではブレイクスルー・エクスペリエンスの核となっています。本書を読んでいただき、プロセスの基礎を学んで実際に自分で試してみると、その真理をじかに体験していただけるはずです。

### ❖いま、ここに存在すること

前述したように、２つの相補的粒子が衝突すると、互いの粒子が消滅して光が生じます。人間の意識では、２つの相補的な感情、つまりスピン（時間の流れ）や質量（動揺の大きさ）が同等で、反対の電荷（高揚と絶望、喜びと悲しみなど）を持つ感情がひとつになり、統合されて完全にバランスがとれると、その感情同士が互いを消滅させ、愛と光に満ちた心が生まれます。光と愛は、同じ現象を異なる視点でとらえただけです。

宇宙のすべての正荷電粒子と負荷電粒子は、1対1の完璧なバランスで対になって生じています。しかし、人間の感覚でバランスが悪いという局所的な錯覚をすると、誤った方向へ導かれることがあります。自分自身を正の感情と負の感情に分離するたびに、あなたの光は散乱して、潜在的エネルギーが浪費され、あなたという安定した真の存在から力を奪っていきます。

これと同じように、あなたが自分自身を過去と未来に分割してしまうと、あなたはもはや現在には存在しなくなるのです。バランスのとれた感覚を取り戻して、ものごとが実際にどう存在しているのかを知るとき、あなたは逆のプロセスを経験します。過去と未来は、愛情に満ち、すべてを包含する状態である現在に吸収されて消えます。愛の状態では、驚くようなことが起きるのです。

「どうしてそんなことが起こるのか？」と不思議に思うかもしれません。波長を身体的な感覚に合わせていると、空間と時間の影響を受けやすくなってしまいます。身体は空間と時間の中で生きているからです。時間は過去と未来で構成されていますが、**過去や未来は、決して、「いま、ここ」に存在することはできません。**過去は記憶で構成され、根底には感情があって、**罪悪感**というラベルが貼られた感情に最も支配されています。未来は想像によって構成され、過去と同じく根底には感情があり、**恐れ**というラベルが貼られた感情に最も支配されるのです。

あなたの真の魂である愛に満ちた本質は、空間と時間に制限されない、**「いま、ここ」にある存在**です。過去や未来に向けた感情にとらわれているとき、あなたは潜在的エネルギーを浪費しています。そうではなく、「いま、ここ」に愛に満たされて存在するとき、あなたは揺れ動くエネルギーを再び統合して、新しい創造の可能性に満ちた量子状態を生じさせることができます。本書が目指すのは、偏った感情について検討し、真の愛に満ちた自己実現の可能性に向けて再び感情を統合するお手伝いをすることです。

### ❖喜びと悲しみの統合

あなたは不思議に思うかもしれません。**物理学の話ばかりしていったいどういうつもりだ？　こんな抽象的なことばかり述べて何になる？**

私が話題にしているのは、**振動としてのあなたの存在**、あなたの物理的本質です。振動を支配する物理的法則を利用すると、人生で何が起きているのかが理解できます。理解することは、あなたが光を感じる経験に欠かせません。あなたの身体を成り立たせている物質は、凍結した濃密な冷たい光で構成されている、という物理学者の説は間違っていません。実際、すべてが光であり、すべてが振動であり、すべてが魂（スピリット）なのです。私たちは、物質世界にはそうした原理や法則があてはまると考えても、精神世界にはあてはまらないと思い込んでいます。しかし、私たちの意識の仕組みは光と同じなのです。人生のある一部分――経済面、仕事、人間関係――でうぬぼれていい気になったその瞬間、謙虚にならざるを得ない事態が発生したことがありませんか？　それは何かの間違いではありません。まさにそれこそが、あなたが愛を学ぶことを確実にするための宇宙のやり方なのです。負よりも多くの正を感じるときには、正よりも多くの負を感じる状況を引き寄せて、バランスを取り戻すのです。

量子物理学では対称の法則で、半分でしかない量子状態（たとえば陽電子）は、単一では存在しないと考えます。常に反対の性質を持つもう半分の量子状態（電子）が宇宙のどこかに存在して、バランスをとっているわけです。この法則に従うと、**悲しみの伴わない幸せや、幸せの伴わない悲しみは存在しない**ということになります。これは大きな思考の飛躍ですから、私はそれが真実かどうか判断するために、臨床現場で何千人もの人たちと話をしてこの原則を確かめました。

かつては、誰かが「幸せです！」と言うのを聞いたら、きっとそのとおりなのだろうと考えたものです。でも実際に検証を行ったあとでは、**どんな場合にも、その人は不幸であると同時に幸せなのだ**と気づきました。誰かが不幸だと言ったら、その人は実際には何かの役を演じているだけです。人生をそうあるべきだと思う幻想と対比しているのです。そして**その人の幸せは、その幻想の中にある**ので、自分で作り出した仮想現実に惑わされてしまうのです。しかしディマティーニ・メソッドを経験して２つの感情を融合させると、両方の感情が消滅して、感謝に満ちた愛と光が生じます。

人によって**愛の定義**はさまざまですが、私は愛とは、「すべての二元的な知覚の完璧な融合であり、すべての両極性の調和」であると定義します。喜びと悲しみが統合されるとき、両者は愛になります。好きと嫌い、正と負、苦しさと楽しさ、電子と陽電子――すべての二面性が完全に統合されたのが愛です。どんな学問を究めたとしても、すべては同じ本質へとたどり着きます。それはすなわち愛です。すべての人間に影響を与え、すべての人間をつなぐ統一場理論です。

ポジティブまたはネガティブに偏った経験という幻想にとらわれると、あなたはバランスを保つために自動的に逆の面を引き寄せてしまいます。

その両面を受け入れることによって人生の完璧さを認めると、あなたは無条件の愛を経験することができます。両者が統合された、間違えようのない証は愛の涙であり、本書の至るところに登場します。それは喜びや悲しみの涙ではなく、愛とインスピレーションの涙です。その涙なしに統合までたどり着くのは生理学的に不可能です。感情の動きがより大きく、より広範囲になればなるほど、そうした感情が統合されたときに、心の底からより激しく、より深い涙が出るのです。

光が生じるには、正荷電粒子と負荷電粒子が完璧に統合される必要があります。まったく同じように、あなたの本質（やはり光です）に焦点を合わせるには、あらゆる出来事の両面が必要です。無条件の愛は中心にある光ですが、条件付きの愛は感情や粒子であり、逆の面に引き寄せられます。それは自分を中心軸に引き戻すために必要だからです。とはいえ、すべては愛なのです。

あなたは完全な量子状態にある存在ですが、頭だけで考えると、錯覚に惑わされたり自分自身の半分を自分のものと認められなかったりします。負よりも正のほうが多いと思うとき、あなたは自らの体験の半分を否定して、その側面を認めていないのです。

皮肉なことに、自分にあると認めないものが何であれ、あなたはそれを何らかのかたちで**自らの人生の中に招いている**のです。自分が否定した部分を持つ人と結婚したり、ビジネスパートナーにしたり、顧客や友人として引き寄せたりします。それが何であれ、あなたが自分自身の中に見たくないものや正当に評価していないものを、人生に引き寄せつづけることは、あなたが愛することを学ぶまで続くのです。真のあなたである完全な量子状態からは逃れられないのです。

間違いなく、ただあなたを導くだけのために、正と負の自動誘導装置が与えられているのです。宇宙のこのすばらしい仕組みを認めて心を開くと、感謝の念が湧いてきます。感謝は心の扉を開く鍵であり、愛という統一場理論があなたの人生を満たします。感謝は何をしているときでも、**あなたを「いま、ここ」に集中させるのです。**

あなたが生きているのは、悲しみを避けて快楽へと逃げ込むためではありません。存在の半分を否定すると、満たされることは不可能だからです。一方の面だけでは半分しか満たされません。本書のテーマは幸福という社会通念ではなく、バランスのとれた感覚という真理です。その感覚があなたを愛に戻すのです。

### ❖苦痛と快楽

私たちはみな楽しさと苦しさの両方の感情を感じます。苦しさよりも楽しさが多いと思っているときは、あなたは幻想に生きているということです。あなたは何かを抑圧していますが、それに気づいてすらいません。また、**楽しさよりも苦しさのほうが多い、自分はたったいま苦しんでいる、**と思うときは必ず錯覚なのです。

私は次のようなワークを何千回もやってきました。自分は落ち込んでいると思っている人にいくつか質問をしていくと、その人は落ち込みから抜け出して愛を感じるようになります。今度は逆に、自分は絶好調だと思っている人を選んで、やはり質問をしていくと、その人も陶酔から抜け出して愛を感じます。どちらの感情もただの錯覚で、偏った受け止め方です。私たちの本質を覆い隠す、悲劇と喜劇の仮面です。心のバランスを取り戻した瞬間、苦楽の感情は消えうせます。

いつ、いかなるときでも、自分でこの苦楽の感情の関係に気づき、心に調和をもたらす能力があなたにはあります。この能力を使うと、あなたの中に眠っている愛と光を解き放つことができます。一見シンプルなことが、どれほど特別な力の源になるかは信じられないほどです。それは電気と同じで目には見えず、スイッチを入れて回路をつなぐまで利用できません。

私の仕事は講演だけではなく、1対1の臨床治療も行っています。何千人もの患者を診た経験を通して私が悟ったのは、一人ひとりの魂と心の奥底に、光を放つ愛という核があることでした。たとえば、うわべの感情という殻を超えた心の奥深くに、**子どもに対する**

**信じられないほど豊かな愛を持たない親には、これまでひとりも会ったことがありません。**わが子を愛さない親はなく、親を愛さない子はいません。

人生で愛と感謝を抱けば抱くほど、心に描いたものを作り出す力が増してきます。なぜならあなたの自尊心が、必要なものを人生に引き寄せて、ヴィジョンを実現するのを可能にするからです。何があろうと愛されていることを理解すると、あなたは大きな力を発揮します。

### ❖完全な両面

自尊心について、人生でどれだけ「経験」というコインを手に入れられるかになぞらえて考えてみましょう。コインには表と裏の両面があります。あなたは正である表面だけを求めて負である裏面は欲しくないと思うかもしれません。しかし正だけを求めて負を避けようとすると、自尊心を育むために必要なコインを手に入れることはできません。私たちはたいてい苦痛を避け、快楽を追い求めて生きています。両面を受け入れながら人生の目的を達成しようとする人はほとんどいません。

**あの車／家／仕事／恋人を手に入れたら、人生はもっとよくなるに違いない、**と考えたことはありますか？　たいていの人は、何か新しいものを手に入れたら人生が良くなると考えますが、そのような考え方は、正と負を別のかたちに変換するだけになります。何も求めるなと言っているのではありません。また、負より正がより多くのものを与えてくれると思っているなら、あなたが見ているのは単なる幻想にすぎません。欲しいと思っていたものを手にしても、予想外の事態や問題点に出くわすことでしょう。それは苦と楽のペアが新しい装いをまとったにすぎないからです。

苦のない楽を得ようと考えながら人生を送ると、避けようとしている苦そのものに自分自身を追い込むことになります。いま自分がいる場所の完璧さに気づかなければ、インスピレーションという純粋なエネルギーを感情的な反応で浪費してしまいます。なぜなら、「嬉しい、悲しい。嬉しい、悲しい」と振り子のように揺り動かされてしまうからです。

あるいは人間関係にあてはめるならこうでしょうか。

「魅力を感じる、反発を感じる。好きだ、嫌いだ。あなたと離れてはいられない、あなたと一緒にはいられない」

物質としての身体で生きているあいだずっと、あなたはこの二面性を持つことを運命づけられています。なぜならあなたは振動する自動誘導装置（homing device）であり、魂の**故郷**（home）へ帰る途中だからです。あなたが自らの運命に従うと、高揚したり落ち込んだりの繰り返しを何度も経験することでしょう。最高の進化が起こるのは、引き寄せる力と反発する力、楽しみと苦しみ、秩序と混沌、好きと嫌いとの境界です。両極のあいだに存在しているのが光であり、愛であり、目指す人生を創造する**真の力**です。

## ❖あなたの本質を覆い隠す仮面

第2章では、夢を生きることで得られる力と、夢の大切さについて述べました。夢を生きるために欠かすことのできない要素は、どんなときも中心軸を保ってバランスをとる能力です。中心軸にあるのは、光、魂、エネルギー、そして選んだ道を歩みつづける確信です。それがあなたの本質をかたちづくっています。「誰もが光だと言うなら、私たちはなぜこんなにしょっちゅう混乱してしまうのか？　光に導かれている本来の性質をどうして忘れてしまったのか？」と思うかもしれませんが、それは偏ったものの見方、感じ方をするからです。

自然とバランスを保つ精神を持たずに、偏った感じ方をしつづけていると、心から満足する人生を送ることはできません。心から好きなことをするか、またはいましていることを心から好きになり、インスピレーションに満ちた生き方をすることは誰にでも可能です。

偏った感じ方は感情となってあなたを悩ませ、あなたを支配します。バランスのとれたものの見方を取り戻すまでは、自分自身をバラバラにして、「自己正当化」と「自己卑下」というペルソナ（心理学では自我や抑圧などとも言います）に分けているのです。つまり、自分の一部として認めている部分と認めていない部分です。

ペルソナはあなたの本質を覆い隠す仮面です。ペルソナはどうして生まれるのでしょうか？　宇宙についての偽りの言葉を口にするたびに、２つのペルソナが作り出されます――自己満足と自己嫌悪という仮面です。たとえば、宇宙の秩序とバランスを否定する１０００のうそを口にしたなら、２０００のペルソナを抱えることになります。そうした仮面はすべてがあなたの意識を曇らせ、潜在能力を封じ込め、自分の本質を思い出すのを妨げます。

自分にはネガティブな面よりもポジティブな面が多いと考えていると、自己満足に陥って得意になります。逆に、ポジティブな面よりもネガティブな面が多いと感じると、自己嫌悪に陥って落ち込みます。行動で言うと、うまくいっているときは、上機嫌で尊大に振る舞い、他人に対して優越感を抱きます。一方で、うまくいかないときには、憂うつになって卑屈に振る舞い、劣等感を抱くことになります。

たとえ話をしましょう。子どものあなたが学校から帰ってくると、両親が口論をしていました。父親は興奮して怒鳴っており、母親は泣いています。あなたは父親が悪で、母親が善だと勝手に思い込みました。なぜ口論になったのかを知らないし、父親の怒りが母親にとって役に立つものである可能性がある、ということも知らないのですが、思いつくままに、片方が善でもう片方が悪だと分類したわけです。こうやってあなたは自分自身を2つのペルソナに分けました。

**複合連想**と呼ばれるもののおかげで、事態はさらに続きました。1週間後、または1カ月後かもしれませんが、あなたが友人の家で遊んでいるとき、彼の父親が大声を出しているのが聞こえました。あなたは即座に、自分の父親が母親に怒鳴ったときのことを思い出します。その家が暗かったり、かび臭かったりしたら、無意識にその状態をも悪と結びつけます。友人の父親に髪の毛がなかったら、はげた男は信用できないという連想が生まれるかもしれません。さらにその後、はげた男が大型車を運転しているのを見たら、大型車もその連想に組み込まれるのです。

こんなふうに次々と、ほとんどのことを善か悪かに分類していきます。本来は善でも悪でもない、はげた男性、かび、大型車などの中立性が見えなくなってしまうのは、そうした連想に結びつく出来事が身のまわりで起こると、ペルソナが過剰に反応したり、逆に必要以上に無関心なふりをしたりするからです。

誰かと言い争っているときに、**なぜこんなことを言ってしまったんだろう？**　と思ったことはありませんか。それはストレスを感じたとき一時的に支配権を握ったペルソナが言わせた言葉です。あなたの内側で「何様だと思ってるんだ？　お前には無理だ。ここはお前のいるところじゃない」という声が聞こえるときはいつも、ペルソナのひとつがあなたの夢を恐れているだけにすぎないということを覚えておきましょう。あなたの夢を叶える力がそのペルソナにはないからです。夢を実現できるのは、統合された完全なあなたなのです。

## ❖魔法を起こす両耳融合

人間の身体感覚は双極性で二元的なので、ある種の不均衡があって初めて機能します。私たちの感覚はアンバランスで非対称な世界を知覚するように前もってプログラムされているので、そうでないものは感知できません。感触や温度に変化がないと、指は何も感じることができません。白一色の吹雪や、洞窟の暗闇の中では何も見えなくなります。何らかのかたちで区別をつける必要があるのです。

生理学的に両耳融合と呼ばれる現象は完全にバランスがとれた状態で起こります。ある音が右側から聞こえてきて、それと正確に対称的な位置にある左側の地点からも音が聞こえてくるときに2つの音の周波数、デシベル値、距離、角度がまったく同じであると、脳は2つの音を区別できません。耳は機能するのをやめ、自分の中心にある内なる声を聞いているような感覚、両耳融合を経験します。ほかの感覚器官でも同じ現象が起こることがあります。両耳、両目、両運動感覚の融合です。そのような状態では、内なる声、内なる映像、内なる感覚が外部知覚を圧倒します。

完全な左右対称性に集中して意識を向けると、内なる世界が生まれます――内なる認識、内なる存在です。すると魔法が起きます。天性の才能が目覚め、芸術が生み出され、インスピレーションに満ちた文章が紡ぎ出されるのです。誰でもその状態になることができますが、偏ったものの見方のせいで称賛や非難を気にしていたり、得意になったり落ち込んだりしていると、その状態を利用できません。限りある命を持つ人間の性質であるそうした感情は、私たちの不滅の本性を覆い隠しています。

私たちの目的は、内に秘めた完璧な釣り合い、バランスのとれた比率、美しい秩序を発見して、内なる声が外部の声よりはっきりと聞こえるようにすることです。2つの面をひとつにするとき、感情という粒子を光に変えるとき、ペルソナを魂という真の存在へ統合するとき、いつでもそれが可能です。

## ❖この世は鏡である

ヒューストンで行われたブレイクスルー・エクスペリエンスに、東海岸からやってきたある夫婦が参加しました。奥さんは私と私の仕事を絶賛しているようでしたが、ご主人のほうはそこにいるのが嫌でたまらない様子でした――私に腹を立てていて、セミナーの趣旨そのものがばかげていると考えているようでした。一緒に参加しないと離婚すると奥さんに脅されて、しぶしぶやってきたからです。最初の数時間、彼は部屋の後方に座って携帯電話で話をしていました。その日の夜に奥さんが、私に向かってこう言いました。

「ドクター・ディマティーニ、本当に申し訳ありません。夫があまりにも失礼なので本当・・に恥ずかしいです。あんなバカを一緒に連れてきてしまって申し訳ありません」

するとご主人は激怒した様子で奥さんをにらみつけると、立ち上がって部屋の前に進み出てきました。彼は携帯電話を手に持ったまま、私に向かって大声で叫びました。

「**この能なし！**　お前は自分が誰か、自分が何を言っているのか、**何にもわかっちゃいない**。何の権威もないくせに。お前は、心理学者でもない、精神科医でもない、科学者でもない……」

なおも彼は**30分以上にわたって私をののしりつづけました**。

彼が非難を始めるとすぐに私は一つひとつの批判を受け止め、バランスをとってディマティーニ・メソッドのプロセスを適用しようと集中しました。

「自分が言ってることを何もわかってないくせに。お前は詐欺師だ。人間のくずだ。こそ泥だ。うそつきだ」

一つひとつの非難に対して私は考えました。**ええ、確かに、ある意味では、ある時点では、ある見方をすれば、私にはそうした特徴があります**。何らかのかたちで、私は彼の批判するものすべてにあてはまりました。

しばらくしてようやく落ち着いた彼は「これは全部私自身のことだ、そうだろう？」と言いました。

「あなたに私の父親を重ねて見ていた。父に殴られたり、追いかけられたり、脅されたりしない場所で、初めて本心を口にできた。あなたが私の父親に見えたんだ」

その後、彼は父親に対するディマティーニ・メソッドを行い、心を開いて、30分ものあいだただ**泣き叫んだのです**。彼の奥さんは、立ち上がると彼の身体に腕をまわし、一緒に涙を流しました。

セミナーの最後に、何か言いたいことがある人はいますかと尋ねると、この奥さんが手を挙げました。

「主人が胸の内をさらけ出すのを初めて見ました」

ご主人もうなずいてこう言いました。

「あんなふうに**感情をさらけ出したのは、生まれて初めて**だと思います。どう説明したらいいのか、よくわかりませんが」

奥さんが続けました。

「おかげで私の夢が叶いました。夫と離婚したいなんて本心から思っていたわけじゃありません。あれはペルソナでした。ただ、愛してくれているかどうかを知りたかっただけなんです。いまでは**愛してくれていると、はっきりわかります**」

セミナー参加者のうちで**いちばん腹を立てていた人が、いちばん真剣にその場に参加していた**のです。おそらくそこにいたほかの誰よりも、その男性が私に大きな力を与えてくれました。彼は私にすばらしい贈り物をくれました——彼に何と言われようと、私は自分自身を愛していられたからです。これは贈り物ではないでしょうか？　相手に言いたい放題に自分を非難させておいて、それがすべて何らかのかたちで真実であることを認め、それでもすべてをひっくるめて自分を愛せると気づくこと。これこそが、ディマティーニ・メソッドが与えてくれる贈り物です。

誰にでも二面性があります。正直になれば、自分が聖者でも罪人でもあり、善人でも悪人でもあることがわかります。誰かに責められたら、自己弁護をして時間を無駄にしてはいけません。その人が言うとおりの性質が実際に自分にあることを認めましょう。**あなたにそうした性質があるだけでなく、相手にもその性質があるので、その人は自分自身を責めているのです。**それがあなたに非難の言葉を向ける理由です。

もしその言葉を聞いてあなたが傷ついたとしたら、その性質が自分やほかの人にどれだけ役立っているかを理解しておらず、ただ自分自身を責めているからです。また、あなたを非難する人はあなたに贈り物をしています。自分がまだ愛せていない自分の一部に気づかせてくれているのです。

## ❖完全なポジティブ人間は存在しない

社会、宗教、一部の哲学に共通する巨大な集合的神話があります。いつの日か人類のネガティブな（闇の）面が消滅して、誰もが完璧で、平和を好む幸せな人間になるという神話です。その神話が現実になることはありません。

私は人生の一時期、ポジティブ思考に夢中になっていたことがあります。手当たり次第にいろいろな本を読んで、何年ものあいだポジティブ思考という偏った幻にどっぷりとつかりました。毎朝、1日を始めるときには、ポジティブでいようと決心したものです。

ところが、どこかの時点で必ず何か問題が起こりました。ポジティブでいる時間が長ければ長いほど、その問題によって被るダメージは大きくなり、私はネガティブそのものになって、自分自身にもほかの人にも辛くあたりました。ポジティブであろうとすればするほど、内面では自分を責めていることに気がつきました。何をしても、自分のネガティブな面から逃れることができませんでした。

そんなわけで、複数のセミナーに参加しました。

ある晩のセミナーで、ポジティブ思考の代表的な提唱者が、1000人以上の聴衆の前で立ち上がってこう言いました。

「私はたぶん、いままでにあなた方が会った人の中でも、特にネガティブ思考の人間のひとりでしょうね」

会場は完全に静まりかえり、彼の奥さんだけがうなずいていました。

「ポジティブ思考について本を書いたのは、私のネガティブな面とのバランスをとるためです。自分があまりにもネガティブなので、そのままではまともに生きていけない気がしたので、なんとかする必要がありました」

彼はポジティブであることを一途に掲げる運動を先導してきましたが、**自分がポジティブではないことを確信していました。**

浮かれたポジティブ思考と憂うつなネガティブ思考のちょうど真ん中にあるのが、**「いま、ここ」に集中している、愛に満ちた思考**です。２つの極端な思考は互いに打ち消しあい、互いに解毒剤の役目を果たしています。

さて、ポジティブ思考は本当に役に立つのでしょうか？　もちろんです！　落ち込みから中心軸に戻るためには、ポジティブに考えるのが賢いやり方です。ではネガティブ思考や、健全な懐疑主義は役に立つでしょうか？　当然です。躁状態で浮かれているときに中心軸に戻るには、ネガティブで懐疑的になる必要があります。根っからの懐疑論者は存在するでしょうか？　いいえ。ポジティブ人間は存在するでしょうか？　いいえ。誰もがその両方でしょうか？　そのとおりです。

家庭でも社会でもすべての人に対してポジティブであろうとする人は、結局、自分自身に対してネガティブになります。ポジティブとネガティブのバランスから逃れることはできないからです。世間に対して自分がいかにポジティブで楽天的であるかを見せようとすると、私生活や健康面が混乱します。

古代ギリシャ人は思考に癒しの力があることを知っていたので、病人を担架に乗せて観劇に連れ出しました。悲劇は「自己正当化」している人を癒します。人を謙虚にして、自分の中心に戻すからです。喜劇は「自己卑下」している人々を元気づけて自分の中心に戻すことで、彼らを癒します。

自然はそれを知っています。宇宙の秩序は恥をかくような状況と自尊心を高めるような状況を両方使って、あなたが自分の中心からあまりにも遠くへ迷い出さないようにしています。あなたは犠牲者ではありません。自分自身を癒すプロセスを創造しているのです。癒しにどれだけ時間がかかるかは、どれくらい早くあなたが教えを学ぶかによって決まります。

私たちは誰でもときどきネガティブになります。誰でも親切であると同時に不親切であり、好ましい面と不愉快な面の両方を持っています。以前はその半分を避けようとしたものですが、私はいまではそうする必要がないことに気がつきました。その面を好きになって、**いつ、その面を利用すればいいかを理解したい**と思っています。あなたがバランスのとれた資質を授かっているのは、すべてを役立てて運命をはっきりと自覚するためです。何かをネガティブだと決めつけるとそれを抑圧してしまいますが、受け入れれば、それを自分のためにうまく利用することができます。

この考え方が一部の思考体系に反していることは承知しています。現在主流を占めている思考体系においては、私たちは楽天的でポジティブであるべきとされています。しかし、実はそれよりもはるかにすばらしい可能性が存在しているのです。ポジティブ思考を提唱してきた別の第一人者は、最近おおっぴらにこう述べています。

「これまでに自分がとった行動の中で、人生に最もひどい影響を与えたのは、ポジティブ思考をビジネスにしたことだ」

彼が人間関係を損ない、あらゆる健康問題を引き起こし、家族に試練をもたらしたのはポジティブ思考でした。2つの面を必要とする現実に一方的な期待を押しつけるのがポジティブ思考だからです。

あなたがここにいるのは、偏った存在になるためではありません。自分自身の両方の面を受け入れるためです。偏った存在になろうとすれば、ほかの人たちにもその期待を押しつけることになります。期待が満たされないと、自分自身、ほかの人たち、または世間に対して怒りを覚えることになります。私たちはありのままの完全な存在としてここにいます。ポジティブとネガティブは、両面から私たちにそのことを教えてくれているのです。

## ❖絶対にと言わない

6年ほど前にアメリカ中西部で行ったブレイクスルー・エクスペリエンスのセミナーで、参加者のある女性が独善的な調子でこんな誓いを述べました。

「私は絶対に離婚しません。絶対に人工妊娠中絶しません。絶対に浮気しません」

私は誰かが「絶対にしません」というのを聞くと、それを書き留めて封筒に入れ、封をして、相手に渡してこう言うことにしています。

「半年経つまでは開けないでください」

5カ月後、その女性は別のセミナーに参加して、近況を語りました。

「前回お会いしたとき、いくつかのことを絶対にしないと誓いました。でもその2～3カ月後に夫が浮気をしたので、私はとても傷ついたのと同時に、すごく腹が立ちました。裏切られて居場所を失ったような気がしたんです」

彼女は離婚を望んではいませんでしたが、夫が浮気を続けるなら、これ以上一緒にいることには耐えられませんでした。結局は彼女自身も軽い気持ちで浮気をしてしまい、妊娠が発覚して中絶するかどうかを検討していました。その女性はそれまで離婚したり、浮気したり、中絶をしたりする世界中の女性を非難していました。そうした人たちに心を閉ざして、自分のほうが優れていると思っていたからです。自分自身がその人たちの立場になってみて初めて、彼女たちのことが理解できるようになったのです。

人生は長いドラマのようなものです。いちばん避けている役こそ、次に自分が演じることになる役です。そうした役を引き寄せるのは、自分と世界を愛することを学ぶためです。ここにいるのは誰かを責めるためでも、ポジティブ思考やネガティブ思考の人間になるためでもありません。常に両面を受け入れて、**「愛」として存在するため**です。

けなすのもほめるのも愛であり、私たちはいついかなるときも同時に両方の愛を受け取っています。自分が中心軸を取り戻すためにどちらが必要なのかは、すぐにわかるようになります。**私たちの独善的な面が抵抗して腹を立てたとしても、その出来事は愛からきている**のであり、私たちに真の自尊心と中心軸を思い出させるために起こっているのです。

ある機会に他人に見せるのはたいてい自分の本質の片方の面だけです。どちらの半分を見せるかによって、好かれたり嫌われたりします。友人にはある程度両方の面を見せるので、付き合いが深くなります――思いやり、忍耐、感謝が増します。パートナー（配偶者）や恋人にはほとんどすべてを見せます。

すると、どんな反応が返ってくるでしょう？　誰よりも愛してくれます！　自分自身を取捨選択すればするほどに、人から受ける好意や敵意は大きくなり、本来の自分をそのまま見せれば見せるほど、返ってくる愛は大きくなります。

つまるところ、人生はポジティブかネガティブ、幸福か不幸、どちらかであるようにはできておらず、愛と知恵がバランスよく表現されるようにできているのです。ピンチこそチャンスだとすぐに気づくのが知恵です。絶妙なタイミングで人生の2つの面を見せるのが愛です。

バランスに気づいて、心の底から無条件の愛を感じるかもしれませんし、偏ったバランスに対して、条件付きの感情的な愛を感じるかもしれません。愛に満たされて中心軸を保つ（地球上で最も意義を感じられる状態です）か、まだ愛せていない面がどこにあるかを知るために感情的な「脱線」をするかです。失敗はありませんし、間違いも存在しません。脱線は回り道ではなく、愛を育てる方法を思い出すためにあるのです。

自分がすること、言うこと、考えることのすべてが1日24時間テレビで放映されて、みんながあなたのことを全部知っているとしたら、自分自身を愛することができますか？ それが本書のテーマです——得意になったり落ち込んだりすることがあっても、いつでも愛である本質に戻れるという理解と知恵に達することです。

**誰にでも、人に見せたくない秘密がある**ものです。私的なことを公開できるのは卓越した能力です。たとえ自分の中に気に入らない部分があったとしても、それを誰に知られてもかまわないと思えるなら、そのときのあなたは間違いなく自分自身を愛しています。自分自身を愛していると、誰も攻撃してきたりしません。どんな分野であれ自分自身を責めている部分があれば、自然の成り行きで人からも責められることになるのです。

良いことも悪いことも、ポジティブな行動もネガティブな行動も、あなたが行うことのすべてが、あなたに愛について教えています。

## ❖ものの見方がすべて

以前、試練のときだと感じた時期がありました。開業して1年ほど経ったころのことです。オフィスを広げたり設備を整えたりするために多額の投資をしたときに、新しい家と車も購入したので、ＩＲＳ（米国国税局）から監査が入りました。おまけに結婚を間近に控えていて、ハワイへのハネムーンと2つのダイヤの指輪への支払いを済ませる必要がありました。もうすぐ妻となる人には以前の結婚でもうけた息子がいるので、私は結婚と同時に、継父としての責任も背負うことになります。オフィスで新しいスタッフを2人、ドクターを1人雇ったにもかかわらず、受診者数が急に以前より2割ほど減りました。

こうしたかなりのストレスを感じていた私は、父を訪ねました。一緒に庭に座ると、父が私を見つめ、こう聞きました。

「調子はどうだ？　なんだか張り詰めているように見えるが」

「実は、ものすごくストレスを感じてるんだ」

「どうしたんだい？」

私はストレスの原因をすべて挙げ、ため息をつきました。

「まったくどうしたらいいのかわからないよ。一度にいろいろなことが襲いかかってきたようで」

本当は、私は父にこう言ってもらいたかったのです。

「ああ、それは大変そうだ。お前は強いな！　私だったらとても扱いきれんよ」

ところが、父はまったく違うことを言いました。

「なあ、自分が持っているものに気がついているか？　お前の母さんと私は結婚して32年になるが、ハネムーンどころか一度も旅行に行ったことがない。お前のハネムーン先はハワイだ。そこは私たちの憧れの場所だよ。いまの時点でお前は、私たちがこれまでの年月をかけて手にしたよりもずっと大きな家を持っているし、車の台数も多い。私たち夫婦は金のリングしか買えなかったし、母さんにダイヤモンドをプレゼントできたのは、25年間一生懸命に働いてからだ。おまえにはすでにかわいい息子がいて、健康に育っている。立派なオフィスを構えてそれを拡張している――少なくとも、税金をかけられるだけの金を稼いだということだ――人を雇って仕事をさせているし、テキサス州では指折りの成長分野で開業している。お前は愛している人と結婚して理想のハネムーンに行き、ビジネスを拡大しようとしている――私が32年かけてやってきた以上のことを、最初の1年でやっている。それはストレスだとは思えないな。むしろギフトだと思うがね。私が代わりたいくらいだよ」

父にそう言われた私は考えました。**なるほど。視点を変えるゲームにすぎないということか。**

バランスはきちんと存在しています。ときに私たちがストレスを感じるのは、逆の面を認めていないからです。起こっているすべてのことは単なる中立の出来事ですが、それをどの視点から見るかによって、すばらしいとか恐ろしいといったように感じられます。

あらゆる苦しみには楽しみがつきもので、両者は完全にバランスがとれています。苦しみが大きければ大きいほど、ともにやってくる楽しみは大きくなります。何をしようとも両者から逃れることができないのであれば、夢を追い求めたほうがいいと思いませんか。

宇宙の秩序はトランプの神経衰弱のようなものです。最初は隠された秩序がまったく見えませんが、2枚のカードが一致する組み合わせを探すたびに隠れた部分が少しずつ見えてきて、急に全体像が把握できます。人生において私たちは、宇宙の秩序が見えないまま、あらゆるものを手にとり、その両面を体験し、隠れた秩序が見えるまでその両面を組み合わせつづけます――いったん秩序が存在することがわかると、あらゆる場面で秩序があるのではないかと期待して探すようになります。

あるはずだと考えて見れば見るほど、ますます簡単にそれが見えるようになってきます。たとえるなら、BMWを買った途端にどこに行ってもBMWが目につくようになるようなものです。神は私たちの顔をたたいて存在を知らせていると言っても言い過ぎではありませんが、私たちはそれに気づこうとしません。私たちが神に見離されていると感じるのは自分自身のうちにも、また人生のあらゆる出来事のうちにも、神性が存在するのを認めていないからです。

## ❖あなたは愛に値します

原因と結果を分けるのは愚かなことです。なぜなら原因と結果を分けた瞬間、自分自身を犠牲者にしてしまうからです。自分に起きたことをほかの誰かのせいにすると、あなたは犠牲者になって力を失い、解決策を見つけられなくなります。自らの現実に気づくためには、自分自身による原因と結果を認識する必要があります。人を責めたり犠牲者の役を演じたりすることで自分自身を解放したり、心を開いたり、よりパワフルになった人を見たことがありません。自分の感じ方が原因だと気づくまでは、完全に自由になることはできないのです。

力が増すかどうかはあなた次第です。自分自身がある役割を演じて原因となるエネルギーを引き寄せたのだと理解した瞬間、その現実を変える力が湧いてきます。**あなたは自分自身の人生を創造しています。**

**あなたは愛に値します。**次の力強い言葉を口に出して、言ってみてください。

「**何をしたとしても、何をしなかったとしても、私は愛に値します**」

身体を構成する細胞の一つひとつが言葉に合わせて振動するようになると、あなたも、あなたの世界もその言葉に合わせて振動を始めます。

## ❖許しという社会通念

「許します」と言うと許さなければならない対象を人生に引き寄せつづけ、「申し訳ない」と言うと申し訳ないと思う行動をとりつづけてしまうことに気づいていましたか？　なぜでしょうか？　謝ったり許したりすることは何であれ、あなたが宇宙の秩序の一部ではないと判断しているものごとだからです。それがなぜ宇宙の秩序そのものであるかを理解するまで、あなたはそれを経験しつづけるでしょう。罪の意識を感じることを繰り返し、許しを与えるものを人生に引き寄せつづけるのです。

許しは独り善がりの幻想です。誰かが悪いとか間違っていると決めつけ、それから厚かましくもその人を裁き、許します。謝罪は自分自身を裁くことです。いずれの場合も、あなたが裁くことは何であれ永続します。唯一この力学を超越できるのは愛だけです。

「誰かにぶつかったら、謝ってはいけないという意味ですか？」と質問してくる人がいます。はい、そのとおりです。そういった事態には、はるかに創造的な方法で対処できます。最近レストランで、急いでいた男性が私にぶつかりました。男性はすまなそうに「おっと、失礼」と言いましたが、私は即座に彼のほうを向いてこう言いました。

「はじめまして、ドクター・ディマティーニです。私たちは何か理由があってお互いに引き寄せあったのでしょう。あなたのお名前は？」

そして手を差し出して握手を交わしました。会話が始まり、興味深い知人ができました。彼はその週末の私のセミナーに参加することを考えたほどでした。

間違いを犯したと考え、罪の意識を感じ謝罪して、幻想を丸ごと抱え込む代わりに、それがある種のシンクロニシティだと考えてはどうでしょうか？　宇宙の秩序に沿った宇宙に間違いは存在しません。なぜわざわざ幻想に惑わされて、謝ったり許したりするのでしょうか？　許しを超えて秩序を見いだし、何が起きても「いま、ここ」に集中しましょう。もちろん社会的なマナーに反するのではないかという意見もあるでしょうが、必要のない不安や罪の意識を黙認したりあおったりすることも、すでに過剰な感情的負担を抱えている人々の重荷を増やすことも、立派なマナーとは言えません。

世界中で何百万人、もしかしたら**何十億人もの人々**が許しについて話しています。人の感情的な反応には、さまざまなレベル（階層）が存在します。恐れと罪悪感は最下層、その上の層には信頼と受容と許しがあります。愛、感謝、知恵といった真の存在は最上層です。つまり許しは途中の段階ですが、それもすべては役に立っていて、許すべきことは何もないといったん理解すると、許しもまた単なる社会通念にすぎなくなります。真実は許しを必要としません。

私が本当の意味での許しだと思うのは、それがどんなことであれ「**この経験を授けてくれてありがとう**」と言うことです。あなたがそう言えるなら不安は寄りつかず、あなたは犠牲者ではありません。私はこれを**真の超越的許し**と呼んでいます。許しという言葉を使うとき、たいていの人は「あなたを許しましょう。でも二度としないでください」という意味で使います。さらにその本当の意味はこういうことです。

「私はまだ怒っています。私はあなたを裁きます。私は十分に正しいので、あなたを非難して謙虚にさせます」

私に言わせれば、その許しは不完全で条件付きの愛で、罪というニュアンスを含んでいます。それは真実に至る道にある踏み石にすぎません。つまり、ほかのあらゆることが試され、経験されたあとに愛が生じるのです。知恵とは、小さな子どものようにベッドの傍らにひざまずいて宇宙からの贈り物を数えることです。ひざまずいて感謝するほどに謙虚になるとき、あなたの目は開かれます。卑屈になったり自分を過小評価したりするという意味ではなく、この生き生きとした宇宙を支配して満たしている偉大な知性を感じられるほどにつつましくあれ、ということです。

神性の存在を否定して、生命は偶然とランダムな熱運動から生じたのだ、エントロピーがあり崩壊がありそこに意味などない、と言う人もいますが、そのようなむなしいメッセージよりも、はるかに偉大な知性が存在していると私は思います。私が言いたいのは、自らの内側に目を向けて、その知性と日々心を通い合わせてほしいということです。

毎晩寝る前にその日経験したことに対して「ありがとうございます」と言うと、偉大な知性があなたに共鳴して、あなたの心を通してはっきりとメッセージを伝えてくるのを知っていましたか？　毎朝起きるときに感謝の対象――子どもたち、パートナー、活力、チャンスなど――について考えると、その「声」が語りかけてきます。魂による直感とインスピレーションに耳を傾けないときは力が失われ、耳を傾けるときはいつでも、あなたの天性の才能が目覚めるのです。

第4章

# 思いやりのある人間関係を築く

対極にある素粒子のあいだにある中心点が、光です。対極にある感情のあいだにある中心点が、愛です。すべての人間はすでに中心点にいますが、その感覚をはっきりとらえるのが難しいので、さらに中心点を求めつづけます。

私たちの究極の目的は真実の愛です。何かほかのもの――物質的ではかないもの――を求めていると思うこともあるかもしれませんが、一時的な目標を追い求めていてさえ、私たちは愛という真実に引き戻されます。あらゆる人間関係の目的は、視界をさえぎる障害物を取り払って、すでに存在している愛に気づき、究極的には愛である私たちの本質を表現することです。

あなたがこれまでに出会ってきた人はみな、時と場合によって、親切だったり意地が悪かったり、支援を与えてくれたり試練を課してきたり、快楽の種だったり苦痛の種だったり、魅力的だったり不快だったりしたはずです。人間関係の目的は幸福ではありません。喜びと悲しみの組み合わせが真の充足をもたらします。喜びを期待するのは半分だけ満たされる状態を求めているということで、悲しみを避けようとするのは別の半分だけを空洞にする状態になるということです。私たちが喜びと悲しみの双方の真価を認めたとき、初めて完全な充足感を得ることができるのです。

人と付き合うと、ときに嬉しくなったり、ときに悲しくなったりしませんか？　半分の時間は悲しくなるからその関係はどこかおかしいと思っているなら、あなたは全体像を見失っています。なぜなら人間関係はまさにそうなるようにできているのですから。悲しみが意味するのは、あなたが憤りを感じており、まだ愛せていない自分自身の一部を目の前に突きつけられているということです。

怒りを感じるのは偏った見方をしているからにほかなりません。あなたの人生にかかわってくる人々は、その点に注目させるための反面教師です。あなたをいちばん怒らせる人たちこそが、いちばんすばらしい反面教師なのです。あなたが偏った見方をやめてバランスを取り戻すと、反面教師であるその人たちに感謝の念が湧いてきますが、バランスを取り戻せなければ、自分を怒らせる人たちを非難しつづけることになるのです。

自分が見ないようにして愛してこなかった部分に気づかせてくれ、愛する機会を与えてくれたことを他者に感謝するのが知恵です。

知恵によって成長すると、あなたは他者をありのままで受け入れて、愛することを学びます。また他者が与えてくれる恩恵を見いだせるようになります。

## ❖結婚の目的

結婚の目的は幸福だという幻想を抱いている人はまだまだたくさんいます。この幻想の起源は、12世紀に吟遊詩人が創作したロマンスにあるようです。

結婚は幸福を追い求めるものではありません。**幸福の定義**を、正と負の感情を統合した充足感だとするのなら別ですが。結婚は決して満足という偏ったものを与えるものではありません。結婚の誓約では貧しいときも富めるときも、病めるときも健やかなるときも、いかなるときも末永く添い遂げることを誓います。

結婚の目的を理解すると、離婚の大きな原因である、広く浸透した社会通念から自由になります。結婚の目的は、自分が認めたくない部分も含めて自分自身を完全に愛する方法を学ぶことです。苦しみと楽しみ、支援と試練、親切と不親切、愉快と不愉快が完璧に釣り合った状態が愛です。どんな人間関係でも、「いま、ここ」に集中しているときと無条件の愛を除いては、愛という中心点のまわりで行ったり来たりしながら、相手に対する好意と嫌悪のあいだを揺れ動くものです。愛は到達してそこにとどまるという静止した状態ではなく、絶えず成長し、拡大するエネルギーです。

楽しみと苦しみという2つの側面が、**愛**と呼ばれる力を構成しています。愛は片方の側面だけで構成されるはずだという幻想を抱くのは、愛の半分を否定して経験の全体を受け入れないということです。実際、性行為は、まさに相手を押しやっては、また近づいてきてほしいと望むことの繰り返しです。離れる、近づく、離れる、近づく、離れる、近づくという振幅運動が徐々に速くなり、クライマックスに達するまで続きます。押すだけ、引くだけだったらどうでしょうか。何も起こらず、動きは止まります。

「あなたってすてき。あなたはいつだって正しい。誰も敵わない」と年中言っている人と付き合うか結婚することを想像してみましょう。その人が支援ばかり与えてくると、あなたはなんとかしてその人と衝突したくなったり、その人に挑戦したくなったりするはずです。

実際、親切だけを行う人は自然の成り行きで、敷物のように人に踏みつけられてもじっと耐えることになります。「ちょっと、私にだって価値があるんだから、**これ以上あなたの価値を強調する役割はもう嫌です**」と声をあげるまでそれが続きます。応援だけを与えられつづけると、いずれ人はたまりかねて「これではやっていけない。誰か反対意見を言ってくれる人が必要だ。**刺激が欲しい**」と思うのです。

優しくするのが大切なときもありますが、厳しさがどうしても必要なときもあります。

愛には二面性があることを理解していないと、相手に優しくされたときだけ愛されていると感じて、そうでないときには愛されていないと感じてしまうでしょう。そういうわけで、私は妻に強気な態度をとることがあります。優しくばかりしていると妻が厳しいことばかりを言うようになり、私が厳しいことばかり言うと、妻は優しくなりすぎることを知っているからです。卑屈な態度ばかりとっていると、相手はあなたを怒鳴りつけます。ときには怒鳴り返さなくてはいけません。**これはゲームです**。マスターしましょう。

「夫婦関係がゲームだなんて思いたくない」と言う人は、常にゲームに翻弄《ほんろう》されます。ゲームに参加してルールを習得し、人生がもたらす試練を受け入れれば、自分で人生をマスターするコツを身につけるようになるのです。

### ❖あなたの価値観

あなたは、自分の持つ価値観に駆り立てられて動いていることに気づいていますか？私たちはみな無意識に、価値観に優先順位をつけています。非常に重要だと思うことから、どんどん順位を下げていくと、どうでもいいと思う事柄に行き着きます。あなたの価値観があなたの運命を決定しています。自分が大切に思うことを応援してくれるなら、対象が何であっても、それを「良い」ものと見て、魅力を感じますが、自分が大切に思うことに反するものはすべて「悪い」ものであり、反発を感じるのです。

価値観は、空虚感のような、欠けている何かがあるという感覚に基づいています。しかし、質量保存の法則によれば欠けたり失われたりするものは何もないので、ただその存在するかたちに気づいていないだけです。あなたはそれが欠けていると思い込んでいるので、それを求めているのです。手に入れる過程を後押ししてくれるなら「良い」ものだと考え、その邪魔をするなら何でも「悪い」ものということになるのです。

もし、私がヨーロッパを巡る講演旅行に出る前に、妻に向かって「ハニー、1カ月ほど出かけてくる。時間が空いたら落ち合おう。ひまがあったら電話するよ。じゃあ、行ってくる」と言ったら、私が出かけるときに妻は何と言うでしょうか?

「私たち、うまくいっているとは思えないの。あなたは私を愛していない。あなたが戻るころには、私はここにいないわ」

これは意外な展開ではありません。なにしろ私は彼女の価値観に沿って話をしなかったのですから。

では、こんなふうに伝えたとしたらどうでしょうか。

「ハニー、講演旅行に行くつもりなんだ。たくさん稼いで僕たちの未来を安泰にするよ。

1カ月後の満月の日にベニスで落ち合えないかな。月光を浴びながらゴンドラで大運河を下って、ヴァイオリンに耳を傾けたら、きれいな宝石を見たり服を買いに行ったりしよう。毎日エステをしてもらってリラックスして、陽光を楽しんだり、おいしいものを食べたりして、1日に何時間も愛しあうんだ。**なんとか君の都合をつけて、ベニスで会うことはできないかな?」**

妻はきっとこう言うでしょう。

「愛してるわ、あなた。一生懸命働いてくれてありがとう。あなたはすばらしい夫だわ。ベニスで落ち合うのが待ちきれない。手配は全部私がするから、心配しないで」

ひとつ目のシナリオは妻の価値観に反しており、あとのシナリオは妻の価値観に沿ったものでした。妻の価値観を理解することで妻に敬意を払い、さらに**自分の価値観を理解して、それを妻の価値観に沿って表現する方法を身につけなければ、妻を大切にすることはできません。**

もちろん、妻も私に対して同じように振る舞います。「ジョン、今夜またディナーに行きましょう。ニューヨークでいちばんすてきな最高級のレストランへ」と言うとしましょう。妻がただそこへ出かけたいと言うだけだったら、私の頭に浮かぶのは無駄なお金を使うこと、またこってりした重い食事をするということだけです。

でも、もし、妻が「大企業の社長とディナーに出かけましょう。会社で講演してくれる人を探しているの。もしかしたら、あなたの新しいクライアントになってくれるかもしれないわ」と言ったら、私は何と答えるでしょうか？

「もちろん、喜んで。さあ行こう！」

私に何かさせたいときには、妻は私の価値観に沿った伝え方を考えます。**私が妻に何かしてほしいときは、私が妻の価値観に沿って話そうとします**。内容は本当のことです。私たちはうそをついていることになるでしょうか？　そうは思いません。私たち**は互いを思いやっている**のです。その反対は思いやりのない人間関係です。誰かに自分の価値観を押しつけて、自分のしていることを相手にもやらせ、自分の価値観に合った生き方をさせようとすることです。

人と付き合うには3つのやり方があり、それぞれまったく異なる結果が待っています。ひとつ目は「careless」という思いやりのない人間関係で、相手の価値観をまったく考慮せず、自分の価値観を押しつけて自分の価値観だけに集中します。2つ目は「careful」という気を遣ってばかりいる関係で、自分の価値観を考慮せずに相手の価値観に沿うことだけを考えようとする「薄氷を踏む」ような関係です。どちらの関係も偏った付き合い方で、2人のうちどちらかひとりを無視しているので、関係に緊張が生じます。

これに対して3つ目のやり方である「caring」という思いやりのある関係は、相手の価値観に沿った言葉で自分の価値観を伝えます。同時に両方の価値観を考慮して、自分自身とお互いへの愛情を表現するのです。思いやりとは、相手の価値観を理解できるくらいに相手をよく知り、相手の価値観に沿って自分の価値観を伝えるだけの気遣いをするということです。

どんなに妻の価値観に合わせて伝えようとしていても、ときには自分の価値観に気をとられてしまうことがあります。また、あるときは妻をがっかりさせたり、きつい言い方をしたりしてしまうので、妻も私に不満を抱いたり信用しなくなったり、本気で腹を立てたりもするのですが、これは**当たり前**のことです。

私にも人格があり、彼女のために自分のすべてを犠牲にすることはできません。妻のために自分を犠牲にすればするほど、妻は私を軽視するようになります。なぜなら、それは私が自分自身を軽視していることになるからです。妻は私をみくびるようになり、それなりの扱いをするようになります。

でも妻がいちばん成長できるような支援と試練のバランスを私が見いだし、私がいちばん成長できるようなバランスを妻が見いだしてくれると、私たちはもっと関係を充実させることができます。妻が私に反対したり反発したりすることもあれば、私を支持して協力してくれることもあります。それがバランスのとれた人間関係です。

## ❖相手の価値観

人間関係ではよく、相手も自分と同じような考え方をするはずだと、あさはかにも考えてしまうことがあります。そして自分の価値観の優先順位を、相手に押しつけるのです。相手が自分の価値観を支持すると「良い」人にして、たいていのことをその人の思いどおりにさせます。けれども相手が自分の価値観に反発すると「悪い」人として、自分の法律、ルール、最後通牒《さいごつうちょう》を突きつけて相手を締め付けます。

私たちは**他人も自分と同じであってほしい**と望みますが、2人の人間がまったく同じだったら、もうひとりいる意味がなくなります。結婚したカップルはたいてい自分の価値観を相手に押しつけようとしますが、それが成功してしまったら、その関係を損なうことになります。結婚の目的は自分で認めてこなかった部分を愛せるように教えあうことですから、相手の50％が好きで50％が好きでなければ理想的な状態だと言えるでしょう。

少し前に、ある女性から「**夫は私をゴミみたいに扱うんです**。それは、ひどい扱い方をします」と相談を受けました。

私は彼女に「すばらしい扱いをしてくれるところは、どこですか？」と尋ねました。

「夫はそんなことしません。ひどい扱いをするだけです」

「ええ、でも私が言うことを注意して聞いてください。どの部分ではすばらしい扱いをしてくれますか？」

彼女が私の言いたいことをようやく理解したので、1時間かけて夫のすばらしい点を聞き出しました。最終的に彼女は夫のひどい点と釣り合うのに十分なだけのすばらしい点を思いつき、その場で愛情あふれる涙を流しました。

彼女は言いました。

「いままで一度も気づきませんでした。夫は私の価値観ではなく、**彼の価値観で愛情を示していたんですね**」

四六時中お互いに信頼しあう関係などありません。男性がお金と仕事を大切にしたいという価値観を抱いている場合、経済状態やキャリアが脅かされれば、それに対処するために家族から離れた時間を過ごすでしょう。女性が家族と子どもを大切にしたいという価値観を抱いている場合、子どもが病気のときは仕事を休んで家にいるでしょう。ステレオタイプをあてはめるつもりはありません。もちろん役割が反対の夫婦もいますが、どちらにしろ、こうした役割分担はよくあるパターンです。

誰もが自分自身の価値観をワンセット持っています。何に対してもまったく同じ価値観を抱いている人などひとりもいません。誰でも自分の価値観に従って生きることはできますが、他人の価値観に沿って生きることはできません。

私たちは自分の価値観を相手の価値観より優先させようとして、時間の半分を過ごしています。そうすれば当然の結果、時間の半分は相手とぶつかります――そこで初めて自分が何をしているかに気づくのです。

人は他人の価値観ではなく、自分自身の価値観を通して愛を表現するものです。たとえば、経済、知性、キャリアを価値観の上位に置いている男性の場合、経済的に家族を支えたり、仕事で成功したり、知的であったりすることで、自分は家族を愛していると実感します。彼は心の中でこう思うでしょう。

**「私は頭を使ってうまく仕事をこなしている。それは家族を愛しているからだ」**

一方、彼の妻はこう思っています。

**「あなたは私を愛していないから、子どもの面倒をみたり、ふたりだけで過ごすための時間をとろうとしたりしないのね」**

これが彼女の価値観です。同時に、夫は妻がお金を稼ぐために外に出て仕事をしなかったり、自分と同じことに関心を持とうとしないと、自分のことを愛していないのだと考えます。

誰もが自分自身の価値観を通して愛を表現していますが、人の価値観に敬意を払うようになると、自分がこれまで認めてこなかったかたちの愛に囲まれていることがわかります。

## ❖口論の本質

すべての人間には領域があります。感情の動きによって変動する領域です。親しい関係にある2人の人間が空間、時間、エネルギー、または物質を増やすか減らすかする必要があるとき、口論が起きます。何らかの要素が多すぎるとか少なすぎると感じると、それを平等にするための口論が起こるのです。口論するのは悪いことでしょうか？　いいえ、それは誰かがあなたを愛していて、空間、時間、エネルギー、物質をあなたと分けあって使いたいと思っているということです。

誰かと対立したら、ただ自問してみましょう。**自分が相手に与える空間、時間、エネルギー、物質は多すぎるだろうか、それとも少なすぎるだろうか？**　どちらなのかを見極めて相手に接すれば、口論は終わります。驚くほど簡単なことです。

誰もがあなたとの関係を心の中のチェックリストにつけていることを知っていました

か？　出会ってから現在までに交わしたすべてのやりとりの完全な記録です。あなたも同じように心の中にリストを持っています。相手があなたとどんなやりとりをしたか正確にわかっていて、口論になると、それが表に出てきます。相手が考えることは、ただ相手がそう考えているにすぎないということを覚えておいてください。それは正確であるかもしれないし、そうでないかもしれません。口論はそれを整理するプロセスです。

　あなたにたくさんの心遣いを与えてきた（時間）から少し返してほしいと相手が考えることもあります。あなたのためにその場所にいた（空間）のに、相手は突然あなたと会えなくなることもあります。あなたに何かを買ったり与えたりした（物質）のでそれに報いてほしいと期待することもあります。あなたの愚痴を聞いた（エネルギー）のだから、今度は自分の愚痴を聞いてほしいと思うこともあります。ささいなことに思えるかもしれませんが、バランスがとれていないという感覚には大きな影響力があり、結果として心を閉ざすことさえあります。

　ときには、ひとりにしてほしいというのが、相手の唯一の望みであることもあります。そんなとき相手をひとりにしてあげれば、10分後にはあなたのところへやってきてあなたを抱きしめてくれるでしょう。相手が必要とする空間を与えることに十分な心遣いを示すと、お返しに愛が返ってきます。逆に相手があなたと同じ空間にいたいと思うこともあり、そのときはあなたがただ立ち止まって一緒に過ごすことで、問題はなくなります。

**心から相手に集中する一瞬には、イライラしながら心ここにあらずで一緒に過ごす数時間より、ずっと大きなパワーがあります。**愛は電荷を持たない場であり、制限がなく無限大です。相手に空間を与えれば愛が返ってきます。愛を与えれば空間を得ることができます。試してみてください。

誰かを愛するとは、決して相手を失望させたり、怒らせたり、傷つけたりしないことだという社会通念を信じている人はたくさんいます。あなたを愛する人は、あなたがたびたび痛みの感情を与えている人だということを理解していますか？

私は「愛」を再定義します。たいていの人は、愛には優しさという面だけしかないと考えて、卑劣な面を嫌いますが、それは愛の真実ではありません。誰かを愛すると、最高に優しくなると**同時に最高に卑劣になる**はずです。相手を支援したり試練を与えたり、愉快な人間になったり不愉快な人間になったり、相手を持ち上げたりこき下ろしたり、世話を焼いたり無視したりします。それが愛の持つ２つの側面です。

社会通念によれば一方の面だけを見せるべきですが、そうすると相手との関係はぎくしゃくして、自分の生活も緊張を強いられます。なぜなら真実の半分を押し殺しているからです。

愛と同様に、争いもまた、健全で完全な状態に不可欠です。**人間関係には良い争いがたびたび必要です**。衝突と競争は成長に欠かせません。私たちがここにいるのは平和だけを得るためではありません。人生というコインの両面を受け入れるためです。ですから、親しい人と衝突したときに、**ああ、この関係は壊れつつある**と考える必要はありません。そうではなく、関係が成長しているのです！ あなたを刺激し、自分自身を見つめ直すよう促しているのです。自分をよく見つめ、これまでの考え方やものごとへの対応を変え、相手の価値観に合わせて意志を伝える方法をしっかり身につければ、あなたは成長するでしょう。

お手本を示して相手を変えようとしたことがありますか？ 「ほら、これが正しいやり方で、あなたのは間違ったやり方。そのやり方を変えないつもりなら、もう知らないよ」と相手に言うと何が起こるでしょうか？ あなたが相手に反対して、頑《かたく》なになればなるほど、相手はますます対立姿勢をあらわにしてあなたに反発するようになります。お互いに一歩も譲らないと、結局は行き詰まります。そうではなく、あなたがこんなふうに伝えたらどうなるでしょうか。

「私があなたの中に見るのは自分の一部です。私も自分の中にそれと同じものを持っています。あなたが気づかせてくれたから、これまで愛してこなかった自分の一部を受け入れるチャンスに恵まれました。私はかなりうぬぼれていたから、おかげで謙虚になれるのはありがたい。私を教え導いてくれてありがとう」

するとあなたは自分の中心軸を取り戻します。そうすると相手はどうなるでしょうか？同じく中心軸を取り戻すのです。心を込めて伝えると、反発は返ってきません。

愛は拒絶されませんが、期待を押しつければ確実に拒絶されます。多くの人が愛と期待を混同しています。期待や自分なりの意見を持つことは避けられませんが、それに縛られると成長できなくなります。

ブレイクスルー・エクスペリエンスの目的は、頑なな考えを手放して愛を生じさせ、また次に抱く考えも手放して愛を生じさせ、人間として大きくなりつづけるお手伝いをすることです。

あなたが愛すれば、対象物は、あなたがそうあってほしいと願うものに変わります。誰かを正したいとか、変えたいと考えると、相手は反抗します。ありのままの相手をそのままで尊重し、感謝して、ありのままの相手を愛すると、相手は協力してくれます。人々をありのままで愛すると、相手はあなたが望むとおりの人に変わるのです。

## ❖ソウルメイト

完璧な関係を求める人たちから相談を受けることがよくあります。彼らは私にこう聞きます。

「どうすればソウルメイトに出会えますか？」

まず、正の面だけで負の面を持たないソウルメイトがいるという幻想を抱いていないかを、確認しましょう。一方の面だけしか持たない相手は存在しないのですから、当然そんな人に出会うことはありません。また、強く引き寄せてしまう人物とは、自分自身が受け入れられない部分を持っている人なのですから、当然理想とは反対のタイプです。夢の恋人と現実に引き寄せやすいタイプがうまく混じっているのが、本当のソウルメイトです。でも、ソウルメイトを夢見る人々はそれに気づいていません。

次に、理想のパートナーの特徴を一つひとつすべて話してもらって、自分の人生のどこにそうした特徴がすでに現れているかを見てもらいます。そうした要素が自分の人生にすでに存在していることを理解して初めて、ソウルメイトに出会う準備ができます。人生とはおかしなものです。自分が求めているものすべてをすでに手にしていると気づいた瞬間、宇宙はそれをあなたに与えてくれます。何かを持っていないと思うまさにその瞬間、それは遠くへと去っていくのです。

人生でいちばんすばらしい発見は、どんな行動をとったとしても、支援と試練が同時に発生するということです。次にすばらしい発見は、欠けているものは何もないということです。それはあなたがまだ気づいていないかたちで存在しているだけです。さまざまな経験をして自分自身の幅を広げましょう。それが経験の意義です。すべてはただ新しいかたちで存在していることを理解しましょう。そして、自分がかたちを自由に変えられるようになっていくのを見守るのです。

何年も昔、私が学生だったころ、寮には男性誌が山積みになっていました。ある日、『Oui』誌を手にとってぱらぱらとページをめくっていると、あるものが私の目をとらえました。胸、足、そういったたぐいのものではありません。ものすごくきれいな女性とすごくハンサムな男性が抱きあって立っている写真でした。2人とも裸で、**その姿勢が写真のための単なるポーズではないことは、見ればわかりました**。それは愛を撮った写真でした。

その写真を見たとき、私は夢の女性と自分自身をその写真に投影しました。そしてどういうわけか、それは現実になったのです。妻が現れるまでの18年間、私はその写真を持ち歩きつづけました。写真に写っていた魅力的な女性は妻によく似ています。あの写真が現実になったのです。

自分の理想の基準となる「その人」のイメージが心の中にありますか？　そのイメージがはっきりと、安定していて、現実味があり、完全であればあるほど——そして自分を愛していればいるほど（そのイメージは実は真の自分自身の投影だからです）——あなたの特別な人を現実化したり引き寄せたりする力は強くなります。とはいっても、ソウルメイトに出会ったら毎日がバラとゴンドラと月光の日々だと想像してはいけません。ソウルメイトはあなたに最大の快楽と苦痛を味わわせ、人生で最大の支援と試練を与えてくれます。それが真の愛です。

２人の人間は仮面をつけた状態で、本当の自分自身を見せたら愛されないのではないかと恐れながら付き合いはじめます。何をしたとしても、何をしなかったとしても愛されるに値するとわかると、そして自分がしたことはすべてどこかで役に立っていると理解すると、仮面をとるのを恐れなくなります。それどころか最初から、仮面をつけようとさえ思わないかもしれません。

外界にいるすべての人はあなたを映し出す鏡であり、あなたの一部です。**まわりの人たちを愛せるくらい十分に自分自身を愛してください**。私は、うわべを取り繕い、仮面をかぶって、本当は愛しているのに、愛してなんかいないと思い込もうとしている人たちにたくさん出会ってきました。でも一瞬たりともその人たちの考え方に屈服したことはありません。私のほうがよくわかっているからです。愛以外には何も存在せず、ほかのすべては幻想です。あなたの人生を変える力はあなたの心の中にあります。必要なのは心を開く勇気だけです。

# 第5章

# 天性の才能に気づく

まだ若いころに、極めて強い確信を持った偉大なメンターと出会えた私は、恵まれていました。彼はとても強い信念を抱いており、私だけでなく、まわりにいるすべての人々に可能性を見ていました。彼は私たちの天性の才能に目を向けてくれていたのです。彼があまりにも強い確信を抱いていたため、私が持っていた疑念や不安は覆され、私は時間を超えて、あたかも彼が見るように自分自身を見ることができました。彼が内なるヴィジョンを目覚めさせてくれたことに対して、ずっと変わらず謙虚な気持ちと感謝の念を抱きつづけています。

人間はいずれ消滅する自分と不滅の自分を持っていると私は確信しています。外界から刺激を受ける部分と、心の中の世界から呼びかけられる部分です。私たちが外界よりも、内なる声とヴィジョンにどれだけ優先して耳を傾けるかで、生まれもった無限の才能とインスピレーションがどれくらい目覚めるかが決まります。

genius（天才）という英語は「守り神」を意味するラテン語に由来しています。偉大なメンターたちや不滅の名声を残す思想家たちはまさに守り神です。つまり、ほかの人々には闇にしか見えない場所を光で照らす創造的な守護神の魂（スピリット）なのです。自分自身の魂は私たちの究極の守り神であり、「天才」とは自らの魂に耳を傾けて従う人なのです。

不滅や無限を認めている場所には、最高の「天才」が生まれる傾向があります。美術、音楽、文学、数学の優れた業績は、インスピレーションというかたちで人間に流れ込みます。私たちはどこまでも波長を合わせ、より大きなデザイン・設計図・構造・意図を全体的に見て、感じて、聞くことができます。自分は小さな存在だとしても、途方もなく大きな何かを構成する一部分なのだと私たちは無意識のうちに知っているのです。

人生で起こるあらゆる出来事は、あなたという存在が無限大であること（私たちはみな内側にホログラム画像の宇宙を抱えているようなものです）を自覚するように促しているのだとしたらどう思いますか？　すべての鼓動、細胞のすべての振動、身体のすべての筋肉と腱、細胞内のすべての細い糸状の細胞骨格が全部、あなたの目を開かせて、可能性を実現するためにできる限りのことをしているとしたら？　あなたが自我を黙らせて、自らの可能性を否定することなくただ受け入れて輝きを放つとしたら？　あなたにはどんなことができるでしょうか？

## ❖意識の7つのレベル

天性の才能は、知力とは関係ありません。魂が発するメッセージに耳を傾け、それに従

| 言語表現 | 意識のレベル | 感覚の比率 | 脳の進化 | 進化の段階 | 人生の成果 |
|---|---|---|---|---|---|
| 心から大好きで喜んでする | 自己実現 | 1対1 | 脳　梁 | 精神的な人間 | ブレイクスルー＝インスピレーション |
| 選んでする | 自己達成感 | 2対1 | 大脳皮質 | ほ乳類のヒト | |
| 望んでする | 自尊心 | 3対1 | 大脳辺縁系 | ほ乳類 | |
| したい | 社　会 | 4対1 | 大脳基底核 | は虫類～類人猿 | ブレイクイーブン＝差し引きゼロ |
| したほうがいい | 安　全 | 5対1 | 脳　幹 | 両生類 | |
| するべきである | 生　存 | 6対1 | 脊　髄 | 両生類前 | |
| しなければならない | 自　滅 | 7対1 | ニューロン | 単細胞生物 | ブレイクダウン＝せっぱ詰まった感情 |

って行動した結果生まれてきます。天性の才能とは実は、愛の働きです。愛があればあるほどあなたの周波数は上がり、インスピレーションをかきたてるメッセージに波長を合わせることができます。天性の才能を押し殺すのか、発揮するのか、選ぶのはあなたです。どちらを選ぶかはあなたの意識次第です。意識には7つのレベルがあると考えてください。各レベルは、言語表現や脳の進化などの7つのレベルにそれぞれに対応しています。

上の表は、感情が表れる可能性の目安を示しています。1番下の段階は周波数が低い状態で、感覚のバランスがとれておらず、行動の主な動機はせっぱ詰まった感情です。1番上の段階は周波数の高い状態で、感覚のバランスがとれており、インスピレーションが行動の主な動機となります。あなたがバランスのとれた感じ方をすればするほど、あなたの状態は上がります。

1番上の段階では自分がただの個人ではなく、宇宙という全体につながり、それを完璧に映し出していることがわかります。

3つ目の列は感覚の比率で、マイナス面とプラス面を比べています。たとえば最下段の7対1の場合、何かに対してプラス面の7倍のマイナス面を感じているなら、それを**やめなければならない**と感じています。マイナス面の7倍のプラス面を感じているとしたら、それを**しなければならない**と感じています。比率が6対1であれば、それを**するべきだ**とか**やめておくべきだ**と感じます。5対1であれば、それを**したほうがいい**とか**やめたほうがいい**と思います。さらに上の段も同様です。

私たちはみな、人生のさまざまな時期にさまざまな分野で、先ほどの表に示した段階を上がったり下がったりしています。人生のある領域に熟達するとは、バランスを見いだして感情に支配されなくなるということです。**すべてのものごとは実際バランスがとれている**のですから、それを信じてバランスを見いだしてはどうでしょう？　そうすれば損得を感じることはありません。あなたは安定し、完全に自分の思いどおりの道を歩むことができるようになります。

多くの人がせっぱ詰まった感情に基づく「しなければならない」レベルで生きています。仕事に**行かなければならない**。あれを人生に**取り戻さなければならない**。自分の外側の社会的圧力によって何かをせざるを得ないと考えるとき、自分自身の中にある力は分断されています。この最下層では、選択の余地はありません。やむを得ず何かを避けたり、また求めたりしています。そして毎日、**しなければならない**と思っていることをして過ごしています。もし、あなたが心から好きなことをしておらず、していることを愛するようでなければ、完全に天性の才能を目覚めさせることは期待できないのです。

「するべきである」というレベルでは、人生は「これを**するべきである**。そこに**行くべきである**」という考えで構成されています。決定権はやはり自分の外側にありますが、強制力は弱まります。

ほとんどの人は「したほうがいい」と「したい」レベルのあいだにいて、「そうするべきだが、とりあえずいまはこうしておこう」と感じています。自らのインスピレーションに耳を傾けて行動していないので、夢を実現したり天性の才能を目覚めさせたりすることができません。アメリカ人の90％以上が仕事を辞めると社会保障に頼り、60％以上は家族にも頼っています。多くの人は長期のヴィジョンを持たずに当面の満足を求めて生きています。自分の感覚には耳を傾けても、魂には耳を傾けていません。

「したい」レベルを過ぎるまでは、自由な意志や選択はほとんどありません。それを過ぎると、段階ごとに心の中の自発性が高まり、外部の強制性は低下します。「望んでする」

レベルで夢を認識しはじめ、「選んでする」レベルで夢は実現できると気づきはじめるのです。「心から大好きで喜んでする」レベルでは、あなたはそれが自分の運命で、自分を止められるものは何もないと知っています。ここであなたはよりインスピレーションに満ちた新しい存在へとブレイクスルー（飛躍的前進）を遂げるのです。

偉大な「天才」たちは代償を払うのをいといません。夢のためなら進んで犠牲を払います。友人と遊び回る代わりに、練習や勉強や準備に何時間も費やします。楽しみや娯楽を放棄して、不安や懸念に立ち向かいます。必要なことは何でもします。それで何の問題もありません。なぜなら、苦痛と快楽はいつでも1組だからです。

## ❖フェアトレード

どのレベル（段階）にも、次のレベルに進むためにあなたが必要としている学びがあります。もしあなたがせっぱ詰まった感情のレベルにいると感じられる人を救おうとすれば、彼らが成長するために必要としている人生経験を奪うことになります。彼らには考え方を改めて、人生を変える能力があるのですが、一時的に彼らの能力を否定してしまうことになるのです。

私たちは二面性を備えた完全な存在です。落ち込みや劣等感を感じている人は、のぼせ上がりや優越感を抑圧している人でもあります。その人の自己卑下をする面に助け船を出そうとすれば、相手はいずれ、尊大さを見せるようになり、あなたは自己正当化をする面にかみつかれるだけです。彼らが恩知らずなのではありません。宇宙があなたに、すでに完璧に釣り合っているものを救おうとか、直そうとしてあなたの人生やエネルギーを費やすなと教えてくれているのです。

昨年、電話をかけてきた旧友に「お金を貸してくれない？」と頼まれたことがありました。そのとき私は「いいや、貸さないよ」と答えました。

「何で？　たくさんあるでしょうに」

「そのとおりだよ。僕にお金がたくさんあるのは、お金の管理の仕方を知ってるからだよ。僕は管理の仕方を知らない人にお金は貸さない。なぜなら、２人ともそのお金に別れを告げることになるからね。お金を受け取った人は依存する人間になり、僕はお金の教訓を学ぶことになるだろう」

彼女は腹を立てて電話をガシャンと切りましたが、結局その後、働きはじめました。そして責任の取り方を学んだのです。２つの仕事を得た結果、貯金を始めることができた彼女は、「あのとき私を救ってくれなくてありがとう」と数カ月後に私のところに伝えにやって来ました。

彼女の父親は何年ものあいだ、経済的に彼女を援助してきました。父親が亡くなったあとは遺産に頼っていたので、いままで彼女は一度も自分の足で立ったことがありませんでした。家族の力学の点でバランスをとっていたのは彼女の兄で、彼は若いうちに家を出て独立しました。つまり彼女の反対の面を体現していたわけです。これこそが宇宙の法則です。もし私が彼女に救いの手をさしのべていたら、彼女の父親が作り出した力学を存続させていたことでしょう。お金がなくなり、誰も助けてくれなくなったとき、ようやく彼女は自分で責任を持つようになり、貯金をして富の価値を考えはじめました。

彼女は誰が助けてくれるだろうという問いかけの代わりに、どうしたら自分で切り抜けられるだろうと問いかけはじめたのです。いったんその問いかけを始めると、答えはすぐに見つかりました。

人生の質は、自分に投げかける質問の質で決まります。ですから、**今日しなくてはならないことは何だろう？**　とか、**何が必要なんだろう？**　と考えるのはやめましょう。**今日心から大好きで喜んでしたいことは何だろう？　人生で心から大好きで喜んでしたいことは何だろう？**　と問いかけましょう。異なる問いかけをすれば異なる人生が待っています。自分にどう問いかけるかで、現実をどう創造するかが決まるのです。

## ❖人生の7つの領域

あなたが地球にいるのは人生の7つの領域をマスターするためです。7つの領域とは、精神性（スピリチュアリティ）、知的活動、職業、お金、家族、人間関係、身体です。それぞれの領域が、あなたの天性の才能を強力にサポートすることもあれば、大いに邪魔することもあります。7つの領域のそれぞれに愛があると天性の才能を目覚めさせることができます。恐れや罪悪感があると天性の才能を押し殺してしまうのです。

あなたが7つの領域に愛を与えれば、7つの力の源泉になります。

1　**精神的な力**。これは精神的な使命を持って、それをまっとうした結果生じます。あなたもガンジー、キリスト、マーティン・ルーサー・キング・ジュニアに精神的な使命があったことに賛成されるでしょう。そうした使命を持つ人々は、偉大な影響力を持っています。神は理由があって自分をこの惑星に使わしたのだと感じて、自らの生死をかえりみず、彼らは進んでその使命をまっとうしました。

2　**知的活動の力**。これにはとてつもない影響力があります。これは問題に気づき、理解して、解決する能力です。たとえばアルバート・アインシュタイン、アイザック・ニュートン、スティーブン・ホーキングといった人々は、非凡な知性と能力で、私たちが生きている世界を変えました。

3　**職業の力**。仕事上の成功などが含まれます。ジョージ・ルーカス、ドナルド・トランプ、ルパート・マードックには、世界がどう考えるかに影響を及ぼす才能があります。彼らはアイデアやヴィジョンが浮かぶと、それを実行に移して実現しています。

4　**お金の力**。私が相談を受けた若い女性ローラの新しい夫スティーブは、ある大企業のトップでした。スティーブの前妻メアリーはスティーブが彼女と離婚してローラと結婚したことに、ひどく腹を立てていました。とはいえメアリーはまた別の大変裕福な男性と結婚しました。ローラとスティーブが住んでいたのは立派なビルの最上階のスイートで、すばらしい眺望が楽しめました。そこでメアリーは、金持ちの新しい夫にこう言いました。

「高いビルを建ててあの人たちの視界をさえぎってほしいの」

彼はそれを実行しました！　これは力だと言えるでしょうか？　賢い力だとは言いませんが、お金は突拍子もないことをする自由を提供します。あなたを制限するのはあなたの考え方だけです。

5　**家族の力**。安定した家族と、慈しみと愛情にあふれた成熟した関係が持つ力です。「王朝」と呼ぶこともあります。何か大きなことを管理していくために一族全体を何世代にもわたって発展させ教育しつづけると、非常に影響力のある存在になります。

6　**人付き合いの力**。人脈の力とも言えます。あなたは何人の人を知っていますか？　あなたを知っている人は何人いますか？　影響力のある人をたくさん知っていると、彼らに電話をかけるだけで仕事が終わることもあります。人脈が広がれば広がるほど、あなたの力は大きくなります。

7　**美の力と活力**。美しい人々には明らかに力があります。あるときヒューストンでエレベーターに乗りました。次の階でドアが開くと、乗り込んできたのはミス・ボリビア、ミス・ブラジル、ミス・コロンビア（のちにミス・ユニバースで優勝しました）

でした。全員が私よりも背が高かったので、私は彼女たちを見上げざるを得ませんでした。私はそのバイタリティに感銘を受けたのです。彼女たちが本物の影響力を持っていることに、疑問の余地はありません。

## ❖7つの恐れ

恐れとは、快楽よりも多くの苦痛、ポジティブよりも多くのネガティブ、得よりも多くの損を経験するのではないかと考えている状態です。恐れはあなたの潜在能力を粉々に破壊してしまいかねない幻想です。恐れには7つあり、人生の7つの領域にそれぞれひとつの恐れがつきまとっています。

1 **精神的な恐れ**。モラルや倫理に反することへの恐れです。モラルとはあなたとあなたが属する社会があなたに課すルールで、倫理とはあなたと他者のあいだに課されたルールです。多くの人はこの恐れを感じて、自分が愛することをするのをやめてしまいます。自分以外の人間はその行動を支持しないかもしれないと思うからです。何かのために立ち上がるのが怖くてやらない人もいます。自分の属する宗教共同体に拒絶されるかもしれず、また神から罰を受けるかもしれないからです。

2 **知的活動の恐れ**。十分な知識がないと心配することです。この恐れを抱くと自分が本当にしたいことをするのを避けることがあります。

「私はそんなに頭が良くない。必要な教育を受けていない」

これもまた別の幻想です。あなたには、現在のレベルで、どんな夢をも叶える能力があるからです。理解が深まれば、あなたのレベルも上がります。たとえ理解が足りないときでも自分自身を愛することによって、学ぶことに対して自由になれます。

3 **職業に関する恐れ**。失敗を恐れることと言ってもいいでしょう。目標は立てたが実現できなかったという経験はありますか？　もちろん、誰にでもあるはずです。あなたは一生を通じて成功と失敗を繰り返します。両方必要なのです。成功と同じくらい失敗を愛せるようになる必要があります。なぜなら、人生では、失敗と成功は常に同じだけ起きるからです。

伝説的な野球選手のベーブ・ルースはホームラン記録と三振記録を持っていました。それがこの現象のすばらしさです。成功だけを手に入れるという幻想を抱くのは、失敗するように自分自身を追い込むのと同じことです。そのときのあなたは自らのバランスのとれた「天才性」を無視しているのです。

4　**お金に関する恐れ**。社会に出てから自分が本当に好きなことをしたら、十分な収入は得られないかもしれないと心配することです。あなたに何か大好きなことがあって、それを実現するためなら必要なことは何でもする覚悟があるとしましょう。そうであれば、お金の価値を高く評価して、豊かになるために実証済みの法則に従って貯蓄をするだけで、確実に富を築くことができます。

5　**愛する人を失うことの恐れ**。多くの人は**もし自分が好きなことをしたら、愛する人を失うだろう**と感じています。私の結婚生活が安定しているのは、**私たち夫婦は互いを愛するほどには互いを必要としていない**からだと思っています。そこには大きな違いがあります。私たちは2人とも自立した生活を送っていて、どちらかひとりがいなくなっても、もうひとりはきちんとやっていけるでしょう。しがみつく種類のせっぱ詰まった必死さではなく、分かち合いなのです。思い出してください。内面を深く探れば、失われるものなど何もなく、ただかたちを変えているだけだとわかるでしょう。

6　**社会的な拒絶に関する恐れ**。これは大きな恐れです。人から受け入れられないのではないかと恐れて、自分が好きなことをやらない人もいます。賛同と拒絶のバランスは維持されるので、どちらか片方だけを受け取ることはありえません。両方を同じように愛するとき、あなたは自由になります。称賛と非難は人生を通してずっと一定に保たれます。あなたが非凡な人間になればなるほど、双方をますますたくさん受け取るでしょう。非難されたくないなら、称賛も期待してはいけません。

　私は「重要ではない人の法則」という行動の原則を作りました。誰かを怒らせるか、自分自身を怒らせるという選択肢があったら、ほかの人を怒らせるほうを選びなさい、という法則です。人は現れては去っていきますが、あなたは人生という旅のあいだずっとあなたと一緒にいます……それにこれはあなたの人生です。うつろいやすいもののために、永遠を犠牲にしたりしないでください。人生の両方の面を同じように受け入れてください。

7　**不健康、死、病気に関する恐れ**。もし、これをやったら死ぬのではないか、または、自分にはそれをやるエネルギーがないと恐れて自分の夢を生きない人がいます。しかし、病気、疾患、そして死を引き起こす最大の原因は、**自らの夢を生きない**ことです。それ以上に早くあなたの命を奪うものはありません。インスピレーションと感謝はあなたを癒して、力づけます。自分が大好きなことをしていないと、あなたは感謝を抱かずにせっぱ詰まって自暴自棄になるだけなのです。

自分が大好きなことをしている人と、していない人との違いは、前者は自分が何を恐れているのかを特定して、不安要素を取り除くための戦略を練っているということです。幼いころ、私は自分の部屋が暗いのが怖かったものです。クローゼットにお化けが隠れているに違いないと思ったので、母に明かりをつけてもらって、部屋が明るくなってから部屋に入っていました。父が私に最初のアファメーションを授けてくれたのはそのときです。父は私にこう言うように教えてくれました。

「僕は、恐れが潜む暗がりに通じる扉を開けて、ひるまずに明かりをつける」

父親がこれを5歳の息子に教えたのは実に驚くべきことですが、私はそれを何度も何度も繰り返しながら部屋に近づいて、部屋に飛び込み、そして……ついに明かりをつけました！　そのちょっとしたアファメーションで、父は暗闇に立ち向かって明かりをつけられるように私を訓練しました。そして私はいまでもそのアファメーションを使っています……もちろん、自分の部屋に入るためにではありませんが。

あなたは人生の7つの領域すべてにおいて、突破する（ブレイクスルー）か、挫折する（ブレイクダウン）かです。挫折するとしたら、あなたは心配そうな声を出す自己に耳を傾けているからです。でも突破していけたら、あなたは不滅の自己に耳を傾けはじめているということです。

これから一生恐れを感じることなく過ごそうなどと考えないでください。恐れが意味するのは、あなたが成長しつづけていて、安心領域（コンフォートゾーン）を超える意欲を抱いているということです。私はほとんど**毎日恐れを感じます**が、恐れは偏った偽りの感覚であり、その下には隠れた秩序があると知っているので、私は恐れの要素を特定してバランスを見いだし、その恐れを乗り越えます。私が明かりをつけるのはそのときです。

## ❖バランスを保つゲーム

あなたは、人間関係がようやくうまくいったと思った瞬間に、何か新しい問題が発生することに気づいていましたか？　または、憧れの職業に就いた途端、健康問題や家庭の危機が持ち上がった経験はありますか？　実は**そうなるように仕組まれている**と知っていましたか？　人生はあなたをますます深いレベルの理解へと引っ張っていきます。いちばん速く成長できる場所は、混沌と秩序の境界線上にあります。

**「やれやれ、せっかくうまくいっていたのに、失敗してしまった」**と考えるのはやめましょう。あなたは成長して次のレベルの混沌に進み、これまでよりも大きな試練が与えられたと気づいてください。そこにさらに大きな成長の可能性が秘められています。楽な人生に甘んじていると、かえって病気になったり、衰えたり、挫折したりします。あなたは常にぎりぎりの場所にいなければなりません。ですからただぼんやりと座って「ああ、人生がもっと楽だったらいいのに」と言うのはやめましょう。その代わりにこう言うのです。「人生にもっと試練があればいいのに。そうしたら、**いままでより厳しい試練に対処する能力を身につけよう**」

新しい試練を喜んで迎え入れることを目標にしましょう。それが進化の秘訣です。**混沌と感情を秩序と愛に変えると、さらなる試練に出会えるので、それを愛に変えられるようになります**。混沌、愛、知恵には終わりがありません。あなたの成長も決して終わりません。悟りを開くこと、裕福になること、有名になること、それがゴールだと思っている人もいますが、その**目標に到達したら、そのあとはどうなるのでしょうか？**

知恵と天性の才能を活用することは、この瞬間に両方の面――混沌と愛――を見ることです。時間が真実を明らかにしてくれるのを待たないでください。いま精神のバランスをとれば、年をとらなくても年長者の知恵を持つことができます。あなたが人生でどうやって愛を表現したいかを明確に思い描いてください。

目標を更新しつづけるという誓いを立て、より効果的に効率よく計画して実践できるようにパソコンに保存しておくとしたら？　その目標を画像や音声やCDにしたり、紙に書いて家や車や職場などあらゆる場所に貼り、いつでも目にして、それについて考え、声に出して読むとしたら？　1日中、確実に刺激を受ける人々と交流して過ごすとしたら？　自分が究めたい分野で成功を収めた人々の伝記を読み、彼らの映像、テープ、CD、DVDを視聴したり、展覧会やライブパフォーマンスに出かけるとしたら？

あなたの中には神性があります。聖なる使命につながる、その神性に従って人生を生きている人と、付き合うといいでしょう。

私には夢がありました。いつの日か、世界の偉大な教師たちの前に立って話をしたいという夢です。私は以前「私は教師を指導する教師、巨匠を指導する巨匠になりたい」と言いました。いま私は人生でそれが徐々に実現しつつあるのを目の当たりにしています。私が初めてこの言葉をマスターマインド・グループで口にしたとき、「ああ、ジョン、また夢を見てるんだね」と言うメンバーもいました。そこで私は言いました。

「まさにそのとおり。僕は夢を見ているのさ」

私が見ているはっきりとしたヴィジョンは彼らには見えていなかったのです。

あなたの夢のヴィジョンが見えていない人の多くは、あなたをあざ笑うか、どうやって実現するつもりなのか、はっきり教えろと迫るでしょう。あなたをあざ笑う人は誰であれ、同時にあなたを称えてもいます。あなたが彼らの理解力が及ばないレベルで、あなた自身のことを理解し、目標を設定していると知らせてくれるからです。あなたを支援してくれる人は、あなたがひとりだけではそれを実現できないと考えている人です。逆に批判する人は、あなたに栄誉を授けています。すべての批判を栄誉だととらえられれば、それもあなたのやる気を起こすことになるでしょう。

自分の夢にのぼせ上がると、バランスをとるために、自分のものだと認めたくない嫌な部分もまた引き寄せることになります。あざ笑われているときに、はっきりとしたヴィジョンを思い出し、感情的な反応をせずにその試練を受け入れることができるなら、あなたは自分の夢を生きていることの証です。あざ笑われているときに、傷ついたり、感情的に守りの姿勢に入ろうとしたなら、あなたは大きすぎる夢にのぼせ上がっているということです。もっと効果的に夢を実現するためには、謙虚さが必要なのです。いずれにせよ、あなたは成長するでしょう。

夢に集中していないとき、私たちは心配事や障害のことばかりに集中しています。花のことに集中していないときは、雑草のことに集中しているのです。天性の才能に目覚めている人は自らの心から生まれた花に集中して詳細を思い描き、実際に花を手にして花束を作ります。まだ自らの「天才性」を呼び覚ましていないふつうの人は、**天性の才能があることに気づくこともなく**、心配事、不安という雑草によって心をかき乱されているのです。

私もほかの人たちと同じように、不安を感じることがあります。ときには自分がつまらない人間だと感じますが、それはゲームの一部で、不安な自分は、ひとかどの人間だと思っている私の一部と釣り合いをとっているのです。私は不安を感じると、感覚を自分の人生の目的と再度結びつけて、そうした不安がどんな意味でこの長い旅の推進力になっているかを考えます。実際そうした不安を抱く時間は、**自分は何でもできる**と思う時期と相殺されて、私の中心軸を保っています。不安になるときがあってもいいのです。不安はあなたを夢から引き離そうとしているのではありません――それは、むしろ宇宙からの贈り物なのです。

雑草はあなたの花の鮮明さに反比例します。障害は、あなたの焦点がぼけたときにだけ見えるものです。夢の細部に向けて一歩ずつ進むごとにあなたの創造性はさらに増し、インスピレーションを感じて独創的になっていくでしょう。誰にでも夢がありますが、天性の才能に目覚めた人はその夢をはっきりと思い描いて、さらに再定義していくことをいといません。そして夢を実現するための優先順位に沿って行動しつづけます。ドナルド・トランプはあるインタビューでこう聞かれたことがあります。

「あなたの人生はファンタジーのようですね？」

彼はこう答えました。

「いいえ、違います。ファンタジーは想像しても決して実現しないものです。私は夢の人生を送っています。私が夢を生きているのは、どんなときも計画するのをやめず、夢が実現するまで行動しつづけたからです」

ファンタジーは現実と対比させて想像する偏った幻想で、いずれは私たちを落胆させます。一方、夢は現実的な目標です。私たちは、その方向を目指して生活を改善させていくのです。

今晩、寝る前に、夢の実現に向けてさらに具体的な行動を一歩踏み出すと誓ってください。ヴィジョンが明確になればなるほど、創造的な「天才性」も大きく発揮されるからです。あなたの活力はヴィジョンの鮮明さと使命の明確さに正比例します。使命の明確さは宇宙の秩序をどれだけ理解し、気づいているかに正比例します。

あなたが完璧なバランスに気づくとき、内なる声は大きくなり、内なるヴィジョンは明晰さを増し、信じられないほどのエネルギーが使えるようになります。そのエネルギーはあなたに勇気と強さを与え、障害を乗り越えて何があろうと進みつづけるという確信を持たせてくれるのです。

# 第6章

# 夢の構想——信じることは見ること

ディマティーニ・メソッドは大変効果的なツールです。その目的は幻想を消滅させ、マインドの中心軸を見いだし、あなたの心を開いて内側にあるヴィジョンと天才性を目覚めさせることにあります。あなたには目的が与えられており、人生のすべてがその目的に役立っていることがこのメソッドによってわかるはずです。

あなたが何をしたとしても、また何をしなかったとしても、あなたの人生は神聖な完璧さを持っています。心の底からそれを理解するとき、私たちすべてを支配している「知性」に対する畏敬の念に満たされるでしょう。その状態には、限りない潜在エネルギーが存在しています。凡庸なマインドにとっては理解すらできませんが、魂（スピリット）が恩寵《おんちょう》に満たされている人は、このエネルギーを活用することができるのです。

これからお伝えするのは、あなたがこれまでの人生で出会った中で最も効果のあるプロセスのひとつです。もし心のどこかで**「私の気分を害することができる人なんてめったにいない。私は自分の人生をコントロールしているんだから」**と考えているとしたら、目を覚ましてください！　それはナンセンスです。あなたがこの惑星にいるのは成長するためです。あなたのエゴが、自分の気分を害することのできる人はいないと考えているとしたら、あなたは幻想の中で生きているのです。さもなければ、自分を追い込んで自分を成長させようとしていないかです。ですからあなたの気分を害する人を発見してください。あなたを激怒させる人でなくてもいいのです。あなたの気持ちを乱して「いま、ここ」に集中できなくさせる人を探しましょう。

その目的は、あなたの人生、健康、富、人間関係、自尊心をいままで支配してきた偏ったものの見方にバランスをもたらし、潜在能力とインスピレーションから発する内なる声を解放することです。これは科学です。きちんと役に立ちます。あなたが人生に対して抱いている偽りの観念や幻想を実質的に崩壊させることで、あなたの本質が明らかになるのです。その本質は、すばらしいものです。

## ❖インスピレーションの涙

ディマティーニ・メソッドを行った結果、心を大きく開いた人々が何度もインスピレーションの涙を流すのを私は見てきました。心が開けば開くほど、その経験は深くなります。では、実際にディマティーニ・メソッドを行うと、どんなことが起こるのでしょうか。

1 **インスピレーションの涙**。世界の37カ国の人々にセミナーを行ってきましたが、文化の違いは問題ではありません。マインドが完璧なバランスに達すると、必ずインスピレーションの涙が現れました。これは感情ではなく愛です。両者を区別して考えてください。感情は分裂、愛は統合です。インスピレーションの涙は、自然と尊敬を誘います。**誰かが感謝と畏敬の念に満たされ、インスピレーションを受け、心を開いているとき、人は彼らを称え、尊敬せずにはいられません**。

2　**自尊心の高まり**。ほかの人を愛するたびに、あなたの自尊心は高まります。夢ではない本物のスピリチュアルな体験は、恩寵を通じて自らの魂に触れる瞬間を持つことであり、あなたの人生を導いている神の存在を感じることです。それがスピリチュアルな体験の目的であり、私たちはみなその体験にアクセスできます。人種、信条、肌の色、信仰、年齢は関係ありません――そのどれもが重要ではありません。そういったものは単なる見せかけやペルソナであり、真のスピリチュアルな人生を無視しています。ここでお伝えしているのはスピリチュアルな人生の科学です。

3　**無条件の感謝**。ディマティーニ・メソッドを行った対象の人を目にすると、自然と感謝の気持ちが湧いてきます。裁くべきところはどこにも残っていません。あなたはあるがままのその人に対する真の感謝に満たされます。それは無条件の感謝で、未来のその人でも、可能性としてのその人でも、過去のその人でもなく、ただいまあるがままのその人に対する感謝です。あなたはただ「ありがとう。心からあなたに感謝します」と言いたくなります。

4 **無条件の愛**。いまやあなたはその人に対して深い愛を抱いており、その愛を動揺させたり理屈で取り除いたりすることのできる人はいません。外部のなにものも、その愛には触れられません。この状態になると、あなたの精神は全体としての「神性」に波長を合わせられるので、直接または間接的に天啓を授かることがあります。人間の精神が到達できる最高の状態です。傑作が生まれるのはこの場所です。新しい宗教、すばらしい韻文や詩、最高の音楽や芸術――すべては無条件の愛が支配するこの領域で生み出されます。

5 **恐れと罪悪感のなさ**。あなたがまだ「あんなことをして悪かった」とか「彼らが謝ってくれさえしたら……」と言っているなら、いまだに恐れや罪悪感という苦しみを引き起こす、偏った感覚にしがみついていることになります。人はものごとをポジティブかネガティブのいずれかでとらえ、あれこれイメージを膨らませたりしますが、その知覚による連想が個人的な感覚を生み出します。知覚による連想がネガティブのほうに偏っていれば、経験するのは苦痛です。ポジティブのほうに偏っていれば、経験するのは快楽です。選択の問題です。感覚のバランスがとれていれば、恐れはなく、罪悪感もありません。

6　**言葉を必要としない沈黙**。あなたは何を言う必要もなく、ただ愛する人を静かに抱きしめたいと感じる地点に達します。言葉はしばしば真実をゆがめます。沈黙という真実の一歩手前にある言葉はこれだけです。「ありがとう。愛しています」

7　**頭の中の雑音の減少**。頭の中の雑音とは、あなたのマインドを占拠する意識的、無意識的なおしゃべりのことです。雑音の量は、二極分化したペルソナがあなたの内側にどれだけたくさんいるかに正比例します。ペルソナは話をします。ペルソナを生み出す偽りの数が多ければ多いほど、あなたの意識は明晰さを失っています。ディマティーニ・メソッドを完了すると、頭がはっきりして、ペルソナは無力化され、統合され、静まります。唯一残るのは、目覚めた魂の声のみです。

8　**バランス、中心軸、統合**。完全にマインドのバランスがとれると、あなたは中心軸を感じ、また以前より統合されている自分を感じるでしょう。二極分化したたくさんのペルソナは数を減らし、統合された意識は大きくなります。精神力が増し、確信と存在感も増します。身体はバランスのとれた状態を保ちます。生理機能が正常化して病気は癒えます。

9　**軽やかさと体重減少**。重荷を下ろしたような気分や、体重が減ったような気分になったりします。世界のてっぺんにいるような気分と、世界を両肩に背負っているような気分との違いです。セッション後に実際に相談者の体重が減ることがあります。感情的な負荷は体重増加の大きな要因だからです。負荷を減らせば体重も減ります。

10　**どこにいても感じる愛する人の存在**。マインドが完全に中心軸にあり、バランスを保っていると、場所や時間の感覚がなくなって、無限の世界へと足を踏み入れます。その世界ではたとえ相手の人が生きていようと死んでいようと、いつでもどこでも連絡をとることができます。これは、キリストやブッダの体験の領域であり、人知を超えた深遠な世界です。「自己正当化」と「自己卑下」のペルソナは意識の表面に住んでいますが、魂は深遠な世界に住んでいます。

11　**光の経験**。完全で深いプロセスを最後まで体験して心を開くと、あなたは忘れられない光の経験をします。カリフォルニアのある男性は自分自身を対象にプロセスを実行して、光り輝く（啓発に満ちた）すばらしい経験をしたのですが、一緒に部屋にいた人々もそれを共有しました。彼と彼自身の代理役を務めた男性のやりとりは、まさに光を発していました。少なくとも一度この状態に達していただければ、あなた自身の精神が光を発しているという真実を理解できるでしょう。

12　**真実に対する確信**。ワークの対象とした相手を心から愛していることが、揺るぎない確信とともにはっきりとわかります。次のような偉大な真実があることを認めることでしょう。宇宙は愛で満たされており、ほかのすべては幻想だという真実です。

13　**抱きしめたいという欲求**。人を寄せつけずにいたあなたの反発の電荷がなくなったので、ワークの対象とした相手に抗しがたいほど引き寄せられます。壁は崩れ、すべての恐れは消えて、愛する人を抱きしめたいという圧倒的なインスピレーションを感じます。

14 **上を見上げる**。世界中の人々が無意識のうちに上を見上げます。はるか上方にいる、自分よりも偉大な何かに目を向けているようです。あなたは宇宙を見上げて「宇宙よ、ありがとうございます」と言うことが多くなります。なぜなら、これまでの人生で得たすべての知識と経験をもってしても、万物が見事な秩序を保っているという事実を少しも理解していなかったことをあなたはようやく自覚するからです。いまのあなたは根底にある知的な秩序を感じており、あなたを超える隠れた「知性」に対して感謝に満ちた謙虚な姿勢をとることができます。

15 **過去の出来事全体を理解するという連鎖反応**。あなたは人生を振り返って、いかにすべてのことに意味があったかを理解しはじめます。バランスを見いだして、関係に気づき、こう言います。「なんてことだ！　私の人生にあのことが起こったのは当然だし、あれも当然だった。父があのような人だったのも不思議ではない。いまならわかる」

こうしたことすべてが起こるのは、ディマティーニ・メソッドが生理機能と精神についての科学だからです。覆すことはできません。ディマティーニ・メソッドを最後までやり遂げないという選択をすることもできますが、あなたのマインドを完璧なバランスの域まで持っていくことを選択するなら、インスピレーションと感謝の涙が出てくるでしょう。ほかのすべての要素がどの程度現れるかは、あなたがどれだけ感謝を抱くかに比例します。あなたが誰であるか、どこにいるかには関係なく、ただそれが起こるのです。これは私が「科学的な儀式」と呼んでいる再現可能な科学です。

この世界であなたはいずれ、一種の自然なプロセスを経験することになります。それを免れることはできません。ポジティブなことは必然的にネガティブな面を見せ、ネガティブなことは必然的にポジティブな面を見せます。ブレイクスルー・エクスペリエンスとディマティーニ・メソッドは、あなたの幻想、偽り、ペルソナのすべてを真の魂(スピリット)という光へ再び統合するため、また、内なる声を聞いてこの世に生を受けた目的をあなたが達成するのを助けるために考案されました。唯一の違いは時間です。年齢を重ねて得る知恵を、老化という時間的経過を経ずに得ることができるのです。

## ❖人生を思いどおりに導く

あなたの魂の中にある知恵の源から、あなたの目覚めた心とマインドを通して、インスピレーションによるヴィジョン、メッセージ、思いが生じます。インスピレーションを受けて内なる声や魂に導きを求めると、確実な指針が与えられます。感謝に満たされていると心が開き、人生で何になりたいのか、何をしたいのか、何を所有したいのかを理解しやすくなります。

ディマティーニ・メソッドを完成させたあと、あなたはこの感謝と愛の状態にいます。心の声に耳をすませて、インスピレーションをかきたててくれる夢や目標を書いたりするには完璧な状態です。私はそれを「愛のリスト」と呼んでいます。のちほど、あなた自身のリストを作成する方法をご紹介します。

人生があなたの夢の計画どおりになるとしたらどうでしょうか？　失敗することはありえないとわかっていたらどうしますか？　心と魂に耳を傾けて、人生の7つの領域それぞれにおいて、具体的にどうなりたいのか、どうしたいのか、何を持ちたいのかを書き留めるとしたら、何と書きますか？　はっきりと具体的に目標を書いた愛のリストを作ると、それは実現しやすくなります。

わかりやすくするために、たとえ話をしましょう。あなたは建築業者の代表で、私はあなたにビル建設を依頼する建築家だとしましょう。もし私があなたのチームに「さあ、ニューヨークのダウンタウンに高いビルを建ててください」と言ったら、建てられるでしょうか？　もちろん無理です！　細部を隅々まで理解せずにビルを建てることはできません——目的、場所、階数、素材、見取り図、費用、スケジュール、すべてです。

では、私がこう言ったらどうでしょうか。

「ウォール街にビルを建ててください。１００階建てで、幅１００フィート、奥行き１００フィート。素材は鋼鉄で床はセメント。表面には黒い大理石、ステンレス鋼、ガラスを使って格調高くしてください。20階にスパ、50階にもうひとつスパが欲しいですね」

イメージがはっきりしてきたでしょうか？

「入居者を守るためにセキュリティを完璧にします。指紋認証、網膜認証システムをつけましょう。屋内庭園やテニスコートがあって、屋上にはヘリポートがあり、最上階は1万平方フィートのペントハウスにします。入居者専用のクリーニングサービス、リムジンサービス、トラベルサービスを設けましょう。1週間に1階層のペースで建築を進めてください。土台の深さは60フィートです。２週間以内に作業を開始してください」

こうしてさらに詳細を述べていくと、全体像が見えてきますね？　あなたが思いつくかもしれない質問や障害は、私が言わなかった細部であることがわかりますか？

人生に先行き不安なことがたくさんあるのは、まさしくこれと同じで、まだ質疑応答を行っていない細部がたくさんあるからです。自分自身を導きたいなら、問いかけを行って細部を確認し、人生をマスターすることです。そうしないと人生は構築できません。まずこう問いかけてください。

「あなたはあなた自身にとって、計画のために時間をとれるくらい重要ですか？」

## ❖目標が輝きつづける計画を立てる

「神は細部に宿る」とはミース・ファン・デル・ローエの言葉です。インスピレーションによって受け取ったヴィジョンは単なるあいまいなイメージではありません。非常に鮮明で詳細なものです。何年も前に私が飛行機で見たブレイクスルー・エクスペリエンスのヴィジョンには、まさしく細部がありました。そのしばらくあとで、私は1冊の本のヴィジョンを見ました。本の内容、色、カバー、書体、用紙――細部があらゆる詳細にわたって見えてきました。頭の中でその本を取り上げて読めるような気がしたほどです。それが私の言う「明確な詳細さ」です。

あなたの愛のリストは、誰でも理解して実行できるくらいに具体的である必要があります。具体的であればあるほど、それが実現する可能性が高くなるからです。

私は、正確にどんな人生を送りたいかという具体的な詳細を書き連ねた個人的なノートを持っています。そのノートを読んで追加修正すればするほど、私の夢がその詳細に従ってどんどん実現するのがわかります。

想像してください。あなたは人生の7つの領域のそれぞれを確立するための責任者で、必要な人材が与えられています。あなたが詳細を決定すればするほど、実行するための人員が確保されます。あなたが詳細を決めないと、スタッフは何をどうするべきなのかわかりません。はっきりしない状態では十分な仕事がないため、スタッフを解雇しなくてはいけなくなります。

この創造のプロセスでは、ものごとを**実現させる**ことと、ものごとが**起こるに任せる**こととのバランスを保たなければなりません。計画を立てるのは賢明なことですが、柔軟性がないと、改良する余地がなくなって、より洗練されたものにすることができなくなります。私の目標の多くは極めて具体的ではっきりと限定してありますが、実現の方法に関してはほとんど限定していない目標もあります。計画を立てるのは、必ずしもそのとおりに実現するためではなく、すべての疑いや恐れがなくなるくらいにはっきりとその過程を想像するためです。そうすると想像したことや、さらに効率の良いやり方を引き寄せられるようになるのです。

ひどく野心的な計画を立てたり、まったく非現実的な期限を設定する人もいますが、それは尊大な「自己正当化」のペルソナに惑わされ、心を開いた真の存在を無視しているからです。誰でも計画が実現しないとがっかりします。「自己正当化」のペルソナが目標を設定すると、あなたはそれを実現しようとして**疲れ切ってしまいます**が、逆に「自己卑下」のペルソナが目標を設定すると、やる気が起こらずに**退屈してしまう**でしょう。インスピレーションから生まれる、はっきりとしたヴィジョンは必ず実現できます。舞い上がったり落ち込んだりせず、ただコツコツとやりつづけて、そのヴィジョンを実現すればいいのです。

誰の心にも計画はありますが、あなたはまだ紙に自分の計画を書いていないかもしれません。人生の詳細なマスタープランまたは青写真は、あなたの人間としての自己が、内側の無限の才能に恵まれた神性の意図を実現するためにあるのです。私の神性の意図の一部は明確で、その意図を思い出すと、私の目には涙が浮かびます。全体像が見えるのです。疑問の余地がないので、私はただそれを実行するだけです。計画を完全に実現するには何年もかかることがありますが、そうすることになっているのがわかるので、私はただ取り組みつづけるだけです。

「これが私のやりたいことだろうか？」と自問しなくてはならないなら、それはあなたのやりたいことではありません。むしろ、「自己正当化」のペルソナか「自己卑下」のペルソナが設定した大げさな目標か、低すぎる目標です。足したり削ったりして、目標を書き換える必要があります。それが純然たるインスピレーションによる目標であれば、変更すべき点は何もなく、その目標は輝きつづけるでしょう。

## ❖ヴィジョンの柔軟性

私は、これまでの人生の旅の過程で、次々と目標を立ててきました。目標は最終的には達成して消去するか、状況に合わせて調整しました。ペルソナの影響を受けた目標を立てることもあるので、そうした目標は少し変えたり、調整したりする必要があります。その場合には直感が知らせてくれるので、私はそれに耳を傾けるように心がけています。あなたが計画を改善したり、編集したりする必要があるときも、直感が知らせてくれます。その静かな確信を求めて耳をすましてください。あなたの目には涙がこみあげてくることでしょう。

愛のリストに書いた目標の中には、必ずしも達成する必要のないものもあります。それがあなたの意識にあがったのは、次の目標へ進むために必要な体験へとあなたを導くためです。目標を設定してから3カ月間それに取り組んで、あるとき、急にその道を通らなければ学べなかったことに気づいたりします。あなたは針路を変更し、進むべき道を見直してこう言うでしょう。

「この目標を達成することは、どうしても必要というわけではない。より大きな洞察を得るための足がかりにすぎなかったんだ。でも、この目標を書き留めて、それに取り組んでこなかったら、この新しい効果的な洞察を得ることはなかっただろう」

その目標も、実はあなたの夢と完璧に調和していて、宇宙の完全さの一部なのです。

あなたのヴィジョンとやりたいことのリストは、石に刻まれているわけではありません。終わりはないのです。明日でも来週でも、微調整したり改善したりできる点があることに気づいたら、そうしてください。私は複数の会社の役員として経営に参加していますが、なかには計画をまとめるのに、2〜3年かかることもあります。検討し、再編成し、完全に納得できるまで見直しつづけ、それからやっと効率の良い行動を開始することができます。

愛のリストは、あなたが人生で行き着きたいところ、築こうと思うものでできていますが、常に進化を遂げる必要があります。気づきのレベルが上がったら、新しい層を付け加えましょう。あまりにも柔軟性に欠けるのはよくありません。ヴィジョンがどんなものでも、「これか、またはこれ以上良いもの」と考えることです。宇宙が夢の実現を手助けしてくれる余地を残すのです。

あなたの人生という傑作を生み出すためのマスタープランの始まりです。

### ❖魂の種

永続する影響を残す人々は、宇宙の普遍的原則を活用している人々です。最初はどんなスキルでも、身につけるのは難しいと思うものです。読み書きを最初に学ぶときは難しく感じます。私は小学1年生のとき左利きでした。左利きが許されていないころのことです。左足と左腕にはギプスをはめていて、失読症で、文字を逆に書いていました。しかしいまでは私はふつうに文字を書き、私の腕も足もまっすぐです。学ぶことが大好きで、速読を教えています。本を書き、世界中で講演をしています。

夢を描き出してから30年以上、夢を書きたさなかった日は1日もなかったと思います。

いま、私は、夢やアファメーション、心に思い浮かべたイメージを書き留めるノートを持っていて、毎日毎日パソコンに向かって、自分の人生の理想の状態を書き換えつづけています。人生のマスタープランが神性の意図と一致するようにしているので、自分の運命を創造したり実現したりする力がそのたびに増すのを実感しています。それをするのは、ほかの誰でもない、自分自身です。かつて隣家のグラブス夫人が言ったように、私は雑草を抜くよりも花を植えて香りを楽しみたいと思います。そう、私の愛のリストも夢も、私次第です。

私が17歳のとき、ポール・ブラッグは私が啓示を受ける手助けをしてくれました。彼から受けた影響があまりにも大きかったので、私はそれまでとは違う人間になりました。そのとき以来、同じような影響を人々に与えるのが私の夢になりました。自ら宇宙の法則を学んだ人に出会って、彼がどんなにその知識を人々と分かち合いたいと望んでいるかを理解したことは、私にとって何より大きな意味がありました。私は思いました。

**「神様、私がしたいことは、これです。人々の人生に影響を与え、彼らが夢を見つけ、その夢の実現の手助けができたと実感できたら、なんてすばらしいんでしょう」**

人生の半ばをすぎないうちに私はすでにその目的を生きて、夢を実現しつつあります。私がポール・ブラッグの年齢になったら、目の前の17歳の生徒たちに、それまでに私が学び得たことのエッセンスを伝えるつもりです。私は人生をそのための準備に捧げてきました。しわくちゃの小さな老人になっているかもしれませんが、何があろうともあのときのインスピレーションを分かち合うつもりです。私は必ずたいまつを渡します。その教室に座っているのは17歳の男女で、私のたいまつを受け取って、彼らは将来すばらしいことをするでしょう。私はそれを知っています。なぜならその光景が見えるからです。私の心の中で、もうそれはすでに起こっているからです。

　アカデミー賞を受賞する、金メダルをとる、本を書く、何かを作る、子どもを育てる、キャリアを築く、富を蓄える……私にはあなたの夢が何かはわかりませんが、あなたは知っているはずです。そして、絶対に何があってもやめないでください。どんな人、場所、もの、考え、出来事が立ちふさがっても、そのために夢をあきらめないでください。なぜなら夢こそが人生のすべてだからです。あなたのスピリチュアルな使命が、物質的世界に持ち込まれたものが、夢なのです。

　あなたが人生をあなたの夢に捧げて、誰にも何にもそれを邪魔させないとしたら、どうなるでしょうか。この世界のいかなる人物にも、いかなる試練、障害、恐れ、感情にも、あなたが夢見るとおりの人間になることを邪魔させないとしたら、夢が実現しないことがありえるでしょうか？　熱心で受け入れる準備のできた人に話をして、すばらしい人生への鍵を心から伝えること以上に私をワクワクさせることはありません。あなたの内側に本書で述べている原則と共鳴する部分があって、あなたが限りない潜在能力に気づくことを祈るばかりです。

人生でいちばんすばらしいことは、毎朝起きて自分の大好きなことをやり、自分のしていることを愛することです。また、休暇にやりたいようなことを天職にして、十分な報酬を受け取り、インスピレーションを感じながら生きることです。私が夢を生きているように、あなたが自分の夢を生きたいと思いはじめたとしたら、それは大変嬉しいことです。

もしあなたが私の話に納得して、毎日毎日、自分の夢を書き留め、それを読んで心に思い描いて誓い、それに焦点を合わせて使命を感じるようになったとしたら、あなたはいつかこう言うはずです。

「私は、これを始めた日のことを覚えている。すべて真実だった。いま、私は自分の夢を生きている」

あなたのマインドを毎日あなたの夢で満たして生きれば、夢があなたの人生になります。

## ❖愛のリストを書く

「私が人生で本当にやりたいことは何だろう？」

多くの人は自分自身にこのように問いかける時間をとりません。

**できるか、すべきか、しなくてはならないか**ではなく、**本当にやりたいか**です。人生の質はあなたが発する問いかけの質で決まります。自分に質問しつづけて、答えがわかるまでやめなければ――そしてその答えに磨きをかけつづければ――あなたは目覚めて、すばらしい人生を手に入れます。

さあ、愛のリストを書くときです。これは最初のたたき台になるでしょう。このリストに真剣に取り組んでその効果を理解すると、もっと細かいところまで思いつくようになるでしょう。書いたリストをパソコンに保存し、常に改良を加えて質を高めることをお勧めします。はっきりと具体的な表現を用いてください。「幸せになりたい、成功したい、精神的（スピリチュアル）に生きたい」といった漠然としたありふれた表現は、漠然としたありふれた人生を作ります。

あなたがスピリチュアルに生きたいとしたら、その意味を明確にする必要があります。

あなたにとって、スピリチュアルとは、祈りを捧げることでしょうか。瞑想ですか、生きとすることですか？　成功とは一定量のお金を意味するのですか、旅行ですか、名声ですか、何かを所有することですか、誰かに会うことですか？

これぐらい詳しくなければ、あなたの計画は漠然としていて、それに基づいて行動することはできません。行動しないなら、それはただ中身のない言葉を並べているにすぎません。細部をはっきりさせればさせるほど、創造的なパワーはより大きく発揮できるようになります。

次に詳細で具体的な表現の例を挙げておきます。

・**なりたい姿（Be）**　40歳までに、裕福な億万長者の社会事業家。
・**すること（Do）**　月ごとに増える貯蓄計画。まず2000ドル、次に3000ドル、その次は4000ドル……と投資額を上げる。メリルリンチ証券会社で、ドル・コスト平均法をドル・バリュー平均法と組み合わせる戦略をとる。ファンドマネージャーが管理するミューチュアルファンドと管理しないインデックスファンドとのバランスを利用して、投資分野を分散しながら、投資クッションを継続的に増やす。
・**持つもの（Have）**　根気と報酬（経済的自由、旅行、社交と慈善の機会）。

あなたの愛のリストを書く準備ができましたか？　**人生の７つの領域**（精神性（スピリチュアリティ）、知的活動、職業、お金、家族、人間関係、身体）**それぞれについて、どうなりたいか、何をしたいか、何を持ちたいか**を考えてください。具体的で詳しい表現を用いてください。

第7章

# 夢の実現——創造の青写真

あなたは目的があってこの地球にいます。魂に導かれているとき、あなたには目的がはっきりわかりますが、たくさんのペルソナに心を乱されているときには、それがわからなくなります。ディマティーニ・メソッドを完了するたびに、ペルソナが消え、インスピレーションを感じ、人生の目的がはっきりしてくるでしょう。あなたが望むことを実現する「方法」、そしてそれを引き寄せるための原動力となる「理由」が、あなたの人生の目的です。

セミナーに行って新しいスキルをワンセット学んだことがありますか？　あなたはすばらしい一覧表と、たくさんの「方法」を受け取りますが、どういうわけかそれをさっぱり活用しませんでした。「知っていること」と「実際に行動すること」のあいだにある比率は、あなたの「理由」の大きさによって決まります。あなたは目標を達成するために必要な知識をすべて学ぶことができますが、「理由」が小さすぎると、達成に必要な行動に移らないでしょう。方法はなんとかなります。でも意味のある理由なしには、たいしたことは何も起こりません。

私はよくこう聞かれます。

「ジョン、どうしたら長いあいだ、自分の目標に焦点を合わせつづけられるんだい？」

それはただ私が十分に大きな「理由」を持っているからだと答えます。私は、はっきりとしたヴィジョンとメッセージを与えられ、生まれた目的を果たすために十分な「理由」を受け取りました。私たちをやる気にさせ、前に進ませつづけるのは、その「理由」です。

## ❖私が人生の目的を実行しないのは……

「なぜあなたは潜在能力を最大限に発揮して、そうしたいと思うとおりの方法で生きないのか？」という質問に対しては、さまざまなレベルの言い訳があります。それらはすべて恐れとある種の罪悪感に基づいています。

・まずは体重を落とすことを望んでいる。
・まずは借金を返したい。
・まずは教育を終えたほうがいい。
・まずは教会の慈善活動をするべきだ。
・まずは子どもを育てなければならない。

どの言い訳も必ずしも真実ではありません。すべて心から好きなことをやっていないことへの言い訳ですが、言い訳をしても夢に近づけるわけではありません。自分の活動に対して、間違いないと確信し、揺るぎない信念を抱いている人であれば、持っているお金やその他すべてを取り上げられたとしても、ただ一からすべてを作り直すだけでしょう。夢を実現するためには、次の2つの知恵に満ちたアクション・ステップ（行動段階）に絶えず従いつづけなくてはなりません。

第1に、**夢を明確に定めます**。夢を明確に定めずに、夢を持てるとは思わないでください。

第2に、**その夢の実現を妨げるものは何かと自問します**。これには効果があります。言い訳をしていることに気がついたら、どんな言い訳も、ディマティーニ・メソッドのプロセスで消滅させることができると知っておいてください。先延ばし（私は「夢を生きるのを遅らせること」と定義します）は、主に次の3つのことに起因しています。

①　目標を細分化していない。

②　偏ったものの見方に惑わされている。

③　夢が自分の最も大切な価値観や目的とつながっていない、または調和していない。

目標は必ず実行しやすいステップに分割し、知覚のバランスをとり、夢を自分の最も高い価値観と結びつけましょう。そうすれば、先延ばしを打破して行動に移ることができます。自己実現に言い訳は必要ありません。人が言い訳をするのは、自分がやりたいことをしない理由を正当化するためです。

私は長年、医師たちと仕事をしています。診療所の売買を行ったり、医師たちにトレーニングやコンサルティングを行ったりしています。たとえば、私が1週間に500人の患者を診察する医師を選んで、どこか小さな町にある小さなクリニックに新たに配属したとします。すると1カ月も経たないうちに、その医師にはまた1週間あたり500人の患者がついていることでしょう。ところが1週間に患者数が50人という考え方に慣れているほかの医師を選んで、1週間に500人の患者が来る診療所を売ると、数カ月で患者数は500人から50人に減るでしょう。

この現象は意識の周波数がもたらした結果で、外界とはほとんど、またはまったく関係がなく、あなたの心の中の世界と密接に関係しています。内なる世界のパワーを減らすのは、人生の7つの領域における誇張されたり、矮小化された知覚です。つまり、自らに対する限界意識の奥にある恐れや罪悪感と言い換えることができます。ブレイクスルー・エクスペリエンスの目的は、人生の7つの領域における偏った知覚を解消し、あなたの精神を解放して潜在能力を十分に発揮させることです。

## ❖あること、すること、持つこと

あなたがここにいるのは使命をまっとうするためです。あなたの使命には3つの構成要素があります。あること、すること、持つことの3つです。人生で何を持ち、何になりたいかを特定していなければ、何をやりたいかわからない場合と同じく、宇宙はあなたが予期しなかったものをくれることになるでしょう。入国するときに「所持品」を申告しますが、同じように、身体に入って生まれるときには人生から得たいものを申告する必要があります。申告して求めれば求めるほど、あなたが実現して受け取るものは多くなります。

あなたが何をしているか、何を持っているかを聞けば、私はあなたがどんな人かよくわかります。あなたがたくさんの顧客、ビジネス、富、資源を持っていて、たくさんの仕事をしているとしたら、あなたは「ひとかどの人物」だということになります。もしあなたが何もせず何も持たないなら、社会はあなたに「取るに足りない人」というラベルを貼るでしょう。大きな仕事をして、膨大な資源を持ち、世界に本物の影響を与える人に対して、ほかの人々は無意識に感嘆の声をあげるのです。

ブレイクスルー・エクスペリエンスの参加者の中には、こう言う人もいます。

「いいえ、私はそんなことを気にしません。何をしているか、何を持っているかでその人を判断したりしないし、決めつけたりしません」

ところが多くのものを持ち、多くを成し遂げている重要人物が隣に来ると、彼らは見るからに弱々しくなり、申し訳なさそうに小さくなることでしょう。超億万長者やとても美しい人、極めて才能ある人が部屋に入ってくると、彼らはおじけづきます。私たちは本質的に成長し、意識を拡大し、人生のあらゆる質を上げようとしています。絶えず進化し、拡張し、目覚めていくという天与の目的を果たしていないと、人は自滅的になるのです。

ある、する、持つの組み合わせには、もともと特定のバランスがあるので、**代償なしで何かを得たり、見返りなしに何かを与えたりしようとする**と、あなたは一時的に真の自尊心を抑え込んだり、自分の使命がよくわからなくなったりします。こうしたかたちの不均衡は**不公正な取引**であると言えます。

少々ショッキングに聞こえるかもしれませんが、「与えること」はある意味、神話にすぎません。というのも、受け取ることなしに、与えることはできないからです。私たちはみな与える者になるべきだという、広く信じられている観念はまったくのナンセンスです。人生の達人は、与えることが神話にすぎないと認めてそれを超越しています。与えることはある種の交換と変容にすぎないと知っているからです。人生の達人は公正な取引を理解しており、正確なバランスという意味においては、受け取ることなしに与えることはできないと知っています。

自分は純粋に与える人で、慈悲深い利他主義者なのだ、と考えている人を誰か知っていますか？「これをあなたにあげたいと心の底から思っています。私はあげるのが好きなんです。私の性分です」と誰かに言われたら、その人の隠れた意図を試してみることができます。「ああ、すてきな贈り物をありがとう」と言って、その場ですぐにそれをほかの誰かにあげるか、あるいは目の前でそれに火をつけるのです。すぐに隠れた意図が浮上して、その人が与えることの背後で何を期待しているのかが明らかになります。

その人が本当に与えることを目的としていたのなら、あなたの行動を承認することができるでしょう。でも隠れた意図が「あなたは私の趣味の良さを認めて、私に感謝して、恩を感じなくてはいけない」ということであれば、意図が急に表面化して、その人は反応するでしょう。与えることと受け取ることはバランスを保っているのだと知っておいてください。ほかの人々とあなた自身の、隠れた意図にしっかりと気づくようにしましょう。

「いま、ここ」に集中することは、自分の人生を自分の手に入れるための重要な鍵です。自分が何も差し出さずに何かを受け取っているとか、何も受け取らずに何かを与えていると考えていては、「いま、ここ」に集中することはできません。「いま、ここ」に集中しつづけるためには、与えることと受け取ることを同時に行って、公正な取引をすることです。自分の生き方をマスターしている人は人生において公正な取引を維持しています。古代ギリシャの格言に「労働した時間には、報酬が支払われる」とあるのはそういうわけです。仕事がなされたその瞬間に、支払いは済みます。公正な取引から外れると、あなたは「いま、ここ」に集中できません。

誰かに何か借りを作って、何カ月または何年も罪悪感や恐れを感じていたことはありますか？　その感情があなたの心を乱して、意識を曇らせてしまったのは、公正な取引をしていないと感じたからです。人生の7つの領域——精神性（スピリチュアリティ）、知的活動、職業、お金、家族、人間関係、身体——のいずれかで取引が成立していないと感じるときはいつも、あなたは「いま、ここ」にいられずに、恐れと罪悪感を持つようになります。そして公正な取引に戻ったと感じるまでは、自分の本当の姿を現すことができません。

公正な取引は物質的要素に限定されません。心の問題でもあります。あなたが大きな遺産を受け取って、それに値するほどのことをしていないと感じたら、バランスをもたらす力が働いて、あなたが正当な取り分だと感じる金額までその遺産は減る可能性があります。

浪費したり、投資で失敗したり、突然の病で必要になったり、自滅的な友人に使わされたり、差し迫った非常事態が起こったりするのです。

知覚のバランスを取り戻してそれが公正な取引だと感じるためには、自分が受け取ったものに、自分が値していたのだと理解する必要があります。それがわかった瞬間、あなたのマインドはクリアーになり、「いま、ここ」に戻れます。自分でそれを獲得したのだと感じると、まったく違うやり方で、そのお金を扱えるようになるのです。

これはとてもパワフルな原則です。なぜなら、私たちのものの見方がアンバランスになるたびに、そしてそこに釣り合いが存在することを見落とすたびに、重荷を背負うことになるからです。

## ❖あなたの真の価値を認める

この原則はこう表現することもできます――「自分自身の価値を認めるまでは、他人が認めてくれると思うな」

あなたの周囲の世界は、あなたの内側の世界を映し出しています。自分のあり方、やっていること、持っているものにもっと高い価値を見いだすと、それがあなたの受け取るものになります。

たとえばあなたが役者で、自分の出演料をXドルに決めたとします。誰かにその10分の1の出演料を提示されて、あなたがその申し入れを受け入れたとしたら、自分の真の価値はもともと設定していた金額の10分の1だと言っているようなものです。あなたは市場における自分の価値を下げたのです。低い出演料が提示されたときに、あなたが自分の真の価値を認めて「いいえ、私の出演料はこの金額です。これが私の価値です」と言えば、あなたはその金額を手にするでしょう。

自分の真の価値を認めるというのは、自分を過大評価する「自己正当化」のペルソナとして振る舞うことではなく、自分の中心に立つということです。そのときあなたは公正な取引を行っており、あなたの自己価値観は高まっています。そうでないと、あなたは取引が成り立っていないと感じるでしょう。たとえば、やったことに見合う対価を得ていないという感覚です。それはあなたの真価を下げるのと同時に、相手が当然とれるはずの責任能力、やがては相手の尊厳まで損ねてしまいます。

自分のしたことが、本当はもっと報われてもいいと感じたけれど、ふさわしい対価を要求せずに、あとから過小評価されたと感じたことはありますか？

数年前、ヨーロッパのある医師から相談を受けました。彼女は自分の仕事を過小評価して、わずかな金額しか請求していませんでした。私はこうアドバイスしました。

「仕事に戻ったら、料金を上げてください。専門家としての報酬を請求するんです。そうすれば質の良いクライアントがやってきます」

オフィスに戻った彼女はひどく不安を感じていましたが、自分が公正な取引をしていないことは理解していました。彼女はあるクライアントに4年間も、特別な値引きをしてきたのです。彼女は自分がそのクライアントを恨んでいて、もう自分のオフィスに来てほしくないと思っていることをやっと認めました。彼女はフラストレーションを感じており、スタッフもそのクライアントが来るのを嫌がっていました。4年間もその人物に半額以下でサービスを提供してきましたが、彼女は、自分が親切心からそうしているのだと思っていました。しかし、自分の隠れた意図と怒りがあったことを認めた彼女は、ついにそのクライアントにしっかり向き合ったのです。

彼女はクライアントにこう言いました。

「いままで、私たちの関係は、公平な取引ではなかったと思うんです。来月から段階的に通常の料金を払っていただくのが、お互いにとって良いと思います」

そのクライアントはカンカンに怒り、彼女をののしって大声で言いました。

「そんな価値はない！　君にそんなに払うことは絶対にありえない」

クライアントがすごい勢いで飛び出していくと、スタッフが集まってきて彼女を抱きしめ、言いました。

「ブラボー！　何年も前にこうするべきだったわ」

私に相談する前は、彼女は低く請求しているから喜ばれているという神話に惑わされていましたが、そのクライアントも彼女に腹を立てながらそれを隠していたのです。そして彼女も自分自身に腹を立てながら、それを隠していました。やっと公正な取引に戻って、彼女のビジネスは以前に比べて大きく成長しています。彼女が自分に本当に値するものを要求する勇気を持ったからです。

宇宙はあなたに「あなたの価値は？」と問いかけて、あなたがその価値に目覚めるまで辛抱強く待っています。

## ❖夢の実現化の方程式

目的を達成することに、あなたが人生を捧げて、旅の途中で何が起ころうと、そのことに感謝するなら、人生がどれだけ短期間で劇的に変わるか、びっくりすることでしょう。

しかしながら、あなたの目的を理解することは、最初の一歩にすぎません。次に続くのは

「実現の方程式」です。インスピレーションを受け取って、それを実現するための10段階のプロセスです。

1　**目的を明確にする**。目的がはっきりすればするほど、あなたの確信は深まり、人生における方向感覚ははっきりし、目標と夢を実現する可能性も高まります。常にあなたの人生の目的を読み返して磨きをかけることを目標にしてください。コンピュータに保存して、毎日見直して、最新版に書き換えましょう。傑作にするのを目指してください。

本やニュースなどを読んでいて、すばらしい文章を目にしたときに、涙がこみあげてくることが私にはあります。そんなときはいつも、私の人生に合うようにその文章に手を加えて、最新版のミッション・ステートメント（愛のリストをもとに書いた人生の目的や目標）に組み込みます。これもまたインスピレーションを受け取るということです。感謝の涙が出てくる文章やアイデアを見つけ出しては、それをあなたのミッション・ステートメントの一部にしましょう。

2　**人生の7つの領域すべてをあなたの目的と関連づける**。何か日常的に行っていることで、あなたの目的とつながっていなかったり、整合性がとれていなかったりすると したら、それはイライラの元になり、重荷になります。すべての行動はあなたの目的 の一部です。それらの意味と目的との関連性をあとはあなたが気づくことです。それ が知恵です。

ある男性はゴミを捨てに行く時間を、運動し、瞑想し、視覚化し、目標設定し、ア ファメーションを唱えるための時間として利用しはじめました。通常の1日にあなた がすることとすべてを一覧表にして、「これは私が使命を達成するためのどんな役に立 つだろう?」と自問してください。そして「これがやれて、良かった!」と心から言 えるようになるまで、答えを書きつづけましょう。あなたがいましていることを愛す ると、それが心から愛することへとあなたを導いてくれます。

3 **やりたいことについて考える**。もしあなたが自分の思考を完全に導くことができた ら、何が起こると思いますか? 夢を書き留めていただきたいのはこのためです。つ まり、夢を書き出すことによって、あなたはその夢について考えはじめるからです。 意識を向ければ向けるほど、あなたの夢や愛のリストに書いた目標は、実現するのが どんどん早くなります。あなたの夢を書き留めて、それについて考えましょう。やりたいことに思考を集中させてそれを実現させるのです。これには**時間をかける価値があります**。

4　**やりたいことを視覚化する**。詳細を想像できればできるほど、あなたはますます力を持ちます。あなたは共同製作者です。あなたがヴィジョンを抱けば抱くほど、視覚化すればするほど、ますますあなたの創造する力は大きくなります。あなたが実現したいことのあらゆる細部を想像してください。

私はセミナーを視覚化するとき、自分が特定の場所で特定の人数の人々と一緒にいるところを想像します。自分が伝える知識、参加者がそこから何を受け取るのか――思いつく限りのすべてです。あなたの夢が旅行することなら、行きたい場所の写真を切り抜いてモザイク写真をデザインしましょう。具体的にどんな旅行がしたいのかを、ごく細かな点まで視覚化します。

5　**やりたいことをアファメーションする**。あなたが口にすることは人生に大きな影響を及ぼします。あなたは自分に何と言ってあげたいですか？　もし失敗することがないとわかっているとしたら、自分に何と言いますか？　パワーを持つ文章や言葉の中で、最も優先順位の高い3つを唱えるとしたら、何を唱えますか？　「私はいつも幸せで、決して悲しまない」といったためそめそした幻想ではなく、明晰で、力強く、簡潔な言葉で言うのです。たとえば、次のような言葉です。

「私が触れる人は誰でも健康になり、インスピレーションを得る」

「お金はまず自分自身に支払う。私にはその価値があるから」

「私は優れたヒーラーである。私には天賦の才能がある」

6　**やりたいことを感じる**。感謝、愛、インスピレーション、熱意は、最も力強く創造力あふれる4つの心の状態です。その思いは、夢を叶える力をあなたに与えます。あなたの心、マインド、身体にそれらの思いが現れるのは、あなたがバランスを保った状態にあるときです。いましていることに活力とエネルギーを注げば注ぐほど、返ってくる報酬はますます大きくなります。ですからこの4つの心の状態で、愛のリスト、ミッション・ステートメント、アファメーションを書いたり読んだりしましょう。

7　**やりたいことを書く**。やりたいことを書くのは無形のアイデアを有形の現実にするための第一歩です。書いたりタイプしたりすることは大脳運動感覚野を活性化して大脳半球に連想を生じさせ、それが視覚、聴覚、触覚の働きを活性化したり促進したりします。結果としてあなたが書くことが実現するので、大いに書きましょう！

8　**やりたいことを実行する**。インスピレーションを感じたりすばらしいアイデアを思いついたりしたけれど、それを実行できないことがありますか？　多くの人が目標を書いても最後までやり通せないのは、目標が複雑すぎたり、容易に達成できるシンプルな段階に「かみ砕いて」いないからです。次に挙げる自己実現のための「7つのクオリティ・クエスチョン」（質の高い質問）を自分に問いかけて、答えが見つかるまであきらめないでください。目標は、趣味を職業にすることです。

①　私が無条件に好きな（やりたい）ことは何だろう？
②　どうしたらそれをすることで、良い報酬を得られるだろう？
③　やりたいことを始めるための、今日できる優先度の高い7つのアクション・ステップ（行動段階）は何だろう？
④　私が出くわす可能性のある障害は何だろう？　どうしたら前もってそれに対処できるだろう？

⑤ 今日うまくいったこと、うまくいかなかったことは何だろう？
⑥ どうしたらもっと効果的に大好きなことができるだろう？
⑦ 今日の体験は、ポジティブなこともネガティブなことも、全部ひっくるめて、私の目的にどう役立っただろう？

この7つの質問には極めて大きな効果があります。完全に自分のものにして利用すれば、あなたの人生が変わるでしょう。

9 **やりたいことを実現する**。人生が具体的にどうなってほしいかに思いをめぐらせ、集中することは、目標や夢を実現するのに役立ちます。この10段階の実現の方程式に従えば、あなたの愛のリストを実現することができます。

宇宙の本質があなたの夢の実現に手を貸すやり方に、限界があるなどとは思わないでください。ただ認めましょう――あなたは完璧な場所で、完璧なときに、完璧な人々に出会って、完璧な夢を実現します。何らかの疑いを感じはじめたら、優先度の高い考えで頭をいっぱいにして、優先度の高いアクション・ステップを実行しましょう。あなたの1日をあなたが愛することで満たして、何が起こるかを見守りましょう。

10　**やりたいことに感謝する**。実現の方程式の最終段階は、あなたが創造したことを認め、感謝し、受け入れることです。感謝しているとき、あなたは心を開いて、神聖なインスピレーションの源にアクセスすることができます。次の7つのステップからなるエクササイズを、目覚めたとき、寝る前、そして感情の状態を愛、感謝、インスピレーション、熱意のうちのどれかに変えたいとき、いつでも実行しましょう。

①　頭を45度上に向けます。
②　今度は目をさらに45度上に向けます。
③　まぶたを軽く閉じます。
④　あなたが今日のあなたになるのを助けてくれたすべての人に、心の中で感謝を捧げます。
⑤　心が開いて無条件の愛を感じ、涙がこみあげ、すべての人たちが、いかにすばらしい役割を果たしてくれたかがはっきりわかるまで、この感謝を続けます。
⑥　心が開き、涙があふれ出したら、あなたの聖なる魂に導きと知恵とメッセージを求めます。

⑦　メッセージがあなたの魂／マインドのいちばん奥にある場所からやってくるのを待ちます。意識に現れたら、書き留めてそのメッセージに従います。

いまの自分のあり方、持っているもの、やっていることに感謝を抱くことで、あり方、持ちもの、行動がさらに広がることへの下地を作っています。贈り物に感謝する人には与えつづけたくなるのと同じように、宇宙もまた贈り物に感謝するあなたに与えつづけるのです。

実現の方程式は、あなたがやりたいことを現実に作り出すための青写真です。**目的＋思考＋ヴィジョン＋アファメーション＋心の状態＋空間と時間の中でものごとを書き留めること＋精力的に行動すること＋感謝すること**でものごとが実現します。夢は訓練次第で実現できるものであり、この方程式は夢を可能にします。

一人ひとりがみなヴィジョンとインスピレーションを持ち、内に才能を秘めています。すべての人に使命と責任があり、天性の才能を発揮する能力を備えています。でもあなたは自ら進んで人生を秩序立てる必要があり、なにものにも邪魔をさせてはなりません。あなたに夢があるのなら、人生の日々をその夢とともに歩み、なにものにも邪魔をさせないでください――そうすればあなたの「天才性」が目覚めます。あなたは、あなたの身体だけでも、人格だけでもありません。あなたはスピリチュアルな魂であり、途方もなく大きな運命を持っています――あなたにも私にも、まだ完全に理解することのできない運命があるのです。

# 第8章

# 夢の完成——完全な円

ポール・ブラッグの助けを借りて、私が自らのヴィジョンに目覚めたとき、私は怯えました。なぜなら、そんなヴィジョンを実現できるわけがないと思ったからです。私は読み書きすらできないサーファーでした……いったいどうやったら、自分が人に教える立場になれるというのでしょうか？　現実的ではないのに、私が見たヴィジョンは鮮明でした。そこで私は、天性の才能に目覚めるためのアファメーションをポール・ブラッグが私に授けてくれたとき、それにしがみつきました。

ポール・ブラッグは言いました。

「お前のマインドがお前の運命を決定し、ふだんいつも考えていることがお前の世界を決める。私が授けた言葉をただ繰り返すだけではだめだ。**それになれ**。人生がそれで決まると思って唱えるんだ！」

私はそのとおりにしました。仲間にからかわれると、心の中でいっそう強く唱えました。

人生を振り返ってみると、現在私がしていることに、いままでのすべての出来事が役立っているのがわかります。すべては完璧な秩序のうちにありました。あなたもまた、あなたの運命にとって完璧そのものの経験をしてきたのです。いままでのあらゆるポジティブまたはネガティブな経験や出来事が、あなたの使命へとあなたを導き、進むべき方向を示してきました。もし、あなたが人生に感謝することを妨げる幻想があれば、それを消滅させ、人生の目的を目覚めさせることはとても重要です。そこから確信が生まれるからです。

これまであなたに起こったすべての出来事は完璧です。あなたがそのことを実感すれば、哲学者ゴットフリート・W・ライプニッツが「神の完全性」について書いたときに見たことを理解できるでしょう。それが、あなたの天才性がよみがえる日です。あなたは不滅の足跡を残すことができるのです。

### ❖たいまつを渡す

私は先生で、ヒーラーで、哲学者で、心と身体と魂にかかわる宇宙の法則、とりわけヒーリングにかかわる法則を研究しています。世界中を旅して必要なことを何でもやり、どんなに遠い場所へも行って、愛という奉仕を分かち合うためにどんな代償もいとわないのです。そういうことです。それが私のしていることです。あなたが自分なりの理由を発見するとき――あるいは再発見するとき（ときには忘れていることもありますから）――、あなたは人生という贈り物を手にします。それが人生です。あなたが全エネルギーを注げるインスピレーションに満ちたものです。人生の質は、自分がどれだけ生産的なことをしていると感じているか、世の中にどれだけ貢献していると感じているかに比例します。

愛、知恵、ヒーリングを分かち合うことは私にとって大変達成感のある、インスピレーションをかきたてられる行動です。それこそが私の夢と使命の実現です。私はそうした行動に伴う苦しみと楽しみを両方受け入れてきましたし、きちんと釣り合う報酬を得てきました。ブレイクスルー・エクスペリエンスでは毎週末、誰かが深いレベルのプロセスを経験して、自らの人生のすばらしさに心を開いています。定期的にそんな祝福を受けていて、私のヴィジョンが大きくならないはずがありません。

昔の知恵者は、「自分のたいまつを人に手渡したり、人のたいまつに火を灯したりしないなら、いまより大きな明かりを得ることはない」と言いました。何を極めたいにせよ、たいまつのようにそれを次に渡すことです。ほかの人が人生で達成したいことを成し遂げる手助けをすると、あなたがやりたいことを達成しやすくなります。

あなたが先生になりたいなら、教えましょう。あなたが役者になりたいなら、演じて、ほかの人々が演技を学ぶのを助けましょう。作家になりたいなら、座って書きはじめ、ほかの人々が同じことをするのを助けましょう。あなたがなりたいもの、したいこと、持ちたいものがどんなものでも、自分のスキルでほかの人々に奉仕すると誓いましょう。するとあなたは、あなたの得意分野を活かして、あなたの成長を助けてくれる人々を引き寄せることができます。
もうひとつ自分の運命を手中に収めることに関して言えば、話すべきときと黙っているべきときを識別することです。信じている人には、証明する必要はありません。信じていない人には、証明することは不可能です。求めない人に対して言葉を無駄に費やすことはありません。ときに沈黙は言葉より雄弁です。たいまつを運ぶ人を選ぶときは賢くありましょう。

インスピレーションを分かち合い、聞く用意のある人々に伝わるようにすると、彼らもほかの人々と分かち合うようになります。あなたのメッセージが次から次へと伝わるとき、あなたはより多くのインスピレーション、熱意、光を受け取るでしょう。情報をすばやく集めれば集めるほど、そして学んだことをほかの人々に早く伝えれば伝えるほど、それらはしっかりあなたの記憶にとどまるようになります。受信と送信のあいだに経過する時間が長くなればなるほど、あなたの記憶にとどまる情報は少なくなり、あなたの確信も小さくなります。

優れた記憶力を持ちたいなら、受け取ったものをすぐに外に出しましょう。あなたには天性の指導者としての性質も、天性の生徒としての性質もあることを認めて、あなた自身が最大限に進化することを目指しましょう。

## ❖幻想にもまた役目がある

運命をたどる道のりで、あなたはさまざまな領域を通過（経験）します。身体、マインド、精神が成長して、そうした意識領域または人生の局面を通過するとき、あなたはたくさんの幻想を打ち破ることでしょう。

小学校で黒板の上に、原子を意味する小さなボールの集まりの写真が貼ってあったのを覚えていますか？　それを見たときはおそらく「**へえ、原子って球なんだ**」と思ったことでしょう。でも高校に入ると、結局原子は正確には球ではなく、原子より小さい陽子、中性子、電子でできていることを知ったはずです。

大学に行くと、原子は実際には波と粒子の確率分布で、陽子はクォーク、グルーオン、その他の素粒子で構成されていると考えられているのを知りました。それから博士課程に進むと、その解釈は単なる仮説で、考察の余地のある理論だとわかります。さて名誉教授になったあなたは、そうした理論はすべて、誰かの思考体系にすぎないと悟っています。場合によっては横並びの定めごとでしかなく、真実ではないので、いつか誰かがそれに取って代わる新しいモデルと理論を思いつく可能性があるのです。かつて信じられていた

「真実」は、次の段階の理解に進めば、また別の幻想にすぎなくなります。

あなたが10歳だとして、私が10ドルをあげたら、きっと喜ぶでしょう。誰かがあなたの貯金箱から10ドルをとったら、きっと悲しむはずです。あなたが20歳で私が100ドルをあげたら、あなたは喜び、私が100ドルをとったら、あなたは悲しみます。30歳になると、1000ドル受け取れば嬉しくなり、1000ドル失えば悲しくなります。あなたが40歳で私が1万ドルをあげたらあなたは相当喜び、1万ドルをとったら相当怒るでしょう。50歳で私がいますぐ10万ドルの小切手を書いて渡したら、おそらくあなたは舞い上がるでしょう。それを取り上げたらあなたは落ち込むでしょう。そしてもしあなたが富を蓄積しつづけたら、60歳になるまでには、100万ドルのやりとりがあなたを喜ばせたり悲しませたりするはずです。

でも、もしあなたが60歳のときに私が10ドルをあげたら、あなたは喜ぶでしょうか？おそらく喜ばないでしょう。10ドルとられてもほとんど気にならないはずです。年齢ごとに富の意識領域が異なるのです。10歳のときは10ドルで一喜一憂しますが、60歳から同様の感情を引き出すには、100万ドルをあげるか奪うかする必要があります。感じ取る価値の幅が大きくなって、あなたが進化したからです。

すべては相対的なものです。金額の数字は実際のところ重要ではありません。損得は単なる受け止め方の問題だからです。快楽と苦痛、高揚感と落ち込みは、人生のあらゆる瞬間、あらゆるレベルを通して一定に保たれています。大きさや数の多さは増えつづけますが、あなたもまた成長しているので、2つの幻《まぼろし》／幻想をちょうど同じだけ感じるのです。あなたを喜ばせるものは何であれ、同じ程度にあなたを悲しませます。

人生は実際にすでにある状態からは、少しも厳しくなったり楽になったりしていません。赤ん坊にとっての誕生、子どもにとっての幼稚園、若者にとってのデート……仕事、結婚、キャリア、中年の危機、老化、死、次に何が起ころうと——すべては、それを経験している人にとって同等です。

自分に乗り越えられない試練はやってきません。小学校の児童は微積分をしろとは言われません。この世界はひとつの学校です。損と得、恐れと勇気という幻想のおかげで、胸が躍ったり憂うつになったり、理想に傾いたり現実に傾いたりしますが、最終的には満たされます。人生のあらゆるレベル／領域に、感謝による天国と、感謝のない地獄があり、それは、そのときのあなたの受け止め方次第で決まります。どれだけたくさんのレベルを通過するにしても、あなたはバランスのとれた世界にとどまりつづけるのです。

私たちの意識領域は、水面の波紋が同心円状に広がるように、非難から無関心そして愛へと、何度も何度も繰り返し、無限に拡大するプロセスを経ていきます。私たちがここにいるのは一方に偏るためではなく、幸福になるためですらありません――私たちは愛するためにここにいるのです。愛は幸福よりもずっと深遠です。愛という不滅の真実、充足感、深遠さ、恩寵に比べれば、幸福はつかの間の感情でしかありません。

いずれにしても私たちは幸福なままでいるようにはできていません。私たちがここにいるのは愛を通して量子から量子へと成長するためです。すぐに消えてしまう量子を愛した瞬間、私たちは次の量子へと移動していきます。またその消えてしまう量子を愛すると、その瞬間、次の量子へと進みます。

大衆は感情と巧みな言葉で容易に惑わされます。しかし、彼らが自己に目覚めて進化し、人生を自分で導くようになると、少数派であるけれども、意識の拡大した人たちの集まりに参加しはじめます。愛と知恵に導かれている人々に加わるのです。そうなるのが正しいわけでも間違っているわけでもなく、ただそうなるようにできています。

スポーツをする人はたくさんいますが、トップアスリートは少数です。絵を描く人はたくさんいますが、優れた画家は少数です。歌のうまい人はたくさんいますが、天才ミュージシャンは少数です。真実は決して大衆の手にはありません。それぞれの分野の**達人**の手にあります。

たいていの人は真実を知りたいと思ってすらいません。真実は彼らを怯えさせます。彼らはむしろ幻想の心地よさを選ぶのです。なぜでしょうか？　なぜなら、真実はその人自身のものの考え方やうそに対する、完全な説明責任を要求しますが、ほとんどの人たちは、まだそれを受け入れる心の準備ができていないからなのです。

あなたが成熟する過程で、自分の幻想と向かい合い、それを受け入れることができれば、知恵は深まり、あなたの影響力は大きく、そしてより自分らしく生きられるようになります。あなたはさながらビデオゲームのパックマンの中にいるようなもので、幻想を食べてそれを愛と知恵に変えることで成長します。それは人生のすべての領域で起こり、あなたはそれを止めたいなどとは思わないでしょう。人生は果てしない前進であり、これで完了ということは決してありません。もしあなたがすべてが終わる場所に到達するはずだと思っているなら、あなたはただ無限を「有限」にしているだけで、全体像を見失っているのです。

私は人生がもっと楽になったらいいとは思いません。人生がもっと試練に満ちているといいと思います。なぜなら、より多くの試練と混沌が与えられていると感じれば感じるほど、私が作り出せる秩序はより多くなるからです。私は人生の深遠さを受け入れたいと思います。自分が１００歳になったら、いまよりもっと多くの説明責任を引き受けていたいのです。もしそれができれば、私は元気に生きていることでしょう。それができなければ、たとえ肉体は死んでいなくても、心は死んだも同然でしょう。

## ❖セラピストについての真実

愛と感情はどちらもあなたの心のありようですが、愛は真実で、感情は偽りです。誰かがある出来事を受け止めるときに、ポジティブよりもネガティブが多いと感じてそれによって傷ついたとします。あなたがその人に「ああ、かわいそうに。あなたは傷ついて苦しんでいる」と言えば、それを思いやりと呼ぶ人もいるでしょう。でも実際は、その人を犠牲者である状態に閉じ込め、その人自身を弱めるのにあなたが手を貸しているだけです。自分自身の内にある因果関係への説明責任から迂回させて、バランスの真理や「偉大な発見」に気づく道から脇へそらし、その人の成長を遅らせてしまう可能性があるのです。

私はそれをお勧めしません。真の愛は、幻想に荷担したり単なる社会通念を支持したりしないからです。むしろ愛は真実のために幻想や社会通念に挑戦し、そうした偏った幻想にバランスをもたらします。

「私は殴られた、見捨てられた、傷つけられた、それにこうされた、ああされた……」と言う人はたいてい、同情と思いやりを求めています。彼らはそのいわゆる「思いやり」を与えてくれる人々の群れで自分自身を取り囲み、場合によっては長いあいだ、行き詰まりの状態にいます。ときには、肉体の死を迎えるまでそれをまったく克服できないこともあります。

精神分析医が現れてこう言うこともあります。

「そうです、あなたは確かに犠牲者です。あなたは無実で、彼らはひどい人間です。あなたにあんなことをしたのですから」

そしてクライアントは、自分自身の原因と結果から目をそらすことになります。

原因と結果が時間と空間の中でひとつになるまでは、癒しは完了しません。だから私は「さて、どこに快楽がありましたか？　その利点は何でしたか？　あなた自身がどこでその行動をとりましたか？」と尋ね、そのアンバランスな負荷を中和して釣り合わせます。その出来事がどう役立っているかを理解すると、その人は解放されます。自分にひどい仕打ちをしたと思っていた人が、自分を助けて教え導いていたこと、そもそもひどい仕打ちをする人など存在しないことに気づくのです。

私はあるとき、飛行機の中で母に対してディマティーニ・メソッドのプロセスを行いましたが、5行ですみました。私は母に対する感謝の思いで涙を流し、これまで一度も気づかなかった母のすばらしい一面を理解しました。数行のプロセスを終えた私は、たまたま隣に座っていた、母と同年代のすてきな女性に向き直って、涙を浮かべたまま彼女を見つめました。すると、彼女も泣き出しはじめたのです。

私がその女性に自分が母に伝えたいと思っていた事柄を話すと、彼女はお返しに自分が息子に伝えたいことを話してくれました。私たちはその場でお互いを抱きしめあいました。私は目を閉じて泣き、彼女を抱きしめて自分が感じていることを彼女に話しました。ようやく私が目を開けると、まわりにいた人たちがみな涙をぬぐい、ティッシュペーパーを探していました。もちろんその女性と私は初対面でしたが、私たちは残りのフライトのあいだ中ずっと手をつないでいました。

ディマティーニ・メソッドはどこでも行うことができます。プロセスを完了すると、恐れずに自意識を超えて、あなたの真の存在である光を放つことが可能になります。このプロセスはペルソナの限定性をはるかに超えて広がっていきます。真実は本当の意味であなたを自由にするのです。あなたの開かれた心のパワーは、まわりの人々にすばらしい影響を与えるでしょう。

## ❖アイデンティティ・クライシス

ブレイクスルー・エクスペリエンスは、あなたを幸福にするわけではないことを知っておいてください。その目的は、幸福や不幸をはるかに超えたところにあるのです。ひとつの存在の意識領域から別の意識領域に同心円的に拡大するたびに、また、現在とは異なる新しい意識へと量子飛躍するたびに、あなたは一時的にアイデンティティ・クライシス（アイデンティティの危機）を経験するでしょう。

この現象は成長のために必要不可欠なので、飛躍が大きければ大きいほど、ますます大きな危機を経験するかもしれません。あなたの人生は、ある信念や知覚システムをモデルにして築かれていますが、突然あなたがそのシステムに合わなくなったり、またはその枠を超えて成長を遂げたりすると、新しい意識モデルになじむまでのあいだ、アイデンティティ・クライシスの段階を経験することになります。

原子を思い浮かべてください。核に正電荷の陽子があり、まわりを負電荷の電子が回っています。あなたが電子をひとつはぎとると、原子の正電荷が大きくなります。電子をひとつ加えると、負電荷が大きくなります。あなたが電子を加えたり取ったりするたびに、原子の電荷を変えます。人間である私たちの電荷は「感情」「信念体系」「価値観」と呼ばれています。あなたが原子の電荷を変えると、その原子はほかのあらゆる原子に対して異なる反応を示します。人間も同じことです。私たちは自分の古い電荷と新しい電荷に従って世界に異なる反応を示すのです。

善と悪についての信念体系をはぎとるたびに、人生に異なる反応を示すかもしれません。それは、習慣として身についたやり方で、反応するのにあまりにも慣れているため、こんなふうに考えるからです。**おっと、ちょっと待った！　古いやり方で行動してはだめだ、と言っても本当にそうしたいのかどうか、よくわからなくなってきた。**

それがアイデンティティ・クライシスです。原子から電荷を奪うことは、実質的には異なる反応要素を作り出すことです。同じように、人間の場合は異なる人格が作り出されます。新しい自由には快楽がありますが、新しい力学とほかの人々の反応に確信が持てないために苦痛も感じるのです。

あなたは成長するために、ある程度アイデンティティ・クライシスを経験する必要があります。実際、あなたの人生全体が一連のアイデンティティ・クライシスや混沌の期間で満たされるのです。あなたは絶えず脱皮し再生しています。アイデンティティ・クライシスがあるということは、それがまさにあなたの望む人生なのです。最大の成長は混沌と秩序の境界で起こるからです。アイデンティティ・クライシスがないとしたら、あなたは進歩していないのかもしれません。

もしセミナーに参加した誰かに「セミナー中に、少々頭が混乱していると感じるときがあります」と言われたら、私はその人にこう言います。

「すばらしい。それがまさに目的とするところです。つまり、セミナーがあなたの人生を変えたということです。あなたは正常なアイデンティティ・クライシスを経験しています。あなたの成長には欠かせません。あなたは変化を求めてやってきて、それを手にしたのです」

**帰るときには来たときとまったく同じでありたい**と考えてセミナーに参加する人はいません。それは時間、エネルギー、お金の賢い使い方とは言えません。成長するためには、変化する必要があります。変化にはアイデンティティ・クライシスがつきものです。それは実際には、古い価値観や性格的な習慣を打ち破ることです。

精神的な目覚めと成長の道に足を踏み入れた新参者が、ごく自然なアイデンティティ・クライシスを経験するときは、自分の外側に原因と結果があると考えがちですが、人生の達人は内側を見ています。あなた自身の感じ方があなたに秩序や混乱をもたらしているのです。アイデンティティ・クライシスを経験するあいだに、自分があまりにも多くの、新たに発生した偏った感じ方に打ちのめされていると気づいたら、立ち止まってそのようなものの見方に対してディマティーニ・メソッドを行ってください。アイデンティティ・クライシスが溶け、意識が「いま、ここ」に戻ります。

出来事にこのプロセスをあてはめるには、単にその出来事を擬人化してください。ミスター・病気、ミス・経済的損失、不安のジョー、交通事故のスージー、その他何でもかまいません。もちろん、プロセスの次の対象はすぐにやってくるでしょう……ありがたいことです！

### ❖すべては知覚のゲーム

たいていの人は、自分の人生に欠けているものはひとつもないという可能性について考えてみることすらありません。私が世界中を旅しているときに子どもたちはヒューストンに、妻はニューヨークにいるとしたら、私には選択肢が2つあります。

ディマティーニ・メソッドによって感謝と愛に満たされ、家族の存在を感じ、心の中に彼らを感じて、私がたとえ時間的（空間的）にどこにいようとも、彼らと一緒にいることを感じるか、もしくは物理的に彼らに会えないことに意気消沈して喪失感を味わうかです。

もし私が賢明になって、どこにいようと注意深くあたりを見回すなら、私が目にするのは、妻や子どもたちを意味するあらゆる特徴です。私は1日を通して自分のまわりに彼らの存在を感じることができます。

おそらくあなたは、**しかし、それは同じではない**と思うでしょう。いいえ、同じなのです。私はほぼ毎日これをやっています。本当に同じだと断言します。

視点を変えてみると、実はあなたの愛する人は常にあなたとともにいるということがわかります。世界中を旅するという私の経験にそれがどんなに影響を与えているかわかりますか？　私は自分が「惑星地球」という名の大きな家に住んでいると感じています。私の妻と子どもたちは同じ家の別の部屋にいるというだけです。唯一の違いは、ひとつの部屋から別の部屋へと大きな家の中を歩くのではなく、飛行機に乗るというだけです。

すべては知覚のゲームです。視点を変えるという方法で愛する人たちと一緒にいる能力がなかったら、私は昔ヴィジョンで見た運命をまっとうできなかったかもしれません。失われていたり、欠けたりしているものは何ひとつないのです。

## ❖神聖なる完全性

ライプニッツが考えた「神の完全性」のことが書かれた本を、18歳のときに読んだ私は、彼が理解していたことを私も自分自身のために理解したいという渇望を感じました。現在の私のようには理解していなかったにもかかわらず、そのときの私は目に涙を浮かべました。なかでも「神の完全性が存在する」と書いてあるのを読んだとき、深い英知と真実が私に明かされようとしているのを感じました。

ライプニッツは彼の天才性で理解の深淵を超えて、宇宙の秩序を垣間見ていました。あらゆる洞察が突如として相互に結びつき、両極で対立していた宇宙に対する見解がごく自然に調和したのです。

いったんブレイクスルー・エクスペリエンスを経験すると、出来事の逆の面を探す方法がわかってきます。完全なバランスと光を垣間見ることによって、あなたの中に磁力と潜在的なエネルギーが生まれ、一度エネルギーが生まれると、それは決して失われることがないのです。

輪ゴムを限界まで伸ばすともう縮まなくなるようなものです。私の目的はあなたがその地点に達するのをお手伝いすることです。あなたがその場所に達したら、今度は次の誰かに火の灯るたいまつを渡してくれることと思います。

あなたの魂の知恵は、何であれほかの誰かがあなたに教える知識よりも偉大です。旅の過程で時間を節約するためにメンターを利用することもできますが、あなたはメンターだけに頼ったりはしないでしょう。なぜならあなたの魂（スピリット）は、目覚めているからです。人間の二面性に関しては、あなたの知性よりもあなたの心のほうが賢明です。心は宇宙の秩序を理解して感知しています。心は謙虚さを備えており、魂に導きを求めています。

偽りは、真の実在を誇張するか過小に見せます。真の実在とは神聖な完全性のことで、あらゆるものごとにおいて完全にバランスがとれている状態のことです。私はセミナーで、空港で、私が行くあらゆる場所で、人々がこう言うのをひんぱんに耳にしました。

「ええ、私たちは完璧じゃない、人間だからね。私は完璧じゃないんです、仕方がないでしょ?」

彼らは自分自身を一方に偏った理想主義と比べています。彼らはその理想主義こそ完璧だと考えているのです。彼らがその幻想の中で生き、自分自身をその幻想と比べている限り、真実である神聖な完全性を経験することはありません。彼らが抱く天国についての理想すら、たいていはとらえどころがないので、もし彼らがその場所に到達したとしてもまた別の幻想が生まれ、その天国でもやはり不完全性を見いだすのでしょう。

私なら、**私たちはすでに完全である**と言います。両面性というバランスそのものが完全性です。私たちは、その完全性から逃れることはできません。そのことを心から受け入れて認めると、驚くほどの精神的潜在能力が生まれます。私たちはすでに完全です。私たちがこの世で行っているすべてのことは、すでに存在しているバランスのとれた完全性に気づくためのものです。

「何をしたとしても、何をしなかったとしても、あなたは愛に値する」と私が言う理由はこれです。何をしたとしても、何をしなかったとしても、それが神聖な完全性です。もしあなたが本当にそのことを理解して、それについて深く瞑想し、わかっているという前提で世界を探検するなら、私たちを支配する「知性」に対して完全に謙虚にならざるを得ません。そのときあなたはアインシュタイン、ニュートン、ダンテ、ライプニッツが語っていた地点に到達して、理解を阻む深淵を飛び越え、永遠に存在する宇宙の秩序から恩寵を受けるのです。

その恩寵の状態で存在するのは、無限の可能性を有するエネルギーです。これは、平均的な人間のマインドでは理解できませんが、人間の精神なら到達可能です。私たちがときたま自分の生きている現実を打ち破り、心を垣間見て宇宙の秩序を理解するとき私たちが不思議に思うのは、なぜその状態からそもそも出てしまったのかということです。しかしながら、とどまることのない進化は、私たちがその状態にはいるために、そこから常に外に出るという旅に私たちを連れ出すのです。それが進化が要求することです。ますます大きくなる幻想を食べて（消滅させて）、ますます大きな知恵を生じさせるわけです。

私は17歳のころから、歴史に不朽の足跡を残してきた人々の人生を研究してきました。世界に大きな影響を与えてパラダイムシフトをもたらしてきたあらゆる分野の偉大な人々です。どんな分野を選んだにせよ、そうした偉大な才能を発揮する人たちにはある共通の特徴がありました。彼らはみな自らの内なるヴィジョンと内なる声を信頼しており、そのおかげで、ほかの人々が気づかずに通り過ぎてしまうことを見たり聞いたりしていました。道を歩む過程で途方もない試練に直面しましたが、それを決意で乗り切りました。また、自分がどこに向かっているのかを理解していました。

自分の内なる声を、自分の外のどんな声にもかき消させない人は、それまで不可能だと思われていたことの境界線を越えて進み、新しい不滅の足跡を残す人です。私たちが自分自身の不滅の部分である魂と心に耳を傾ければ傾けるほど、私たちもまた世界に不滅の影響を与えることができます。私たちがそうすることを選ぶからでも、またそうしたいと思うからでもありません。心に耳を傾けて、魂に従う人は自然にそうなっていくのです。

私はこれまで何度もこう言われてきました。

「あなたにはできないこともある」

「あなたは頭がおかしいか、分別がないかだ」

「それはばかげてる、不可能だ」

そうした言葉が意味するのは、要するに、話し手がその課題を達成可能だと思っていないということです。1マイルを4分で走る、月面に足を踏入れる、光の速さで世界中の人に話しかける、音速の壁を破る――人類の偉大な業績の大部分は、かつては不可能だと思われていたことです。

芸術家、天文学者、神学者、哲学者――彼らが何であったにせよ、不朽の足跡を残した人は、たいていの人がとうていやろうと思わないことを進んでやった人です。彼らは人々の声に耳を傾けませんでした。自らの心に耳を傾けたのです。怖いと思うかどうかは問題ではありません。非凡なことを成し遂げた人であっても、ときには怯えることがありました。すべてのものごとはバランスがとれています。あなたが大きな恐れを感じているとしたら、あなたには大きな勇気もあります。というのも、その2つは同じ割合で保たれるからです。私たちの進化と成長には両方とも不可欠です。

あなたがここにいるのは快楽を追い求めるためだけではなく、奔放に楽しむだけのためでもありません。あなたにはこの地上における使命があります。あなたがその使命に気づくと、あなたは人々の大半が理解しないことを達成することができます。彼らが理解しないのは、自分自身にそれを理解する**真の力**を発揮させようとしないからです。彼らはその意欲とそのモチベーションの深さを理解していません。なぜなら、精神的な自己実現の視野からではなく、自滅／生存／安全／社会のレベルから生きているからです。

天性の才能を発揮する人とは自分自身の魂からのアドバイスに耳を傾けてそれに従う人のことであり、この世のすべての人は潜在的には「天才」なのです。あなたがこれまでに出会ったすべての人に、その人が何をしたにせよ何をしなかったにせよ、本質的には「天才性」を目覚めさせる力があるのです。彼ら、そして自分自身の中にあるその「天才性」をつきとめ、表現するのが私たちの責任です。そのとき、私たちは彼らと自分自身の「天才性」を開花させることができます――それが私の天職でした。そして私はすべての人に天職があると信じています。

あなたはこう思うかもしれません。

**「私は仕事を始めたばかりだし、パートナーを探しているし、本当にそんなことを考えているひまはない」**

でも知っておいてください。あなたには、偉大な運命を持つ不滅の部分があります。それは遅かれ早かれ、必ず顔を出すのです。

ブレイクスルー・エクスペリエンスとディマティーニ・メソッドは、隠れたインスピレーションを呼び覚まして、影響を与えつづけます。私たちはたまにスピリチュアルな経験をするだけの、限りある命を持つ存在ではありません。限りある命を持つ運命を経験している、不滅の存在です。これがすべての人の知覚の奥に隠された真実です。

私が大人になってからの夢はずっと、このすばらしい神聖な完全性を伝える不滅のたいまつをほかの人々に渡すことでした。偉大な存在が私に伝えられるなら、私がそれをほかの人々と共有できるはずだからです。講演、書籍、音声、映像、ＣＤ、その他のメディアを通して、何億人もの人々の心に触れられるという恩恵を受けていることを私は知っています。私がこのメッセージを伝えれば伝えるほど、神聖な愛の知恵と光がますます広がっていきます。

ここまで読んでいただいて、あなたのハートがずっとあなたに告げてきたことのエッセンスとインスピレーションをあなたに与えられたのなら幸いです。あなたは深遠な運命を持った、天性の無限の才能を発揮できる存在です。あなたが生きているすばらしい宇宙は、宇宙の法則が支配する場所です。何も欠けてはいません。あなたが存在する一瞬一瞬が貴重な贈り物なのです。人生のすべての瞬間で、あなたは愛に取り囲まれています。

本書で述べた種があなたのハートに根付いて、あなたがそれを永遠のものにすることを願っています。人生で起こるすべてのことを大切にしてください。時間と空間のすべてのかけらに神性を見いだすための時間をとってください。そうした行動のすべてがあなたの個人的な使命だと考えてください。なぜなら、人間にできる最も名誉なことは、人生にありがとうと言うことだからです。

第9章

# 本当の自分に目覚める ディマティーニ・メソッド

【対談】ドクター・ディマティーニ×本田 健

**本田**　ドクターにお会いできるのを楽しみにしていました。

**ディマティーニ**　私も楽しみにしていました。

**本田**　さっそくお話を聞かせてください。まずはディマティーニ・メソッドについて簡潔に説明していただけますか？

**ディマティーニ**　世界中で多くの人がストレスや困難に悩まされています。混乱や欲求不満を人生に感じているからです。日本でも同じではないでしょうか。でも、私はものごとには見えない秩序があると信じています。そして、日々の生活の混乱に埋もれた秩序を見いだすことができれば、恐れ、罪悪感、欲求不満を乗り越え、人生にもっと感謝と愛を抱き、もっと自信を持って生きられるようになります。また、もっとインスピレーションを感じて、「いま、ここ」に集中して自信を持ち、すばらしいことを人生でやれるようになります。私は、そのような気づきを与えるお手伝いをしたいと思って、ディマティーニ・メソッドを考え出しました。ですから、ディマティーニ・メソッドは、人生に自信を持ち、精神的な重荷を減らし、人生で何をすることができるかを知ってインスピレーションを感じるためのひとつの手段です（メソッドの注意事項は255ページ参照）。

**本田**　すばらしい考えですね。では、メソッドのプロセスを簡単に教えてください。

**ディマティーニ**　ディマティーニ・メソッドは、A（ポジティブ）とB（ネガティブ）の2枚のフォームを使ってプロセスを進めます。メソッドの完全なフォームは、フォームA、Bそれぞれに7つずつ列があり、合計14例あります。まずはあなたが怒りを抱いている人、イラつく人、感情を逆なでされる人、心を開くことができない人などを選び、その人の名前をフォームA、Bともに指定の欄に書きます。家族の誰かかもしれませんし、会社の同僚かもしれません。そうしたら、フォームBの列8に、その人が、自分をいちばん怒らせていること、あなたの軽蔑を誘ったり嫌悪感を催させていることを短い言葉で書きます。人生のさまざまな領域を見るようにしてください。精神性（スピリチュアリティ）、知的活動、職業、お金、家族、人間関係、身体の領域におけるその人の特徴の中で、いちばん自分を怒らせることを書きます。

**本田**　おもしろいですね。書き方についてですが、たとえば、性格が悪いやつとか、そんな書き方でいいんですか？

**ディマティーニ**　ただ嫌いとかイヤな感じとかそういう書き方ではなくて、もっとはっきりと具体的に書きます。「お酒の飲みすぎ」ではアバウトすぎます。お酒を飲みすぎるその人の行動で、あなたが最もムカつくのはどんな特徴ですか？　簡潔かつ具体的な言葉で書いてください。たとえば、時間を無駄にしている、口臭がきつい、乱暴をする、などです。

次に、フォームAの列1に戻ります。この列1には、その人のいちばん尊敬しているというか、魅力を感じているというか、称賛しているというか、要するに良いと感じているところを短い言葉で書きます。難しいと思うかもしれませんが、何も思いつかない、などとは考えないでください。探せば見つかります。人生の7つの領域のどれでも結構ですので、その人に関して考えられる限りいちばんいいと思う特徴を考えてください。

**本田**　これも具体的に書くわけですね？

**ディマティーニ**　はい。そのとおりです。

それが書けたら、またフォームBに戻ります。今度は、列9です。ここではあなたが人生で出会った中で、列8に書いたのと同じ特徴があなたにもあると思っている人、あるいは過去そのように思った人をイニシャルで書きます。つまりあなたが嫌だと思っているその特徴が、何らかのかたちであなたにもあるというふうに思っている人たちがいるわけです。たとえば、言葉がきついから嫌いだと思っているとするなら、同じように、あなたのことを言葉がきついと思っている人は誰でしょうか？

お姉さんもそういえば自分のことを、言葉がきついと言っていたし、お母さん、お父さん、いとこ、高校時代の友だち、会社の同僚、前のガールフレンド、ペットの犬、それから昨日店でクレームをつけたときに応対したあの若い店員もおそらく……、あなたの人生で、あなたの言葉がきつかったのはいつだったか、どこだったか、そして誰がそれを見ていたかということを思い出してください。そんな特徴はない、とは言わせません。その人とはかたちが違うかもしれませんが、あなたもその特徴の本質を、何らかのかたちで間違いなく表現しているのです。

**本田**　なかなかおもしろいワークですが、だいたい何人ぐらいの名前を書けばいいのですか？

**ディマティーニ**　最低でも20人から50人は書いてください。自分の記憶をたどり、この人もそうだ、あの人もそうだと、できるだけ速く、小さなマスの中にイニシャルで書きます。文字の上に文字をどんどん重ねて書いてかまいません。あとで読めなくてもいいのです。同じ人が別の場面で見ていたのであれば、それぞれを1回と数えてかまいません。とにかく、あなたが相手のことを言葉がきついと思っているのとまったく同じぐらい、あなたの中にもその特徴があるということに１００％確信を持てるまでそれをずっと書きつづけます。じっと考え込まず、スピーディに次々と書いていくことが肝心です。途中で嫌になっても止めないで、すばやく書いてください。

列9を書き終えたら、フォームAの列2についても、同様にやります。こちらはポジティブな特徴ですね。その特徴があなたにもあると思っているのは誰でしょうか？　あるいは過去のどこかで、それがあなたにもあると思っていたのは誰でしょうか？　特徴の見かけに惑わされないでください。あなたが表現するその特徴は、独特のかたちをとるかもしれませんが、本質は一緒です。そうやって１００％自分にもその特徴があると確信できるまで、そう思っている人のイニシャルを小さなマスの中に次々と書きつづけます。つまり、相手に思っているのと同じぐらい、あなたにもその特徴があることがわかるまで書きつづけるのです。

**本田**　このプロセスをすることで、相手に思っていたプラスのこともマイナスのことも、同じぐらい、自分の中にもあることに気づけるわけですね。

**ディマティーニ**　そのように確信するためには、過去だけではなくて、いまそのように自分を見ている人も含めることが重要です。仮に書き終わったと思っても、どんどん続けるようにします。ポイントとしては、その特徴を自分も１００％持っていると確信できるまで書きつづけることです。

今度はフォームBの列10です。列８に書いた自分が嫌いな相手の特徴、そういう嫌いなところがいかに自分にとって役に立っているかを書きます。つまり、自分が嫌っている相手の特徴や行動などが、あなたの人生にどう役立っているか、どのようにあなたの成長につながっているか、あなたのいちばん大切なものを達成する上でどう役立っているかを自分に問いかけます。

**本田**　「相手の嫌な特徴が、自分の人生に役立っている」というのは、少しわかりにくいので、ちょっと説明していただけますか。

**ディマティーニ**　それがわからないあいだは、相手がそれをやるたびに頭にきます。ところが、それがわかるようになると、相手がそれをやっても平気でいられるようになります。相手を変えようという気はなくなります。むしろ、その特徴に対して感謝したくなります。ということで、相手がその嫌なことをやることで自分にとってメリットがあるんだ、助かっているんだということを、相手の嫌なことに感謝できるようになるまで、20～50ぐらい書きつづけます。ここでもメリットや利点を表す言葉の最初の文字を矢継ぎ早に小さく、マスの中に書き込んでいきます。

そして、フォームAの列3に、列1で書いた相手の尊敬できるところ、プラスの特徴ですけれども、それが自分にマイナスになっている理由を書きます。つまり、相手の良いと思っていたところが、実は自分のデメリットになっているというのをどんどん書き出すのです。20～50ぐらい。これもできるだけ速くやります。

**本田**　なんか大変なワークですね。このプロセスをやることで何がわかるのでしょうか？

**ディマティーニ**　相手の嫌いなことのメリットを書くことで持ち上げて、相手の良いところのデメリットを書くことで引き下げる。つまり、全体のバランスがとれるわけです。すると、相手に対する過去の恨み、あるいは将来また同じ思いをするんじゃないかという恐れ、その両方がなくなります。すると、相手に振り回されるということもなくなっていきます。とにかく相手に対し、心底感謝できるまで書きつづけてください。逆の列3もしかりです。

**本田**　他人に対するものの見方というのは、たとえそれがどんな相手であっても、どんな行動であっても、自分の力で変えることができるということですね。

**ディマティーニ**　そのとおりです。相手の中に見ていたものは、実は自分の中にもあるということに気づくことができると、自分の見方が変わるのです。

人間には4600種類ぐらいの特徴というものがあると言われています。そして、どんな人でも、この特徴のすべてを持っています。自分がほかの人と違って見えるのは、その表現の形態が違うからです。ほかの人に比べて特徴が多いとか少ないとかいうことはありません。かたちが違うだけです。

誰にでも同じ特徴があることがわかれば、相手を批判したりしませんよね。特徴それ自身は中立的なものです。良いとか悪いとか決めているのはあなたです。つまり、自分の心次第で、地獄を天国にすることもできれば、天国を地獄にすることもできるのです。ですから、パートナーとか恋人とか、そういう人が、自分の嫌いな特徴を持っていたり、反対にすごいと思うようなすてきな特徴を持っていたりしたら、それを嫌ったり、夢中になったりすると、かえって振り回されてしまうということを肝に銘じてください。バランスをきちんと取り戻せば、相手に振り回されず、いつでも力強く安定した自分を導くことができるようになり、感情的に反応することもなくなります。

**本田**　誰かにイライラするのは、本来誰もが同じ特徴を持っているのに、相手の特徴の一部分しか見えなくなっていることが原因で、ディマティーニ・メソッドによって、そのことに気づいてものの見方のバランスを取り戻すことができるわけですね。

**ディマティーニ**　そのとおりです。次に、罪悪感や後ろめたさを解消するためのプロセスを説明します。今度は列11を見てください。先ほど列9で、自分が嫌だと思っていた特徴が自分にもまったく同じくらいあることをしっかりと認識しました。今度はそれを自分がほかの人にすることで、相手にどういうメリットがあったかを書きます。その嫌なことを誰かにしたことが、どういう点で相手に役に立っているでしょうか？　相手にどんな利点があり、どんなプラスの意味があるでしょうか？　あなたがその特徴を示した場面を、正確に思い出し、それがその人のメリットにどのようにつながったかを考えてほしいのです。そして、その言葉の最初の文字を、どんどんマスに書き入れていきます。

列4はその逆です。良いと思っている特徴が自分にも同じくらいあることがわかったけれど、実はそれがほかの人にとってマイナスになっているのです。それはどのような弊害でしょうか？　それぞれ20～50ぐらい、じっくり考える猶予を自分に与えずに、次々と書いていきます。

列4で自分のプライドを引き下げて、列11で罪悪感や後ろめたさを引き上げてバランスをとるわけです。そうすることで、罪と恥の意識というものが消えていき、自分に対して深く感謝できるようになります。あなたがしたのはネガティブなことではありません！　ある特徴を表現しただけなのです。そこにはマイナスとプラスの両方が含まれています。ネガティブしか目に入らないのであれば、方程式の片側しか見ていないことになります。目を凝らせば必ずポジティブが見えてきます。ネガティブしか見えないうちは罪悪感にさいなまれ、ポジティブしか見えないうちは天狗になります。両面が見えたとき、感謝と愛を感じることができるのです。

**本田**　人間は、なかなか自分の隠れた側面は見つけにくいものだと思います。ポジティブな人は、自分のネガティブな側面を見たくないし、逆もそうです。パートナーの多くが、このことで、ケンカしたり、イライラしあったりしていると思います。

このワークをやるときは、必ず存在しているはずの正反対の側面を、あきらめずに探しつづけることが大切のようですね。

**ディマティーニ**　そのとおりです。さて、プロセスはまだ続きますが、もう少しだけ説明してもいいでしょうか？

**本田**　はい、すごくおもしろいですね。ぜひ続きをお願いします。

**ディマティーニ**　それでは、次は列5と列12です。あなたが他人に貼っているレッテルを消滅させるプロセスになります。まずフォームBの列12を見てください。ここでは、列8で書いた相手の嫌いな特徴とは正反対の特徴を、その相手が持っていると思っている人をイニシャルで書きます。あなたが相手を、自分に対して傲慢だと思っているなら、あなたに対してその相手が謙虚だと思っている人を探すのです。20～50人くらい書きつづけます。同じ人が違う場面で何度もそう思っているかもしれませんし、あるひとつのグループの全員がそのように思っているかもしれません。できるだけ速く書いてください。

フォームAの列5も同様に書いていきます。列1に書いた相手の長所だと思った特徴とは反対の特徴を、相手が持っていると思っている人のイニシャルを書きます。これも20～50人ぐらい。次々に書いていくうちに、相手は実はバランスがとれていて両面を持っているということがわかります。つまり、相手に貼っているレッテルは幻想なのです。私たちはよく、あの人は意地悪だ、あの人は優しいと、相手を評価する「ラベル」を貼ります。あなたが相手の価値観を受け入れていれば、相手は優しくて親切だと思い、受け入れてなければ意地悪だと思います。自分が演じている役割によって変わるのです。

**本田**　相手の価値観を理解しているかどうかで、相手に貼る「ラベル」の種類が変わるというのはおもしろいですね。このワークでは、相手の特徴に対する感じ方自体のバランスをとることができるということですか。

**ディマティーニ**　そのとおりです。プロセスは、すべての列を埋めるまで続くわけですが、今日はここまでにしておきましょう。今回は、列1から列7で構成されるフォームAの列5までと、列8から列14で構成されるフォームBの列12までを説明しました。一連の説明は、列8と列1にひとつずつ書いた相手の嫌いな特徴、好きな特徴に対するワークですが、セミナーではそれぞれの特徴を5〜7個くらい書き出して、ひとつひとつの特徴に対して列ごとのワークを行います。やればやるほど効果が表れますので、ブレイクスルー・エクスペリエンスのセミナーでぜひ体験してください。

**本田**　はい。そうさせていただきます。ところで、メソッドのプロセスをすべて終えたときは、最初に聞かせていただいたように、人生に自信を持ち、精神的な重荷を減らし、人生で何をすることができるかを知ってインスピレーションを感じることができるようになるんでしょうか。

**ディマティーニ**　本当に頭が吹っ飛ぶようなブレイクスルーを経験します。究極的には愛しか存在していない。それ以外は幻想だということがわかるんです。つまり、自分が何をやったとしても、やらなかったとしても、自分を愛するに値するということがわかるわけです。あるいは、相手が何をしたとしても、しなかったとしても、相手も愛されるに値するということがわかるのです。

この幻想や感情の重荷を解消できれば、自分は愛する人やものに囲まれるにふさわしい大切な存在であると感じることができるようになります。そのような意識は、あらゆる人とのあいだに築く関係性に、大いに役立つことでしょう。自分は犠牲者であるという幻想に打ち勝つことができるようになります。自己価値も上がります。また、より多くの人に感謝する気持ちを持つようになります。そして、富と健康もますますレベルアップしていくのです。

**本田**　それが、宇宙の普遍的原則なのですね。

**ディマティーニ**　誰もが人生という愛のマトリックスの中にいます。その中では、すべてが対になって起こります。つまり、父親が厳しいときには母親が優しかったり、両親が厳しいときには兄弟姉妹が優しかったりします。ボーイフレンドと別れると家族との絆が深まったりします。バカ呼ばわりする人がいると、助言を求める人が現れたりするのです。

宇宙は決してバランスの崩れた不均衡な状態を作りません。それは、まだ認識を拡大する前の知覚がもたらす幻想の中にのみあります。でも本当は、みなさんは人生を通じて常に愛し愛される人々に囲まれているのです。そのことに気づくことができれば、この先の人生にもっともっと愛着が持てるようになります。

自分の心を閉ざして誰かに心を開けなくなったときは、ディマティーニ・メソッドを1〜2時間くらいやってみてください。そうすると、心が再び開き、その人に感謝できるようになります。相手のあるがままを愛せるようになります。相手もまた愛してくれます。

**本田**　いや、短い時間に、メソッドのエッセンスを教えてくださって、ありがとうございます。でも、本格的に理解するには、もっと時間をかけて、取り組む必要がありそうですね。最後に、日本の読者にメッセージをお願いします。

**ディマティーニ**　誰もが人生のすべての瞬間において偉大な存在です。そのことを心にとどめてください。そして、インスピレーションを感じて、夢を生きてください。

**本田**　すばらしいメッセージをどうもありがとうございました。今後のご活躍をお祈りしています。

# ディマティーニ・メソッド® フォーム　A面©

**名前：**＿＿＿＿＿＿＿＿＿＿＿＿＿＿＿＿（あなた以外の誰か）

| 列1 | 列2 | 列3 | 列4 | 列5 |
|---|---|---|---|---|
| その人の「特徴」の中で、自分が最も好きなところ/尊敬するところは何でしょう？ | まわりにいる人で、その人と同じ「特徴」があなたにもあると思っている人は誰でしょう？　その「特徴」が同じくらい自分にもあると感じるまで、思い当たる人のイニシャルを書いてください。 | 一見プラスに見えるその人の「特徴」が、あなたにどのようなマイナスなことをもたらしているのでしょう？その「特徴」を崇めることが、完全になくなるまで書いてください。 | その人と同じ「特徴」をあなたも持っており、その「特徴」があるためにまわりの人にどのようなマイナスなことをもたらしているのでしょう？　うぬぼれが完全に消えるまで書いてください。 | まわりにいる人で、列1であなたが書いた「特徴」とは正反対のものを、その人が持っていると思っている人は誰でしょう？　思い当たる人のイニシャルを書いてください。 |
| 強い感情を明らかにする。 | 鏡の法則、透明性の法則を確認する。 | 他者崇拝と、自己卑下を消滅させる。 | 自己増長とプライドを消滅させる。 | 誇大化されたレッテルを消滅させる。 |
| | | | | |
| | | | | |
| | | | | |
| | | | | |
| | | | | |
| | | | | |
| | | | | |
| | | | | |
| | | | | |
| | | | | |

（注）「特徴」は、する／しない行動、性格、態度などを含む。

## ディマティーニ・メソッド® フォーム　B面©

**名前：＿＿＿＿＿＿＿＿＿＿＿＿＿＿＿＿＿＿＿＿**（あなた以外の誰か）

| 列8 | 列9 | 列10 | 列11 | 列12 |
|---|---|---|---|---|
| その人の「特徴」の中で、自分が最も嫌いなところ／軽蔑するところは何でしょう？ | まわりにいる人で、その人と同じ「特徴」があなたにもあると思っている人は誰でしょう？　その「特徴」が同じくらい自分にもあると感じるまで、思い当たる人のイニシャルを書いてください。 | 一見マイナスに見えるその人の「特徴」が、あなたにどのようなプラスのことをもたらしているのでしょう？　その人に心から「ありがとう」と言えるまで書いてください。 | その人と同じ「特徴」をあなたも持っており、その「特徴」があるためにまわりの人にどのようなプラスのことをもたらしているのでしょう？　自己嫌悪や罪悪感が完全に消えるまで書いてください。 | まわりにいる人で、列8にあなたが書いた「特徴」とは正反対のものを、その人が持っていると思っている人は誰でしょう？　思い当たる人のイニシャルを書いてください。 |
| 強い感情を明らかにする。 | 鏡の法則、透明性の法則を確認する。 | 他者への憤りや恐れを消滅させる。 | 自己卑下、恥、後ろめたさを消滅させる。 | 誇大化されたレッテルを消滅させる。 |
| | | | | |
| | | | | |
| | | | | |
| | | | | |
| | | | | |
| | | | | |
| | | | | |
| | | | | |
| | | | | |
| | | | | |

（注）「特徴」は、する／しない行動、性格、態度などを含む。



日本語訳：ディマティーニ・ジャパン　http://www.harmonyplanet.org/dm

# エピローグ

本書を最後までお読みいただき、私の心からのメッセージをお伝えする機会を与えていただいたことにお礼申し上げます。いかがだったでしょうか？　正負の法則や、実際に、ディマティーニ・メソッドを通して気づく、すべての人生経験の完全な愛をどのように感じられたでしょうか？

本書の原書 *The Breakthrough Experience* は、２００２年に出版して以来今日に至るまで数カ国語に翻訳され、いまなお世界中で大きな反響と大勢の方々からの感謝の声をいただいています。その間には、メソッドの構成がさらに進化し、当初10列だったメソッドのフォームは現在、14列にまで増え、より深くディマティーニ・メソッドを経験できるようになっています。

本書ではフォームの一部のみを掲載していますが、完全版のフォームに興味がある方は、ディマティーニ・ジャパンのウェブサイト（www.harmonyplanet.org/dm）にアクセスしてみてください。

私が日本のみなさんと初めてお会いする機会を得たのは、2008年に開催されたブレイクスルー・エクスペリエンスのセミナーでした。このセミナーには多くの方にご参加いただき、本当の「愛と感謝」を経験していただくことができました。本書でお伝えしたすべて、またそれ以上を経験していただけたことでしょう。

参加された方からは、次のような感謝の声をいただきました。

「長い間どうしても許せなかった人に、ただ、ただ、愛と感謝を感じることができるようになりました。あれほど長い間苦しんできたことが、たった1日で解消してしまうという経験は言葉では表せません。そして、自分の感じていた苦しみが解消しただけでなく、そのあとにあふれてくる感情を、ぜひみんなに体験してほしいと思います」埼玉県　女性

「いままで宇宙の法則や、実現化、創造の手法など、本や講演、スクールなどで学んでき

て、知識としては得ることができていたが、それを体やハートで感じることができず、行き詰まりを感じていた。今回、このセミナーに参加し、ブレイクスルー・エクスペリエンスを経験することで、ディマティーニ・メソッドを行った相手である家族に、体の中から湧き上がる愛と感謝を感じた。すべてはバランスがとれていることを体感できたことは、震えるような経験だった。ありがとうございました」東京都　女性

「これまでの私は、思いが先走り、焦っていたように思えます。自らを愛すること、心を開き感謝で満たすこと、すべてが自らの中にあること、そして行動を繰り返すことの大切さ。人が喜びの中で生きるための術のすべてがここにありました。いま私は、今日から始まる一歩にわくわくしています。人を愛し、喜びの中で生きる方法を知ったのです。私は自らこの方法を実践し、これから接する多くの人々にブレイクスルー・エクスペリエンスを伝えていきます。それも私の大切な使命となりました。心から感謝です」東京都　男性

「ブレイクスルー・エクスペリエンスは、すべての要素（宗教的・心理学・科学）が融合された完全なプログラムだと感じました。人種、宗教の違いを超越できる数少ないプログラムです。２日間の学びでしたが、短時間で心層にくい込み、ひた隠しにしていた自分の

見たくない部分が引き出され、その自分に直接向き合って、問題の解決ができた瞬間は驚きでした。愛の大いなる力を体験する一瞬でした。このすばらしいプログラムをひとりでも多くの人々と分かち合い、今後も学びを続けていきます」東京都　女性

本書を手にされたみなさんにも、もしチャンスがあれば、お会いしたいと思っています。本書を読んで疑問に思ったこと、メソッドやその原則についてご不明な点を何でも質問できる最高の機会になるでしょう。みなさんが困難な経験に祝福を見いだして、自分自身のすばらしさを心の底から経験するお手伝いができることを確信しています。

最後に、次の言葉が真実であることを知っておいてください。

「あなたに愛があれば、あなたは愛を目にします。あなたが偉大な人生を生きれば、偉大なものだけがあなたを取り囲むことになります。一人ひとりすべての人の中には愛と偉大さがあり、それらは、ただ外へ出て輝きを放つ日を待っているのです」

本書があなたをその日に近づけますように。

# 訳者あとがき

本書を最後までお読みいただいて、ありがとうございました。

私が大好きで尊敬するドクター・ディマティーニの本をこのようなかたちでご紹介できて、大変嬉しく思います。ドクター・ディマティーニは、世界的に著名な作家、講演家です。彼の思想は非常に深く、講演やセミナーは、これまでに世界中の数百万人もの人の人生を変えています。1954年生まれで56歳の彼は、どう見ても、40代前半にしか見えない若々しさを持っています。私は、大変ラッキーなことに、彼の来日時に、一緒に食事する機会に恵まれました。とても気さくで、飾らない素顔はとても魅力的でした。

食事の前に、短いインタビューをしたのですが、あまりの明晰さ、熱意に圧倒されました。こういう人が、文字どおりヴィジョンを生きている人だと強く感じました。彼は、年間300日、世界中を講演して回っていて、そのときもどこか遠い場所から来日したというのに、その疲れが全然見えませんでした。心から人生を楽しんでいるという様子から、やっぱりライフワークを生きている人は、エネルギッシュなのだと納得しました。

彼は、本書の中にも出てきましたが、17歳のときに、メンターの教えをきっかけに啓示を受けてから、文字どおり1日も休まずに自分の人生の目的を追求してきたのでしょう。そんな迫力が感じられました。また、夢を生きている人たち特有の楽しさ、軽やかさも伝わってきました。

ディマティーニ・メソッドは、「世界は、完璧なバランスを保っていて、それに気づくことの大切さ」を伝えています。逆境や試練がきたときも、その裏には必ずそれと同じだけの祝福があるという考え方は、深く理解していくと、人生を大きく変える力を持っています。私がいちばん感銘を受けたのは、「人生には、成功と失敗が同じだけある」というくだりです。多くの人は、失敗を恐れて行動しませんが、それは、人生に対する認識の誤りからきているわけです。もし、失敗が、成功と同じだけの確率だとわかったら、どれだけ多くの人が行動しはじめることでしょう。

私も、ちょうど17歳のころ、本当にワクワクするような人生を生きたい！　と決めたことを思い出しました。それからいろいろありましたが、ありがたいことに、自分が本当に夢のようだと感じる毎日を送ることができています。経済的に自由になる過程で、世間的に見て成功している人たちにたくさん会ってきました。ドクター・ディマティーニは、この世界には常に正と負の両面があって、その法則から逃れられる人はいないと語っていますが、私も多くのお金持ちを見てきて、そう思います。

人生の中で起きるいろんな出来事を冷静に見て、プラスとマイナスを統合することは、とても大事だと私も考えています。自分の中にあるポジティブな面とネガティブな面のバランスがとれるようになると、エネルギーロスがなくなります。また、恐れや熱すぎるワクワクも必要なくなります。過度に情熱的になると、たいていしばらくすると燃え尽きてしまいます。また、恐れがありすぎると、行動することができなくなります。

自分の中にある両方の側面をどんなときも見つめる癖がつけば、人生は劇的に変わると思います。私自身、この法則を知ってから、人生に応用するようにしてきました。以前より、イライラしたり、不安に思ったりすることが減り、未来が楽しみになりました。

本書は、深く読めば、すばらしい知恵の宝庫であることに気づくと思います。あなたの感受性が鋭ければ鋭いほど、多くを得るのではないでしょうか。多くの人が、人生の本質と人生のすばらしさに気づくことができれば、訳者として大変嬉しく思います。

ドクター・ディマティーニは、ときどき来日することがあるようですので、チャンスがあれば、ぜひ生のドクター・ディマティーニに触れていただきたいと思います。きっと、それはあなたの人生を変えるでしょう。

本書を翻訳するに際し、数え切れない方々にお世話になりました。翻訳原稿をチェックしていただいた、翻訳者の力丸祥子さん、ディマティーニ・ジャパンの川島みゆきさん、横田透さん、ミシェル・ニューポートさん、そして、たえずヴィジョンを持って情熱的に行動してくださった岡﨑美奈さんに、心からお礼申し上げます。

また、翻訳中は、精力的に動画を配信しているモナカ寅次郎さんのコンテンツを参考にさせていただきました。彼のアニメーションは、ユニークで、とても興味がそそられました。ありがとうございました。友人の祇場駿矢さんには、ドクター・ディマティーニの世界への扉を開けてもらいました。それだけでなく、ディマティーニ・メソッドの本質を解説してもらい、とても助けになりました。心からのありがとうを言いたいです。

本書をきっかけに、多くの人の人生が変わっていくとしたら、みなさんのおかげです。最後に感謝をお伝えして終わりたいと思います。

２０１１年４月

本田　健

## 著者紹介

ドクター・ジョン・F・ディマティーニは、ディマティーニ・インスティチュートの創立者である。まれにみる才能に恵まれ、長年の経験と研究は広範な分野に及んでいる。カイロプラクティックのドクターとしてキャリアをスタートし、「人生と健康に関する普遍的原則」を探求する過程で、200以上のさまざまな学問分野を学び、本書で紹介するディマティーニ・メソッドを開発した。

世界的ベストセラー『ザ・シークレット』に「現代の哲人」として登場する、ドクター・ディマティーニは、現在、国際的な講演者および教育者として、世界各国を飛び回り、啓発に満ちた物の見方、人間性に対するユーモアあふれる観察、実践的なメソッドによって、聴衆に新しい生命を吹き込んでいる。彼の言葉は人々の精神にインスピレーションを与え、心を開き、行動への意欲をかきたてる。彼の哲学と、無条件の愛が持つ力についての革新的な理解は、今日ある心理学を再構築しつつある。彼の画期的な自己変革の手法は、世界中の数百万人もの人々の人生を変えている。

## ディマティーニ・メソッドの使用等に関する注意事項

「ディマティーニ・メソッド」(The Demartini Method)は商標であり、著作権で保護されています。私的かつ非商業目的のみに限定してご利用ください。「ブレイクスルー・エクスペリエンス・アニュアル・サーティフィケーション・トレーニング・プログラム」(The Breakthrough Experience Annual Certification Training Program)を修了せずに商業目的で本メソッドを使用することは固く禁じられています。

ブレイクスルー・エクスペリエンス・セミナー、ディマティーニ・メソッド・ファシリテーター・トレーニング、ディマティーニ・メソッド・フォー・グループスに関する日本の最新情報は、ディマティーニ・ジャパンのウェブサイト(www.harmonyplanet.org/dm)をご確認ください。また、海外の情報に関しては、Demartini Instituteのウェブサイト(www.drdemartini.com)をご確認ください。

## 訳者紹介

神戸生まれ．経営コンサルティング会社，ベンチャーキャピタル会社など，複数の会社を経営する「お金の専門家」．独自の経営アドバイスで多くのベンチャービジネスの成功者を育てる．育児セミリタイア中に無料で配布した小冊子「幸せな小金持ちへの８つのステップ」が話題を呼び，世界中で130万人以上に読まれている．『ユダヤ人大富豪の教え』『20代にしておきたい17のこと』（ともに大和書房），『きっと、よくなる！』（サンマーク出版），『未来は、えらべる！』（共著，ヴォイス）など，著書はすべてベストセラーになり，その累計部数は400万部を突破し，世界中の言語に翻訳されつつある．

本田健公式サイト　http://www.aiueoffice.com/

正負の法則

2011年６月16日　第１刷発行
2022年８月18日　第５刷発行

訳　者　本田《ほんだ》　健《けん》
発行者　駒橋憲一

発行所　〒103-8345
東京都中央区日本橋本石町１-２-１　東洋経済新報社
電話　東洋経済コールセンター03(6386)1040

印刷・製本　丸井工文社



Printed in Japan　ISBN 978-4-492-04421-6　https://toyokeizai.net/